Le Avventure di Huckleberry Finn

(*Il compagno di Tom Sawyer*)

Di Mark Twain

Copyright © 2024 di Autri Books

Tutti i diritti riservati. Nessuna parte di questa pubblicazione può essere riprodotta, in fotocopia, in registrazione o con altri metodi elettronici o meccanici, senza la preventiva autorizzazione scritta dell'editore, tranne nel caso di brevi citazioni incluse in recensioni critiche e di alcuni altri usi non commerciali consentiti dalla legge sul copyright.

Questa edizione fa parte della "Autri Books Classic Literature Collection" e include traduzioni, contenuti editoriali ed elementi di design che sono originali di questa pubblicazione e protetti dalla legge sul copyright. Il testo di base è di pubblico dominio e non è soggetto a copyright, ma tutte le aggiunte e le modifiche sono protette da Autri Books.

Le pubblicazioni di Autri Books possono essere acquistate per uso didattico, commerciale o promozionale.

Per ulteriori informazioni, contattare:

autribooks.com | support@autribooks.com

ISBN: 979-8-3305-2604-8

Prima edizione pubblicata da Autri Books nel 2024.

Indice dei Contenuti

CAPITOLO I.
Civilizzare Huck. - Miss Watson. - Tom Sawyer aspetta.

CAPITOLO II.
I ragazzi fuggono da Jim. - La banda di Sawyer lacerata. - Piani ben congegnati.

CAPITOLO III.
Una buona rivisitazione. - Grazia trionfante. - "Una delle bugie di Tom Sawyer".

CAPITOLO IV.
Huck e il giudice. — Superstizione.

CAPITOLO V.
Il padre di Huck. - Il genitore affettuoso. - Riforma.

CAPITOLO VI.
Ha scelto il giudice Thatcher. - Huck ha deciso di andarsene. - PoliticaEconomia. - Dimenarsi.

CAPITOLO VII.
Sdraiato per lui. — Chiuso nella cabina. — Affondando il corpo. — Riposando.

CAPITOLO VIII.
Dormire nel bosco. — Risuscitare i morti. — Esplorare l'isola. — Trovare Jim. — La fuga di Jim. — Segni. — Balum.

CAPITOLO IX.
La grotta. - La casa galleggiante.

CAPITOLO X.
Il ritrovamento. - Vecchio bunker di Hank. - Sotto mentite spoglie.

CAPITOLO XI.
Huck e la donna. - La ricerca. - Prevaricazione. - Andare a Goshen.

CAPITOLO XII.
Navigazione lenta. — Prendere in prestito le cose. — Salire a bordo del relitto. — I cospiratori. — A caccia della barca.

CAPITOLO XIII.
Fuga dal naufragio. - La sentinella. - Affondamento.

CAPITOLO XIV.
Un divertimento generale. — L'harem. — Francese.

CAPITOLO XV.
Huck perde la zattera. - Nella nebbia. - Huck trova la zattera. - Spazzatura.

CAPITOLO XVI.
Aspettativa. - Una bugia bianca. - Moneta fluttuante. - Corsa al Cairo. - Nuoto a riva.

CAPITOLO XVII.
Una visita serale. - La fattoria di Arkansaw. - Decorazioni interne. - Stephen Dowling Bots. - Effusioni poetiche.

CAPITOLO XVIII.
Colonnello Grangerford. - Aristocrazia. - Faide. - Il testamento. - Recupero della zattera. - La legna - Mucchio. - Maiale e cavolo.

CAPITOLO XIX.
Annodare il giorno - Orari. - Una teoria astronomica. - Condurre un risveglio della temperanza. - Il duca di Bridgewater. - I guai della regalità.

CAPITOLO XX.
Huck spiega. - Preparare una campagna. - Lavorare al campo - riunione. - Un pirata al campo - riunione. - Il duca come tipografo.

CAPITOLO XXI.
Esercizio con la spada. - Soliloquio di Amleto. - Oziavano in città. - Una città pigra. - Il vecchio Boggs. - Morto.

CAPITOLO XXII.
Sherburn. - Frequentare il circo. - Ubriachezza sul ring. - L'emozionante tragedia.

CAPITOLO XXIII.
Venduto. - Confronti reali. - Jim ha nostalgia di casa.

CAPITOLO XXIV.

Jim in abiti regali. - Prendono un passeggero. - Ottenere informazioni. - Dolore familiare.

CAPITOLO XXV.

Sono loro? — Cantando il "Doxologer". —Piazza orribile—Orge funebri. —Un cattivo investimento.

CAPITOLO XXVI.

Un re pio. - Il clero del re. - Ha chiesto il suo perdono. - Nascondendosi nella stanza. - Huck prende il denaro.

CAPITOLO XXVII.

Il funerale. - Soddisfare la curiosità. - Sospettoso di Huck, - Vendite rapide e piccole.

CAPITOLO XXVIII.

Il viaggio in Inghilterra. — "Il bruto!" —Mary Jane decide di andarsene.—Huck si separa da Mary Jane.—Parotite.—La linea dell'opposizione.

CAPITOLO XXIX.

Relazione controversa. - Il re spiega la perdita. - Una questione di calligrafia. - Dissotterrare il cadavere. - Huck fugge.

CAPITOLO XXX.

Il re andò a cercarlo. - Una lite regale. - Potente e dolce.

CAPITOLO XXXI.

Piani inquietanti. — Notizie da Jim. — Vecchi ricordi. — Una storia di pecore. — Informazioni preziose.

CAPITOLO XXXII.

Ancora e domenica - come. - Identità errata. - Su un ceppo. - In un dilemma.

CAPITOLO XXXIII.

Un ladro di negri. - Ospitalità del Sud. - Una benedizione piuttosto lunga. - Catrame e piume.

CAPITOLO XXXIV.

La capanna vicino alla tramoggia di cenere. - Scandaloso. - Arrampicarsi sul parafulmine. - Turbato dalle streghe.

CAPITOLO XXXV.
Evadere correttamente. - Piani oscuri. - Discriminazione nel furto. - Un buco profondo.

CAPITOLO XXXVI.
Il parafulmine. - Il suo livello migliore. - Un lascito ai posteri. - Una figura alta.

CAPITOLO XXXVII.
L'ultima camicia. - Giro della luna. - Ordini di navigazione. - La torta delle streghe.

CAPITOLO XXXVIII.
Lo stemma. - Un abile sovrintendente. - Gloria sgradevole. - Un soggetto lacrimoso.

CAPITOLO XXXIX.
Ratti. - Letto vivace - compagni. - Il manichino di paglia.

CAPITOLO XL.
Pesca. - Il Comitato di Vigilanza. - Una corsa vivace. - Jim consiglia un medico.

CAPITOLO XLI.
Il dottore. - Zio Silas. - Sorella Hotchkiss - Zia Sally nei guai.

CAPITOLO XLII.
Tom Sawyer ferito. - La storia del dottore. - Tom confessa. - Arriva zia Polly. - Distribuisci loro delle lettere.

CAPITOLO L'ULTIMO.
Fuori dalla schiavitù. - Pagare il prigioniero. - Il sottoscritto, Huck Finn.

AVVISO.

Le persone che tentano di trovare un movente in questa narrazione saranno perseguite; le persone che tentano di trovarvi una morale saranno bandite; Le persone che tentano di trovare un complotto in esso saranno fucilate.

PER ORDINE DELL'AUTORE PER G. G., CAPO DELL'ARTIGLIERIA.

ESPLICATIVO

In questo libro vengono utilizzati un certo numero di dialetti, vale a dire: il dialetto del Missouri; la forma più estrema del dialetto sud-occidentale dei boschi; il dialetto ordinario della "Contea di Pike"; e quattro varietà modificate di quest'ultimo. Le ombreggiature non sono state fatte in modo casuale, o per congetture; ma scrupolosamente, e con la guida e il supporto affidabili della familiarità personale con queste diverse forme di linguaggio.

Faccio questa spiegazione per il motivo che senza di essa molti lettori supporrebbero che tutti questi personaggi stessero cercando di parlare allo stesso modo e non ci riuscissero.

L'AUTORE.

PINNA DI MIRTILLO ROSSO

Scena: La Valle del Mississippi Tempo: Da quaranta a cinquant'anni fa

CAPITOLO I.

Non sai di me senza aver letto un libro intitolato Le avventure di Tom Sawyer; Ma non importa. Quel libro è stato scritto da Mark Twain, e lui ha detto la verità, principalmente. C'erano cose che allungava, ma soprattutto diceva la verità. Questo non è niente. Non ho mai visto nessuno che non abbia mentito una volta o l'altra, senza che fosse zia Polly, o la vedova, o forse Mary. Zia Polly - la zia di Tom, Polly è - e Mary, e la vedova Douglas sono tutte raccontate in quel libro, che è per lo più un libro vero, con alcune barelle, come ho detto prima.

Ora, il modo in cui il libro si conclude è questo: Tom ed io abbiamo trovato i soldi che i ladri hanno nascosto nella grotta, e questo ci ha reso ricchi. Prendemmo seimila dollari a testa, tutto d'oro. Era un brutto spettacolo di denaro quando veniva ammucchiato. Ebbene, il giudice Thatcher l'ha preso e l'ha messo a interesse, e ci ha fruttato un dollaro al giorno l'uno per tutto l'anno, più di quanto un corpo possa dire cosa farne. La vedova Douglas mi prese per suo figlio, e permise che mi sivilizzasse; ma era dura vivere in casa tutto il tempo, considerando quanto fosse triste, regolare e decente la vedova in tutti i suoi modi; e così, quando non ce la facevo più, non lo sopportavo più, mi sono accesa. Mi rimisi nei miei vecchi stracci e nella mia botte di zucchero, e mi sentii libero e soddisfatto. Ma Tom Sawyer mi ha dato la caccia e mi ha detto che stava per mettere su una banda di ladri, e che avrei potuto unirmi se fossi tornato dalla vedova e fossi stato rispettabile. Così sono tornato.

La vedova pianse per me, e mi chiamò un povero agnello smarrito, e mi chiamò anche con molti altri nomi, ma non intendeva mai fare del male con questo. Mi ha rimesso quei vestiti nuovi, e non ho potuto fare altro che sudare e sudare, e sentirmi tutto stretto. Ebbene, allora la vecchia cosa ricominciò. La vedova ha suonato una campana per la cena, e tu dovevi arrivare in tempo. Quando si arrivava a tavola, non si poteva andare subito a mangiare, ma si doveva aspettare che la vedova abbassasse la testa e brontolasse un po' sulle vivenze, anche se non c'era davvero nulla che non andasse, cioè niente, solo che tutto era cucinato da sé. In un barile di cianfrusaglie è diverso; Le cose si confondono, e il succo si scambia, e le cose vanno meglio.

Dopo cena tirò fuori il suo libro e mi seppe di Mosè e dei Giunchi, e io ero sudato per scoprire tutto su di lui; ma di lì a poco si lasciò sfuggire che Mosè era morto da molto tempo; così allora non mi importava più di lui, perché non tengo conto dei morti.

Ben presto volli fumare e chiesi alla vedova di lasciarmelo fare. Ma non volle. Ha detto che era una pratica meschina e non era pulita, e che dovevo cercare di non farlo più. Questo è proprio il modo in cui si trovano alcune persone. Si buttano giù su una cosa quando non ne sanno nulla. Qui si stava preoccupando di Mosè, che non era parente per lei, e non serviva a nessuno, essendo andato, vedete, eppure trovando un potere di colpa in me per aver fatto una cosa che aveva qualcosa di buono in sé. E prese anche il tabacco; Naturalmente andava bene, perché lo faceva lei stessa.

Sua sorella, la signorina Watson, una vecchia zitella tollerabile e snella, con gli occhialini, era appena venuta a vivere con lei, e ora mi ha preso un set con un libro di ortografia. Mi ha lavorato duramente per circa un'ora, e poi la vedova l'ha fatta rilassare. Non ce la facevo più a lungo. Poi per un'ora fu mortalmente noioso, e io ero irrequieto. La signorina Watson diceva: «Non mettere i piedi lassù, Huckleberry» e «Non accartocciarti così, Huckleberry, mettiti dritto» e ben presto diceva: «Non aprirti e allungarti così, Huckleberry... perché non provi a comportarti bene?» Poi mi ha raccontato tutto di quel brutto posto, e io ho detto che avrei voluto essere lì. Allora si arrabbiò, ma non intendevo fare del male. Tutto quello che volevo era andare da qualche parte; tutto quello che volevo era un cambiamento, avverto non in particolare. Ha detto che era malvagio dire quello che ho detto; ha detto che non l'avrebbe detto per il mondo intero; Lei avrebbe vissuto in modo da andare nel buon posto. Beh, non riuscivo a vedere alcun vantaggio nell'andare dove stava andando lei, così decisi che non ci avrei provato. Ma non l'ho mai detto, perché avrebbe solo creato guai e non sarebbe servito a nulla.

Ora aveva avuto un inizio, e proseguì e mi raccontò tutto del buon posto. Diceva che tutto ciò che un corpo avrebbe dovuto fare era andare in giro tutto il giorno con un'arpa e cantare, per sempre e per sempre. Quindi non ci ho pensato molto. Ma non l'ho mai detto. Le chiesi se pensava che Tom Sawyer ci sarebbe andato, e lei rispose di no. Ero contenta di questo, perché volevo che io e lui stessimo insieme.

La signorina Watson continuava a beccarmi, e la cosa diventava noiosa e solitaria. Di lì a poco andarono a prendere i negri e pregarono, e poi tutti andarono a letto. Andai in camera mia con un pezzo di candela e lo misi sul tavolo. Poi mi sedetti su una sedia vicino alla finestra e cercai di pensare a qualcosa di allegro, ma non servì a nulla. Mi sentivo così sola che desideravo più di essere morta. Le stelle brillavano e le foglie frusciavano nel bosco così lugubri; e sentii un gufo, lontano, che gridava per qualcuno che era morto, e un frustino e un cane che piangeva per qualcuno che stava per morire; e il vento cercava di sussurrarmi qualcosa, e non riuscivo a capire cosa fosse, e così mi fece venire i brividi di freddo. Poi, in mezzo al bosco, sentii quel tipo di suono che fa un fantasma quando vuole raccontare qualcosa che ha in mente e che non riesce a farsi capire, e quindi non può riposare tranquillamente nella sua tomba, e deve andare in giro per quella strada ogni notte in lutto. Ero così scoraggiato e spaventato che avrei voluto avere un po' di compagnia. Ben presto un ragno si arrampicò sulla mia spalla, e io lo spensi e si accese nella candela; e prima che potessi muovermi era tutto avvizzito. Non avevo bisogno che qualcuno mi dicesse che quello era un brutto segno e che mi avrebbe portato un po' di sfortuna, quindi avevo paura e la maggior parte me lo scrollò di dosso. Mi alzai e mi girai tre volte e incrociai il petto ogni volta; e poi ho legato una ciocca dei miei capelli con un filo per tenere lontane le streghe. Ma non avevo fiducia. Lo si fa quando si perde un ferro di cavallo che si è trovato, invece di inchiodarlo sopra la porta, ma non avevo mai sentito nessuno dire che fosse un modo per tenere lontana la sfortuna quando si uccideva un ragno.

Mi rimisi a sedere, tremando dappertutto, e tirai fuori la pipa per fumare una sigaretta, perché la casa era tutta immobile come la morte, e quindi la vedova non lo avrebbe saputo. Ebbene, dopo molto tempo sentii l'orologio in città fare boom, boom, boom, dodici licks; e tutto di nuovo fermo, più immobile che mai. Ben presto sentii un ramoscello spezzarsi nel buio tra gli alberi: qualcosa si agitava. Mi sono fermato e ho ascoltato. Subito dopo riuscivo a malapena a sentire un "*me-yow! Io-yow!*" laggiù. Era un bene! Io dico: "*Io-yow! Io-yow!*" più piano che potevo, e poi spensi la luce e mi precipitai fuori dalla finestra verso il capannone. Poi scivolai a terra e strisciai tra gli alberi, e, come previsto, c'era Tom Sawyer ad aspettarmi.

CAPITOLO II.

Camminammo in punta di piedi lungo un sentiero tra gli alberi per tornare in fondo al giardino della vedova, chinandoci per non graffiarci la testa. Mentre passavamo vicino alla cucina, sono caduto su una radice e ho fatto rumore. Ci accovacciammo e rimanemmo immobili. Il grosso negro della signorina Watson, di nome Jim, era seduto sulla porta della cucina; Potevamo vederlo abbastanza chiaramente, perché c'era una luce dietro di lui. Si alzò e allungò il collo per circa un minuto, in ascolto. Poi dice:

"Chi dah?"

Ascoltò ancora un po'; poi scese in punta di piedi e si fermò proprio in mezzo a noi; Potremmo toccarlo, quasi. Beh, probabilmente sono stati minuti e minuti che non c'è stato alcun suono, e siamo tutti lì così vicini. C'era un punto sulla mia caviglia che cominciava a prudere, ma non osavo grattarlo; e poi l'orecchio cominciò a prudere; e poi la mia schiena, proprio tra le mie spalle. Sembrava che sarei morto se non fossi riuscito a graffiare. Beh, da allora ho notato quella cosa un sacco di volte. Se sei con la qualità, o a un funerale, o stai cercando di andare a dormire quando non hai sonno, se sei in un posto dove non ti va bene grattarti, perché pruderai dappertutto in più di mille posti. Molto presto Jim dice:

"Dimmi, chi sei? Chi sei? Cane i miei gatti e non ho sentito sumf'n. Ebbene, so che cosa devo fare: mi piace sedermi qui e ascoltare, dire, che lo sento arrivare.

Così si sdraiò a terra tra me e Tom. Appoggiò la schiena contro un albero e allungò le gambe finché una di esse toccò una delle mie. Il naso ha iniziato a prudere. Mi prudeva fino alle lacrime agli occhi. Ma non oso graffiare. Poi ha iniziato a prudere all'interno. Poi ho avuto il prurito sotto. Non sapevo come avrei fatto a fermarmi. Questa miseria durò fino a sei o sette minuti; ma sembrava uno spettacolo più lungo di così. Avevo prurito in undici posti diversi ora. Pensai che non avrei resistito più di un minuto di più, ma strinsi forte i denti e mi preparai a provare. Proprio in quel momento Jim cominciò a respirare pesantemente; poi cominciò a russare, e allora ben presto mi sentii di nuovo a mio agio.

Tom, mi fece un cenno, una specie di rumore con la bocca, e ci allontanammo strisciando via con le mani e le ginocchia. Quando fummo a dieci piedi di distanza, Tom mi sussurrò, e voleva legare Jim all'albero per divertimento. Ma io dissi di no; potrebbe svegliarsi e fare rumore, e poi scoprirebbero che non sono entrato. Allora Tom disse che non aveva abbastanza candele e che si sarebbe infilato in cucina a prenderne altre. Non volevo che ci provasse. Ho detto che Jim potrebbe svegliarsi e venire. Ma Tom voleva riprenderlo; così ci infilammo lì dentro e prendemmo tre candele, e Tom mise cinque centesimi sul tavolo per pagare. Poi siamo usciti, e io avevo la voglia di andarmene; ma Tom non voleva fare altro che strisciare dove si trovava Jim, sulle mani e sulle ginocchia, e suonare qualcosa su di lui. Aspettai, e mi sembrò un bel po', tutto era così immobile e solitario.

Appena Tom fu tornato, tagliammo lungo il sentiero, aggirammo la recinzione del giardino, e di lì a poco salimmo sulla ripida cima della collina dall'altra parte della casa. Tom disse di aver fatto scivolare il cappello di Jim dalla sua testa e di averlo appeso a un ramo proprio sopra di lui, e Jim si mosse un po', ma non si svegliò. In seguito Jim disse che le streghe lo stregarono e lo misero in trance, lo cavalcarono per tutto lo Stato, poi lo misero di nuovo sotto gli alberi e gli appesero il cappello a un ramo per mostrare chi l'aveva fatto. E la volta successiva che Jim lo raccontò, disse che lo portarono a New Orleans; e, dopo ciò, ogni volta che lo raccontava, lo diffondeva sempre di più, finché di lì a poco disse che lo cavalcavano in tutto il mondo, e lo stancavano a morte, e la sua schiena era tutta in pentola. Jim ne era mostruosamente orgoglioso, e faceva in modo che non si accorgesse quasi mai degli altri negri. I negri venivano a miglia di distanza per sentire Jim raccontarlo, e lui era guardato con ammirazione più di qualsiasi altro negro di quel paese. Strani negri se ne stavano con la bocca aperta e lo guardavano dappertutto, come se fosse un prodigio. Niggers parla sempre di streghe al buio accanto al fuoco della cucina; ma ogni volta che si parlava e si lasciava intendere tutto di queste cose, Jim entrava e diceva: "Hm! Che ne sai delle streghe?" e quel negro fu chiuso con le tappe e dovette passare in secondo piano. Jim teneva sempre quel pezzo a cinque centri intorno al collo con una corda, e diceva che era un amuleto che il diavolo gli dava con le sue stesse mani, e gli diceva che poteva curare chiunque con esso e andare a prendere le streghe ogni volta che voleva, semplicemente dicendogli qualcosa; ma non ha mai detto di cosa si trattasse. I negri venivano da quelle parti e davano a Jim tutto ciò che avevano, solo per dare un'occhiata a quel pezzo a cinque centri; ma non vollero toccarlo, perché il diavolo ci aveva messo le mani sopra. Jim era molto rovinato per essere un servo, perché era rimasto bloccato per aver visto il diavolo ed essere stato cavalcato dalle streghe.

Ebbene, quando Tom ed io arrivammo sul bordo della cima della collina, guardammo giù nel villaggio e potemmo vedere tre o quattro luci scintillanti, dove c'erano forse dei malati; e le stelle sopra di noi scintillavano così belle; e giù al villaggio c'era il fiume, largo un miglio intero, e terribilmente immobile e grandioso. Scendemmo dalla collina e trovammo Jo Harper e Ben Rogers, e altri due o tre ragazzi, nascosti nella vecchia tania. Così sganciammo una barca e tirammo giù il fiume per due miglia e mezzo, fino alla grande cicatrice sul fianco della collina, e scendemmo a riva.

Andammo in un gruppo di cespugli, e Tom fece giurare a tutti di mantenere il segreto, e poi mostrò loro un buco nella collina, proprio nella parte più fitta dei cespugli. Poi accendemmo le candele e strisciammo dentro sulle mani e sulle ginocchia. Facemmo circa duecento metri, e poi la grotta si aprì. Tom frugò tra i corridoi e ben presto si nascose sotto un muro dove non ci si accorgerebbe che c'era un buco. Costeggiammo un posto angusto e entrammo in una specie di stanza, tutta umida e sudata e fredda, e lì ci fermammo. Tom ha detto:

«Adesso fonderemo questa banda di ladri e la chiameremo Tom Sawyer's Gang. Tutti quelli che vogliono unirsi devono prestare giuramento e scrivere il loro nome con il sangue".

Tutti erano disposti. Così Tom tirò fuori un foglio di carta su cui aveva scritto il giuramento e lo lesse. Giurava a tutti i ragazzi di restare con la banda e di non raccontare mai nessuno dei segreti; E se qualcuno faceva qualcosa a un ragazzo della banda, qualsiasi ragazzo avesse ricevuto l'ordine di uccidere quella persona e la sua famiglia doveva farlo, e non doveva mangiare e non doveva dormire finché non li avesse uccisi e avesse inciso una croce nel loro petto, che era il segno della banda. E nessuno che non appartenesse alla band poteva usare quel marchio, e se lo faceva doveva essere citato in giudizio; e se lo faceva di nuovo, doveva essere ucciso. E se qualcuno che apparteneva alla banda gli avesse rivelato i segreti, avrebbe dovuto farsi tagliare la gola, e poi la sua carcassa sarebbe stata bruciata e le ceneri sparse tutt'intorno, e il suo nome cancellato dalla lista con il sangue e mai più menzionato dalla banda, ma avrebbe avuto una maledizione messa su di esso e sarebbe stato dimenticato per sempre.

Tutti dissero che era un giuramento davvero bellissimo, e chiesero a Tom se l'avesse tolto dalla testa. Disse, un po', ma il resto era finito nei libri dei pirati e dei ladri, e ogni banda di toni alti ce l'aveva.

Alcuni pensavano che sarebbe stato bene uccidere le *famiglie* dei ragazzi che raccontavano i segreti. Tom disse che era una buona idea, così prese una matita e la scrisse. Poi Ben Rogers ha detto:

"Ecco Huck Finn, non ha una famiglia; Che cosa hai intenzione di fare con lui?"

«Beh, non ha un padre?» dice Tom Sawyer.

«Sì, ha un padre, ma non lo si trova mai di questi tempi. Era solito starsene ubriaco con i maiali nella tania, ma non lo si vede da queste parti da un anno o più.

Ne parlarono, e stavano per escludermi, perché dicevano che ogni ragazzo doveva avere una famiglia o qualcuno da uccidere, altrimenti non sarebbe stato giusto e giusto per gli altri. Ebbene, a nessuno veniva in mente qualcosa da fare: tutti erano perplessi e immobili. Ero sul punto di piangere; ma all'improvviso pensai a un modo, e così offrii loro la signorina Watson: avrebbero potuto ucciderla. Tutti dicevano:

«Oh, lo farà. Va bene. Huck può entrare".

Poi tutti si infilarono uno spillo nelle dita per ottenere il sangue con cui firmare, e io feci il mio segno sul foglio.

«Ora», dice Ben Rogers, «qual è il settore di attività di questa banda?»

«Niente solo rapina e omicidio» disse Tom.

«Ma chi stiamo per derubare?... case, o bestiame, o...»

"Roba! Rubare bestiame e cose del genere non è una rapina; è un furto con scasso", dice Tom Sawyer. "Non siamo ladri. Non è un tipo di stile. Siamo banditi. Fermiamo palchi e carrozze sulla strada, con le maschere, e uccidiamo le persone e prendiamo i loro orologi e i loro soldi".

"Dobbiamo sempre uccidere il popolo?"

«Oh, certamente. È la cosa migliore. Alcune autorità la pensano diversamente, ma per lo più si ritiene che sia meglio ucciderli, tranne alcuni che si portano qui nella caverna e li si tiene fino a quando non vengono riscattati.

"Riscattato? Che cos'è?"

"Non lo so. Ma è quello che fanno. L'ho visto nei libri; E quindi, naturalmente, è quello che dobbiamo fare".

"Ma come possiamo farlo se non sappiamo di cosa si tratta?"

«Perché, colpa di tutto, dobbiamo farlo. Non ti dico che è nei libri? Vuoi iniziare a fare qualcosa di diverso da quello che c'è nei libri, e confondere tutto?"

«Oh, è molto bello *dirlo*, Tom Sawyer, ma come diavolo faranno questi tizi a essere riscattati se non sappiamo come farlo con loro?... ecco a cosa voglio arrivare. Ora, che cosa credete che sia?»

«Beh, non lo so. Ma se li teniamo finché non sono riscattati, significa che li teniamo finché non sono morti.

"Ora, è qualcosa del *genere*. Questo risponderà. Perché non potevi dirlo prima? Li terremo finché non saranno riscattati a morte; E saranno anche un sacco di fastidiosi: divoreranno tutto, e cercheranno sempre di liberarsi.

«Come parli, Ben Rogers. Come possono liberarsi quando c'è una guardia sopra di loro, pronta ad abbatterli se spostano un piolo?"

"Una guardia! Beh, questo *è* un bene. Quindi qualcuno deve stare tutto il giorno e non dormire mai, solo per guardarli. Penso che sia una sciocchezza. Perché un corpo non può prendere un bastone e riscattarlo non appena arriva qui?"

«Perché non è nei libri, ecco perché. Ora, Ben Rogers, vuoi fare le cose regolarmente, o no?... questa è l'idea. Non credete che le persone che hanno fatto i libri sappiano qual è la cosa giusta da fare? Credete di poter imparare qualcosa? Non di molto. No, signore, andremo avanti e li riscatteremo nel modo regolare."

"Va bene. Non mi dispiace; ma io dico che è un modo sciocco, in ogni caso. Dimmi, uccidiamo anche le donne?"

«Beh, Ben Rogers, se fossi ignorante come te non lo lascerei intendere. Uccidere le donne? No; Nessuno ha mai visto nulla del genere nei libri. Li porti alla caverna e sei sempre educato come una torta con loro; e di lì a poco si innamorano di te, e non vogliono più tornare a casa."

«Beh, se è così, sono d'accordo, ma non ci penso affatto. Molto presto avremo la caverna così ingombra di donne e di tizi in attesa di essere riscattati, che non ci sarà posto per i ladri. Ma vai avanti, non ho niente da dire."

Il piccolo Tommy Barnes stava dormendo ora, e quando lo svegliarono si spaventò, e pianse, e disse che voleva tornare a casa da sua madre, e non voleva più fare il ladro.

Così tutti lo presero in giro e lo chiamarono piagnucolone, e questo lo fece arrabbiare, e lui disse che sarebbe andato dritto a raccontare tutti i segreti. Ma Tom gli diede cinque centesimi per stare zitto, e disse che saremmo andati tutti a casa a incontrarci la settimana prossima, e avremmo derubato qualcuno e ucciso alcune persone.

Ben Rogers disse che non poteva uscire molto, solo la domenica, e quindi voleva cominciare la domenica successiva; ma tutti i ragazzi dissero che sarebbe stato malvagio farlo la domenica, e questo sistemò la faccenda. Decisero di riunirsi e fissare un giorno il più presto possibile, e poi elegemmo Tom Sawyer primo capitano e Jo Harper secondo capitano della Gang, e così partimmo verso casa.

Ho sistemato il capanno e mi sono infilato nella finestra poco prima che spuntasse il giorno. I miei vestiti nuovi erano tutti unti e argillosi, ed ero stanco come un cane.

CAPITOLO III.

Ebbene, la mattina ho ricevuto una bella rimproverazione dalla vecchia signorina Watson a causa dei miei vestiti; ma la vedova non la rimproverava, ma si limitava a pulire il grasso e l'argilla, e sembrava così dispiaciuta che pensai che mi sarei comportata bene per un po' se avessi potuto. Poi la signorina Watson mi prese nell'armadio e pregò, ma non se ne fece nulla. Mi ha detto di pregare ogni giorno, e qualsiasi cosa chiedessi l'avrei ottenuta. Ma non è così. L'ho provato. Una volta ho preso una lenza, ma senza ami. Non mi va bene senza ganci. Ho provato a prendere gli ami tre o quattro volte, ma in qualche modo non sono riuscito a farlo funzionare. Di lì a poco, un giorno, chiesi alla signorina Watson di provare per me, ma lei disse che ero uno sciocco. Non mi ha mai detto perché, e non riuscivo a capirlo in nessun modo.

Una volta mi sono seduto nel bosco e ci ho pensato a lungo. Mi dico, se un corpo può ottenere qualcosa per cui prega, perché il diacono Winn non recupera i soldi che ha perso con la carne di maiale? Perché la vedova non può riavere la sua tabacchiera d'argento che le è stata rubata? Perché la signorina Watson non riesce a ingrassare? No, mi dico, non c'è niente in questo. Andai a parlarne alla vedova, e lei disse che la cosa che un corpo poteva ottenere pregando per essa erano i "doni spirituali". Erano troppi per me, ma lei mi disse cosa intendeva: dovevo aiutare gli altri, e fare tutto quello che potevo per gli altri, e prendermi cura di loro tutto il tempo, e non pensare mai a me stesso. Questo includeva la signorina Watson, come ho capito. Andai nel bosco e ripensai a lungo, ma non riuscivo a vederci alcun vantaggio, tranne che per le altre persone; così alla fine pensai che non me ne sarei più preoccupato, ma che avrei lasciato perdere. A volte la vedova mi prendeva da parte e parlava della Provvidenza in modo da far venire l'acquolina in bocca a un corpo; ma forse il giorno dopo la signorina Watson avrebbe afferrato e buttato giù tutto di nuovo. Pensai di poter vedere che c'erano due Provvidenze, e che un povero tipo avrebbe tenuto una notevole figura con la Provvidenza della vedova, ma se la signorina Watson lo avesse portato lì, non sarebbe più stato di aiuto per lui. Pensai a tutto, e pensai che sarei appartenuta alla vedova se mi avesse voluta, anche se non riuscivo a capire come sarebbe stato meglio di prima, visto che ero così ignorante, e così bassa e scontrosa.

Pap non si vedeva da più di un anno, e questo mi faceva comodo; Non volevo più vederlo. Mi prendeva sempre a balena quando era sobrio e riusciva a mettermi le mani addosso; anche se andavo nei boschi per la maggior parte del tempo quando lui era in giro. Ebbene, in quel periodo fu trovato nel fiume annegato, a circa dodici miglia sopra la città, così diceva la gente. Hanno giudicato che fosse lui, in ogni caso; diceva che quest'uomo annegato era proprio della sua statura, ed era cencioso, e aveva i capelli lunghi non comuni, che erano tutti come pap; ma non riuscivano a distinguere nulla dal viso, perché era rimasto in acqua così a lungo che non assomigliava affatto a un volto. Hanno detto che stava galleggiando sulla schiena nell'acqua. Lo presero e lo seppellirono sulla riva. Ma avverto che non mi sento a lungo a mio agio, perché mi è capitato di pensare a qualcosa. Sapevo benissimo che un uomo annegato non galleggia sulla schiena, ma sul viso. Così sapevo, allora, che questo non avvertiva papà, ma una donna vestita con abiti da uomo. Quindi mi sentivo di nuovo a disagio. Pensavo che il vecchio si sarebbe fatto vivo di lì a poco, anche se avrei voluto che non lo facesse.

Abbiamo giocato al ladro di tanto in tanto per circa un mese, e poi ho dato le dimissioni. Tutti i ragazzi lo fecero. Non avevamo derubato nessuno, non avevamo ucciso nessuno, ma avevamo solo fatto finta. Eravamo soliti saltare fuori dal bosco e andare alla carica contro i conducenti di maiali e le donne sui carretti che portavano le cose da giardino al mercato, ma non abbiamo mai svuotato nessuno di loro. Tom Sawyer chiamava i maiali "lingotti", e chiamava le rape e il resto del genere "julery", e noi andavamo alla grotta a discutere di ciò che avevamo fatto, e di quante persone avevamo ucciso e marchiato. Ma non riuscivo a vederci alcun profitto. Una volta Tom mandò un ragazzo a correre per la città con un bastone ardente, che lui chiamò uno slogan (che era il segno per la banda di riunirsi), e poi disse di aver ricevuto notizie segrete dalle sue spie che il giorno dopo un intero branco di mercanti spagnoli e di ricchi A-rab si sarebbe accampato a Cave Hollow con duecento elefanti. e seicento cammelli, e più di mille muli "sumter", tutti carichi di di'monds, e non avevano solo una guardia di quattrocento soldati, e così ci mettevamo in agguato, come lo chiamava lui, e uccidevamo la sorte e raccoglievamo le cose. Disse che dovevamo infilare le spade e le pistole e prepararci. Non avrebbe mai potuto inseguire nemmeno un carro trainato da rape, ma doveva avere le spade e i fucili tutti ripuliti per questo, anche se erano solo assicelle e manici di scopa, e si poteva setacciarli fino a farli marcire, e allora non valevano un boccone di cenere più di prima. Non credevo che potessimo leccare una tale folla di spagnoli e di A-rab, ma volevo vedere i cammelli e gli elefanti, così ero presente il giorno dopo, sabato, nell'imboscata; e quando ricevemmo la notizia, ci precipitammo fuori dal bosco e giù per la collina. Ma non ci sono spagnuoli e A-rab, e non ci sono cammelli né elefanti. Non avvertiva altro che un picnic della scuola domenicale, e solo una lezione elementare. L'abbiamo distrutto e abbiamo inseguito i bambini su per la conca; ma non abbiamo mai avuto nient'altro che ciambelle e marmellata, anche se Ben Rogers ha preso una bambola di pezza, e Jo Harper ha preso un libro di inni e un volantino; E poi l'insegnante ha caricato, e ci ha fatto mollare tutto e tagliare.

Non ho visto nessun di'monds, e l'ho detto a Tom Sawyer. Ha detto che ce n'erano un sacco lì, comunque; e lui disse che c'erano anche gli A-rab, e gli elefanti e cose del genere. Ho detto, perché non potevamo vederli, allora? Disse che se non fossi stato così ignorante, ma avessi letto un libro intitolato Don Chisciotte, l'avrei saputo senza chiedere. Ha detto che è stato tutto fatto per incanto. Disse che c'erano centinaia di soldati, e elefanti e tesori, e così via, ma avevamo nemici che lui chiamava maghi; e avevano trasformato tutto in una scuola domenicale per bambini, solo per dispetto. Dissi, va bene; Poi la cosa che dovevamo fare era andare dai maghi. Tom Sawyer ha detto che ero un idiota.

«Perché», disse, «un mago potrebbe evocare un sacco di geni, e loro ti farebbero un po' di chiacchiere prima che tu possa dire Jack Robinson. Sono alti come un albero e grandi come una chiesa".

«Beh», dico, «suppongo che abbiamo dei geni che ci aiutano... non possiamo leccare l'altra folla allora?»

"Come farai a prenderli?"

"Non lo so. Come fanno a prenderli?"

«Ebbene, strofinano una vecchia lampada di latta o un anello di ferro, e poi i geni arrivano a squarciagola, con i tuoni e i fulmini che squarciano e il fumo che rotola, e tutto ciò che gli viene detto di fare lo fanno e lo fanno. Non ci pensano affatto a tirare su una torre di tiro per le radici e a prenderla a calci in testa a un sovrintendente della scuola domenicale... o a qualsiasi altro uomo».

"Chi li fa strappare così?"

«Chiunque sfinisca la lampada o l'anello. Appartengono a chi strofina la lampada o l'anello, e devono fare tutto ciò che dice. Se dice loro di costruire un palazzo lungo quaranta miglia fuori dai di'monds, e riempirlo di gomme da masticare, o quello che volete, e di andare a prendere la figlia di un imperatore dalla Cina per farvela sposare, devono farlo... e devono farlo anche prima dell'alba del mattino seguente. E di più: devono portare quel palazzo in giro per il paese dove vuoi, capisci".

«Ebbene», dico io, «penso che siano un branco di teste piatte per non tenere il palazzo invece di prenderli in giro in quel modo. E per di più, se fossi uno di loro, vedrei un uomo a Gerico prima di abbandonare la mia attività e andare da lui per strofinare una vecchia lampada di latta».

«Come parli, Huck Finn. Dovresti venire quando lui lo strofina, che tu lo voglia o no».

"Cosa! e io alto come un albero e grande come una chiesa? Va bene, allora; Io *andrei*, ma mi sdraiavo, facevo salire quell'uomo sull'albero più alto che ci fosse nel paese.

«Accidenti, non serve a niente parlare con te, Huck Finn. Sembra che tu non sappia nulla, in qualche modo... perfetto saphead.

Ci pensai su per due o tre giorni, e poi pensai che avrei visto se c'era qualcosa dentro. Presi una vecchia lampada di latta e un anello di ferro, e andai nel bosco e strofinai e strofinai fino a sudare come un indiano, calcolando di costruire un palazzo e venderlo; ma non serve a niente, nessuno dei geni arriva. Così ho giudicato che tutta quella roba era solo una delle bugie di Tom Sawyer. Pensavo che credesse negli A-rab e negli elefanti, ma per quanto mi riguarda la penso diversa. Aveva tutte le caratteristiche di una scuola domenicale.

CAPITOLO IV.

Beh, tre o quattro mesi passarono, ed era inverno inoltrato ormai. Ero stato a scuola quasi tutto il tempo e sapevo scrivere, leggere e scrivere un po', e potevo dire che la tabellina fino a sei volte sette fa trentacinque, e non credo che potrei mai andare più lontano di così se dovessi vivere per sempre. Non faccio nulla in matematica, comunque.

All'inizio odiavo la scuola, ma a poco a poco ho capito che potevo sopportarla. Ogni volta che mi sentivo stanco fuori di rado giocavo a hookey, e il giorno dopo mi nascondevo mi faceva bene e mi tirava su di morale. Quindi, più andavo a scuola, più diventava facile. Anch'io mi stavo abituando ai modi della vedova, e non mi mettono in guardia così volgarmente. Vivere in una casa e dormire in un letto mi tirava abbastanza forte per lo più, ma prima del freddo a volte scivolavo fuori e dormivo nei boschi, e quindi quello era un riposo per me. Mi piacevano di più i vecchi metodi, ma stavo diventando così mi piacevano anche quelli nuovi, un po'. La vedova disse che stavo arrivando lentamente ma sicuramente, e che stavo facendo molto soddisfazione. Ha detto che non si vergogna di me.

Una mattina mi capitò di girare la saliera a colazione. Ne presi un po' il più in fretta possibile per gettarmi sopra la spalla sinistra e tenere lontana la sfortuna, ma la signorina Watson era davanti a me e mi fece un incrocio. Lei dice: "Togli le mani, Huckleberry; Che casino fai sempre!" La vedova ha messo una buona parola per me, ma questo non mi ha avvertito di tenere lontana la sfortuna, lo sapevo abbastanza bene. Iniziai, dopo colazione, sentendomi preoccupato e tremante, e chiedendomi dove mi sarebbe caduto addosso, e cosa sarebbe stato. Ci sono modi per tenere lontani alcuni tipi di sfortuna, ma questo non era uno di quei tipi; così non ho mai cercato di fare nulla, ma mi sono limitato a curiosare di buon umore e all'erta.

Sono sceso nel giardino di fronte e mi sono ammucchiato sul gradino dove si passa attraverso l'alta recinzione. C'era un centimetro di neve fresca sul terreno, e vidi le tracce di qualcuno. Erano usciti dalla cava e si erano fermati per un po' intorno al palo, e poi avevano aggirato la recinzione del giardino. Era buffo che non fossero entrati, dopo essere rimasti in piedi così. Non riuscivo a capire. Era molto curioso, in qualche modo. Stavo per seguirlo, ma mi chinai per guardare prima le tracce. All'inizio non ho notato nulla, ma poi l'ho fatto. C'era una croce nel tacco dello stivale sinistro fatta con grossi chiodi, per tenere lontano il diavolo.

Mi alzai in un attimo e sfrecciai giù per la collina. Di tanto in tanto mi guardavo alle spalle, ma non vedevo nessuno. Ero dal giudice Thatcher il più velocemente possibile. Ha detto:

«Perché, ragazzo mio, siete tutti senza fiato. Sei venuto per il tuo interesse?"

«No, signore», dico; "Ce n'è un po' per me?"

«Oh, sì, ieri sera è arrivato un semestre... più di centocinquanta dollari. Una bella fortuna per te. Faresti meglio a lasciarmi investire insieme ai tuoi seimila, perché se li prendi li spendi."

«No, signore», dico, «non voglio spenderlo. Non lo voglio affatto... e nemmeno i seimila, pazzo. Voglio che tu lo prenda; Voglio darvelo, i seimila e tutti».

Sembrava sorpreso. Non riusciva a capire. Egli dice:

«Perché, che cosa vuoi dire, ragazzo mio?»

Le dico: "Non mi faccia domande al riguardo, per favore. Lo prenderai, non è vero?»

Egli dice:

«Beh, sono perplesso. C'è qualcosa che non va?"

«Ti prego», dico io, «e non chiedermi nulla, così non dovrò dire bugie».

Ha studiato un po', e poi dice:

"Oho-o! Penso di capire. Vuoi vendermi tutta la tua proprietà, non darmela. Questa è l'idea corretta".

Poi scrisse qualcosa su un foglio e lo lesse da capo, e disse:

«Ecco; Vedete, c'è scritto 'a titolo oneroso'. Ciò significa che l'ho comprato da te e te l'ho pagato per questo. Ecco un dollaro per te. Ora lo firmi".

Così l'ho firmato e me ne sono andato.

Il negro della signorina Watson, Jim, aveva una palla di pelo grande come il tuo pugno, che era stata tolta dal quarto stomaco di un bue, e lui era solito fare magie con essa. Disse che c'era uno spirito dentro di esso, e che sapeva tutto. Così andai da lui quella sera e gli dissi che papà era di nuovo qui, perché avevo trovato le sue tracce nella neve. Quello che volevo sapere era: cosa avrebbe fatto e se sarebbe rimasto. Jim tirò fuori la palla di pelo e disse qualcosa su di essa, poi la sollevò e la lasciò cadere sul pavimento. È caduto abbastanza solido e ha rotolato solo di circa un pollice. Jim ci provò di nuovo, e poi un'altra volta, e funzionò lo stesso. Jim si inginocchiò, vi appoggiò l'orecchio e ascoltò. Ma non è servito a nulla; Ha detto che non avrebbe parlato. Ha detto che a volte non parlerebbe senza soldi. Gli dissi che avevo un vecchio quarto di falso lucido che non serviva a nulla perché l'ottone si vedeva un po' attraverso l'argento, e non sarebbe passato in nessun modo, anche se l'ottone non si vedeva, perché era così liscio che sembrava unto, e così si sarebbe visto ogni volta. (Pensavo che non avrei detto nulla sul dollaro che avevo ricevuto dal giudice.) Ho detto che erano soldi piuttosto cattivi, ma forse la palla di pelo li avrebbe presi, perché forse non avrebbe notato la differenza. Jim lo annusò, lo morse e lo strofinò, e disse che se la sarebbe cavata in modo che la palla di pelo pensasse che fosse buono. Disse che avrebbe spaccato una patata irlandese cruda e ci avrebbe infilato il quarto in mezzo e l'avrebbe tenuta lì tutta la notte, e la mattina dopo non si vedeva più l'ottone, e non sarebbe più sembrata unta, e così chiunque in città l'avrebbe presa in un minuto, figuriamoci una palla di pelo. Beh, sapevo che una patata lo avrebbe fatto prima, ma l'avevo dimenticato.

Jim mise il quarto sotto la palla di pelo, si abbassò e ascoltò di nuovo. Questa volta disse che la palla di pelo era a posto. Ha detto che avrebbe predetto tutta la mia fortuna se avessi voluto. Gli dico, vai avanti. Così la palla di pelo parlò a Jim, e Jim lo disse a me. Egli dice:

«Tuo vecchio padre sa cosa deve fare. A volte pensa che se ne vada, en den agin lui specin che resta. Il modo di fare è quello di lasciare che l'uomo prenda la sua strada. I due angeli di Dey si aggirano intorno a lui. Uno è bianco e lucido, l'altro è nero. Il bianco gli fa andare a destra per un po', il nero salpa e rompe tutto. Un corpo non può dirti chi è il gwyne che lo va a prendere a de las'. Ma tu stai bene. Ti aspetta che tu abbia problemi considerevoli nella tua vita, una gioia considerevole. A volte ti fai male, a volte ti fai male; ma ogni volta che sei gwyne a git bene agin. Le due ragazze di Dey volano su di te nella tua vita. Una luce è chiara e l'altra è buia. Uno è ricco e l'altro è po'. Tu sei gwyne per sposare de po' uno fust en de rich one by en by. Tu vuoi tenere l'acqua per quanto vuoi, e non correre a badare, perché è giù nelle bollette che devi impiccare."

Quando ho acceso la mia candela e sono salito nella mia stanza quella sera, c'era papà seduto anche lui!

CAPITOLO V.

Avevo chiuso la porta. Poi mi sono girato ed eccolo lì. Avevo paura di lui tutto il tempo, mi abbronzava così tanto. Pensavo di avere paura anch'io, adesso; ma in un attimo mi accorgo che mi sbagliavo, cioè dopo il primo sobbalzo, come si può dire, quando il mio respiro si è quasi bloccato, essendo lui così inaspettato; ma subito dopo che l'ho visto, ho avvertito che non ho paura di lui, vale la pena preoccuparsene.

Aveva quasi cinquant'anni, e lo dimostrava. I suoi capelli erano lunghi, aggrovigliati e unti, e pendevano, e si potevano vedere i suoi occhi brillare come se fosse dietro le viti. Era tutto nero, niente grigio; così come i suoi lunghi baffi confusi. Non c'era nessun colore nel suo viso, dove il suo viso si mostrava; era bianco; non come il bianco di un altro uomo, ma un bianco per far venire la nausea a un corpo, un bianco per far accapponare la carne di un corpo, un rospo degli alberi bianco, un ventre di pesce bianco. Quanto ai suoi vestiti, solo stracci, questo era tutto. Aveva una caviglia appoggiata sull'altro ginocchio; Lo stivale di quel piede era rotto, e due delle sue dita degli erano confuse, e lui le lavorava di tanto in tanto. Il suo cappello era steso sul pavimento, un vecchio cappello nero con la parte superiore crollata, come un coperchio.

Rimasi a guardarlo; Si sedette lì a guardarmi, con la sedia un po' inclinata all'indietro. Ho posato la candela. Ho notato che la finestra era alzata; Così si era infilato vicino al capannone. Continuava a guardarmi dappertutto. Di lì a poco dice:

«Vestiti inamidati, molto. Pensi di essere un bel po' un grosso insetto, *non* è vero?»

"Forse lo sono, forse non lo sono", dico.

«Non darmi niente del tuo labbro», dice lui. «Da quando sono stato via, hai messo su un bel po' di fronzoli. Ti farò scendere un piolo prima di finire con te. Si è anche istruiti, dicono, si sa leggere e scrivere. Tu credi di essere migliore di tuo padre, adesso, non è vero, perché lui non può? *Te lo toglierò*. Chi ti ha detto che potresti immischiarti in una tale sciocchezza, ehi? Chi ti ha detto che potresti?

«La vedova. Me l'ha detto".

«La vedova, ehi?... e chi ha detto alla vedova che poteva mettere nella pala una cosa che non è affar suo?»

"Nessuno gliel'ha mai detto".

«Beh, le imparerò a immischiarsi. E guarda qui... lasci quella scuola, hai capito? Insegnerò le persone a crescere un ragazzo a darsi arie su suo padre e a lasciarlo essere migliore di quello che è. Mi permetti di beccarti di nuovo a scherzare in quella scuola, hai capito? Tua madre non sapeva leggere, e non sapeva scrivere, pazzo, prima di morire. Nessuno della famiglia poteva farlo prima di morire. Io non posso, e qui tu ti stai gonfiando così. Non sono l'uomo da sopportarlo... hai sentito? Di', fammi sentire che leggi."

Presi un libro e cominciai a parlare del generale Washington e delle guerre. Quando ebbi letto circa mezzo minuto, prese il libro con un colpo con la mano e lo fece cadere dall'altra parte della casa. Egli dice:

"È così. Puoi farlo. Avevo i miei dubbi quando me l'hai detto. Ora guarda qui; Smettila di metterti i fronzoli. Non lo voglio. Io parlerò per te, mio furbo; e se ti sorprendo in quella scuola, ti abbronzerò bene. Per prima cosa sai che avrai anche la religione. Non ho mai visto un figlio simile".

Prese una piccola immagine blu e gialla di alcune mucche e di un ragazzo, e disse:

"Che cos'è questo?"

"È qualcosa che mi danno per aver imparato bene le mie lezioni".

Lo strappò e disse:

«Ti darò qualcosa di meglio, ti darò una pelle di mucca».

Si sedette lì borbottando e ringhiando per un minuto, e poi disse:

«*Non sei* un dandy profumato, però? Un letto; e lenzuola; e uno specchio; e un pezzo di moquette sul pavimento... e tuo padre si è addormentato con i maiali nella tanyard. Non ho mai visto un figlio così. Scommetto che ti toglierò un po' di questi fronzoli prima di aver finito con te. Non c'è fine alle tue arie: dicono che sei ricco. Ehi?... com'è?»

«Mentono, ecco come».

«Guardi qui, bada a come mi parla; Adesso sto in piedi più o meno quanto posso sopportare, quindi non fare il cattivo. Sono in città da due giorni, e non ho sentito altro che dire che sei ricco. Ne ho sentito parlare anche lungo il fiume. Ecco perché vengo. Domani mi dia quel denaro, lo voglio».

"Non ho soldi."

"È una bugia. Il giudice Thatcher ce l'ha. Ce l'hai. Lo voglio".

«Non ho soldi, te lo dico. Chiedete al giudice Thatcher; Ti dirà lo stesso".

"Va bene. Glielo chiederò; e lo farò punge anche io, o saprò il perché. Diciamo, quanto hai in tasca? Lo voglio".

«Non ho solo un dollaro, e voglio che...»

"Non fa differenza per cosa lo vuoi, lo sborsi e basta".

Lo prese e lo morse per vedere se era buono, e poi disse che stava andando in città a prendere del whisky; ha detto che non aveva bevuto tutto il giorno. Quando fu uscito dalla baracca, vi rimise dentro la testa e mi imprecò perché indossavo i fronzoli e cercavo di essere migliore di lui; e quando ho capito che se n'era andato, è tornato e ha rimesso la testa dentro, e mi ha detto di badare a quella scuola, perché si sarebbe sdraiato per me e mi avrebbe leccato se non l'avessi lasciato cadere.

Il giorno dopo era ubriaco, e andò dal giudice Thatcher e lo prese in giro, e cercò di fargli cedere il denaro; Ma non ci riuscì, e allora giurò che avrebbe fatto in modo che la legge lo costringesse.

Il giudice e la vedova si rivolsero alla corte per convincere il tribunale a portarmi via da lui e lasciare che uno di loro fosse il mio tutore; ma era appena arrivato un nuovo giudice, e lui non conosceva il vecchio; Così ha detto che i tribunali non devono interferire e separare le famiglie se possono evitarlo; ha detto che non avrebbe portato via un bambino da suo padre. Così il giudice Thatcher e la vedova dovettero dimettersi dalla faccenda.

Questo piacque al vecchio finché non riuscì a riposare. Ha detto che mi avrebbe fatto vacchettare fino a diventare nera e blu se non avessi raccolto un po' di soldi per lui. Ho preso in prestito tre dollari dal giudice Thatcher, e papà li ha presi e si è ubriacato, e se n'è andato in giro a soffiare e a imprecare e a urlare e ad andare avanti; e lo tenne in giro per la città, con una padella di latta, fino a quasi mezzanotte; poi lo imprigionarono e il giorno dopo lo portarono davanti al tribunale e lo imprigionarono di nuovo per una settimana. Ma lui disse *che* era soddisfatto, che era il capo di suo figlio e che gli avrebbe fatto caldo.

Quando uscì, il nuovo giudice disse che avrebbe fatto di lui un uomo. Così lo portò a casa sua, lo vestì in modo pulito e carino, lo portò a colazione, a cena e a cena con la famiglia, e per lui era solo una vecchia torta, per così dire. E dopo cena gli parlò di temperanza e cose del genere, finché il vecchio pianse, e disse che era stato uno sciocco, e aveva rovinato la sua vita; Ma ora stava per voltare pagina e diventare un uomo di cui nessuno si sarebbe vergognato, e sperava che il giudice lo avrebbe aiutato e non lo avrebbe guardato dall'alto in basso. Il giudice ha detto che poteva abbracciarlo per quelle parole; Così *lui* pianse, e sua moglie pianse di nuovo; papà disse che era stato un uomo che prima era sempre stato frainteso, e il giudice disse che ci credeva. Il vecchio disse che ciò che un uomo voleva di basso era la compassione, e il giudice disse che era così; Così piansero di nuovo. E quando fu ora di andare a letto, il vecchio si alzò, tese la mano e disse:

"Guardate, signori e signore tutti; afferrarla; Scuotilo. C'è una mano che era la mano di un maiale; ma non è più così; È la mano di un uomo che ha iniziato una nuova vita, e morirà prima di tornare indietro. Segna quelle parole, non dimenticare che le ho dette io. Ora è una mano pulita; Scuotilo, non aver paura."

Così lo scossero, uno dopo l'altro, tutt'intorno, e piansero. La moglie del giudice lo baciò. Allora il vecchio, firmò un impegno, lasciò il segno. Il giudice ha detto che era il momento più sacro mai registrato, o qualcosa del genere. Poi infilarono il vecchio in una bella stanza, che era la stanza degli ospiti, e di notte un po' di tempo ebbe una forte sete e si accoccolò sul tetto del portico e scivolò giù da un candeliere e barattò il suo cappotto nuovo con una brocca da quaranta canne, e tornò indietro e si divertì un po' alla vecchia; e verso l'alba strisciò di nuovo fuori, ubriaco come un violinista, rotolò fuori dal portico e si ruppe il braccio sinistro in due punti, e morì quasi congelato quando qualcuno lo trovò dopo l'alba. E quando vengono a dare un'occhiata a quella stanza degli ospiti, devono fare dei sondaggi prima di poterla navigare.

Il giudice si sentiva un po' dolorante. Disse che pensava che un corpo potesse riformare il vecchio con un fucile, forse, ma non conosceva altro modo.

CAPITOLO VI.

Ebbene, ben presto il vecchio si alzò di nuovo, e allora andò a cercare il giudice Thatcher in tribunale per fargli rinunciare a quei soldi, e se la prese anche con me, per non aver smesso di andare a scuola. Mi ha preso un paio di volte e mi ha picchiato, ma andavo a scuola lo stesso, e lo schivavo o lo superavo per la maggior parte del tempo. Prima non volevo andare a scuola molto, ma pensavo che ora ci sarei andata per fare un dispetto a papà. Quel processo legale era un affare lento... sembrava che avessero avvertito che non avrebbero mai iniziato a farlo; così ogni tanto gli chiedevo in prestito due o tre dollari dal giudice, per evitare di farmi un nascondiglio. Ogni volta che riceveva denaro si ubriacava; e ogni volta che si ubriacava allevava Caino in giro per la città; e ogni volta che ha allevato Caino è stato imprigionato. Era proprio adatto: questo genere di cose era proprio nella sua linea.

Ha avuto modo di frequentare troppo la vedova e così lei gli ha detto alla fine che se non avesse smesso di usare lì intorno, gli avrebbe creato problemi. Beh, *non era* pazzo? Ha detto che avrebbe mostrato chi era il capo di Huck Finn. Così un giorno di primavera mi tenne d'occhio, mi catturò e mi portò su per il fiume per circa tre miglia in una barca, e attraversò la riva dell'Illinois dove era boscosa e non c'erano case, ma una vecchia capanna di tronchi in un luogo dove il legname era così fitto che non si poteva trovare se non si sapeva dove fosse.

Mi teneva sempre con sé e non ho mai avuto la possibilità di scappare. Abitavamo in quella vecchia capanna, e lui chiudeva sempre la porta a chiave e si metteva la chiave in testa di notte. Aveva un fucile che aveva rubato, immagino, e pescavamo e cacciavamo, e questo era ciò di cui vivevamo. Ogni tanto mi chiudeva dentro e scendeva al negozio, a tre miglia, al traghetto, e scambiava pesce e selvaggina con whisky, e andava a prenderlo a casa e si ubriacava e si divertiva, e mi leccava. La vedova scoprì di lì a poco dove mi trovavo, e mandò un uomo a cercare di prendermi; ma papà lo cacciò via con il fucile, e non passò molto tempo dopo che mi abituai a stare dov'ero, e mi piacque, tutto tranne la parte in pelle bovina.

Era un po' pigro e allegro, sdraiato tutto il giorno, fumando e pescando, e senza libri né studio. Passarono due mesi o più, e i miei vestiti finirono per essere tutti stracci e sporcizia, e non capivo come mi fosse mai piaciuto così tanto dalla vedova, dove dovevi lavarti, e mangiare su un piatto, e pettinarti, e andare a letto e alzarti regolarmente, e stare sempre a preoccuparti di un libro, e avere la vecchia signorina Watson che ti becca tutto il tempo. Non volevo più tornare indietro. Avevo smesso di imprecare, perché alla vedova non piaceva; ma ora ci riprendevo perché papà non aveva obiezioni. Era abbastanza bello nei boschi lì, prendilo tutto intorno.

Ma di lì a poco papà si mise troppo a suo agio con la sua ciarlata, e io non riuscivo a sopportarlo. Avevo tutti i lividi. Ha avuto modo di andarsene così spesso, e di chiudermi dentro. Una volta mi ha chiuso dentro ed è stato via tre giorni. Era terribilmente solitario. Pensai che fosse annegato e che non ne sarei più uscito. Avevo paura. Ho deciso che avrei trovato un modo per andarmene da lì. Avevo cercato di uscire da quella capanna molte volte, ma non riuscivo a trovare un modo. Non c'è una finestra abbastanza grande da permettere a un cane di passarci attraverso. Non riuscivo ad alzarmi dal canile; era troppo stretto. La porta era spessa e in lastre di rovere massiccio. Pap stava molto attento a non lasciare un coltello o altro nella cabina quando era via; Credo di aver cacciato il posto fino a un centinaio di volte; beh, ci sono stato quasi tutto il tempo, perché era l'unico modo per dedicare del tempo. Ma questa volta finalmente trovai qualcosa; Ho trovato una vecchia sega per legno arrugginita senza manico; È stato posato tra una trave e le assicelle del tetto. L'ho unto e sono andato al lavoro. C'era una vecchia coperta da cavallo inchiodata contro i tronchi all'estremità della capanna dietro il tavolo, per impedire al vento di soffiare attraverso le fessure e di spegnere la candela. Mi misi sotto il tavolo, sollevai la coperta e mi misi al lavoro per segare una sezione del grosso tronco inferiore, abbastanza grande da lasciarmi passare. Beh, è stato un bel lavoro lungo, ma stavo arrivando alla fine quando ho sentito la pistola di papà nel bosco.

Mi liberai dei segni del mio lavoro, lasciai cadere la coperta e nascosi la sega, e ben presto entrò papà.

Pap non era di buon umore, quindi era il suo sé naturale. Ha detto che era in città e che tutto stava andando storto. Il suo avvocato ha detto che pensava che avrebbe vinto la sua causa e avrebbe ottenuto i soldi se avessero mai iniziato il processo; ma poi c'erano modi per rimandare a lungo, e il giudice Thatcher sapeva come farlo. E disse che la gente permetteva che ci sarebbe stato un altro processo per allontanarmi da lui e darmi alla vedova come mio tutore, e indovinarono che questa volta avrebbe vinto. Questo mi scosse notevolmente, perché non volevo più tornare dalla vedova ed essere così stretta e sivilzzata, come si diceva. Allora il vecchio si mise a bestemmiare, e imprecò tutto e tutti quelli che gli venivano in mente, e poi li imprecò di nuovo per assicurarsi di non averne saltato nessuno, e poi se ne andò con una specie di imprecazione generale tutt'intorno, compreso un considerevole gruppo di persone di cui non conosceva il nome. E così li chiamò come si chiamava quando arrivò a loro, e andò dritto avanti con le sue imprecazioni.

Ha detto che gli sarebbe piaciuto vedere la vedova prendermi. Disse che avrebbe fatto attenzione, e se avessero cercato di prenderlo in qualche selvaggina del genere, sapeva che c'era un posto a sei o sette miglia di distanza per stivarmi, dove avrebbero potuto cacciare fino a quando non fossero caduti e non fossero riusciti a trovarmi. Questo mi mise di nuovo abbastanza a disagio, ma solo per un minuto; Pensavo che non sarei rimasto a disposizione finché non ne avesse avuto l'occasione.

Il vecchio mi fece andare alla barca a prendere le cose che aveva. C'era un sacco da cinquanta libbre di farina di mais, e un contorno di pancetta, munizioni e una brocca di whisky da quattro galloni, e un vecchio libro e due giornali per ovattare, oltre a un po' di stoppa. Sollevai un carico, tornai indietro e mi sedetti sulla prua della barca per riposare. Ci pensai su, e pensai che me ne sarei andato con il fucile e un po' di corde, e sarei andato nel bosco quando sarei scappato. Immaginavo che non sarei rimasto in un posto, ma avrei semplicemente vagato per il paese, per lo più di notte, e cacciato e pescato per mantenermi in vita, e così allontanarmi così tanto che né il vecchio né la vedova sarebbero più riusciti a trovarmi. Pensai che quella sera me ne sarei andato e me ne sarei andato se papà si fosse ubriacato abbastanza, e pensai che l'avrebbe fatto. Ne ero così pieno che non mi accorsi di quanto tempo sarei rimasto finché il vecchio gridò e mi chiese se stavo dormendo o stavo annegando.

Ho portato tutte le cose in cabina, e poi è stato quasi buio. Mentre stavo cucinando la cena, il vecchio bevve un sorso o due, si scaldò e si mise di nuovo a mangiare. Era stato ubriaco in città, e giaceva nella grondaia tutta la notte, ed era uno spettacolo da guardare. Un corpo avrebbe pensato che fosse Adamo, era tutto fango. Ogni volta che il suo liquore cominciava a funzionare, andava quasi sempre per il governo, questa volta dice:

"Chiamatelo governo! beh, basta guardarlo e vedere com'è. Ecco la legge pronta a portargli via il figlio di un uomo, il figlio di un uomo, che egli ha avuto tutte le difficoltà e tutte le ansie e tutte le spese per allevare. Sì, proprio come quell'uomo ha finalmente allevato quel figlio, e pronto ad andare a lavorare e a cominciare a fare qualcosa per *lui* e a dargli un po' di riposo, la legge si alza e va per lui. E lo chiamano governo! Non è tutto, pazzo. La legge sostiene il vecchio giudice Thatcher e lo aiuta a tenermi fuori dalla mia proprietà. Ecco cosa fa la legge: la legge prende un uomo del valore di seimila dollari e più, e lo infila in una vecchia trappola di una capanna come questa, e lo lascia andare in giro con abiti che non sono adatti a un maiale. Lo chiamano governo! Un uomo non può ottenere i suoi diritti in un governo come questo. A volte mi viene l'idea di lasciare il paese per sempre. Sì, e gliel'ho *detto*; Glielo dissi in faccia alla vecchia Thatcher. Molti di loro mi hanno sentito, e possono dire quello che ho detto. Dico io, per due centesimi lascerei il paese biasimato e non mi avvicinerei mai ad esso. Sono le parole stesse. Dico di guardare il mio cappello, se lo chiamate cappello, ma il coperchio si alza e il resto scende fino a finire sotto il mio mento, e allora non è proprio un cappello, ma più come se la mia testa fosse stata infilata in un tubo di stufa. Guarda, dico io, un cappello che mi fa indossare uno degli uomini più ricchi di questa città, se potessi avere i miei diritti.

"Oh, sì, questo è un governo meraviglioso, meraviglioso. Perché, guarda qui. C'era un negro libero dell'Ohio, un mulatter, bianco quasi quanto un bianco. Aveva anche la camicia più bianca che si sia mai vista, e il cappello più lucido; e non c'è un uomo in quella città che abbia vestiti così belli come quelli che aveva lui; e aveva un orologio e una catena d'oro, e un bastone dalla testa d'argento, il più terribile vecchio nababbo dai capelli grigi dello Stato. E voi cosa ne pensate? Dicevano che era un professore universitario, che parlava ogni tipo di lingua e che sapeva tutto. E non è questo il problema. Hanno detto che poteva *votare* quando era a casa. Beh, questo mi ha fatto uscire. Penso, dove sta andando il paese? Era il giorno della lezione, e stavo proprio per andare a votare io stesso se non avessi avvertito che non ero troppo ubriaco per arrivarci; ma quando mi hanno detto che c'era uno Stato in questo paese in cui avevano permesso a quel negro di votare, mi sono tirato indietro. Dico che non voterò mai. Sono proprio queste le parole che ho detto; tutti mi hanno sentito; e il paese potrebbe marcire per tutti me: non voterò mai finché vivrò. E vedere il modo freddo di quel negro... beh, non mi avrebbe dato la strada se non l'avessi spinto fuori di mezzo. Dico alla gente: perché questo negro non viene messo all'asta e venduto? E cosa credi che abbiano detto? Dicevano che non poteva essere venduto finché non fosse stato nello Stato per sei mesi, e non era ancora rimasto lì da così tanto tempo. Ecco, ora... questo è un esemplare. Lo chiamano un governo che non può vendere un negro libero finché non è nello Stato da sei mesi. Ecco un governo che si definisce un governo, e lascia che sia un governo, e pensa di essere un governo, e tuttavia deve stare fermo per sei mesi interi prima di poter prendere possesso di un negro libero in furto, ladro, infernale, in camicia bianca, e...»

Pap continuava così che non si accorse mai di dove lo portassero le sue vecchie gambe agili, così si gettò a capofitto sulla tinozza di maiale salato e abbaiò entrambi gli stinchi, e il resto del suo discorso era il tipo di linguaggio più caldo, per lo più insultò il negro e il governo, anche se ne dava un po' alla tinozza. anche, da sempre, qua e là. Saltellò a lungo intorno alla cabina, prima su una gamba e poi sull'altra, tenendo prima uno stinco e poi l'altro, e alla fine uscì all'improvviso con il piede sinistro e andò a prendere la vasca con un calcio sferragliante. Ma non metteva in guardia il buon senso, perché quello era lo stivale che aveva un paio di dita dei piedi che gli uscivano dalla parte anteriore; così ora alzò un ululato che fece rizzare i capelli a un corpo, e cadde nella polvere, e vi rotolò, e si tenne le dita dei piedi; e le imprecazioni che fece allora si sovrapposero a qualsiasi cosa avesse mai fatto in precedenza. Lo ha detto lui stesso in seguito. Aveva sentito parlare del vecchio Sowberry Hagan nei suoi giorni migliori, e diceva che era anche lui; ma credo che sia stato un po' un po' un accumulo, forse.

Dopo cena papà prese la brocca e disse che aveva abbastanza whisky per due ubriachi e un delirium tremens. Questa è sempre stata la sua parola. Pensai che sarebbe stato ubriaco cieco nel giro di circa un'ora, e poi avrei rubato la chiave, o mi sarei visto fuori, l'uno o l'altro. Bevve e bevve, e di lì a poco cadde sulle coperte; Ma la fortuna non è corsa dalla mia parte. Non si addormentò profondamente, ma era a disagio. Gemette e gemette e si dimenò da una parte e dall'altra per molto tempo. Alla fine mi sentii così assonnato che non riuscivo a tenere gli occhi aperti per quanto potevo, e così, prima di capire che cosa stavo facendo, mi addormentai profondamente e la candela ardeva.

Non so per quanto tempo ho dormito, ma all'improvviso c'è stato un urlo terribile e mi sono alzato. C'era papà che sembrava selvaggio, e saltellava da ogni parte e urlava contro i serpenti. Ha detto che gli stavano strisciando sulle gambe; e poi faceva un salto e gridava, e diceva che uno lo aveva morso sulla guancia, ma non riuscivo a vedere nessun serpente. Si mise a correre intorno alla capanna, gridando: «Toglietelo! Toglilo di dosso! Mi sta mordendo sul collo!" Non ho mai visto un uomo con un aspetto così selvaggio negli occhi. Ben presto fu tutto stanco e cadde ansimante; Poi rotolava e rigirava meravigliosamente velocemente, scalciando le cose in ogni direzione, e colpendo e afferrando l'aria con le mani, e urlando e dicendo che c'erano diavoli che lo tenevano in pugno. Di lì a poco si stancò e rimase immobile per un po', gemendo. Poi si sdraiò più immobile e non emise alcun suono. Potevo sentire i gufi e i lupi in lontananza nel bosco, e mi sembrava ancora terribile. Era sdraiato all'angolo. Di lì a poco si alzò in un po' e ascoltò, con la testa da un lato. Dice, molto basso:

«Vagabondo, vagabondo, vagabondo; sono i morti; vagabondo, vagabondo, vagabondo; mi stanno inseguendo; ma non andrò. Oh, sono qui! Non toccarmi, non farlo! giù le mani, hanno freddo; liberare. Oh, lascia stare un povero diavolo!"

Poi si mise a quattro zampe e se ne andò strisciando, pregandoli di lasciarlo stare, e si avvolse nella coperta e si sguazzò sotto il vecchio tavolo di pino, continuando a mendicare; E poi si mise a piangere. Potevo sentirlo attraverso la coperta.

Di lì a poco rotolò fuori e balzò in piedi con un'aria selvaggia, e mi vide e andò verso di me. Mi inseguì qua e là con un coltello a serramanico, chiamandomi l'Angelo della Morte e dicendo che mi avrebbe ucciso, e poi non potei più venire a prenderlo. Lo supplicai e gli dissi che ero solo Huck; ma lui rideva *di* una risata così stridula, e ruggiva e imprecava, e continuava a inseguirmi. Una volta, quando mi voltai di colpo e mi schivai sotto il suo braccio, mi afferrò e mi prese per la giacca tra le spalle, e pensai di essermene andato; ma scivolai fuori dalla giacca veloce come un fulmine e mi salvai. Ben presto fu tutto stanco e si lasciò cadere con la schiena contro la porta e disse che si sarebbe riposato un minuto e poi mi avrebbe ucciso. Mise il coltello sotto di sé e disse che avrebbe dormito e si sarebbe rafforzato, e poi avrebbe visto chi era chi.

Così si è appisolato molto presto. Di lì a poco presi la vecchia sedia a fondo diviso e mi sistemai più facilmente che potei, per non fare rumore, e abbassai la pistola. Infilai la bacchetta per assicurarmi che fosse carica, poi la posai sul barile di rapa, puntando verso pap, e mi sedetti dietro di essa per aspettare che si muovesse. E quanto lento e fermo il tempo si trascinava.

CAPITOLO VII.

"Alzati! Di cosa stai parlando?"

Aprii gli occhi e mi guardai intorno, cercando di capire dove fossi. Era passato il sole e avevo dormito profondamente. Anche papà era in piedi sopra di me, con un'aria acida e malata. Egli dice:

«Che cosa ci fai con questa pistola?»

Ho giudicato che non sapeva nulla di quello che stava facendo, così ho detto:

"Qualcuno ha cercato di entrare, quindi mi sono sdraiato per lui".

«Perché non mi hai cacciato via?»

«Beh, ci ho provato, ma non ci sono riuscito; Non potevo smuoverti."

«Beh, va bene. Non stare lì a fare il tifo tutto il giorno, ma fuori con te e vedere se c'è un pesce sulle linee per colazione. Sarò qui tra un minuto."

Aprì la porta e io risalii la riva del fiume. Notai alcuni pezzi di arti e cose simili che galleggiavano giù, e una spruzzata di corteccia; così capii che il fiume aveva cominciato a salire. Pensavo che mi sarei divertito molto se fossi stato in città. L'ascesa di giugno è sempre stata una fortuna per me; perché non appena inizia quell'altura, ecco che il legno di corda galleggia e pezzi di zattere di tronchi, a volte una dozzina di tronchi insieme; Quindi tutto quello che devi fare è catturarli e venderli ai depositi di legna e alla segheria.

Risalii la riva con un occhio fuori per papà e l'altro per quello che l'ascesa avrebbe potuto portare. Ebbene, all'improvviso ecco che arriva una canoa; anche solo una bellezza, lunga circa tredici o quattordici piedi, che cavalca alta come un'anatra. Mi lanciai a testa in giù dalla riva come una rana, vestiti e tutto addosso, e mi diressi verso la canoa. Mi aspettavo solo che ci fosse qualcuno sdraiato dentro, perché spesso la gente lo faceva per ingannare la gente, e quando un tizio tirava fuori una barca per la maggior parte del tempo, si alzavano e ridevano di lui. Ma questa volta non è così. Era una canoa alla deriva, e mi sono accomunato e l'ho portata a riva. Pensa, il vecchio sarà contento quando vedrà questo: vale dieci dollari. Ma quando arrivai a riva, papà non era ancora in vista, e mentre la stavo facendo scorrere in un piccolo torrente simile a un burrone, tutto ricoperto di viti e salici, mi venne un'altra idea: pensai che l'avrei nascosta bene, e poi, invece di andare nel bosco quando sarei scappato, sarei sceso lungo il fiume per una cinquantina di miglia e mi sarei accampato in un posto per sempre. e non avere un tempo così difficile camminando a piedi.

Era abbastanza vicino alla baracca, e mi parve di sentire il vecchio venire tutto il tempo; ma l'ho nascosta; e poi sono uscito e ho guardato intorno un mucchio di salici, e c'era il vecchio in fondo al sentiero, un pezzo che stava disegnando una perlina su un uccello con il suo fucile. Quindi non aveva visto nulla.

Quando lui è andato d'accordo, mi sono messo al lavoro per prendere una linea "trotto". Mi ha un po' insultato per essere così lento; ma gli dissi che ero caduto nel fiume, e questo era ciò che mi aveva fatto desiderare così tanto. Sapevo che avrebbe visto che ero bagnata, e poi avrebbe fatto domande. Abbiamo tolto cinque pesci gatto dalle lenze e siamo tornati a casa.

Mentre ci sdraiavamo dopo colazione per dormire, essendo entrambi quasi esausti, mi venne da pensare che se fossi riuscito a trovare un modo per impedire a papà e alla vedova di cercare di seguirmi, sarebbe stata una cosa più certa che affidarsi alla fortuna per allontanarsi abbastanza prima che mi mancassero; Vedete, potrebbero succedere cose di ogni genere. Ebbene, per un po' non vidi più la strada, ma di lì a poco papà si alzò un attimo per bere un altro barile d'acqua, e disse:

«Un'altra volta che un uomo viene a gironzolare qui intorno, mi fai uscire, hai capito? Quell'uomo non è qui per niente di buono. Gli avrei sparato. La prossima volta che mi fai uscire, hai capito?»

Poi si lasciò cadere e si addormentò di nuovo; ma quello che aveva detto mi ha dato proprio l'idea che volevo. Mi sono detto, posso sistemarlo ora così nessuno penserà di seguirmi.

Verso le dodici uscimmo e risalimmo la riva. Il fiume saliva abbastanza velocemente, e un sacco di legname alla deriva saliva. Di lì a poco arriva una parte di una zattera di tronchi: nove tronchi stretti insieme. Siamo usciti con la barca e l'abbiamo trainata a riva. Poi abbiamo cenato. Chiunque, tranne papà, avrebbe aspettato e visto la giornata fino a fondo, in modo da prendere più roba; Ma questo non avverte lo stile di Pap. Nove tronchi erano sufficienti per una volta; Doveva spingersi fino in città e vendere. Così mi chiuse dentro, prese la barca e cominciò a trainare la zattera verso le tre e mezzo. Pensai che non sarebbe tornato quella notte. Aspettai finché non pensai che avesse avuto un buon inizio; poi uscii con la mia sega e mi misi di nuovo al lavoro su quel tronco. Prima che lui fosse dall'altra parte del fiume, io ero fuori dal buco; lui e la sua zattera erano solo un puntino sull'acqua laggiù.

Presi il sacco di farina di mais e lo portai dove era nascosta la canoa, e scostai le viti e i rami e lo misi dentro; poi ho fatto lo stesso con il lato della pancetta; poi la brocca del whisky. Presi tutto il caffè e lo zucchero che c'erano, e tutte le munizioni; Ho preso l'ovatta; Presi il secchio e la zucca; Presi un mestolo e una tazza di latta, e la mia vecchia sega e due coperte, e la padella e la caffettiera. Portavo lenze e fiammiferi e altre cose, tutto ciò che valeva un centesimo. Ho ripulito il posto. Volevo un'ascia, ma non c'era, solo quella fuori dalla catasta di legna, e sapevo perché l'avrei lasciata. Tirai fuori la pistola, e ora avevo finito.

Avevo consumato molto il terreno, strisciando fuori dal buco e trascinando fuori tante cose. Così l'ho sistemato meglio che potevo dall'esterno spargendo polvere sul posto, che copriva la levigatezza e la segatura. Poi rimisi il pezzo di tronco al suo posto e gli misi sotto due pietre e una contro per tenerlo fermo, perché in quel punto era piegato e non toccava terra. Se ti trovassi a quattro o cinque piedi di distanza e non sapessi che è stato segato, non te ne accorgeresti mai; E inoltre, quello era il retro della cabina, e non avvertiva che probabilmente qualcuno sarebbe andato a scherzare lì intorno.

La canoa era tutta erbosa, quindi non avevo lasciato una traccia. L'ho seguito per vedere. Mi fermai sulla riva e guardai il fiume. Tutto al sicuro. Così presi il fucile e risalii un pezzo nel bosco, e stavo andando a caccia di qualche uccello quando vidi un maiale selvatico; I maiali si scatenarono presto nei loro fondali dopo che si erano allontanati dalle fattorie della prateria. Ho sparato a questo tizio e l'ho portato al campo.

Ho preso l'ascia e ho sfondato la porta. L'ho battuto e l'ho hackerato considerevolmente nel farlo. Andai a prendere il maiale, lo riportai quasi al tavolo, gli tagliai la gola con l'ascia e lo stesai a terra a sanguinare; Dico terra perché *era* terra, compatta e senza tavole. Ebbene, poi presi un vecchio sacco e ci misi dentro un sacco di grosse pietre, tutto quello che riuscii a trascinare, e lo feci partire dal maiale, e lo trascinai fino alla porta e attraverso il bosco fino al fiume e lo gettai dentro, e cadde giù, fuori dalla vista. Si poteva facilmente vedere che qualcosa era stato trascinato sul terreno. Avrei voluto che Tom Sawyer fosse lì; Sapevo che si sarebbe interessato a questo tipo di attività e avrebbe aggiunto tocchi fantasiosi. Nessuno poteva sparpagliarsi come Tom Sawyer in una cosa del genere.

Ebbene, per ultimo mi sono strappato un po' di capelli, e ho insanguinato bene l'ascia, l'ho infilata sul lato posteriore, e ho infilato l'ascia in un angolo. Poi presi il maiale e me lo tenni al petto con la giacca (in modo che non potesse gocciolare) finché non ne presi un bel pezzo sotto la casa e poi lo gettai nel fiume. Ora ho pensato ad altro. Così andai a prendere il sacco di farina e la mia vecchia sega dalla canoa, e li portai a casa. Portai il sacchetto dove stava di solito e feci un buco sul fondo con la sega, perché non c'erano coltelli e forchette sul posto: papà faceva tutto con il suo coltello a serramanico riguardo alla cucina. Poi portai il sacco per un centinaio di metri attraverso l'erba e tra i salici a est della casa, fino a un lago poco profondo che era largo cinque miglia e pieno di giunchi... e anche di anatre, si potrebbe dire, in stagione. C'era una palude o un torrente che usciva dall'altra parte e che andava a miglia di distanza, non so dove, ma non andava al fiume. Il pasto è passato al setaccio e ha fatto una piccola traccia fino al lago. Ho lasciato cadere anche lì la pietra per affilare di papà, in modo da sembrare che fosse stata fatta per caso. Poi legai lo strappo nel sacco del pasto con una corda, in modo che non perdesse più, e lo portai di nuovo con la mia sega sulla canoa.

Era quasi buio ormai; così lasciai cadere la canoa lungo il fiume sotto alcuni salici che pendevano dalla riva e aspettai che sorgesse la luna. Mi sono affrettato fino a un salice; poi mangiai un boccone e di lì a poco mi sdraiai sulla canoa a fumare la pipa e a preparare un piano. Mi dico, seguiranno le tracce di quel sacco di rocce fino alla riva e poi trascineranno il fiume per me. E seguiranno la pista del pasto fino al lago e andranno a curiosare lungo il torrente che porta fuori per trovare i ladri che mi hanno ucciso e hanno preso le cose. Non cacceranno mai il fiume per nient'altro che la mia carcassa morta. Si stancheranno presto di tutto questo, e non si preoccuperanno più di me. Va bene; Posso fermarmi dove voglio. Jackson's Island è abbastanza buona per me; Conosco abbastanza bene quell'isola, e nessuno ci viene mai. E poi posso remare fino alla città di notte, sgattaiolare in giro e raccogliere le cose che voglio. L'isola di Jackson è il posto giusto.

Ero piuttosto stanco, e la prima cosa che ho capito è che stavo dormendo. Quando mi sono svegliato non ho saputo dove fossi per un minuto. Mi sono sistemato e mi sono guardato intorno, un po' spaventato. Poi mi sono ricordato. Il fiume sembrava largo miglia e miglia. La luna era così luminosa che potevo contare i tronchi alla deriva che scivolavano via, neri e immobili, a centinaia di metri dalla riva. Tutto era silenzioso, e sembrava tardi, e *puzzava* tardi. Sai cosa intendo, non conosco le parole per metterlo dentro.

Ho fatto un buon distacco e un tratto, e stavo per sganciarmi e ripartire quando ho sentito un rumore lontano sull'acqua. Ho ascoltato. Ben presto ce l'ho fatta. Era quel tipo di suono sordo e regolare che proviene dai remi che lavorano negli scalmi quando è una notte tranquilla. Sbirciai tra i rami di salice, ed eccolo lì, una barca, dall'altra parte dell'acqua. Non riuscivo a dire quanti ce ne fossero dentro. Continuava ad arrivare, e quando fu al mio fianco vidi che c'era dentro non c'era che un solo uomo. Pensa che sono io, forse è papà, anche se avverto che non me lo aspetto. Si gettò sotto di me con la corrente, e di lì a poco arrivò dondolandosi sulla riva nell'acqua facile, e passò così vicino che potei allungare la mano con il fucile e toccarlo. Beh, *era* papà, certo... e anche sobrio, dal modo in cui posò i remi.

Non ho perso tempo. Il minuto dopo stavo girando lungo la corrente, morbido ma veloce, all'ombra della riva. Guadagnai due miglia e mezzo, e poi mi diressi per un quarto di miglio o più verso il centro del fiume, perché ben presto avrei superato l'approdo del traghetto, e la gente avrebbe potuto vedermi e salutarmi. Uscii in mezzo ai legni, poi mi sdraiai sul fondo della canoa e la lasciai galleggiare.

Mi sdraiai lì, mi riposai bene e fumai dalla pipa, guardando lontano nel cielo; non c'era una nuvola. Il cielo sembra così profondo quando ti sdrai sulla schiena al chiaro di luna; Non l'avevo mai saputo prima. E fino a che punto un corpo può sentire sull'acqua queste notti! Ho sentito persone parlare all'approdo del traghetto. Anch'io sentii quello che dicevano, ogni parola. Un uomo ha detto che si sta avvicinando alle giornate lunghe e alle notti corte. L'altro disse *che* questo non era uno di quelli corti, pensò... e poi risero, e lui lo ripeté di nuovo, e risero di nuovo; poi svegliarono un altro e glielo dissero, e risero, ma lui non rise; strappò qualcosa di svelto, e disse lascialo stare. Il primo disse che si era fermato a dirlo alla sua vecchia: lei avrebbe pensato che fosse abbastanza buono; ma lui disse che non c'era niente da fare per alcune cose che aveva detto ai suoi tempi. Sentii un uomo dire che erano quasi le tre, e sperava che la luce del giorno non aspettasse più di una settimana in più. Dopo di che il discorso si allontanò sempre di più, e non riuscii più a distinguere le parole; ma sentivo il borbottio, e di tanto in tanto anche una risata, ma sembrava molto lontana.

Adesso ero sotto il traghetto. Mi alzai, e c'era l'isola di Jackson, a circa due miglia e mezzo lungo la corrente, con un pesante legname e che si ergeva in mezzo al fiume, grande, scura e solida, come un battello a vapore senza luci. Non c'era alcun segno della sbarra in testa: ora era tutto sott'acqua.

Non mi ci è voluto molto per arrivarci. Ho sparato oltre la testa a una velocità di strappo, la corrente era così veloce, e poi sono entrato nell'acqua morta e sono atterrato di lato verso la riva dell'Illinois. Faccio sbattere la canoa contro una profonda ammaccatura nella riva di cui ero a conoscenza;

Ho dovuto separare i rami di salice per entrare; e quando feci in fretta nessuno poté vedere la canoa dall'esterno.

Salii e mi sdraiai su un tronco all'estremità dell'isola, e guardai il grande fiume e il legno nero alla deriva e via verso la città, a tre miglia di distanza, dove c'erano tre o quattro luci scintillanti. Una mostruosa grossa zattera di legname risaliva la corrente a circa un miglio, scendendo, con una lanterna nel mezzo. Lo vidi scendere strisciando, e quando fu più vicino a dove mi trovavo, sentii un uomo dire: "Remi di poppa, là! Solleva la testa per pugnalare!" L'ho sentito con la stessa chiarezza, come se l'uomo fosse al mio fianco.

C'era un po' di grigio nel cielo, ora; così entrai nel bosco e mi sdraiai per un pisolino prima di colazione.

CAPITOLO VIII.

Il sole era così alto quando mi sono svegliato che ho giudicato che fossero passate le otto. Mi sdraiai lì nell'erba e all'ombra fresca pensando alle cose, e mi sentii riposato e più a mio agio e soddisfatto. Potevo vedere il sole da una o due buche, ma per lo più c'erano grandi alberi tutt'intorno, e c'era una cupezza in mezzo a loro. C'erano punti lentigginosi sul terreno dove la luce filtrava attraverso le foglie, e i punti lentigginosi si scambiavano un po', mostrando che c'era un po' di brezza lassù. Un paio di scoiattoli si sono messi su un arto e mi hanno sbuffato molto amichevolmente.

Ero potente, pigro e a mio agio, non volevo alzarmi e preparare la colazione. Beh, mi stavo appisolando di nuovo quando mi sembra di sentire un suono profondo di "boom!" su per il fiume. Mi alzo, mi riposo sul gomito e ascolto; ben presto lo sento di nuovo. Salai su e andai a guardare un buco tra le foglie, e vidi un mucchio di fumo che si stendeva sull'acqua molto più in alto, circa a fianco del traghetto. E c'era il traghetto pieno di gente che galleggiava lungo il fiume. Sapevo che cosa stava succedendo ora. "Boom!" Vedo il fumo bianco schizzare fuori dalla fiancata del traghetto. Vedete, sparavano con i cannoni sull'acqua, cercando di far arrivare la mia carcassa in superficie.

Avevo una certa fame, ma non mi sarebbe bastato accendere un fuoco, perché avrebbero potuto vedere il fumo. Così mi sedetti lì e guardai il fumo dei cannoni e ascoltai il boato. Lì il fiume era largo un miglio, e in una mattina d'estate è sempre bello, quindi mi divertivo abbastanza a vederli andare a caccia dei miei avanzi se solo avevo un boccone da mangiare. Ebbene, allora mi è capitato di pensare a come mettessero sempre l'argento vivo nelle pagnotte di pane e le facessero galleggiare via, perché vanno sempre dritte alla carcassa annegata e si fermano lì. Così, dico io, terrò d'occhio e se qualcuno di loro mi sta dietro gli darò spettacolo. Ho cambiato verso il bordo dell'isola dell'Illinois per vedere che fortuna avrei potuto avere, e non ho avvertito che sono rimasto deluso. Arrivò una grossa pagnotta doppia, e la presi quasi con un lungo bastone, ma il mio piede scivolò e lei galleggiò ulteriormente. Naturalmente mi trovavo nel punto in cui la corrente si avvicinava di più alla riva, ne sapevo abbastanza. Ma di lì a poco ne arriva un altro, e questa volta ho vinto. Tolsi il tappo e scossi la piccola quantità di argento vivo, e vi misi i denti. Era il "pane del fornaio", quello che mangia la qualità; niente del tuo basso corn-pone.

Trovai un buon posto tra le foglie e mi sedetti su un tronco, sgranocchiando il pane e guardando il traghetto, e molto soddisfatto. E poi qualcosa mi ha colpito. Io dico, ora penso che la vedova o il parroco o qualcuno abbia pregato che questo pane mi trovasse, ed ecco, è andato e l'ha fatto. Quindi non c'è dubbio, ma c'è qualcosa in quella cosa, cioè, c'è qualcosa in essa quando un corpo come la vedova o il parroco prega, ma non funziona per me, e penso che non funzioni solo per il tipo giusto.

Accesi la pipa e fumai a lungo, e continuai a guardare. Il traghetto galleggiava con la corrente, e io permisi di avere la possibilità di vedere chi c'era a bordo quando sarebbe arrivato, perché si sarebbe avvicinata, dove si trovava il pane. Quando fu abbastanza avanti verso di me, tirai fuori la pipa e andai dove avevo pescato il pane, e mi sdraiai dietro un tronco sulla riva in un piccolo spazio aperto. Dove il tronco si biforcava potevo sbirciare attraverso.

Di lì a poco arrivò lei, e si avvicinò così tanto che poterono esaurire un'asse e camminare fino a riva. Quasi tutti erano sulla barca. Pap, e il giudice Thatcher, e Bessie Thatcher, e Jo Harper, e Tom Sawyer, e la sua vecchia zia Polly, e Sid e Mary, e molti altri. Tutti parlavano dell'omicidio, ma il capitano irruppe e disse:

«Guardate bene, ora; La corrente si avvicina di più, e forse lui è stato portato a riva ed è rimasto impigliato tra la boscaglia in riva al mare. Lo spero, comunque".

Non ci speravo. Tutti si affollarono e si sporsero dalle ringhiere, quasi in faccia a me, e rimasero immobili, a guardare con tutte le loro forze. Potevo vederli di prim'ordine, ma loro non potevano vedere me. Allora il capitano cantò:

«Stai lontano!» e il cannone sparò un tale colpo proprio davanti a me che mi rese sordo per il rumore e quasi cieco per il fumo, e pensai di essermene andato. Se avessero avuto dei proiettili, credo che avrebbero preso il cadavere che stavano cercando. Beh, vedo che non faccio male, grazie al cielo. La barca continuò a galleggiare e scomparve dalla vista intorno alla spalla dell'isola. Di tanto in tanto sentivo il rimbombo, sempre più lontano, e di lì a poco, dopo un'ora, non lo sentii più. L'isola era lunga tre miglia. Pensai che erano arrivati al piede e stavano rinunciando. Ma non lo fecero ancora un po'. Girarono intorno ai piedi dell'isola e iniziarono a risalire il canale dalla parte del Missouri, a vapore, e rimbombando di tanto in tanto mentre procedevano. Ho attraversato quel lato e li ho guardati. Quando raggiunsero il capo dell'isola, smisero di sparare e si diressero verso la costa del Missouri e tornarono a casa in città.

Sapevo che ora stavo bene. Nessun altro sarebbe venuto a cercarmi. Tirai fuori le mie trappole dalla canoa e mi feci un bel accampamento nel fitto bosco. Ho fatto una specie di tenda con le mie coperte per mettere le mie cose sotto in modo che la pioggia non potesse raggiungerle. Presi un pesce gatto e lo aprii con la mia sega, e verso il tramonto accesi il fuoco e cenai. Poi ho steso una lenza per prendere del pesce per colazione.

Quando fu buio, mi sedetti accanto al fuoco del mio campo fumando e sentendomi abbastanza soddisfatto; ma di lì a poco mi sentii un po' solo, e così andai a sedermi sulla riva e ascoltai la corrente che scorreva, e contai le stelle e i tronchi alla deriva e le zattere che scendevano, e poi andai a letto; Non c'è modo migliore per dedicare del tempo quando si è soli; Non puoi rimanere così, lo superi presto.

E così per tre giorni e tre notti. Nessuna differenza, solo la stessa cosa. Ma il giorno dopo sono andato in giro per l'isola. Io ne ero il capo; tutto mi apparteneva, per così dire, e volevo sapere tutto; ma soprattutto volevo metterci del tempo. Ho trovato molte fragole, mature e di prima qualità; e uva verde estiva e lamponi verdi; e le more verdi cominciavano appena a mostrarsi. Di lì a poco sarebbero tornati tutti utili, giudicavo.

Ebbene, andai a scherzare nel bosco profondo finché giudicai di non essere lontano dai piedi dell'isola. Avevo con me il fucile, ma non avevo sparato a nulla; era per protezione; pensavo di uccidere qualche selvaggina vicino a casa. Più o meno in quel momento quasi calpestai un serpente di buone dimensioni, che scivolò via tra l'erba e i fiori, e io lo seguii, cercando di colpirlo. Mi sono avvicinato e all'improvviso sono balzato sulle ceneri di un fuoco da campo che stava ancora fumando.

Il mio cuore mi balzò tra i polmoni. Non aspettai mai di guardare oltre, ma disarmati il fucile e tornai indietro furtivamente in punta di piedi più velocemente che potevo. Ogni tanto mi fermavo un secondo tra le foglie folte e ascoltavo, ma il mio respiro mi veniva così forte che non riuscivo a sentire nient'altro. Mi sono infilato ancora un altro pezzo, poi ho ascoltato di nuovo; e così via, e così via. Se vedo un ceppo, lo prendo per un uomo; se calpestavo un bastone e lo rompevo, mi sentivo come se una persona avesse tagliato in due uno dei miei respiri e ne avessi solo la metà, e anche la metà corta.

Quando sono arrivato al campo ho avvertito che non mi sentivo molto sfacciato, non c'era molta sabbia nel mio grembo; ma io dico, non è il momento di scherzare. Così rimisi tutte le mie trappole nella mia canoa in modo da averle nascoste alla vista, e spensi il fuoco e sparsi la cenere in giro per sembrare un vecchio accampamento dell'anno scorso, e poi sfolgozzai un albero.

Credo di essere rimasto sull'albero per due ore, ma non ho visto nulla, non ho sentito nulla... pensavo solo *di* aver sentito e visto più di mille cose. Beh, non potevo stare lassù per sempre; così alla fine scesi, ma rimasi sempre nel fitto bosco e all'erta. Tutto quello che riuscivo a mangiare erano i frutti di bosco e quello che era avanzato dalla colazione.

Quando è arrivata la notte ero piuttosto affamato. Così, quando fu bello e buio, scivolai fuori dalla riva prima del sorgere della luna e pagaiai fino alla riva dell'Illinois, a circa un quarto di miglio. Andai nel bosco e cucinai la cena, e avevo quasi deciso che sarei rimasto lì tutta la notte quando sentii un *plunkety-plunk, plunkety-plunk*, e mi dissi: "Arrivano i cavalli", e poi sento le voci della gente. Caricai tutto nella canoa il più in fretta possibile, e poi andai strisciando attraverso il bosco per vedere cosa riuscivo a scoprire. Non ero ancora andato lontano quando ho sentito un uomo dire:

"È meglio che ci accampiamo qui se riusciamo a trovare un buon posto; I cavalli stanno per essere battuti. Guardiamoci intorno".

Non ho aspettato, ma mi sono spinto fuori e ho remato via facilmente. Mi legai al vecchio posto e pensai che avrei dormito nella canoa.

Non ho dormito molto. Non riuscivo, in qualche modo, a pensare. E ogni volta che mi svegliavo pensavo che qualcuno mi avesse preso per il collo. Quindi il sonno non mi ha fatto bene. Di lì a poco mi dico: non posso vivere in questo modo; Sto per scoprire chi è che è qui sull'isola con me; Lo scoprirò o fallirò. Beh, mi sono sentito subito meglio.

Così presi la pagaia e scivolai fuori dalla riva solo un passo o due, e poi lasciai che la canoa scendesse tra le ombre. La luna splendeva, e al di fuori delle ombre la rendeva più luminosa del giorno. Ho proseguito bene per un'ora, tutto immobile come rocce e profondamente addormentato. Beh, a questo punto ero quasi ai piedi dell'isola. Una piccola brezza fresca e increspata cominciò a soffiare, e questo era come dire che la notte era quasi finita. Le ho dato un giro con la pagaia e le ho portato il naso a riva; poi ho preso il mio fucile e sono scivolato fuori e ai margini del bosco. Mi sedetti su un tronco e guardai attraverso le foglie. Vedo la luna smettere di guardia e l'oscurità iniziare a ricoprire il fiume. Ma dopo un po' vedo una pallida striscia sulle cime degli alberi, e capii che il giorno stava arrivando. Così presi il fucile e scivolai verso il punto in cui mi ero imbattuto in quel fuoco, fermandomi ogni minuto o due ad ascoltare. Ma in qualche modo non ho avuto fortuna; Non riuscivo a trovare il posto. Ma di lì a poco, abbastanza sicuro, intravidi un fuoco tra gli alberi. Ci sono andato, cauto e lento. Di lì a poco mi avvicinai abbastanza da dare un'occhiata, e lì giaceva un uomo a terra. Mi dà soprattutto i fan-tods. Aveva una coperta intorno alla testa, e la sua testa era quasi nel fuoco. Mi sedetti dietro un gruppo di cespugli, a circa un metro e mezzo da lui, e tenni gli occhi fissi su di lui. Stava diventando grigia la luce del giorno. Ben presto si spalancò e si stiracchiò e si tolse la coperta, ed era il Jim di Miss Watson! Scommetto che ero contento di vederlo. I ha detto:

"Ciao, Jim!" e saltò fuori.

Si alzò di scatto e mi fissò in modo selvaggio. Poi si inginocchia, congiunge le mani e dice:

«Mi fa male, non farlo! Non ho mai fatto del male a un ghos". Mi piacevano sempre i morti, e ho fatto tutto il possibile per loro. Tu vai in un fiume che ti aspetta, dove ti trovi, e fai nuffn a Ole Jim, 'at 'uz awluz yo' fren'."

Beh, non lo avverto a lungo facendogli capire che non sono morto. Ero così felice di vedere Jim. Avverto che non sono solo ora. Gli ho detto che non avevo paura che *dicesse* alla gente dove mi trovavo. Parlai, ma lui si sedette lì e mi guardò; non ha mai detto nulla. Allora dico:

"C'è una buona luce diurna. Facciamo colazione. Prepara bene il tuo fuoco da campo".

"A che serve fare il fuoco da campo per cucinare le fragole su un camion? Ma tu hai una pistola, vero? Den we kin git sumfn better den strawbries."

"Fragole e camion del genere", dico. "È di questo che vivi?"

"Non potrei fare altrimenti", dice.

«Perché, da quanto tempo sei sull'isola, Jim?»

"Vengo heah de night dopo che sei stato ucciso."

"Cosa, tutto quel tempo?"

«Sì, davvero».

«E non hai avuto nient'altro che quel tipo di spazzatura da mangiare?»

«No, sah... nuffn else».

«Beh, devi essere molto affamato, non è vero?»

«Credo che potrei mangiare un hoss. Penso che potrei. Per quanto tempo sei rimasto sull'isola?»

"Dalla notte in cui sono stato ucciso".

«No! Di che cosa hai vissuto? Ma tu hai una pistola. Oh, sì, hai una pistola. Dat è buono. Ora uccidi il sumfn e io preparerò il fuoco."

Così andammo dove si trovava la canoa e, mentre lui accendeva il fuoco in uno spiazzo erboso tra gli alberi, io andai a prendere la farina, la pancetta e il caffè, la caffettiera e la padella, lo zucchero e le tazze di latta, e il negro fu molto arretrato, perché riteneva che fosse tutto fatto con la stregoneria. Presi anche un bel pesce gatto, e Jim lo pulì con il coltello e lo friggette.

Quando la colazione era pronta, ci sdraiavamo sull'erba e la mangiavamo fumante. Jim vi si mise a disposizione con tutte le sue forze, perché era quasi affamato. Poi, quando ci siamo fatti abbastanza bene, ci siamo sdraiati e ci siamo rilassati. Di lì a poco Jim ha detto:

«Ma guarda qui, Huck, chi è stato ucciso in quella baracca e non ti ha avvertito?»

Poi gli ho raccontato tutto, e lui ha detto che era intelligente. Ha detto che Tom Sawyer non poteva fare un piano migliore di quello che avevo io. Allora dico:

«Come sei arrivato qui, Jim, e come sei arrivato qui?»

Sembrava piuttosto a disagio e non disse nulla per un minuto. Poi dice: "Forse è meglio che non lo dica."

«Perché, Jim?»

«Beh, le ragioni di Dey. Ma tu non diresti a me se dovessi dirtelo a te, vero, Huck?»

«Colpa mia, se lo faccio, Jim.»

«Beh, ti credo, Huck. Io... io *scappo via*».

«Jim!»

«Ma bada, hai detto che l'avresti detto... sai che hai detto che l'avresti detto, Huck.»

«Beh, l'ho fatto. Ho detto che non l'avrei fatto, e mi atterrò ad esso. Onesto *indiano*, lo farò. La gente mi chiamerebbe un abolizionista di basso livello e mi disprezzerebbe perché sto zitto, ma questo non fa alcuna differenza. Non ho intenzione di dirlo, e non ci tornerò, comunque. Quindi, ora, sappiamo tutto".

«Beh, vedi, è così. Ole missus, la signorina Watson, mi becca tutto il tempo, mi tratta in modo rude, ma ha detto che mi avrebbe venduto a Orléans. Ma ho notato che ultimamente era un mercante di negri che girava per il posto, e ho cominciato a prendermi in giro. Ebbene, una sera mi sono insinuato per fare la cacca tardi, e non ho avvertito del tutto, e ho sentito la vecchia signora dire alla moglie che avrebbe voluto vendermi a Orleans, ma non voleva, ma poteva darmi ottocento dollari, e aveva un mucchio di soldi che non poteva sopportare. Ha cercato di convincerla a dire che l'avrebbe fatto, ma non ho mai aspettato di sentire la sua vita. Mi sono acceso molto velocemente, ti dico.

«Mi sono infilato giù per la collina, per rubare un po' di roba in città, ma c'era gente che si agitava, così mi sono nascosto in una vecchia bottega di bottaio diroccata sulla riva per aspettare che tutti se ne andassero. Beh, sono stato papà tutta la notte. Dey era qualcuno che girava tutto il tempo. Verso le sei del mattino cominciano a passare le barche, verso le otto e le nove di ogni serata, si parlava a lungo di come tuo padre fosse venuto in città e dicesse che sei stato ucciso. Le barche di Deselas erano piene di signore che andavano a vedere il posto. A volte si fermava a casa e prendeva un res' b'fo' dey iniziava a parlare, così con le parole venivo a sapere tutto ciò che riguardava l'uccisione. Mi dispiace molto che tu sia stato ucciso, Huck, ma non sono più un mo' ora.

"Ho steso dah sotto de shavin tutto il giorno. Ho fame, ma non ho paura; perché sapevo che la vecchia signora stava per partire per l'incontro con l'accampamento e la colazione sarebbe stata via tutto il giorno, e sa che me ne vado con il bestiame verso la luce del giorno, quindi non mi piacerebbe vedermi gironzolare, e così mi mancherei a dire che è buio alla sera. I servitori non sentirebbero la mia mancanza, ma se ne andrebbero in vacanza non appena la gente se ne andrebbe via.

«Ebbene, quando si fa buio mi rimetto su per la strada del fiume, e sono andato per circa due miglia in più fino a dove non c'erano case. Avevo fatto il mio lavoro su quello che dovevo fare. Vedi, se continuo a cercare di andarmene a piedi, i cani mi seguiranno; Se avessi rubato una barca per passare, avrei perso quella barca, vedete, e avrei saputo cosa avrei fatto da quella parte, e dove avrei preso la mia pista. Così ho detto, una canaglia è ciò che mi piace; non *fa* traccia.

«Vedo una luce che si avvicina a me, così mi infilo in un tronco davanti a me e ho nuotato più a metà strada lungo il fiume, sono entrato in un bosco alla deriva, ho abbassato la testa, ho nuotato più vicino alla corrente, ho detto alla corrente di venire. Den ho nuotato fino a poppa uv it en tuck a-holt. Si è rannuvolato en 'uz pooty dark per un po'. Così mi accoccolo e mi sdraio sulle assi. De men 'uz dappertutto laggiù nel mezzo, dove c'era la lanterna. Il fiume stava salendo, e c'era una buona corrente; così ho pensato che sarei stato a venticinque miglia lungo il fiume, e mi sarei infilato alla luce del giorno e avrei nuotato in acqua, e avrei preso i boschi dalla parte dell'Illinois.

"Ma non ho avuto fortuna. Quando siamo scesi a prua dell'isola, un uomo ha cominciato a venire a poppa con la lanterna, vedo che non c'è bisogno di aspettare, così sono scivolato fuori bordo e ho colpito l'isola. Beh, avevo l'idea di potermi cavare in ogni caso, ma non potevo... un bluff eccessivo. Ho trovato un buon posto. Sono andato nel bosco con l'idea che non avrei ingannato le canaglie senza mo', purché si muovesse così la lanterna. Avevo la mia pipa e una zampa di cane, un po' di fiammiferi nel mio berretto, e non mi sono bagnato, quindi sto bene.

«E così non hai avuto né carne né pane da mangiare per tutto questo tempo? Perché non ti sono venuti i fangosi?»

«Come vuoi fare a git 'm? Non puoi scivolare su um en grab um; Come fa un corpo Gwyne a colpire um wid una roccia? Come potrebbe un corpo farlo di notte? E non ho avvertito di mostrare il mio sef sulla riva durante il giorno.

«Beh, è così. Hai dovuto rimanere nei boschi tutto il tempo, ovviamente. Li hai sentiti sparare con il cannone?"

"Oh, sì. Sapevo che era per te. Vedo andare via, eh... guardato i cespugli."

Alcuni giovani uccelli arrivano, volando un metro o due alla volta e illuminandosi. Jim disse che era un segno che stava per piovere. Ha detto che era un segno quando i giovani polli volavano in quel modo, e quindi ha calcolato che era lo stesso quando i giovani uccelli lo facevano. Stavo per prenderne alcuni, ma Jim non me lo permise. Ha detto che era la morte. Disse che una volta suo padre si ammalò gravemente, e alcuni di loro presero un uccello, e la sua vecchia nonna disse che suo padre sarebbe morto, e lui lo fece.

E Jim disse che non bisogna contare le cose che si andranno a cucinare per cena, perché questo porterebbe sfortuna. Lo stesso se si scuoteva la tovaglia dopo il tramonto. E disse che se un uomo possedeva un alveare e quell'uomo moriva, le api dovevano essere informate prima dell'alba del mattino seguente, altrimenti le api si sarebbero indebolite e avrebbero smesso di lavorare e sarebbero morte. Jim disse che le api non avrebbero punto gli idioti; ma non ci credevo, perché li avevo provati molte volte io stesso, e non mi avrebbero punto.

Avevo già sentito parlare di alcune di queste cose, ma non tutte. Jim conosceva tutti i tipi di segni. Ha detto che sapeva quasi tutto. Gli dissi che mi sembrava che tutti i segni riguardassero la sfortuna, e così gli chiesi se non ci fossero segni di buona fortuna. Egli dice:

«Pochissimi... e non servono a niente un corpo. Cosa vuoi sapere quando sta arrivando la fortuna? Vuoi tenerlo fuori?" E lui disse: «Se hai le braccia pelose e i calzoni pelosi, è un segno che sei in grado di essere ricco. Beh, è un po' utile in un cartello come dat, 'kase è così avanti così. Vedi, forse devi stare a lungo, e così potresti scoraggiarti e ucciderti se non sapevi per segno che saresti diventato ricco.

«Hai le braccia pelose e il petto peloso, Jim?»

"A cosa serve rispondere alla domanda? Non vedi che l'ho fatto?»

"Ebbene, sei ricco?"

«No, ma io sono ricco, e voglio essere ricco. Se avevo un bel po' di dollari, ma mi sono infilato nello specalat'n'n', e sono stato sballato.

«Su che cosa hai speculato, Jim?»

«Beh, prima ho affrontato il bestiame.»

«Che tipo di azioni?»

«Ebbene, bestiame... bestiame, sai. Ho messo dieci dollari in una mucca. Ma non ho intenzione di sborsare un po' di soldi in magazzino. La mucca è morta sulle mie mani."

"Così hai perso i dieci dollari".

"No, non ho perso tutto. Ne ho quasi nove. Mi nascondo più alto per un dollaro e dieci centesimi".

«Ti rimanevano cinque dollari e dieci centesimi. Hai speculato ancora?"

«Sì. Avete presente quel negro con un solo figlio del vecchio Misto Bradish? Beh, ha messo su una banca, e dice che chiunque avesse messo un dollaro avrebbe speso dollari al mese dell'anno. Beh, tutti i negri entrarono, ma non avevano molto. Ero solo uno che aveva molto. Così mi sono messo in gioco per un po' di dollari, e ho detto che se non l'avessi fatto, avrei aperto una banca mysef. Beh, naturalmente il negro vuole tenermi fuori dagli affari, perché dice che non c'è niente da fare per due banche, così dice che potrei mettere i miei cinque dollari e me ne pagherà trentacinque all'anno.

"Così l'ho fatto. Pensavo che avrei sborsato trentacinque dollari per continuare a muovere le cose. Dey era un negro di nome Bob, che aveva fatto ketched in un appartamento di legno, e il suo padrone non lo sapeva; L'ho comprato da lui e gli ho detto di prendere trentacinque dollari quando sarebbe venuto l'anno; ma qualcuno ha rubato la legna quella notte, e il giorno dopo il negro con un solo laiato dice che la banca è fallita. Quindi nessuno ci ha dato soldi".

«Che cosa hai fatto con i dieci centesimi, Jim?»

«Beh, non ho intenzione di spenderlo, ma ho fatto un sogno, e il sogno mi ha permesso di darlo a un negro di nome Balum... l'asino di Balum lo chiama in breve; È uno che ride come un mercante, sai. Ma lui è fortunato, dicono, e vedo che non sono fortunato. Il sogno dice che Balum inves 'de dieci centesimi e lui farebbe un aumento per me. Ebbene, Balum ha infilato i soldi, e quando era in chiesa ha sentito il predicatore dire che chi dà a de po' len' a de Lord, en boun' per riavere i suoi soldi un centinaio di volte. Così Balum si rimboccò e diede dieci centesimi a de po', e si sdraiò per vedere che cosa ne sarebbe venuto fuori.

«Ebbene, che cosa ne è venuto fuori, Jim?»

"Nuffn non ne è mai uscito. Non riuscivo a sborsare i soldi in nessun modo; en Balum poteva'. Non ho intenzione di avere un po' di soldi per non vederc la sicurezza. Ti farò un po' di soldi indietro, dice il predicatore! Se potessi riavere dieci *centesimi*, lo chiamerei squah, en be glad er de chanst."

«Beh, va bene lo stesso, Jim, purché tu torni ricco una volta o l'altra».

«Sì; it Sono ricco adesso, vieni a guardarlo. Possiedo mysef, e ho ottocento dollari. Vorrei avere dei soldi, non vorrei nessun mese".

CAPITOLO IX.

Volevo andare a vedere un posto proprio al centro dell'isola che avevo trovato durante l'esplorazione; Così partimmo e presto ci arrivammo, perché l'isola era lunga solo tre miglia e larga un quarto di miglio.

Questo luogo era una collina o un crinale lungo e ripido tollerabile, alto circa quaranta piedi. Abbiamo avuto difficoltà ad arrivare in cima, i lati erano così ripidi e i cespugli così fitti. Camminammo e ci aggirammo dappertutto, e di lì a poco trovammo una bella caverna nella roccia, quasi fino alla cima sul lato verso l'Illinois. La caverna era grande quanto due o tre stanze ammassate l'una accanto all'altra, e Jim poteva stare in piedi in piedi. Era bello lì dentro. Jim voleva mettere subito le nostre trappole, ma io dissi che non volevamo arrampicarci su e giù tutto il tempo.

Jim disse che se avessimo nascosto la canoa in un buon posto e avessimo tutte le trappole nella caverna, avremmo potuto precipitarci lì se qualcuno fosse venuto sull'isola, e non ci avrebbero mai trovato senza cani. E poi disse che quegli uccellini avevano detto che stava per piovere, e io volevo che le cose si bagnassero?

Così tornammo indietro e prendemmo la canoa, e remammo fino alla caverna, e trascinammo tutte le trappole lassù. Poi cercammo un posto lì vicino per nascondere la canoa, tra i fitti salici. Abbiamo tolto un po' di pesce dalle lenze e le abbiamo rimesse a posto, e abbiamo iniziato a prepararci per la cena.

La porta della caverna era abbastanza grande da permettere di far rotolare una testa di maiale, e su un lato della porta il pavimento sporgeva un po', ed era piatto e un buon posto per accendere un fuoco. Così l'abbiamo costruita lì e abbiamo cucinato la cena.

Stendiamo le coperte all'interno per un tappeto e mangiamo la nostra cena lì dentro. Abbiamo messo tutte le altre cose a portata di mano in fondo alla caverna. Ben presto si oscurò e cominciò a tuonare e a schiarirsi; Quindi The Birds aveva ragione. Subito cominciò a piovere, e piovve anche con furia, e non ho mai visto il vento soffiare così. Era una di quelle normali tempeste estive. Diventava così buio che fuori sembrava tutto blu-nero, e incantevole; e la pioggia si dibatteva così fitta che gli alberi un po' più lontani sembravano fiochi e ragnatelati; ed ecco che arrivava una folata di vento che piegava gli alberi verso il basso e sollevava la pallida parte inferiore delle foglie; e poi un perfetto squartatore di una raffica lo seguiva e metteva i rami a scuotere le braccia come se fossero semplicemente selvaggi; E poi, quando era quasi il più blu e il più nero... *fst!* Era luminoso come la gloria, e si intravedevano le cime degli alberi che precipitavano laggiù nella tempesta, centinaia di metri più in là di quanto si potesse vedere prima; di nuovo buio come il peccato in un secondo, e ora si sentiva il tuono lasciarsi andare con un terribile schianto, e poi rombare, brontolare, ruzzolare, giù per il cielo verso il lato inferiore del mondo, come se rotolassero barili vuoti giù per le scale... dove sono scale lunghe e rimbalzano un bel po', sai.

"Jim, questo è carino", dico. "Non vorrei essere da nessun'altra parte se non qui. Passami un altro pezzo di pesce e un po' di pane di mais caldo."

«Beh, non avresti un ben qui se non avesse un ben per Jim. Tu saresti andato giù nei boschi senza cena, e anche tu sei annegato; Lo faresti, tesoro. Le galline sanno quando piove, e anche gli uccelli, il Cile".

Il fiume continuò a sollevarsi e risollevarsi per dieci o dodici giorni, finché alla fine fu oltre gli argini. L'acqua era profonda tre o quattro piedi sull'isola nei luoghi bassi e sul fondo dell'Illinois. Da quella parte era larga molte miglia, ma dalla parte del Missouri era la stessa vecchia distanza di traslazione, mezzo miglio, perché la costa del Missouri era solo un muro di alte scogliere.

Di giorno abbiamo remato in tutta l'isola in canoa, era molto fresco e ombreggiato nei boschi profondi, anche se fuori il sole colava. Andavamo avanti e indietro tra gli alberi, e a volte le viti pendevano così fitte che dovevamo indietreggiare e andare da un'altra parte. Ebbene, su ogni vecchio albero diroccato si potevano vedere conigli e serpenti e cose del genere; e quando l'isola fu inondata per un giorno o due, divennero così docili, a causa della fame, che potevi remare fino e metterci sopra la mano se volevi; ma non i serpenti e le tartarughe: scivolavano nell'acqua. Il crinale in cui si trovava la nostra caverna ne era pieno. Potremmo avere abbastanza animali domestici se li avessimo voluti.

Una notte prendemmo una piccola sezione di una zattera di legname: belle assi di pino. Era largo dodici piedi e lungo circa quindici o sedici piedi, e la cima si ergeva sopra l'acqua di sei o sette pollici: un pavimento solido e piano. A volte potevamo vedere i tronchi passare alla luce del giorno, ma li lasciavamo andare; Non ci siamo fatti vedere alla luce del giorno.

Un'altra notte, quando eravamo all'inizio dell'isola, poco prima dell'alba, ecco che arriva una casa di legno, sul lato ovest. Era a due piani e si inclinava notevolmente. Uscimmo a remi e salimmo a bordo, accampandoci a una finestra del piano di sopra. Ma era ancora troppo buio per vedere, così prendemmo la canoa in fretta e ci mettemmo in attesa della luce del giorno.

La luce cominciò ad arrivare prima che arrivassimo ai piedi dell'isola. Poi abbiamo guardato dentro la finestra. Potevamo distinguere un letto, e un tavolo, e due vecchie sedie, e un sacco di cose intorno sul pavimento, e c'erano dei panni appesi al muro. C'era qualcosa sul pavimento nell'angolo più lontano che sembrava un uomo. Così Jim dice:

"Ciao, tu!"

Ma non si è mosso. Così ho urlato di nuovo, e poi Jim ha detto:

«L'uomo non dorme, è morto. Tu stai zitto, io vado a vedere."

Andò, si chinò e guardò, e disse:

"È un uomo morto. Sì, certamente; nudo, anche. Gli hanno sparato alla schiena. Credo che sia morto da due o tre giorni. Entra, Huck, ma guardalo in faccia: è troppo squarciato.

Non l'ho guardato affatto. Jim gli gettò addosso dei vecchi stracci, ma non ce n'era bisogno; Non volevo vederlo. C'erano mucchi di vecchie carte unte sparse sul pavimento, e vecchie bottiglie di whisky, e un paio di maschere fatte di stoffa nera; E su tutte le pareti c'erano le parole e le immagini più ignoranti fatte con il carboncino. C'erano due vecchi vestiti di calicò sporchi, e una cuffia da sole, e alcuni indumenti intimi da donna appesi al muro, e anche alcuni abiti da uomo. Mettemmo tutto nella canoa: potrebbe venire bene. C'era un vecchio cappello di paglia maculato di un ragazzo sul pavimento; Ho preso anche quello. E c'era una bottiglia che conteneva del latte, e aveva un tappo di straccio per un bambino da succhiare. Avremmo preso la bottiglia, ma era rotta. C'era una vecchia cassa squallida e un vecchio baule di capelli con i cardini rotti. Rimasero aperti, ma non c'era più nulla in loro che potesse essere un qualche conto. Per come erano sparse le cose in giro, pensammo che la gente se ne fosse andata in fretta e furia, e avvertimmo di non sistemarla in modo da portare via la maggior parte della loro roba.

Abbiamo preso una vecchia lanterna di latta, e un coltello da macellaio senza manico, e un coltello Barlow nuovo di zecca del valore di due pezzi in qualsiasi negozio, e un sacco di candele di sego, e un candelabro di latta, e una zucca, e una tazza di latta, e una vecchia trapunta sgangherata dal letto, e un reticolo con aghi e spilli e cera d'api e bottoni e filo e tutto il resto, e un'accetta e dei chiodi, e una lenza spessa come il mio mignolo con sopra degli uncini mostruosi, e un rotolo di pelle di daino, e un collare di cuoio, e un ferro di cavallo, e alcune fiale di medicina che non avevano nessuna etichetta; e proprio mentre stavamo per andarcene trovai un pettine da curry abbastanza buono, e Jim trovò un vecchio fiocco di violino sgangherato e una gamba di legno. Le cinghie erano state spezzate, ma, a parte questo, era una gamba abbastanza buona, anche se era troppo lunga per me e non abbastanza per Jim, e non riuscimmo a trovare l'altra, anche se cacciammo tutt'intorno.

E così, tutto sommato, abbiamo fatto un buon bottino. Quando fummo pronti a partire, eravamo a un quarto di miglio sotto l'isola, ed era piuttosto pieno giorno; così feci sdraiare Jim sulla canoa e coprirlo con la trapunta, perché se si fosse sistemato la gente avrebbe potuto dire che era un negro molto lontano. Ho remato fino alla costa dell'Illinois e sono andato alla deriva per quasi mezzo miglio nel farlo. Mi sono insinuato nell'acqua morta sotto la riva, e non ho avuto incidenti e non ho visto nessuno. Siamo tornati a casa sani e salvi.

CAPITOLO X.

Dopo colazione volevo parlare del morto e indovinare come fosse finito per essere ucciso, ma Jim non voleva. Disse che avrebbe portato sfortuna; e inoltre, disse, potrebbe venire e non averci in preda; Ha detto che un uomo che non è stato sepolto era più propenso ad andare in giro a fare il capriccio rispetto a uno che era stato piantato e comodo. Sembrava abbastanza ragionevole, quindi non dissi altro; ma non potei fare a meno di studiarlo e di desiderare di sapere chi aveva sparato a quell'uomo, e per che cosa l'avevano fatto.

Frugammo tra i vestiti che avevamo e trovammo otto dollari d'argento cuciti nella fodera di un vecchio cappotto di coperta. Jim disse che pensava che le persone in quella casa avessero rubato il cappotto, perché se avessero saputo che i soldi erano lì non l'avrebbero lasciato. Dissi che pensavo che avessero ucciso anche lui; ma Jim non voleva parlarne. I ha detto:

"Ora pensi che sia sfortuna; ma che cosa hai detto quando ho recuperato la pelle di serpente che ho trovato in cima al crinale l'altro ieri? Hai detto che è la peggiore sfortuna del mondo toccare una pelle di serpente con le mie mani. Bene, ecco la tua sfortuna! Abbiamo rastrellato tutto questo camion e otto dollari in più. Vorrei che potessimo avere un po' di sfortuna come questa ogni giorno, Jim."

«Non ti dispiace, tesoro, non ti dispiace. Non esagerare. Sta arrivando. Badate che ve lo dico, sta arrivando.»

È arrivato anche lui. Era un martedì che avevamo quella chiacchierata. Beh, dopo cena venerdì eravamo sdraiati nell'erba all'estremità superiore del crinale, e abbiamo smesso di fumare. Andai alla caverna a prenderne un po' e vi trovai un serpente a sonagli. L'ho ucciso, e l'ho raggomitolato ai piedi della coperta di Jim, in modo così naturale, pensando che ci sarebbe stato un po' di divertimento quando Jim lo avesse trovato lì. Ebbene, di notte mi dimenticai completamente del serpente, e quando Jim si gettò sulla coperta mentre io accendevo una luce, il compagno del serpente era lì e lo morse.

Balzò in piedi urlando e la prima cosa che la luce mostrò fu il parassita raggomitolato e pronto per un'altra primavera. Lo stesi in un attimo con un bastone, e Jim afferrò la brocca di whisky di papà e cominciò a versarla.

Era a piedi nudi e il serpente lo morse proprio sul tallone. Tutto ciò deriva dal fatto che sono così sciocco da non ricordare che ovunque lasci un serpente morto, il suo compagno arriva sempre lì e si raggomitolerà intorno ad esso. Jim mi disse di tagliare la testa del serpente e di buttarla via, e poi di scuoiare il corpo e arrostirne un pezzo. L'ho fatto, e lui l'ha mangiato e ha detto che lo avrebbe aiutato a curarlo. Mi ha fatto togliere i sonagli e legare anche loro intorno al suo polso. Ha detto che questo avrebbe aiutato. Poi scivolai fuori in silenzio e gettai via i serpenti tra i cespugli; perché non lascerò che Jim scopra che è tutta colpa mia, non se potessi evitarlo.

Jim succhiava e succhiava la brocca, e di tanto in tanto usciva dalla testa e si girava e gridava; ma ogni volta che tornava in sé, tornava a succhiare la brocca. Il suo piede si gonfiò parecchio, e così anche la sua gamba; ma di lì a poco l'ubriaco cominciò ad arrivare, e così giudicai che stava bene; ma sarei stato morso più da un serpente che dal whisky di papà.

Jim rimase a letto per quattro giorni e quattro notti. Poi il gonfiore era tutto sparito e lui era di nuovo in giro. Decisi che non avrei mai più preso con le mani una pelle di serpente, ora che vedo che cosa ne era venuto fuori. Jim disse che pensava che la prossima volta gli avrei creduto. E lui disse che maneggiare una pelle di serpente era una sfortuna così terribile che forse non eravamo ancora arrivati alla fine. Disse che non vedeva più la luna nuova sopra la sua spalla sinistra più di mille volte che prendere in mano una pelle di serpente. Beh, anch'io stavo cominciando a sentirmi così, anche se ho sempre pensato che guardare la luna nuova sopra la spalla sinistra sia una delle cose più negligenti e sciocche che un corpo possa fare. Il vecchio Hank Bunker lo fece una volta, e se ne vantò; e in meno di due anni si ubriacò e cadde dalla torre di tiro, e si distese in modo da essere solo una specie di strato, come si può dire; e lo fecero scivolare di lato tra due porte del fienile per una bara, e lo seppellirono così, così dicono, ma io non l'ho visto. Papà mi ha detto. Ma in ogni caso, tutto viene dal guardare la luna in quel modo, come uno sciocco.

Ebbene, i giorni passavano, e il fiume scendeva di nuovo tra le sue sponde; E la prima cosa che facemmo fu di adescare uno dei grossi ami con un coniglio scuoiato e metterlo a caccia di un pesce gatto che era grande come un uomo, lungo sei piedi e due pollici e pesava più di duecento libbre. Non potevamo gestirlo, ovviamente; ci avrebbe gettato nell'Illinois. Ci siamo seduti lì e lo abbiamo guardato strappare e strappare fino a quando non è annegato. Abbiamo trovato un bottone di ottone nel suo stomaco e una palla rotonda, e un sacco di spazzatura. Abbiamo aperto la palla con l'accetta e c'era un rocchetto. Jim disse che l'aveva lì da molto tempo, per ricoprirlo così e farne una palla. Era il pesce più grande che fosse mai stato pescato nel Mississippi, credo. Jim disse che non ne aveva mai visto uno più grande. Sarebbe valso un bel po' di soldi al villaggio. Vendono un pesce come quello al chilo nel mercato lì; tutti ne comprano un po'; La sua carne è bianca come la neve e fa un buon fritto.

La mattina dopo dissi che stava diventando lento e noioso, e che volevo che mi si agitasse un po'. Dissi che pensavo che sarei scivolato oltre il fiume e avrei scoperto cosa stava succedendo. A Jim piaceva quell'idea; ma lui disse che dovevo andare al buio e fare un bell'aspetto. Poi lo studiò e disse: "Non potrei mettermi su alcune di quelle cose vecchie e vestirmi come una ragazza?". Anche questa era una buona idea. Così accorciammo uno degli abiti di calicò, e io alzai le gambe dei pantaloni fino alle ginocchia e ci entrai. Jim lo legò dietro con i ganci, e si adattò bene. Mi misi la cuffia da sole e me la legai sotto il mento, e poi per un corpo guardare dentro e vedere il mio viso era come guardare giù per un giunto di tubo di stufa. Jim disse che nessuno mi avrebbe conosciuto, nemmeno di giorno, a malapena. Mi esercitavo tutto il giorno per prendere confidenza con le cose, e di lì a poco riuscivo a cavarmela abbastanza bene, solo Jim disse che non camminavo come una ragazza; e lui disse che dovevo smettere di tirarmi su l'abito per mettermi il taschino delle brache. L'ho notato e ho fatto meglio.

Ho iniziato a risalire la costa dell'Illinois in canoa subito dopo il tramonto.

Cominciai ad attraversare la città da un po' sotto l'approdo del traghetto, e la corrente mi portò in fondo alla città. Ho legato e ho iniziato lungo la riva. C'era una luce accesa in una baracca che non era stata abitata da molto tempo, e mi chiesi chi avesse preso alloggio lì. Mi sono infilato e ho sbirciato dalla finestra. C'era una donna di circa quarant'anni che lavorava a maglia vicino a una candela che era su un tavolo di pino. Non conoscevo il suo viso; era un'estranea, perché non si poteva fare una faccia in quella città che io non conoscevo. Questa è stata una fortuna, perché mi stavo indebolendo; Avevo paura di essere venuto; Le persone potrebbero conoscere la mia voce e scoprirmi. Ma se questa donna fosse stata in una città così piccola due giorni, avrebbe potuto dirmi tutto quello che volevo sapere; così bussai alla porta e decisi che non avrei dimenticato di essere una ragazza.

CAPITOLO XI.

«Entra», dice la donna, e io lo feci. Lei dice: "Prendi un applauso".

Ce l'ho fatta. Mi guardò dappertutto con i suoi occhietti lucidi e disse: "Come ti chiami?"

"Sarah Williams".

«Dove vivi? In questo quartiere?'

«No. A Hookerville, sette miglia più in basso. Ho camminato fino in fondo e sono tutto stanco".

«Anch'io affamato, credo. Ti troverò qualcosa".

"No, non ho fame. Ero così affamato che ho dovuto fermarmi due miglia più in basso qui in una fattoria; così non ho più fame. È ciò che mi rende così in ritardo. Mia madre è malata, e senza soldi e tutto il resto, e vengo a dirlo a mio zio Abner Moore. Lui vive nella parte alta della città, dice. Non sono mai stato qui prima. Lo conoscete?»

«No; ma non conosco ancora tutti. Non vivo qui da due settimane. Si tratta di una strada considerevole per raggiungere l'estremità superiore della città. Faresti meglio a rimanere qui tutta la notte. Togliti il cappello".

"No", dico; «Mi riposerò un po', credo, e andrò avanti. Non ho paura del buio".

Disse che non mi avrebbe lasciata andare da sola, ma che suo marito sarebbe arrivato di lì a poco, forse tra un'ora e mezza, e lei lo avrebbe mandato con me. Poi si mise a parlare di suo marito, e dei suoi parenti lungo il fiume, e dei suoi parenti lungo il fiume, e di quanto stessero meglio, e di come non sapessero di aver commesso un errore venendo nella nostra città, invece di lasciar perdere... e così via, finché ebbi paura *di* aver commesso un errore a venire da lei per scoprire che cosa stesse succedendo in città; ma di lì a poco passò alla pappa e all'omicidio, e allora fui ben disposto a lasciarla sferragliare. Raccontò di me e di Tom Sawyer che trovammo i seimila dollari (solo che ne aveva presi dieci) e di papà e di quanto fosse difficile la sua sorte, e di quanto fosse dura la mia sorte, e alla fine arrivò dove ero stato ucciso. I ha detto:

"Chi l'ha fatto? Abbiamo sentito parlare molto di ciò che accade a Hookerville, ma non sappiamo chi sia stato l'uomo che ha ucciso Huck Finn.

«Beh, credo che ci sia una buona possibilità che ci siano persone *qui* che vorrebbero sapere chi l'ha ucciso. Alcuni pensano che il vecchio Finn l'abbia fatto da solo".

«No, è così?»

"Quasi tutti lo pensavano all'inizio. Non saprà mai quanto è stato vicino a essere linciato. Ma prima di notte si sono cambiati e hanno giudicato che era stato fatto da un negro fuggiasco di nome Jim.

«Perché *lui*...»

Mi sono fermato. Pensai che avrei fatto meglio a stare fermo. Lei è corsa avanti e non si è mai accorta che avevo messo dentro:

«Il negro è scappato la notte stessa in cui Huck Finn è stato ucciso. Quindi c'è una ricompensa per lui: trecento dollari. E c'è anche una ricompensa per il vecchio Finn: duecento dollari. Vedete, lui venne in città la mattina dopo l'omicidio, e ne raccontò la cosa, e fu fuori con loro a caccia del traghetto, e subito dopo si alzò e se ne andò. Prima di notte volevano linciarlo, ma se n'era andato, vedete. Ebbene, il giorno dopo scoprirono che il negro se n'era andato; Scoprirono che non aveva visto le dieci della sera in cui l'omicidio era stato commesso. E allora glielo hanno messo addosso, vedete; e mentre ne erano pieni, il giorno dopo, il vecchio Finn tornò e andò a fischiare il giudice Thatcher per ottenere denaro con cui dare la caccia al negro in tutto l'Illinois. Il giudice gliene diede un po', e quella sera si ubriacò, e rimase in giro fino a dopo mezzanotte con un paio di sconosciuti dall'aspetto molto duro, e poi se ne andò con loro. Beh, non è tornato da allora, e non lo cercheranno finché questa cosa non sarà un po' finita, perché ora la gente pensa che abbia ucciso il suo ragazzo e aggiustato le cose in modo che la gente pensi che siano stati i ladri a farlo, e poi avrebbe preso i soldi di Huck senza doversi preoccupare a lungo di una causa. La gente dice che non è troppo bravo a farlo. Oh, è furbo, immagino. Se non torna prima di un anno, starà bene. Non puoi provare nulla su di lui, sai; allora tutto si calmerà, e lui entrerà nel denaro di Huck con la stessa facilità di niente.

«Sì, credo di sì, 'm. Non vedo nulla in questo modo. Tutti hanno smesso di pensare che sia stato il negro?"

"Oh, no, non tutti. Molti pensano che l'abbia fatto. Ma ora prenderanno il negro molto presto, e forse riusciranno a spaventarlo a morte.

«Perché, lo stanno già cercando?»

«Beh, sei innocente, non è vero! Trecento dollari sono in giro ogni giorno per le persone da raccogliere? Alcune persone pensano che il negro non sia lontano da qui. Io sono uno di loro, ma non ne ho mai parlato. Qualche giorno fa stavo parlando con una coppia di anziani che abita nella baracca di tronchi, e mi hanno detto che quasi nessuno va mai su quell'isola laggiù che chiamano Jackson's Island. Non ci abita nessuno? dice io. No, nessuno, dicono loro. Non ho detto altro, ma ho riflettuto un po'. Ero quasi certo di aver visto del fumo laggiù, all'estremità dell'isola, un giorno o due prima, così mi dissi, come se non ci fosse quel negro che si nascondeva laggiù; Comunque, dico io, vale la pena di dare una caccia al posto. Non ho visto alcun fumo, quindi penso che forse se n'è andato, se è stato lui; Ma il marito va a vedere... lui e un altro uomo. Era andato su per il fiume; ma è tornato oggi, e gliel'ho detto appena è arrivato due ore fa.

Ero così a disagio che non riuscivo a stare fermo. Dovevo fare qualcosa con le mie mani; così presi un ago dal tavolo e andai a infilarlo. Mi tremavano le mani e stavo facendo un brutto lavoro. Quando la donna ha smesso di parlare, ho alzato lo sguardo, e lei mi stava guardando piuttosto curiosa e sorridendo un po'. Posai l'ago e il filo, e lasciai partire l'interesse - e lo ero anch'io - e dissi:

"Trecento dollari sono un potere del denaro. Vorrei che mia madre potesse averlo. Tuo marito viene laggiù stasera?»

"Oh, sì. È andato in città con l'uomo di cui vi parlavo, per prendere una barca e vedere se potevano prendere in prestito un'altra pistola. Passeranno dopo mezzanotte".

«Non potrebbero vedere meglio se aspettassero fino al giorno?»

«Sì. E non poteva vedere meglio anche il negro? Dopo mezzanotte probabilmente si sarà addormentato, e potranno sgattaiolare nel bosco e dare la caccia al suo fuoco da campo, tanto meglio per il buio, se ne ha uno.

"Non ci ho pensato".

La donna continuava a guardarmi piuttosto curiosa e non mi sentivo un po' a mio agio. Molto presto dice:

"Come hai detto che ti chiami, tesoro?"

«M... Mary Williams.»

In qualche modo non mi sembrava di aver detto che era Maria prima, quindi non ho alzato lo sguardo, mi è sembrato di aver detto che era Sara; quindi mi sentivo un po' messa alle strette e avevo paura di sembrare anch'io. Avrei voluto che la donna dicesse qualcosa di più; più a lungo si fermava, più mi sentivo a disagio. Ma ora dice:

"Tesoro, pensavo che tu avessi detto che era Sarah quando sei entrato per la prima volta?"

"Oh, sì, l'ho fatto. Sarah Mary Williams. Sarah è il mio nome. Alcuni mi chiamano Sarah, altri mi chiamano Mary".

«Oh, è così?»

"Sì."

Mi sentivo meglio allora, ma avrei voluto essere fuori da lì, comunque. Non riuscivo ancora ad alzare lo sguardo.

Ebbene, la donna si mise a parlare di quanto fossero duri i tempi, e di quanto fossero poveri a vivere, e di come i topi fossero liberi come se fossero i padroni del posto, e così via e così via, e poi mi sentii di nuovo tranquillo. Aveva ragione sui topi. Di tanto in tanto ne vedevi uno infilare il naso in un buco. Ha detto che doveva avere delle cose a portata di mano da lanciare loro quando era sola, altrimenti non le avrebbero dato pace. Mi mostrò una barra di piombo attorcigliata in un nodo, e disse che era una buona tiratrice con essa, ma si era storta il braccio un giorno o due prima, e non sapeva se ora sarebbe riuscita a tirare a segno. Ma lei cercò l'occasione e colpì direttamente un topo; ma lei lo mancò di molto, e disse: "Ahi!" le fece così male al braccio. Poi mi ha detto di provare per il prossimo. Volevo andarmene prima che tornasse il vecchio, ma naturalmente non l'ho lasciato intendere. L'ho preso, e ho lasciato guidare il primo topo che ha mostrato il naso, e se fosse rimasto dov'era sarebbe stato un topo malato tollerabile. Ha detto che era di prim'ordine e ha calcolato che avrei fatto l'alveare al prossimo. Andò a prendere il pezzo di piombo e lo riprese, e portò con sé una matassa di lana con la quale voleva che la aiutassi. Alzai le mie due mani e lei ci mise sopra la matassa, e continuò a parlare delle cose sue e di suo marito. Ma si interruppe per dire:

"Tieni d'occhio i topi. Faresti meglio ad avere il guinzaglio in grembo, a portata di mano."

Così mi lasciò cadere il nodulo in grembo proprio in quel momento, e io ci battei le gambe sopra e lei continuò a parlare. Ma solo per circa un minuto. Poi si tolse la matassa e mi guardò dritto in faccia, e molto piacevole, e disse:

«Vieni, adesso, qual è il tuo vero nome?»

«Cosa, mamma?»

"Qual è il tuo vero nome? È Bill, o Tom, o Bob?... o che cos'è?»

Credo di aver tremato come una foglia, e non sapevo bene cosa fare. Ma io dico:

«Ti prego, non prenderti gioco di una povera ragazza come me, mamma. Se sono d'intralcio qui, io...»

«No, non lo farai. Mettiti comodi e rimani dove sei. Non ho intenzione di farti del male, e non ho intenzione di parlartene, pazzo. Dimmi solo il tuo segreto e fidati di me. Lo terrò; e, per di più, ti aiuterò. Lo farà anche il mio vecchio, se vuoi. Vedi, sei un prentizio in fuga, ecco tutto. Non è niente. Non c'è niente di male in questo. Sei stato trattato male e hai deciso di tagliare. Ti benedica, bambina, non ti parlerei. Dimmi tutto adesso, è un bravo ragazzo."

Così le dissi che non sarebbe servito a niente provare a giocarsela più a lungo, e che avrei semplicemente fatto un seno pulito e le avrei detto tutto, ma lei non doveva tornare indietro dalla sua promessa. Allora le dissi che mio padre e mia madre erano morti, e che la legge mi aveva legato a un vecchio contadino meschino in campagna a trenta miglia dal fiume, e mi trattava così male che non ce la facevo più; lui se ne andò per stare via un paio di giorni, e così io colsi l'occasione e rubai alcuni dei vecchi vestiti di sua figlia e me ne andai, ed ero stato tre notti a percorrere le trenta miglia. Viaggiavo di notte, mi nascondevo di giorno e dormivo, e il sacco di pane e di carne che portavo da casa mi resisteva per tutto il viaggio, e ne avevo in abbondanza. Dissi che credevo che mio zio Abner Moore si sarebbe preso cura di me, e così fu per questo che partii per questa città di Goshen.

"Goshen, bambina? Questo non è Goshen. Questa è San Pietroburgo. Goshen è a dieci miglia più a monte del fiume. Chi ti ha detto che questo era Goshen?"

«Ebbene, un uomo che ho incontrato all'alba di questa mattina, proprio mentre stavo per svoltare nel bosco per il mio sonno regolare. Mi ha detto che quando le strade si biforcavano dovevo prendere la mano destra, e cinque miglia mi avrebbero portato a Goshen".

«Era ubriaco, credo. Ti ha detto che ti sbagliavo di grosso".

«Beh, si è comportato come se fosse ubriaco, ma ora non importa. Devo andare avanti. Andrò a prendere Goshen prima dell'alba".

"Aspetta un attimo. Ti preparerò uno spuntino da mangiare. Potresti volerlo".

Così mi ha preparato uno spuntino e mi ha detto:

"Diciamo, quando una mucca si sdraia, quale estremità di lei si alza per prima? Rispondi subito alla richiesta, non fermarti a studiarci sopra. Chi si alza per primo?"

"La parte posteriore, mamma."

«Ebbene, allora, un cavallo?»

«La fine del for'rard, mamma.»

"Su quale lato di un albero cresce il muschio?"

"Lato nord."

"Se quindici mucche pascolano su una collina, quante di loro mangiano con la testa rivolta nella stessa direzione?"

«Tutti e quindici, mamma».

«Beh, credo che tu *abbia* vissuto in campagna. Ho pensato che forse stavi cercando di prendermi di nuovo in giro. Qual è il tuo vero nome, adesso?"

"George Peters, mamma."

«Beh, cerca di ricordarmelo, George. Non dimenticare e dimmi che è Elexander prima di andare, e poi esci dicendo che è George Elexander quando ti prendo. E non andare in giro con le donne in quel vecchio calicò. Fai una ragazza abbastanza povera, ma potresti ingannare gli uomini, forse. Ti benedica, bambina, quando ti metti in cammino per infilare un ago, non tenere fermo il filo e prendi l'ago fino ad esso; tieni fermo l'ago e colpisci il filo; È così che fa quasi sempre una donna, ma un uomo fa sempre in un altro modo. E quando si lancia contro un topo o qualcosa del genere, ci si attacca in punta di piedi e si porta la mano sopra la testa il più goffamente possibile, e si manca il topo di circa sei o sette piedi. Lancia le braccia rigide dalla spalla, come se ci fosse un perno per farla girare, come una ragazza; Non dal polso e dal gomito, con il braccio teso da un lato, come un ragazzo. E, badate bene, quando una ragazza cerca di afferrare qualcosa in grembo allarga le ginocchia; Non li batte gli uni gli uni gli altri, come facevi tu quando prendevi il pezzo di piombo. Ebbene, ti ho visto per un ragazzo quando stavi infilando l'ago; e ho escogitato le altre cose solo per esserne sicuro. Ora vai da tuo zio, Sarah Mary Williams George Elexander Peters, e se ti metti nei guai manda a dire alla signora Judith Loftus, che sono io, e farò quello che posso per tirarti fuori da tutto questo. Mantieni la strada del fiume fino in fondo e la prossima volta che cammini porta con te scarpe e calzini. La strada del fiume è rocciosa, e i tuoi piedi saranno in condizioni tali quando arriverai a Goshen, immagino.

Risalii la riva per una cinquantina di metri, poi raddoppiai le mie tracce e scivolai di nuovo dove si trovava la mia canoa, un bel pezzo sotto la casa. Mi sono buttato a capofitto e sono partito in fretta. Risalii la corrente abbastanza lontano da raggiungere la testa dell'isola, e poi cominciai ad attraversarla. Mi tolsi il berretto da sole, perché allora non volevo avere i paraocchi. Quando ero verso la metà ho sentito l'orologio iniziare a battere, così mi sono fermato e ho ascoltato; Il suono giungeva debole sull'acqua, ma chiaro: undici. Quando colpii la punta dell'isola non aspettai mai di soffiare, anche se ero molto senza fiato, ma mi infilai nel bosco dove c'era il mio vecchio accampamento e accesi un buon fuoco su un punto alto e asciutto.

Poi saltai sulla canoa e scavai per il nostro posto, un miglio e mezzo più in basso, più forte che potevo. Atterrai, e scivolai attraverso il legno, su per il crinale ed entrai nella caverna. Lì Jim giaceva per terra, profondamente addormentato. L'ho svegliato e gli ho detto:

«Alzati e gobba, Jim! Non c'è un minuto da perdere. Ci stanno dando la caccia!"

Jim non faceva mai domande, non diceva mai una parola; Ma il modo in cui lavorò per la mezz'ora successiva dimostrò quanto fosse spaventato. A quel punto tutto ciò che avevamo al mondo era sulla nostra zattera, e lei era pronta per essere spinta fuori dalla baia di salice dove era nascosta. Abbiamo spento il fuoco nel campo nella caverna per prima cosa, e dopo non abbiamo mostrato una candela fuori.

Presi un pezzettino di canoa dalla riva e diedi un'occhiata; ma se c'era una barca nei paraggi non potevo vederla, perché le stelle e le ombre non sono belle da vedere. Poi scendemmo dalla zattera e scivolammo all'ombra, oltre i piedi dell'isola, immobili, senza dire una parola.

CAPITOLO XII.

Doveva essere quasi l'una quando finalmente arrivammo sotto l'isola, e la zattera sembrava andare molto lentamente. Se fosse arrivata una barca, avremmo preso la canoa e ci saremmo diretti verso la costa dell'Illinois; Ed era un bene che non arrivasse una barca, perché non avevamo mai pensato di mettere il fucile nella canoa, o una lenza, o qualcosa da mangiare. Eravamo troppo sudati per pensare a tante cose. Non è un buon senso mettere *tutto* sulla zattera.

Se gli uomini sono andati sull'isola, immagino solo che abbiano trovato il fuoco da campo che ho acceso e l'abbiano guardato tutta la notte per l'arrivo di Jim. Comunque, sono rimasti lontani da noi, e se il mio edificio il fuoco non li ha mai ingannati, non è colpa mia. L'ho suonato il più in basso possibile.

Quando cominciarono a farsi vedere le prime luci del giorno, ci legammo a una testa di traino in una grande curva sul lato dell'Illinois, tagliammo i rami di pioppo con l'accetta, e coprimmo la zattera con essi, in modo che sembrasse che ci fosse stato un crollo nella riva. Una testa di traino è un banco di sabbia che ha su di esso pioppi spessi come denti di erpice.

C'erano montagne sulla riva del Missouri e legname pesante sul lato dell'Illinois, e il canale era lungo la riva del Missouri in quel punto, quindi non avevamo paura che qualcuno ci passasse addosso. Rimanemmo lì tutto il giorno e guardammo le zattere e i battelli a vapore che scendevano lungo la riva del Missouri, e i battelli a vapore che risalivano combattendo il grande fiume nel mezzo. Raccontai a Jim tutto del tempo che avevo passato a chiacchierare con quella donna; e Jim disse che era una persona intelligente, e che se doveva mettersi lei stessa dietro a noi, non si sarebbe seduta a guardare un fuoco da campo... no, signore, sarebbe andata a prendere un cane. Ebbene, allora, dissi, perché non poteva dire a suo marito di andare a prendere un cane? Jim disse che aveva scommesso che ci aveva pensato prima che gli uomini fossero pronti a partire, e credeva che dovessero andare in città a prendere un cane e così persero tutto quel tempo, altrimenti non saremmo stati qui su un rimorchio a sedici o diciassette miglia sotto il villaggio... no, davvero, saremmo stati di nuovo nella stessa vecchia città. Così ho detto che non mi importava quale fosse il motivo per cui non ci avevano preso, purché non lo avessero fatto.

Quando cominciava a farsi buio, spuntammo la testa fuori dal boschetto di pioppo e guardammo su e giù e dall'altra parte; nulla in vista; così Jim prese alcune delle assi superiori della zattera e costruì un comodo wigwam per passare sotto con il tempo torrido e piovoso, e per mantenere le cose asciutte. Jim fece un pavimento per il wigwam e lo sollevò di un piede o più sopra il livello della zattera, così ora le coperte e tutte le trappole erano fuori dalla portata delle onde dei battelli a vapore. Proprio nel mezzo del wigwam abbiamo fatto uno strato di terra profondo circa cinque o sei pollici con una cornice intorno per tenerlo al suo posto; questo serviva ad accendere un fuoco in caso di maltempo o freddo; il wigwam avrebbe impedito che si vedesse. Costruimmo anche un remo in più, perché uno degli altri avrebbe potuto rompersi a causa di un intoppo o qualcosa del genere. Sistemammo un bastone corto e biforcuto per appendere la vecchia lanterna, perché dobbiamo sempre accendere la lanterna ogni volta che vediamo un battello a vapore scendere a valle, per evitare di essere investiti; ma non avremmo dovuto accenderlo per le barche controcorrente a meno che non ci fossimo accorti di essere in quello che chiamano un "incrocio"; perché il fiume era ancora piuttosto alto, le rive molto basse erano ancora un po' sott'acqua; Quindi le barche in salita non sempre percorrevano il canale, ma cacciavano acque facili.

Questa seconda notte abbiamo corso tra le sette e le otto ore, con una corrente che faceva oltre quattro miglia all'ora. Pescavamo pesci e parlavamo, e facevamo una nuotata di tanto in tanto per tenere lontana la sonnolenza. Era un po' solenne, andare alla deriva lungo il grande fiume immobile, sdraiati sulla schiena a guardare le stelle, e non avevamo mai voglia di parlare ad alta voce, e non capitava spesso che ridessimo, solo una specie di risatina sommessa. In generale c'era un bel tempo, e non ci accadde mai nulla, né quella notte, né la successiva, né la successiva.

Ogni notte passavamo davanti a città, alcune delle quali su colline nere, nient'altro che un letto di luci scintillanti; non si vedeva una casa. La quinta notte passammo davanti a St. Louis, ed era come se tutto il mondo si illuminasse. A Pietroburgo si diceva che c'erano venti o trentamila persone a San Luigi, ma non ci ho mai creduto finché non ho visto quella meravigliosa diffusione di luci alle due di quella notte tranquilla. Non c'è un suono lì; Tutti dormivano.

Ogni sera ormai sbarcavo verso le dieci in qualche piccolo villaggio e compravo dieci o quindici centesimi di farina o pancetta o altre cose da mangiare; e a volte sollevavo un pollo che non stava comodo appollaiato, e lo portavo con me. Papà diceva sempre: "Prendi un pollo quando ne hai l'occasione", perché se non lo vuoi tu stesso puoi facilmente trovare qualcuno che lo voglia, e una buona azione non si dimentica mai. Non ho mai visto papà quando non voleva il pollo da solo, ma è quello che diceva comunque.

Le mattine prima dell'alba mi infilavo nei campi di grano e prendevo in prestito un'anguria, o un melone, o un punkin, o del mais nuovo, o cose del genere. Papà diceva sempre che non c'era nulla di male prendere in prestito le cose se si aveva intenzione di restituirle un po' di tempo; ma la vedova disse che non c'era altro che un nome dolce per rubare, e nessun corpo decente lo avrebbe fatto. Jim disse che riteneva che la vedova avesse in parte ragione e che papà avesse in parte ragione; Quindi il modo migliore sarebbe stato quello di scegliere due o tre cose dalla lista e dire che non le avremmo più prese in prestito, poi ha pensato che non sarebbe stato male prendere in prestito le altre. Così ne parlammo per tutta la notte, andando alla deriva lungo il fiume, cercando di decidere se far cadere i cocomeri, o i cantelopes, o i meloni, o cosa. Ma verso l'alba riuscimmo a sistemare tutto in modo soddisfacente e decidemmo di buttare giù mele selvatiche e p'simmons. Avvertivamo che prima non ci sentivamo proprio bene, ma ora era tutto a posto. Ero contento anche di come era venuto fuori, perché le mele selvatiche non sono mai buone, e le mele non sarebbero state mature prima di due o tre mesi.

Di tanto in tanto sparavamo a un uccello acquatico che si alzava troppo presto la mattina o non andava a letto abbastanza presto la sera. Prendiamola tutta, abbiamo vissuto piuttosto bene.

La quinta notte sotto St. Louis abbiamo avuto una grande tempesta dopo la mezzanotte, con una potenza di tuoni e fulmini, e la pioggia si è riversata in un solido lenzuolo. Siamo rimasti nel wigwam e abbiamo lasciato che la zattera si prendesse cura di se stessa. Quando i lampi si illuminarono, potemmo vedere un grande fiume rettilineo davanti a noi, e alte scogliere rocciose su entrambi i lati. Di lì a poco dico io: "Hel-lo, Jim, guarda laggiù!" Era un battello a vapore che si era suicidato su uno scoglio. Stavamo andando alla deriva verso il basso verso di lei. Il lampo la mostrava molto distinta. Era inclinata, con una parte del ponte superiore fuori dall'acqua, e si vedeva ogni piccolo ragazzo pulito e chiaro, e una sedia vicino alla grande campana, con un vecchio cappello cadente appeso dietro, quando arrivavano i lampi.

Ebbene, essendo lontano nella notte e tempestoso, e tutto così misterioso, mi sentivo proprio come si sentirebbe qualsiasi altro ragazzo quando vedo quel relitto che giace lì così lugubre e solitario in mezzo al fiume. Volevo salire a bordo e sgattaiolare un po' in giro, e vedere cosa c'era lì. Così dico:

«Le è atterrato addosso, Jim.»

Ma Jim era assolutamente contrario all'inizio. Egli dice:

«Non voglio andare in giro per niente, ehm, niente da fare. Stiamo dando la colpa bene, e faremmo meglio a lasciar stare la colpa, come dice il buon libro. Come se non fosse un guardiano in preda al panico".

"Sentinella tua nonna", dico; «Non c'è niente da guardare se non il Texas e la cabina di pilotaggio; E credete che qualcuno abbia intenzione di sborsare la propria vita per un Texas e una cabina di pilotaggio in una notte come questa, quando è probabile che si rompa e si trascini via lungo il fiume da un momento all'altro? Jim non poteva dire nulla, quindi non ci provò. «E poi», dico, «potremmo prendere in prestito qualcosa che valga la pena di avere dalla cabina del capitano. Seegars, *scommetto*... e costano cinque centesimi l'uno, un bel po' di soldi. I capitani dei battelli a vapore sono sempre ricchi, e prendono sessanta dollari al mese, e *non si preoccupano* di quanto costa una cosa, sai, finché lo vogliono. Metti una candela in tasca; Non posso riposarmi, Jim, finché non la diamo a rovistare. Pensi che Tom Sawyer avrebbe mai accettato questa cosa? Non per una torta, non lo avrebbe fatto. La chiamerebbe un'avventura, è così che la chiamerebbe lui; E sarebbe atterrato su quel relitto se fosse stato il suo ultimo atto. E non ci metterebbe lo stile? Perché, pensereste che sia stato Christopher C'lumbus a scoprire Kingdom-Come. Vorrei che Tom Sawyer *fosse* qui".

Jim brontolò un po', ma cedette. Disse che non dovevamo parlare più di quanto potessimo aiutare, e poi parlare a bassa voce. Il fulmine ci mostrò di nuovo il relitto appena in tempo, e andammo a prendere la torre di stablata, e ci affrettammo a farlo.

Il ponte era alto qui fuori. Scendemmo furtivamente lungo il pendio fino a Labboard, nel buio, verso il Texas, tastando la strada lentamente con i piedi e allargando le mani per respingere i ragazzi, perché era così buio che non riuscivamo a vedere alcun segno di loro. Ben presto colpimmo l'estremità anteriore del lucernario e ci aggrappammo ad esso; e il passo successivo ci portò davanti alla porta del capitano, che era aperta, e vicino a Jimminy, giù attraverso la sala del Texas, vediamo una luce! e tutto nello stesso istante ci sembra di sentire voci basse laggiù!

Jim sussurrò e disse che si sentiva molto male, e mi disse di andare con me. Dissi, va bene, e stavo per partire per la zattera; ma proprio in quel momento sentii una voce che si lamentava e diceva:

"Oh, per favore non fatelo, ragazzi; Giuro che non lo dirò mai!"

Un'altra voce disse, piuttosto forte:

«È una bugia, Jim Turner. Hai già agito in questo modo. Volete sempre di più della vostra parte del camion, e l'avete sempre avuta, perché avete giurato che se non l'aveste fatto l'avreste detto. Ma questa volta l'hai detto per scherzo una volta di troppo. Sei il segugio più meschino e infido di questo paese".

A questo punto Jim era partito per la zattera. Ero solo in preda alla curiosità; e mi dico, Tom Sawyer non si tirerebbe indietro ora, e quindi non lo farò nemmeno io; Vado a vedere cosa sta succedendo qui. Così mi lasciai cadere sulle mani e sulle ginocchia nel piccolo corridoio e strisciai a poppa nel buio finché non ci fu che una cabina tra me e la sala trasversale del texas. Poi lì dentro vedo un uomo disteso sul pavimento e legato mani e piedi, e due uomini in piedi sopra di lui, e uno di loro aveva una lanterna fioca in mano, e l'altro aveva una pistola. Questi continuava a puntare la pistola alla testa dell'uomo sul pavimento, e diceva:

"Mi piacerebbe ! E anch'io... una puzzola cattiva!»

L'uomo sul pavimento si raggrinziva e diceva: "Oh, ti prego, non farlo, Bill; Non ho mai intenzione di dirlo."

E ogni volta che lo diceva l'uomo con la lanterna rideva e diceva:

«Non lo *sei!* Non hai mai detto niente di più vero in questo, ci puoi scommettere." E una volta disse: "Ascoltalo implorare! E se non avessimo avuto la meglio su di lui e non l'avessimo legato, ci avrebbe uccisi entrambi. E per cosa? Scherza per niente. Scherzare perché abbiamo difeso i nostri *diritti*, ecco a cosa serviva. Ma ti dico che non hai più intenzione di minacciare nessuno, Jim Turner. Metti su quella pistola, Bill».

Bill ha detto:

«Non voglio, Jake Packard. Io sono per ucciderlo... e non ha ucciso il vecchio Hatfield allo stesso modo... e non se lo merita?»

"Ma non voglio che venga ucciso, e ho le mie ragioni per farlo".

«Che il tuo cuore sia benedetto per quelle parole, Jake Packard! Non ti dimenticherò mai a lungo finché vivrò!" dice l'uomo sul pavimento, un po' farfugliando.

Packard non se ne accorse, ma appese la lanterna a un chiodo e si avviò verso il punto in cui mi trovavo lì al buio, e fece cenno a Bill di venire. Ho pescato aragoste il più velocemente possibile per circa due metri, ma la barca si è inclinata così tanto che non sono riuscito a fare molto tempo; così, per evitare di essere investito e catturato, mi infilai in una cabina sul lato superiore. L'uomo si avvicinò zoppicando nel buio, e quando Packard arrivò nella mia cabina, disse:

«Ecco, vieni qui».

Ed entrò lui, e Bill dopo di lui. Ma prima che salissero ero nella cuccetta superiore, con le spalle al muro, e mi dispiace di essere venuto. Poi si fermarono lì, con le mani sul cornicione della cuccetta, e parlarono. Non riuscivo a vederli, ma potevo capire dove si trovavano dal whisky che avevano bevuto. Ero contento di non aver bevuto whisky; ma non avrebbe fatto molta differenza comunque, perché la maggior parte delle volte non riuscivano a farmi un passo perché non respiravo. Avevo troppa paura. E, inoltre, un corpo *non poteva* respirare e sentire tali discorsi. Parlavano a bassa voce e seriamente. Bill voleva uccidere Turner. Egli dice:

«Ha detto che lo dirà, e lo farà. Se dovessimo dargli entrambe le nostre parti *ora*, non farebbe alcuna differenza dopo la lite e il modo in cui lo abbiamo servito. Shore è tu che sei nato, lui trasformerà le prove dello Stato; Ora mi senti. Sono per metterlo fuori dai suoi guai".

«Anch'io», dice Packard, molto tranquillo.

«Dai la colpa, avevo cominciato a pensare che tu non lo fossi. Bene, allora va bene. Andiamo e facciamolo".

"Aspetta un attimo; Non ho avuto voce in capitolo. Tu mi ascolti. Sparare è bello, ma ci sono modi più tranquilli se si deve fare la cosa . Ma quello che *dico* è questo: non ha senso andare in tribunale a caccia di una cavezza se riesci a capire quello che stai facendo in un modo che sia altrettanto buono e allo stesso tempo non ti porti a nessun problema. Non è così?"

"Puoi scommetterci. Ma come farai a farcela questa volta?»

«Beh, la mia idea è questa: andremo in giro a raccogliere tutto ciò che abbiamo trascurato nelle cabine, e ci spingeremo a riva e nasconderemo il camion. Poi aspetteremo. Ora dico che non passeranno più di due ore prima che questa spazzatura si rompa e si trascini via lungo il fiume. Vedere? Annegherà e non avrà nessuno da incolpare per questo, se non se stesso. Credo che sia uno spettacolo considerevole meglio che ucciderlo. Sono sfavorevole all'uccisione di un uomo finché puoi permettertelo; Non è buon senso, non è buona morale. Non ho ragione?"

«Sì, credo che tu lo sia. Ma non si rompe e non si lava via?»

«Beh, possiamo aspettare comunque le due ore e vedere, non è vero?»

«Va bene, allora; vieni."

Così partirono, e io mi accesi, tutto sudato, e mi arrampicai in avanti. Era buio come la pece lì; ma io dissi, in una specie di sussurro grossolano: «Jim!» e lui rispose, proprio al mio fianco, con una specie di gemito, e io dissi:

«Svelto, Jim, non c'è tempo di scherzare e lamentarsi; C'è una banda di assassini laggiù, e se non diamo la caccia alla loro barca e la mettiamo alla deriva lungo il fiume in modo che questi tizi non possano scappare dal relitto, c'è uno di loro che si troverà in una brutta situazione. Ma se troviamo la loro barca, possiamo metterli *tutti* in una brutta situazione, perché lo sceriffo li prenderà. Presto, sbrigati! Io darò la caccia al labboard, tu darai la caccia allo stabboard. Si parte dalla zattera, e...»

"Oh, mio signore, signore! *Raf?* Non c'è niente di male, non c'è niente di male; lei si è liberata e se n'è andata... ed eccoci qui!»

CAPITOLO XIII.

Ebbene, ripresi fiato e svenni per la maggior parte. Stai zitto su un relitto con una banda come quella! Ma non c'è tempo di essere sentimenteristici. Adesso dovevamo trovare quella barca, dovevamo averla per noi. Così andammo tremanti e scuotevamo la fiancata della tastapane, e anche il lavoro era lento... sembrava una settimana prima che arrivassimo a poppa. Nessun segno di barca. Jim disse che non credeva di poter andare oltre, così spaventato che non aveva quasi più forza, disse. Ma ho detto, andiamo, se rimaniamo su questo relitto siamo in difficoltà, certo. Così ci aggirammo di nuovo. Colpimmo la poppa del texas, e la trovammo, e poi ci arrampicammo in avanti sul lucernario, aggrappati da una persiana all'altra, perché il bordo del lucernario era nell'acqua. Quando arrivammo abbastanza vicino alla porta dell'atrio trasversale, c'era la barca, abbastanza sicuro! Riuscivo a malapena a vederla. Mi sentivo sempre così grata. In un secondo avrei voluto essere a bordo di lei, ma proprio in quel momento la porta si aprì. Uno degli uomini sporse la testa a circa un paio di piedi da me, e pensai di essermene andato; ma lui lo tirò dentro di nuovo, e disse:

«Togliti di vista quella lanterna della colpa, Bill!»

Gettò un sacco di qualcosa nella barca, poi salì su se stesso e si sedette. Era Packard. Poi Bill *è uscito* ed è entrato. Packard dice, a bassa voce:

«Tutto pronto, spingetevi via!»

Non riuscivo ad aggrapparmi alle persiane, ero così debole. Ma Bill dice:

«Aspetta... sei passato attraverso di lui?»

«No. Non è vero?»

«No. Quindi ha ancora la sua parte di denaro.

«Ebbene, allora, vieni; Non serve a nulla prendere il camion e lasciare i soldi".

«Dica, non sospetterà quello che stiamo combinando?»

"Forse non lo farà. Ma dobbiamo averlo comunque. Vieni."

Così uscirono e rientrarono.

La porta sbatté perché era sul lato carenato; e in mezzo secondo ero sulla barca, e Jim mi venne dietro ruzzolando. Uscii con il coltello e tagliai la corda, e partimmo!

Non abbiamo toccato un remo, e non abbiamo parlato né sussurrato, né respirato a malapena. Andammo a planare veloci, in silenzio, oltre la punta della pagaia e oltre la poppa; poi, in un secondo o due, fummo un centinaio di metri sotto il relitto, e l'oscurità lo sommerse, fino all'ultimo segno di lei, e noi eravamo al sicuro, e lo sapevamo.

Quando fummo tre o quattrocento metri più a valle, per un attimo vedemmo la lanterna brillare come una piccola scintilla alla porta del Texas, e capimmo da ciò che i mascalzoni avevano perso la loro barca, e cominciavano a capire che ora erano nei guai tanto quanto lo era Jim Turner.

Poi Jim impartì i remi e noi prendemmo la nostra zattera. Era la prima volta che cominciavo a preoccuparmi per gli uomini, credo di non averne avuto il tempo prima. Cominciai a pensare a quanto fosse terribile, anche per gli assassini, trovarsi in una situazione simile. Mi dico, non c'è modo di dirlo, ma potrei diventare anch'io un assassino, e allora come mi piacerebbe ? Così dico a Jim:

«Alla prima luce che vedremo, atterreremo un centinaio di metri sotto di essa o sopra di essa, in un luogo dove sia un buon nascondiglio per te e la barca, e allora andrò a sistemare una specie di lana, e troverò qualcuno che vada a prendere quella banda e li tiri fuori dai guai, così potranno essere impiccati quando sarà il loro momento».

Ma quell'idea è stata un fallimento; perché ben presto ricominciò a tempestare, e questa volta peggio che mai. Pioveva a dirotto, e non si vedeva mai una luce; tutti a letto, immagino. Scendemmo lungo il fiume, cercando le luci e la nostra zattera. Dopo molto tempo la pioggia cessò, ma le nuvole rimasero e i lampi continuarono a piagnucolare, e di lì a poco un lampo ci mostrò una cosa nera davanti a noi, fluttuante, e ci dirigemmo verso di essa.

Era la zattera, e fummo molto contenti di salirci di nuovo a bordo. Vedemmo una luce ora in basso a destra, sulla riva. Così ho detto che l'avrei fatto. La barca era mezza piena di bottino che quella banda aveva rubato lì sul relitto. Lo caricammo sulla zattera in un mucchio, e dissi a Jim di galleggiare verso il basso, e di mostrare una luce quando avesse giudicato di aver percorso circa due miglia, e di tenerla accesa finché non fossi arrivato; poi ho manovrato i remi e ho spinto verso la luce. Mentre scendevo verso di essa, ne apparvero altre tre o quattro, sul fianco di una collina. Era un villaggio. Mi avvicinai al di sopra della luce della riva, mi sdraiai sui remi e galleggiai. Mentre passavo, vidi che era una lanterna appesa all'asta di un traghetto a doppio scafo. Mi guardai intorno in cerca del guardiano, chiedendomi dove dormisse; e di lì a poco lo trovai appollaiato sulle bitte, in avanti, con la testa bassa tra le ginocchia. Gli diedi due o tre piccoli spintoni sulla spalla e cominciai a piangere.

Si agitò in modo quasi sorpreso; ma quando vide che ero solo io, fece un bel salto e si stiracchiò, e poi disse:

"Ciao, come va? Non piangere, bub. Qual è il problema?"

I ha detto:

«Papà, e mamma, e sorella, e...»

Poi sono crollato. Egli dice:

«Oh, accidenti, *non* prendertela così; Tutti dobbiamo avere i nostri problemi, e questo andrà bene. Che cosa c'è che non va?"

«Sono... sono... sei tu il guardiano della barca?»

"Sì", dice, un po' soddisfatto. «Sono il capitano, l'armatore, l'ufficiale, il pilota, la sentinella e il capo mozzo; e a volte sono io il carico e i passeggeri. Non sono ricco come il vecchio Jim Hornback, e non posso essere così generoso e buono con Tom, Dick e Harry come quello che è lui, e sbattere soldi in giro come fa lui; ma gli ho detto molte volte che non avrei scambiato il posto con lui; perché, dico io, la vita di un marinaio è la vita per me, e mi dispiacerebbe se *vivessi* a due miglia dalla città, dove non c'è mai niente da fare, non per tutti i suoi problemi e per di più ancora. Dico io...»

Ho fatto irruzione e ho detto:

«Sono in un brutto guaio, e...»

"*Chi* è?"

«Ebbene, papà e mamma e sorella e signorina Hooker; e se prendessi il tuo traghetto e andassi lassù...»

«Su dove? Dove sono?"

"Sul relitto."

«Quale relitto?»

«Perché, non ce n'è che uno.»

«Cosa, non intendi il *Walter Scott?*"

"Sì."

"Buona terra! Che cosa ci fanno *lì*, per carità?»

«Beh, non sono andati lì apposta».

"Scommetto che non l'hanno fatto! Perché, santo cielo, non c'è alcuna possibilità per loro se non se ne vanno in fretta! Perché, come diavolo hanno fatto a finire in un simile guaio?"

"Abbastanza facile. La signorina Hooker era in visita lassù in città...»

«Sì, Approdo di Booth, continuate».

«Era in visita a Booth's Landing, e proprio sul far della sera partì con la sua negra nel traghetto per rimanere tutta la notte a casa della sua amica, signorina come la chiamerete, non ricordo il suo nome... e persero il remo, girarono e andarono a galla, a poppa, per circa due miglia, e sellate sul relitto, e il traghettatore e la donna negra e i cavalli erano tutti perduti, ma la signorina Hooker fece un aggancio e salì a bordo del relitto. Ebbene, circa un'ora dopo il tramonto scendemmo con la nostra barca da commercio, ed era così buio che non ci accorgemmo del relitto finché non ci fummo proprio sopra; E così *ci* siamo messi in sella, ma tutti noi ci siamo salvati, tranne Bill Whipple... e oh, era il miglior creturista!

«Mio George! È la cosa più battuta che abbia mai fatto. E *poi* cosa avete fatto tutti?"

"Beh, abbiamo urlato e abbiamo affrontato, ma è così largo che non siamo riusciti a far sentire nessuno. Così papà ha detto che qualcuno deve scendere a terra e chiedere aiuto in qualche modo. Ero l'unico che sapeva nuotare, così mi precipitai verso di esso, e la signorina Hooker disse che se non avessi chiamato aiuto prima, venisse qui a cercare suo zio, e lui avrebbe sistemato la cosa. Raggiunsi la terra circa un miglio più in basso, e da allora continuai a scherzare, cercando di convincere la gente a fare qualcosa, ma mi dissero: 'Cosa, in una notte e in una corrente simile? Non ha senso in questo; Vai a prendere il traghetto a vapore." Adesso, se vuoi andare e...»

«Per Jackson, mi *piacerebbe*, e, per colpa, non lo so, ma lo farò; ma chi diavolo sta per *pagarlo?* Pensi che tuo padre...»

«Va *bene così*. Miss Hooker mi ha tollerato, *in particolare*, che suo zio Hornback...»

"Grandi armi! È *suo* zio? Guardate qui, fate un salto per quel semaforo laggiù, e girate a ovest quando arrivate lì, e a circa un quarto di miglio arriverete alla taverna; digli di portarti da Jim Hornback, e lui pagherà il conto. E non scherzare con nessuno, perché lui vorrà sapere le notizie. Digli che farò in modo che sua nipote sia al sicuro prima che possa arrivare in città. Scuoti, ora; Sto andando qui dietro l'angolo per far uscire il mio ingegnere.

Cercai la luce, ma appena lui svoltò l'angolo, tornai indietro e salii sulla mia barca e la tirai fuori, poi tirai su la riva nell'acqua facile per circa seicento metri e mi infilai tra alcune barche di legno; perché non potevo stare tranquillo finché non riuscivo a vedere il traghetto partire. Ma mettiamola tutta, mi sentivo più a mio agio a causa del fatto di aver preso tutti quei guai per quella banda, perché non molti l'avrebbero fatto. Avrei voluto che la vedova lo sapesse. Pensai che sarebbe stata orgogliosa di me per aver aiutato questi scalogni, perché il rapscallions e i battiti morti sono quelli a cui la vedova e la brava gente si interessano di più.

Ebbene, tra non molto, ecco che arriva il relitto, fioco e scuro, che scivola verso il basso! Una specie di brivido freddo mi attraversò, e poi mi lanciai verso di lei. Era molto profonda, e capii in un attimo che non c'erano molte possibilità che qualcuno fosse vivo in lei. Mi sono tirato tutto intorno a lei e ho urlato un po', ma non c'è stata alcuna risposta; tutti morti immobili.

Mi sentivo un po' pesante per la banda, ma non molto, perché pensavo che se loro potevano sopportarlo, potevo farlo io.

Poi ecco che arriva il traghetto; così mi spinsi verso il centro del fiume su una lunga pendenza a valle; e quando mi accorsi di non essere a portata d'occhio, posai i remi, mi voltai a guardarla e la vidi andare ad annusare i resti di Miss Hooker, perché il capitano sapeva che suo zio Hornback li avrebbe voluti; e poi, ben presto, il traghetto mollò e si diresse verso la riva, e io mi misi al lavoro e andai a tutto volume lungo il fiume.

Sembrò molto tempo prima che la luce di Jim apparisse; E quando si presentò, sembrava che fosse a mille miglia di distanza. Quando sono arrivato lì il cielo cominciava a diventare un po' grigio a est; Così cercammo un'isola, nascondemmo la zattera, affondammo la scialuppa, ci voltammo e dormimmo come morti.

CAPITOLO XIV.

Di lì a poco, quando ci alzammo, rovesciammo il camion che la banda aveva rubato dal relitto, e trovammo stivali, e coperte, e vestiti, e ogni sorta di altre cose, e un sacco di libri, e un cannocchiale, e tre scatole di seegar. Non eravamo mai stati così ricchi prima in nessuna delle nostre vite. I seegars erano i migliori. Passammo tutto il pomeriggio nel bosco a parlare, io a leggere i libri e a divertirci in generale. Raccontai a Jim tutto quello che era successo all'interno del relitto e al traghetto, e gli dissi che questo genere di cose erano avventure; Ma ha detto che non voleva più avventure. Ha detto che quando sono andato in Texas e lui è tornato indietro strisciando per salire sulla zattera e l'ha trovata sparita, è quasi morto; Perché riteneva che per lui fosse finita tutto, in ogni caso si poteva sistemare, perché se non si fosse salvato sarebbe annegato, e se si fosse salvato, chiunque lo avesse salvato lo avrebbe rimandato a casa per ottenere la ricompensa, e poi la signorina Watson lo avrebbe venduto al Sud, certo. Beh, aveva ragione; aveva quasi sempre ragione; Aveva una testa equilibrata non comune, per un negro.

Ho letto molto a Jim di re e duchi e conti e cose del genere, e di come si vestivano in modo sgargiante, e di quanto stile indossavano, e si chiamavano l'un l'altro Vostra Maestà, e Vostra Grazia, e Vostra Signoria, e così via, 'invece di signore; e gli occhi di Jim si spalancarono, e lui era interessato. Egli dice:

"Non sapevo che ci fossero così tanti morti. Non ho nulla a che fare con nessuno, se non con il vecchio Re Sollermun, a meno che tu non conti i re in un impacchettamento di chilometri. Quanto guadagna un re?"

"Prendere?" Io dico; «Perché, se vogliono, prendono mille dollari al mese; possono avere quanto vogliono; tutto appartiene a loro".

«È gay? Che cosa devi fare, Huck?»

"*Non* fanno niente! Perché, come parli! Si sono semplicemente messi in giro".

«No; È così?"

"Certo che lo è. Si mettono semplicemente in giro, tranne, forse, quando c'è una guerra; Poi vanno in guerra. Ma altre volte si limitano a oziare; o andare a fare il falco... solo a fare il venditore ambulante e sp... Sh!... senti un rumore?"

Siamo saltati fuori e abbiamo guardato; ma non avvertiva altro che lo sbattere della ruota di un battello a vapore che si allontanava verso il basso, girando intorno alla punta; Quindi torniamo.

«Sì», dico io, «e altre volte, quando le cose sono noiose, si agitano con il parlamento; E se tutti non vanno solo così lui spacca loro la testa. Ma per lo più si aggirano intorno all'harem".

«Roun' de which?»

"Harem".

"Che cos'è l'harem?"

"Il luogo dove tiene le sue mogli. Non conosci l'harem? Salomone ne aveva uno; Aveva circa un milione di mogli".

«Ebbene, sì, è così; Io... l'avevo dimenticato. Un harem è un bo'd'n-house, immagino. Probabilmente il dey di Mos ha momenti turbolenti in de nussery. En credo che le liti delle mogli siano considerevoli; En dat 'crease de racket. Voi dite che l'uomo dei saggi non vivrà mai". Non faccio alcun bilancio in questo. Perché mai: un uomo saggio vorrebbe vivere in mezzo a un blim-blammin' tutto il tempo? No... non lo farebbe. Un uomo saggio 'ud take en buil' a biler-factry; en den potrebbe buttare *giù* de biler-factry quando vuole res'."

«Beh, ma *era* l'uomo più saggio, comunque; perché me l'ha detto la vedova, se stessa".

«Io so quello che dice il mio dovere, non *ha avvertito* nessun uomo saggio. Aveva un po' di modi da papà che io abbia mai visto. Sai che il Cile deve tagliarlo in due?»

«Sì, la vedova mi ha raccontato tutto».

"*Ebbene*, tana! Avverti l'idea dei beateni in de worl'? Tu devi dargli un'occhiata un minuto. Dah's de stump, dah—dat's one er de women; eh sei tu, sei tu quello di qui; Io sono Sollermun; En dish yer dollar bill de Chile. Bofe un tu lo rivendichi. Cosa devo fare? Mi metto a cercare tra i vicini di casa e a sapere quale sia il vostro conto a disposizione, e lo passo a quello giusto, tutto al sicuro, come chiunque abbia avuto un po' di coraggio volere? No; Prendo il conto in *due*, ne do metà a te, e l'altra metà alla tua donna. Dat's de way Sollermun era gwyne per fare wid de Chile. Ora voglio dirvi: a che serve mezza cambiale? En a cosa serve un mezzo peperoncino? Darei un dern per un milione di dollari.

«Ma impiccati, Jim, hai mancato il punto... dai la colpa, l'hai mancato per mille miglia.»

"Chi? Me? Andate a lungo. Parlami delle tue pinte. Credo di conoscere il senso quando lo vedo; En dey non ha senso in sich doin's as dat. De 'spute non ha avvertito di mezzo cile, de 'spute era di un intero cile; E l'uomo crede di poter risolvere un problema con un intero Cile con mezzo Cile che sa abbastanza per entrare sotto la pioggia. Parlami di Sollermun, Huck, lo conosco dai tempi miei.

"Ma ti dico che non hai capito il punto".

"Colpa del punto! Credo di sapere quello che so. En mine you, la *vera* pinta è più giù, è giù più in profondità. Si trova nel modo in cui Sollermun è stato sollevato. Prendi un uomo che ha uno o due freddi; Dat Man Gwyne deve essere waseful o' chillen? No, non lo è; non può guadarlo. *Sa* come apprezzarli. Ma prendi un uomo che ha circa cinque milioni di chillen che girano per casa, ed è diverso. *Taglia* subito un peperoncino in due come un gatto. Dey è un bel po'. Un chile er due, più meno, non avvertire nessun consekens a Sollermun, papà lo prende in giro!"

Non ho mai visto un negro simile. Se una volta gli è venuta in mente un'idea, non c'è modo di tirarla fuori di nuovo. Era il più arrabbiato con Salomone di qualsiasi negro che abbia mai visto. Così sono andato a parlare di altri re, e ho lasciato scivolare Salomone. Ho raccontato di Luigi XVI che molto tempo fa si è fatto tagliare la testa in Francia; e del suo bambino delfino, che sarebbe stato un re, ma lo presero e lo rinchiusero in prigione, e alcuni dicono che sia morto lì.

«Po' piccoletto.»

"Ma alcuni dicono che è uscito e se n'è andato, ed è venuto in America".

«Va bene! Ma lui sarà un po' solo... non ci sono re qui, vero, Huck?»

"No."

«Non può avere nessuna situazione. Che cosa vuole fare?»

«Beh, non lo so. Alcuni di loro se la prendono con la polizia, e alcuni di loro imparano a parlare francese".

«Perché, Huck, i francesi parlano come noi?»

«*No*, Jim; Non riuscivi a capire una parola di quello che dicevano, non una sola parola".

«Ebbene, ora sono sballato! Come mai?"

"Non lo so; Ma è così. Ho preso un po' delle loro chiacchiere da un libro. Supponiamo che un uomo venga da te e ti dica *Polly-voo-franzy*... che cosa penseresti?»

«Non credo abbastanza; Lo prenderei e lo prenderei a sbattere sulla testa... è così, se non mi avverte che è bianco. Non vorrei che nessun negro mi chiamasse così.

"Accidenti, non ti sta chiamando in alcun modo. Sta solo dicendo: sai parlare francese?"

«Beh, den, perché non ha potuto *dirlo*?»

«Ebbene, lo sta dicendo. Questo è il *modo* di dire di un francese ".

«Beh, è un modo di biasimare la colpa, e non voglio sentirne parlare. Non ha senso.»

«Guarda, Jim; Un gatto parla come noi?"

"No, un gatto no."

"Beh, una mucca?"

«No, una mucca non lo fa, pazzo.»

"Un gatto parla come una mucca o una mucca parla come un gatto?"

«No, non farlo.»

«È naturale e giusto che parlino in modo diverso l'uno dall'altro, non è vero?»

«Certo.»

«E non è naturale e giusto che un gatto e una mucca parlino in modo diverso da *noi?*"

«Ebbene, è davvero santo».

«Ebbene, allora, perché non è naturale e giusto che un *francese* parli in modo diverso da noi? Tu rispondimi questo."

«Un gatto è un uomo, Huck?»

"No."

«Beh, den, non ha senso che un gatto parli come un uomo. Una mucca è un uomo?... ehm, una mucca è un gatto?»

«No, non è né l'una né l'altra».

«Beh, den, non ha il diritto di parlare come nessuno dei due. Un francese è un uomo?"

"Sì."

"*Ebbene,* tana! Papà lo biasima, perché *parla* come un uomo? Tu rispondi *a me!*'

Vedo che è inutile sprecare parole: non si può imparare un negro a discutere. Così ho smesso.

CAPITOLO XV.

Pensammo che altre tre notti ci avrebbero portato al Cairo, in fondo all'Illinois, dove sfocia il fiume Ohio, ed era quello che cercavamo. Avremmo venduto la zattera e salito su un battello a vapore e avremmo risalito l'Ohio tra gli Stati liberi, e poi saremmo stati fuori dai guai.

Ebbene, la seconda notte cominciò a calare la nebbia, e ci dirigemmo verso una testa di traino a cui legarci, perché non sarebbe stato il caso di cercare di correre nella nebbia; ma quando remai avanti con la canoa, con la corda da fare in fretta, non c'era altro che piccoli alberelli a cui legarsi. Passai la corda intorno a uno di loro proprio sul bordo della riva tagliata, ma c'era una corrente tesa, e la zattera venne giù rimbombando così vivace che la strappò dalle radici e se ne andò. Vedo la nebbia che si sta chiudendo, e mi ha fatto sentire così male e spaventato che non riuscivo a muovermi per quasi mezzo minuto, mi è sembrato... e poi non c'era nessuna zattera in vista; Non si vedevano venti metri. Sono saltato sulla canoa e sono tornato di corsa a poppa, ho afferrato la pagaia e l'ho respinta di un colpo. Ma non è venuta. Avevo così fretta che non l'avevo slegata. Mi sono alzato e ho cercato di slegarla, ma ero così eccitato che le mie mani tremavano che non potevo quasi farci nulla.

Appena mi misi in moto, mi misi a inseguire la zattera, calda e pesante, giù per la testa di traino. Era tutto a posto, fin dove andava, ma la testa di traino non era lunga sessanta metri, e nel momento in cui volai ai suoi piedi mi lanciai nella solida nebbia bianca, e non avevo idea di dove stessi andando più di un uomo morto.

Pensa, non va bene pagaiare; prima so che mi imbatterò in una sponda o in una testa di traino o qualcosa del genere; Ho avuto modo di stare fermo e galleggiare, eppure è una faccenda molto irrequieta dover tenere le mani ferme in un momento del genere. Ho urlato e ho ascoltato. Laggiù, da qualche parte, sento un piccolo urlo, e mi viene su il morale. Andai a piangere, ascoltando attentamente per sentirlo di nuovo. La prossima volta che arriva, vedo che avverto che non mi dirigo verso di esso, ma mi dirigo verso la sua destra. E la volta successiva mi stavo dirigendo verso la sua sinistra... e non ci guadagnavo molto, perché volavo in giro, da una parte e dall'altra e dall'altra, ma andava sempre dritto.

Avrei voluto che lo sciocco pensasse di battere una padella di latta, e la batteva sempre, ma non lo faceva mai, ed erano i posti immobili tra le urla che mi creavano problemi. Beh, ho combattuto al gioco, e appena sento il grido *dietro di* me. Adesso ero ben aggrovigliato. Era l'urlo di qualcun altro, altrimenti mi sono girato.

Ho gettato la pagaia a terra. Sentii di nuovo il grido; era ancora dietro di me, ma in un posto diverso; continuava ad arrivare, e continuava a cambiare posto, e io continuavo a rispondere, finché di lì a poco fu di nuovo davanti a me, e capii che la corrente aveva fatto oscillare la testa della canoa a valle, e che mi andava bene se quello era Jim e non qualche altro zatteriere che gridava. Non riuscivo a capire nulla delle voci nella nebbia, perché nulla non sembra naturale né suona naturale in una nebbia.

Il frastuono continuò, e in circa un minuto arrivai a rombare su una sponda tagliata con sopra fantasmi fumosi di grossi alberi, e la corrente mi scaraventò a sinistra e mi sparò via, tra un mucchio di ostacoli che ruggivano abbastanza, la corrente li stava strappando così rapidamente.

In un altro secondo o due era bianco solido e di nuovo fermo. Mi sono fermato perfettamente, ascoltando il battito del mio cuore, e credo di non aver tirato un respiro mentre batteva cento.

Allora mi arrendo. Sapevo qual era il problema. Quella sponda tagliata era un'isola, e Jim era sceso dall'altra parte. Non avvertiva nessun gancio di traino che si poteva galleggiare in dieci minuti. Aveva il grosso legno di un'isola normale; poteva essere lungo cinque o sei miglia e largo più di mezzo miglio.

Rimasi zitto, con le orecchie dritte, circa quindici minuti, credo. Io galleggiavo, naturalmente, a quattro o cinque miglia all'ora; Ma non ci pensi mai. No, ti *senti* come se fossi sdraiato morto sull'acqua; e se ti sfugge un piccolo squarcio di un intoppo, non pensare a quanto velocemente *stai* andando, ma riprendi fiato e pensi, oddio! Come si sta strappando quell'ostacolo. Se pensi che non sia lugubre e solitario in un modo simile in una nebbia da solo nella notte, ci provi una volta, vedrai.

Poi, per circa mezz'ora, urlo di tanto in tanto; alla fine sento la risposta molto lontano, e cerco di seguirla, ma non ci sono riuscito, e subito ho capito di essere finito in un nido di rimorchiatori, perché ne avevo piccoli scorci da una parte e dall'altra di me, a volte solo uno stretto canale in mezzo, e alcuni che non riuscivo a vedere sapevo che erano lì perché sentivo il dilavamento della corrente contro la vecchia boscaglia morta e la spazzatura che incombeva sulle banche. Ebbene, non vi avverto di perdere a lungo le urla tra le teste di traino; e cercai di inseguirli solo per un po', comunque, perché era peggio che inseguire un Jack-o'-lantern. Non hai mai conosciuto un suono schivare in giro così, e scambiare di posto così velocemente e così tanto.

Ho dovuto allontanarmi dalla riva abbastanza vivacemente quattro o cinque volte, per evitare di far cadere le isole fuori dal fiume; e così pensai che la zattera doveva sbattere contro la riva di tanto in tanto, altrimenti si sarebbe allontanata e si sarebbe svuotata dall'udito: galleggiava un po' più veloce di me.

Beh, mi sembrava di essere di nuovo nel fiume aperto di lì a poco, ma non riuscivo a sentire alcun segno di un urlo da nessuna parte. Pensai che Jim si fosse impossessato di un intoppo, forse, e per lui era tutto finito. Ero bravo e stanco, così mi sdraiai sulla canoa e dissi che non mi sarei più preoccupato. Non volevo andare a dormire, ovviamente; ma ero così assonnato che non potevo farne a meno; così ho pensato di fare un pisolino per scherzo.

Ma credo che sia stato più di un pisolino, perché quando mi sono svegliato le stelle brillavano luminose, la nebbia era sparita e stavo girando per primo lungo una grande curva di poppa. All'inizio non sapevo dove fossi; Pensavo di sognare; e quando le cose hanno cominciato a tornarmi in mente, sembrava che si fossero affievolite rispetto alla settimana scorsa.

Era un grande fiume mostruoso, con il legname più alto e più spesso su entrambe le sponde; solo un muro solido, così come potevo vedere dalle stelle. Distolsi lo sguardo a valle e vidi un puntino nero sull'acqua. L'ho seguito; ma quando ci arrivai, non mi avvertì altro che un paio di tronchi fatti insieme velocemente. Poi ho visto un altro puntino, e l'ho inseguito; poi un altro, e questa volta avevo ragione. Era la zattera.

Quando arrivai, Jim era seduto lì con la testa bassa tra le ginocchia, addormentato, con il braccio destro appeso al remo. L'altro remo fu distrutto e la zattera fu disseminata di foglie, rami e terra. Quindi aveva passato un brutto momento.

Mi affrettai e mi sdraiai sotto il naso di Jim sulla zattera, e cominciai a spalancare, e allungai i pugni contro Jim, e dissi:

«Ciao, Jim, ho dormito? Perché non mi hai agitato?"

«Santo cielo, non è vero, Huck? E tu sei morto, sei annegato, sei tornato indietro? È troppo bello per il vero, tesoro, è troppo bello per il vero. Ti guardo il Cile, mi sento su di te. No, sei morto! sei tornato qui, 'live en soun', jis de same ole Huck... de same ole Huck, grazie a Dio!»

«Che cosa ti succede, Jim? Hai bevuto?»

«Bere? Ho bevuto? Ho avuto la possibilità di bere?»

«Ebbene, allora, che cosa ti fa parlare così selvaggio?»

"Come faccio a parlare in modo selvaggio?"

"*Come?* Perché, non hai parlato del mio ritorno, e di tutta quella roba, come se fossi andato via?»

«Huck... Huck Finn, tu mi guardi negli occhi; Guardami negli occhi. *Non te* ne sei andato?"

"Andato via? Perché, cosa diavolo intendi tu? *Non sono* andato da nessuna parte. Dove andrei?"

«Beh, guarda qui, capo, dey si sbaglia, dey è. Sono io, o chi *sono* io? Sono io, eh, o chi *sono*? Ora è quello che voglio sapere".

«Beh, penso che tu sia qui, abbastanza chiaro, ma penso che tu sia un vecchio sciocco dalla testa aggrovigliata, Jim».

"Io sono, lo sono? Ebbene, tu mi rispondi: non hai tirato fuori la cima nella canoa per fare la testa di traino?"

"No, non l'ho fatto. Quale testa di traino? Non vedo nessun rimorchio."

«Non hai visto nessun rimorchiatore? Guarda, la corda non si è forse allentata e non è andata a ronzare lungo il fiume, e non ti ha lasciato in canoa nella nebbia?»

"Quale nebbia?"

«Perché, *la* nebbia!... la nebbia è rimasta tutta la notte. E non hai urlato, e io non ho urlato, ho detto che ci siamo mescolati nelle isole e uno di noi ha perso l'altro era buono come l'altro, 'kase non sapeva chi fosse? Non sono forse scoppiato in molte isole e ho avuto un periodo turbolento e sono annegato? Adesso è così, capo... non è così? Tu rispondi a me."

«Beh, questo è troppo per me, Jim. Non ho visto né nebbia, né isole, né guai, né niente. Sono rimasto qui a parlare con te tutta la notte fino a quando sei andato a dormire una decina di minuti fa, e credo di aver fatto lo stesso. Non potevi ubriacarti in quel periodo, quindi ovviamente hai sognato".

«Papà vado a prenderlo, come faccio a sognare tutto in dieci minuti?»

«Beh, impicca tutto, l'hai sognato, perché non è successo nulla di tutto ciò».

«Ma, Huck, per me è tutto così chiaro come...»

«Non fa differenza quanto sia chiaro; Non c'è niente dentro. Lo so, perché sono stato qui tutto il tempo".

Jim non disse nulla per circa cinque minuti, ma si sedette lì a studiarci sopra. Poi dice:

«Beh, den, credo di averlo sognato, Huck; ma cane gatti miei, non è il sogno più potente che abbia mai visto. En non ho mai avuto nessun sogno perché mi ha stancato come me.

«Oh, beh, va bene, perché un sogno stanca un corpo come ogni altra cosa. Ma questo era un sogno straziante; raccontami tutto, Jim.»

Così Jim si mise al lavoro e mi raccontò tutto da cima a fondo, proprio come era successo, solo che lo dipinse considerevolmente. Poi disse che doveva iniziare e "'interpretarlo", perché era stato mandato per un avvertimento. Disse che il primo carro armato rappresentava un uomo che avrebbe cercato di farci del bene, ma la corrente era un altro uomo che ci avrebbe allontanato da lui. Le urla erano avvertimenti che ci arrivavano di tanto in tanto, e se non ci sforzavamo di capirli ci portavano semplicemente nella sfortuna, invece di tenerci fuori. La sorte dei rimorchi erano guai in cui stavamo per cacciarci con gente litigiosa e gente meschina di ogni genere, ma se ci fossimo fatti gli affari nostri e non avessimo risposto e li avremmo irritati, ce l'avremmo fatta e saremmo usciti dalla nebbia per entrare nel grande fiume limpido, che erano gli Stati liberi, e non avremmo avuto più problemi.

Si era rannuvolato abbastanza buio appena ero salito sulla zattera, ma ora si stava schiarendo di nuovo.

«Oh, beh, tutto questo è interpretato abbastanza bene fino a un certo punto, Jim», dico; "Ma che cosa *significano queste* cose?"

Erano le foglie e la spazzatura sulla zattera e il remo spezzato. Potresti vederli di prim'ordine ora.

Jim guardò la spazzatura, e poi guardò me, e di nuovo la spazzatura. Aveva fissato il sogno così forte nella sua testa che non riusciva a liberarsene e a rimettere subito i fatti al loro posto. Ma quando riuscì a sistemare la cosa, mi guardò fisso senza mai sorridere, e disse:

«A che cosa serve? Te lo dico io. Quando ho finito tutto il lavoro, ho chiamato per te, sono andato a dormire, il mio cuore era così spezzato perché tu eri perso, e non sapevo cosa sarebbe diventato er me en de raf'. E quando mi sveglio e ti risveglio di nuovo, tutto al sicuro e soun', vengono le lacrime, e potrei mettermi in ginocchio e baciare il tuo piede, sono così grato. Tutto quello che stavi pensando era come avresti potuto fare uno sciocco a Jim con una bugia. Il camion è *spazzatura;* La spazzatura è ciò che la gente è che mette sporcizia sulla testa e la fa vergognare".

Poi si alzò lentamente e si diresse verso il wigwam, ed entrò senza dire altro che quello. Ma questo è bastato. Mi faceva sentire così cattivo che potevo quasi baciargli il piede per convincerlo a riprenderlo.

Ci vollero quindici minuti prima che potessi impegnarmi per andare a umiliarmi con un negro; ma l'ho fatto, e non me ne pento mai nemmeno dopo. Non gli ho più fatto scherzi cattivi, e non avrei fatto quello se avessi saputo che lo avrebbe fatto sentire in quel modo.

CAPITOLO XVI.

Dormimmo quasi tutto il giorno, e partimmo di notte, un po' dietro una mostruosa lunga zattera che passava lunga come una processione. Aveva quattro lunghe spazzate a ciascuna estremità, quindi abbiamo giudicato che portasse fino a trenta uomini, probabilmente. Aveva cinque grossi wigwam a bordo, distanziati l'uno dall'altro, e un fuoco da campo aperto nel mezzo, e un'alta asta di bandiera a ciascuna estremità. C'era una forza di stile in lei. Era qualcosa di simile essere un zatteriere su un'imbarcazione come quella.

Siamo andati alla deriva in una grande curva, e la notte si è rannuvolata e ha fatto caldo. Il fiume era molto largo ed era murato con legno massiccio su entrambi i lati; Non si vedeva quasi mai un'interruzione, o una luce. Abbiamo parlato del Cairo e ci siamo chiesti se l'avremmo saputo quando ci saremmo arrivati. Dissi che probabilmente non l'avremmo fatto, perché avevo sentito dire che lì non c'erano che una dozzina di case, e se non le avessero illuminate, come avremmo fatto a sapere che stavamo passando davanti a una città? Jim disse che se i due grandi fiumi si unissero lì, si vedrebbe. Ma dissi che forse avremmo potuto pensare di passare ai piedi di un'isola e di rientrare nello stesso vecchio fiume. Questo disturbava Jim, e anche me. Quindi la domanda era: cosa fare? Dissi, pagaiate a terra la prima volta che si accese una luce, e dite loro che papà era dietro, che veniva con un commerciante, ed era un abile nel commercio, e voleva sapere quanto fosse lontano il Cairo. Jim pensò che fosse una buona idea, così fumammo una sigaretta e aspettammo.

Non c'è altro da fare che guardare attentamente la città e non oltrepassarla senza vederla. Disse che sarebbe stato molto sicuro di vederlo, perché sarebbe stato un uomo libero nel momento in cui l'avesse visto, ma se lo avesse perso si sarebbe trovato di nuovo in un paese di schiavi e non avrebbe più fatto mostra di sé per la libertà. Ogni tanto salta in piedi e dice:

"Papà, lo è?"

Ma non avverte. Erano le Jack-o'-lantern, o insetti fulmini; Così si sedette di nuovo e si mise a guardare, come prima. Jim disse che lo faceva tremare e avere la febbre di essere così vicino alla libertà. Ebbene, posso dirvi che mi faceva tremare e venire la febbre anche a sentirlo, perché cominciai a farmi passare per la testa che era il più libero... e di chi era la colpa? Perché, *io*. Non riuscivo a togliermelo dalla coscienza, né in nessun modo né in nessun modo. La cosa mi ha turbato e non riuscivo a riposare; Non riuscivo a stare ferma in un posto. Non mi era mai venuto in mente prima cosa fosse questa cosa che stavo facendo. Ma ora lo fece; E mi è rimasto dentro, e mi ha bruciato sempre di più. Cercai di far capire a me stesso che non avevo colpa, perché non *avevo* cacciato Jim dal suo legittimo proprietario; ma non serviva a nulla, la coscienza si alzava e diceva, ogni volta: "Ma tu sapevi che stava scappando per la sua libertà, e potevi remare fino a riva e dirlo a qualcuno". Era così... non potevo aggirare in quel modo. È stato lì che ha pizzicato. La coscienza mi dice: "Che cosa ti ha fatto la povera signorina Watson per vedere il suo negro andarsene proprio sotto i tuoi occhi e non dire mai una sola parola? Che cosa ti ha fatto quella povera vecchia perché tu potessi trattarla in modo così meschino? Ha cercato di insegnarti il tuo libro, ha cercato di insegnarti le tue buone maniere, ha cercato di essere buona con te in ogni modo che sapeva fare. *Questo è* quello che ha fatto".

Mi sentivo così meschina e così infelice che desideravo di più essere morta. Mi agitavo su e giù per la zattera, insultandomi tra me e me, e Jim si agitava su e giù davanti a me. Nessuno di noi due riusciva a stare fermo. Ogni volta che ballava e diceva: "Dah's Cairo!" mi passava attraverso come un colpo, e pensavo che se fosse stato il Cairo avrei pensato che sarei morto di miseria.

Jim parlava ad alta voce tutto il tempo mentre io parlavo da solo. Diceva che la prima cosa che avrebbe fatto quando fosse arrivato in uno Stato libero sarebbe andato a mettere da parte denaro e a non spendere mai un solo centesimo, e quando ne avesse avuto abbastanza avrebbe comprato sua moglie, che era di proprietà in una fattoria vicino a dove viveva la signorina Watson; e poi entrambi avrebbero lavorato per comprare i due bambini, e se il loro padrone non li avesse venduti, avrebbero chiesto a un Ab'litionista di andare a rubarli.

Mi ha fatto impazzire sentire discorsi del genere. Non avrebbe mai osato parlare del genere in vita sua. Guardate che differenza ha fatto in lui nel momento in cui ha giudicato di essere quasi libero. Era secondo il vecchio detto: "Dai un pollice a un negro e lui prenderà un ell". Pensa, questo è ciò che viene dal mio non pensare. Ecco questo negro, che avevo avuto la buona ragione di aiutarmi a scappare, che usciva con i piedi piatti e diceva che avrebbe rubato i suoi figli, bambini che appartenevano a un uomo che non conoscevo nemmeno; un uomo che non mi aveva mai fatto del male.

Mi è dispiaciuto sentire Jim dire questo, è stato un tale abbassamento da parte sua. La mia coscienza cominciava a scuotermi più calda che mai, finché alla fine le dissi: "Lasciami andare, non è ancora troppo tardi, scenderò a riva alle prime luci dell'alba e lo dirò". Mi sono sentita a mio agio, felice e leggera come una piuma fin da subito. Tutti i miei guai erano spariti. Andai a cercare una luce acuta, e in un certo senso cantai da solo. Di lì a poco ne apparve uno. Jim canta:

«Siamo al sicuro, Huck, siamo al sicuro! Salta su e schiocca i tacchi! È il buon vecchio Cairo a questo punto, lo so!"

I ha detto:

«Prendo la canoa e vado a vedere, Jim. Potrebbe non esserlo, sai."

Saltò e preparò la canoa, mise in fondo il suo vecchio cappotto perché io mi mettessi su e mi diede la pagaia; e mentre mi allontanavo, mi disse:

«Pooty presto sarò in vena di gioia, e dirò che è tutto per conto di Huck; Sono un uomo libero, e non potrei mai essere libero se non fosse stato per Huck; Huck l'ha fatto. Jim non ti dimenticherà mai, Huck; sei il più grande che Jim abbia mai avuto; E ora hai *solo* il vecchio francese che Jim."

Stavo remando, tutto sudato per raccontarlo; Ma quando lo dice, sembra che mi tolga tutto. Allora andai piano, e non mi accorsi se ero contento di aver iniziato o se non lo feci. Quando fui a cinquanta metri di distanza, Jim disse:

«Accidenti, il vecchio vero Huck; Il vecchio gentiluomo bianco non ha mai mantenuto la sua promessa al vecchio Jim.

Beh, mi sentivo male. Ma io dico, *devo* farlo, non riesco a uscirne. Proprio in quel momento arrivò una barca con due uomini con le pistole, e loro si fermarono e io mi fermai. Uno di loro dice:

«Che cos'è laggiù?»

"Un pezzo di zattera", dico.

"Tu ci appartieni?"

«Sì, signore.»

«Ci sono degli uomini?»

«Solo uno, signore».

«Ebbene, ci sono cinque negri che scappano stanotte lassù, sopra l'inizio della curva. Il tuo uomo è bianco o nero?"

Non ho risposto prontamente. Ci ho provato, ma le parole non arrivavano. Cercai per un secondo o due di farmi forza e di farla finita, ma avvertii abbastanza l'uomo, non aveva lo sperma di un coniglio. Vedo che mi stavo indebolendo; così smisi di provarci, e mi alzo e dico:

"È bianco".

«Credo che andremo a vedere di persona».

«Ti auguro», dico io, «perché è papà che è lì, e forse mi aiuteresti a trainare la zattera a riva dove c'è la luce. È malato, e anche la mamma e Mary Ann».

«Oh, diavolo! Abbiamo fretta, ragazzo. Ma credo che dobbiamo farlo. Vieni, allaccia la tua pagaia e andiamo d'accordo."

Mi allacciai la pagaia e loro si sdraiarono ai remi. Quando abbiamo fatto un colpo o due, ho detto:

«Papà ti sarà molto omaggio, te lo posso assicurare. Tutti se ne vanno quando voglio che mi aiutino a trainare la zattera a riva, e non posso farlo da solo".

«Beh, questa è una meschinità infernale. Strano, anche. Dimmi, ragazzo, che cos'ha tuo padre?»

«È il... un... il... beh, non è niente di che».

Hanno smesso di tirare. Non avvertiva che un po' di strada verso la zattera, ora. Uno dice:

"Ragazzo, questa è una bugia. Qual è il problema con la tua pappa? Rispondi subito e sarà meglio per te."

«Lo farò, signore, lo farò, onestamente... ma non lasciateci, vi prego. Sono i... i... signori, se solo volete andare avanti, e lasciate che vi sollevi il titolo, non dovrete avvicinarvi alla zattera... vi prego.

"Rimettila indietro, John, rimettila indietro!" dice uno. Hanno sostenuto l'acqua. «Stai lontano, ragazzo, resta a bighellonare. Confondetelo, mi aspetto solo che il vento ce l'abbia soffiato. Tuo padre ha il vaiolo, e tu lo sai benissimo. Perché non sei uscito allo scoperto e non l'hai detto? Vuoi spargerlo dappertutto?"

«Beh», dico io, farfugliando, «l'ho già detto a tutti, e se ne sono andati e ci hanno lasciato».

«Povero diavolo, c'è qualcosa in questo. Ci dispiace proprio per te, ma noi... beh, impicca, non vogliamo il vaiolo, vedi. Guardate qui, vi dirò cosa fare. Non cercare di atterrare da solo, o farai a pezzi tutto. Si naviga per una ventina di miglia e si arriva a una città sulla riva sinistra del fiume. Sarà molto dopo l'alba allora, e quando chiedi aiuto dici loro che i tuoi genitori sono tutti giù con brividi e febbre. Non fare di nuovo lo sciocco e lascia che la gente indovini qual è il problema. Ora stiamo cercando di farti una gentilezza; Quindi metti venti miglia tra di noi, è un bravo ragazzo. Non servirebbe a nulla atterrare laggiù dove c'è la luce: è solo un cortile di legna. Dimmi, credo che tuo padre sia povero, e devo dire che è piuttosto sfortunato. Ecco, metterò un pezzo d'oro da venti dollari su questa tavola, e tu lo otterrai quando passerà a galla. Mi sento molto meschino a lasciarti; ma il mio regno! Non va bene scherzare con il vaiolo, non capisci?"

«Aspetta, Parker», dice l'altro uomo, «ecco un venti da mettere sul tabellone per me. Addio, ragazzo; fai come ti ha detto il signor Parker, e andrà tutto bene».

«È così, ragazzo mio... addio, addio. Se vedi dei negri in fuga, chiedi aiuto e li catturi, e puoi guadagnare un po' di soldi".

«Addio, signore», dico io; «Non lascerò che nessun negro fuggiasco mi passi accanto, se posso evitarlo».

Se ne andarono e io salii a bordo della zattera, sentendomi male e giù, perché sapevo benissimo di aver fatto del male, e capisco che non serve a nulla per me cercare di imparare a fare la cosa giusta; un corpo che non si *mette in moto* quando è piccolo non ha nessuno spettacolo - quando arriva il pizzico non c'è niente che lo sostenga e lo trattenga al suo lavoro, E così viene battuto. Poi ci ho pensato un attimo, e mi sono detto: aspetta; Supponiamo che tu abbia fatto bene e rinunci a Jim, ti sentiresti meglio di quello che fai ora? No, dico io, mi sentirei male, mi sentirei proprio come mi sento ora. Ebbene, allora, dico io, a che serve che impari a fare il bene quando è fastidioso fare il bene e non è un problema fare il male, e il salario è proprio lo stesso? Ero bloccato. Non potevo rispondere. Così ho pensato che non me ne sarei più preoccupato, ma dopo questo fai sempre quello che mi viene più utile in quel momento.

Entrai nel wigwam; Jim avverte di non esserlo. Mi guardai intorno; Non ha avvertito da nessuna parte. I ha detto:

«Jim!»

«Eccomi, Huck. È fuori dalla vista? Non parlare ad alta voce".

Era nel fiume sotto il remo di poppa, con il naso in fuori. Gli ho detto che non erano in vista, così è salito a bordo. Egli dice:

«Stavo ascoltando tutti i discorsi, e mi sono infilato nel fiume e c'era il modo di spingermi a caccia se lui fosse salito a bordo. Ero pronto a nuotare fino a de raf' agin quando dey se n'era andato. Ma come li hai ingannati, Huck! Era *l'*espediente dei furbi! Ti dico, Cile, che lo 'macchino' salva il vecchio Jim... il vecchio Jim non ti dimenticherà per questo, tesoro.

Poi abbiamo parlato dei soldi. Era un buon aumento: venti dollari a testa. Jim disse che ora potevamo prendere il passaggio sul ponte su un battello a vapore, e il denaro ci sarebbe bastato fino a dove volevamo andare negli Stati liberi. Disse che mancavano ancora venti miglia per la zattera, ma avrebbe voluto che fossimo già lì.

Verso l'alba ci ormeggiammo, e Jim era molto attento a nascondere bene la zattera. Poi lavorò tutto il giorno sistemando le cose in fasci e preparandosi a smettere di fare rafting.

Quella notte, verso le dieci, ci trovammo in vista delle luci di una città lontana, giù in una curva a sinistra.

Andai in canoa a chiederglielo. Ben presto trovai un uomo nel fiume con una barca, che teneva una linea di trotto. Mi sono alzato e ho detto:

"Signore, quella città è il Cairo?"

"Il Cairo? No. Devi essere uno sciocco da biasimare."

«Che città è, signore?»

"Se vuoi saperlo, vai a scoprirlo. Se rimani qui a disturbarmi per circa mezzo minuto in più, otterrai qualcosa che non vorrai.

Ho remato fino alla zattera. Jim era terribilmente deluso, ma io dissi che non importava, il Cairo sarebbe stato il prossimo posto, pensai.

Passammo un'altra città prima dell'alba, e io uscivo di nuovo; ma era un'altura, quindi non ci andai. Non c'è nulla riguardo al Cairo, ha detto Jim. L'avevo dimenticato. Ci fermammo per la giornata su un rimorchio tollerabile vicino alla riva sinistra. Cominciai a sospettare di qualcosa. Anche Jim. I ha detto:

"Forse quella notte siamo passati dal Cairo nella nebbia".

Egli dice:

«Ne parlo, Huck. I negri non possono avere fortuna. Ho guardato la pelle di serpente a sonagli che non ha finito il suo lavoro.

«Vorrei non aver mai visto quella pelle di serpente, Jim... vorrei davvero non averci mai posato gli occhi».

«Non è colpa tua, Huck; Non lo sapevi. Non incolpare te stesso per questo."

Quando era giorno, ecco l'acqua limpida dell'Ohio sulla costa, e fuori c'era il vecchio Muddy regolare! Quindi era tutto finito con il Cairo.

Ne abbiamo parlato di tutto. Non sarebbe stato il caso di scendere a riva; Non potevamo portare la zattera su per la corrente, ovviamente. Non c'è altro modo che aspettare che faccia buio, e ricominciare con la canoa e correre il rischio. Così dormimmo tutto il giorno in mezzo alla boscaglia di pioppi, in modo da essere freschi per il lavoro, e quando tornammo alla zattera verso il buio la canoa non c'era più!

Non ci siamo detti una parola per un bel po'. Non c'è nulla da dire. Sapevamo entrambi abbastanza bene che si trattava di un altro lavoro della pelle di serpente a sonagli; A che serviva allora parlarne? Sembrava solo che stessimo trovando un difetto, e questo avrebbe portato altra sfortuna... e avrebbe continuato a cercarla, finché non ne avessimo saputo abbastanza per stare fermi.

Di lì a poco parlammo di ciò che avremmo fatto meglio a fare, e trovammo che non c'era altro modo se non quello di scendere con la zattera finché non avessimo avuto la possibilità di comprare una canoa per rientrare. Avvertiamo di non prenderlo in prestito quando non c'è nessuno in giro, come farebbe papà, perché questo potrebbe mettere la gente dietro di noi.

Così ci siamo spinti fuori dopo il tramonto sulla zattera.

Chiunque non creda ancora che sia una sciocchezza maneggiare una pelle di serpente, dopo tutto quello che quella pelle di serpente ha fatto per noi, ci crederà ora se continua a leggere e vede cos'altro ha fatto per noi.

Il posto dove comprare le canoe è fuori dalle zattere che giacciono a riva. Ma non abbiamo visto nessuna zattera che si fermava; Così siamo andati avanti per tre ore e più. Ebbene, la notte si fece grigia e più fitta, che è la cosa più meschina dopo la nebbia. Non si può dire la forma del fiume e non si può vedere nessuna distanza. Era molto tardi e c'era silenzio, e poi arriva un battello a vapore che risale il fiume. Accendemmo la lanterna e pensammo che l'avrebbe vista. Le barche controcorrente non si avvicinavano generosamente a noi; escono e seguono le sbarre e vanno a caccia di acqua facile sotto le scogliere; ma notti come questa risalgono il canale contro l'intero fiume.

Potevamo sentirla martellare, ma non l'abbiamo vista bene finché non è stata vicina. Ha mirato proprio a noi. Spesso lo fanno e cercano di vedere quanto possono avvicinarsi senza toccarsi; A volte il timone morde una spazzata, e allora il pilota tira fuori la testa e ride, e pensa di essere molto intelligente. Bene, eccola arrivare, e abbiamo detto che avrebbe cercato di raderci; Ma non sembrava che si stesse allontanando un po'. Era grossa, e arrivava anche lei in fretta, con l'aspetto di una nuvola nera circondata da file di lucciole; Ma all'improvviso si gonfiò, grande e spaventosa, con una lunga fila di porte di fornaci spalancate che brillavano come denti roventi, e i suoi mostruosi archi e le guardie che pendevano proprio sopra di noi. Ci fu un grido contro di noi, e un tintinnio di campane per fermare i motori, un powwow di imprecazioni e fischi di vapore... e mentre Jim cadeva in mare da una parte e io dall'altra, lei venne a sbattere contro la zattera.

Mi tuffai, e mirai anche a trovare il fondo, perché una ruota di trenta piedi doveva passarmi sopra, e volevo che avesse molto spazio. Potevo sempre rimanere sott'acqua un minuto; questa volta credo di essere rimasto sotto il minuto e mezzo. Poi balzai in fretta verso la cima, perché stavo quasi per scoppiare. Sono saltato fuori fino alle ascelle e mi sono soffiato l'acqua dal naso, e ho sbuffato un po'. Naturalmente c'era una corrente in forte espansione; e naturalmente quella barca riaccese i motori dieci secondi dopo che lei li aveva fermati, perché non si erano mai preoccupati molto dei zatterieri; così ora stava risalendo il fiume, nascosta alla vista dal brutto tempo, anche se potevo sentirla.

Ho cantato per Jim circa una dozzina di volte, ma non ho ricevuto alcuna risposta; così afferrai un'asse che mi toccò mentre stavo "calpestando l'acqua" e mi diressi verso la riva, spingendola davanti a me. Ma feci finta di vedere che la corrente era verso la riva sinistra, il che significava che mi trovavo in un incrocio; così ho cambiato e sono andato da quella parte.

Era una di quelle lunghe traversate inclinate di due miglia; quindi ci è voluto un bel po' di tempo per riprendermi. Atterrai in sicurezza e risalii la riva. Non riuscivo a vedere che un po' di strada, ma andai a frugare su un terreno accidentato per un quarto di miglio o più, e poi mi imbattei in una grande casa di tronchi doppia vecchio stile prima di accorgermene. Stavo per correre e scappare, ma un sacco di cani saltarono fuori e cominciarono a ululare e abbaiare contro di me, e capii che era meglio non spostare un altro piolo.

CAPITOLO XVII.

Dopo circa un minuto qualcuno parlò fuori da una finestra senza mettere fuori la testa, e disse:

"Sia finita, ragazzi! Chi c'è?"

I ha detto:

"Sono io".

"Chi sono io?"

«George Jackson, signore.»

"Cosa vuoi?"

«Non voglio niente, signore. Voglio solo passare, ma i cani non me lo permettono".

«Perché ti aggiri qui intorno a quest'ora della notte... ehi?»

«Vi avverto di non aggirarmi, signore, sono caduto in mare dal piroscafo».

«Oh, l'hai fatto, vero? Accendi una luce lì, qualcuno. Come hai detto che ti chiamavi?»

«George Jackson, signore. Sono solo un ragazzo".

«Senti, se stai dicendo la verità non devi aver paura: nessuno ti farà del male. Ma non cercare di muoverti; Mettiti proprio dove sei. Svegliate Bob e Tom, alcuni di voi, e andate a prendere le pistole. George Jackson, c'è qualcuno con te?"

«No, signore, nessuno».

Sentii la gente che si agitava in casa, e vidi una luce. L'uomo cantò:

«Strappa via quella luce, Betsy, vecchia sciocca... non hai senno? Mettilo sul pavimento dietro la porta d'ingresso. Bob, se tu e Tom siete pronti, prendete posto."

"Tutto pronto."

«Ora, George Jackson, conosci gli Shepherdson?»

«No, signore; Non ne ho mai sentito parlare".

«Beh, può darsi che sia così, e che non sia così. Ora, tutto pronto. Fai un passo avanti, George Jackson. E bada, non avere fretta: vieni molto lentamente. Se c'è qualcuno con te, lascia che si trattenga: se si fa vedere, gli spareranno. Vieni ora. Vieni piano; Spingi tu stesso la porta per aprirla, quel tanto che basta per entrare, hai sentito?»

Non ho avuto fretta; Non potrei, se lo volessi. Feci un passo lento alla volta e non ci fu alcun suono, solo che pensavo di poter sentire il mio cuore. I cani erano fermi come gli umani, ma mi seguivano un po' dietro. Quando arrivai ai tre gradini della porta di tronchi, li sentii aprirsi e sbloccarsi. Misi la mano sulla porta e la spinsi un po' e un po' di più, finché qualcuno disse: "Ecco, basta, metti la testa dentro". L'ho fatto, ma ho pensato che l'avrebbero tolto.

La candela era sul pavimento, e tutti erano lì, a guardarmi, e io a guardarli, per circa un quarto d'ora: tre uomini grossi con i fucili puntati contro di me, il che mi fece trasalire, vi dico; la più anziana, grigia e sulla sessantina, le altre due sulla trentina o più, tutte belle e belle, e la più dolce vecchia signora dai capelli grigi, e dietro di lei due giovani donne che non riuscivo a vedere bene. Il vecchio signore dice:

«Ecco; Credo che vada tutto bene. Entra".

Appena fui entrato, il vecchio signore chiuse a chiave la porta, la sbarrò e la sprangò, e disse ai giovani di entrare con le loro pistole, e andarono tutti in un grande salotto che aveva un nuovo tappeto di stracci sul pavimento, e si riunirono in un angolo che era fuori dalla portata delle finestre anteriori - non c'era nessuno sul lato. Tennero la candela e mi guardarono bene, e tutti dissero: «Perché, non è uno Shepherdson... no, non c'è nessuno Shepherdson in lui». Allora il vecchio disse che sperava che non mi dispiacesse essere perquisito in cerca di armi, perché non intendeva fare del male, ma solo per essere sicuro. Così non mi ha ficcato il naso nelle tasche, ma ha solo tastato fuori con le mani, e ha detto che andava tutto bene. Mi disse di mettermi a mio agio e di sentirmi a mio agio, e di raccontare tutto di me; ma la vecchia signora dice:

"Ebbene, ti benedica, Saul, il poveretto è più bagnato che mai; E non credi che possa essere che abbia fame?"

«È vero per te, Rachel, me ne sono dimenticata».

Così la vecchia signora dice:

«Betsy» (era una negra), «tu vola in giro e gli porti qualcosa da mangiare il più in fretta possibile, poverina; e una di voi ragazze vada a svegliare Buck e gli dica... oh, eccolo qui. Buck, prendi questo piccolo sconosciuto e togli i vestiti bagnati e vestilo con alcuni dei tuoi che sono asciutti.

Buck sembrava vecchio quanto me, tredici o quattordici anni o giù di lì, anche se era un po' più grande di me. Non indossava altro che una camicia, ed era molto scontroso. Entrò a bocca aperta e si conficcò un pugno negli occhi, e stava trascinando una pistola insieme all'altra. Egli dice:

«Non ci sono Shepherdson in giro?»

Hanno detto, no, era un falso allarme.

«Beh», dice, «se ne avessero un po', credo che ne avrei uno».

Tutti risero e Bob disse:

«Perché, Buck, potrebbero averci scalpato tutti, sei stato così lento ad arrivare».

«Beh, nessuno viene dietro a me, e non è giusto che io sia sempre tenuto a bada; Non mi faccio vedere".

«Non importa, Buck, ragazzo mio», dice il vecchio, «avrai abbastanza spettacolo, tutto a tempo debito, non preoccuparti per questo. Vai avanti con te adesso, e fai come ti ha detto tua madre".

Quando salimmo al piano di sopra nella sua stanza, mi prese una camicia ruvida, una rotonda e dei suoi pantaloni, e me li misi addosso. Già che c'ero mi chiese come mi chiamavo, ma prima che potessi dirglielo, cominciò a raccontarmi di una ghiandaia azzurra e di un giovane coniglio che aveva catturato nel bosco l'altro ieri, e mi chiese dove fosse Mosè quando la candela si spense. Ho detto che non lo sapevo; Non ne avevo mai sentito parlare prima, assolutamente no.

"Beh, indovina", dice.

«Come faccio a indovinare», dico io, «se non ne ho mai sentito parlare prima?»

«Ma puoi indovinare, non è vero? È altrettanto facile".

"*Quale* candela?" Dico io.

«Beh, qualsiasi candela», dice.

"Non so dov'era", dico io; «Dov'era?»

«Perché, era all'*oscuro!* Ecco dov'era!"

«Ebbene, se sapessi dov'era, che cosa mi hai chiesto?»

«Perché, per colpa, è un indovinello, non capisci? Dimmi, per quanto tempo rimarrai qui? Devi rimanere sempre. Possiamo avere solo tempi di boom, non hanno più una scuola ora. Possiedi un cane? Ho un cane... e lui andrà nel fiume e tirerà fuori le patatine che ci getti dentro. Ti piace pettinare la domenica e tutte queste sciocchezze? Scommetti che non lo faccio, ma lei mi costringe. Confondi queste vecchie brache! Credo che farei meglio a metterli, ma non lo farei, fa così caldo. Siete tutti pronti? Va bene. Vieni, vecchio hoss."

Corn-pore freddo, manzo di mais freddo, burro e latticello: ecco cosa avevano per me laggiù, e non c'è niente di meglio che io abbia mai incontrato. Buck e sua madre e tutti fumavano pipe di pannocchia, tranne la negra, che se n'era andata, e le due giovani donne. Tutti fumavano e parlavano, e io mangiavo e parlavo. Le giovani donne avevano delle trapunte intorno a loro e i capelli lungo la schiena. Tutti mi fecero delle domande, e io raccontai loro che papà ed io e tutta la famiglia vivevamo in una piccola fattoria giù in fondo ad Arkansaw, e mia sorella Mary Ann scappò e si sposò e non si seppe più nulla, e Bill andò a cacciarli e mi avvertì che non si sentiva più parlare, e Tom e Mort morirono, e poi non ci fu nessuno ad avvertire se non io e papà, e lui fu ridotto a nulla, a causa dei suoi guai; così quando è morto ho preso quello che era rimasto, perché la fattoria non ci apparteneva, e ho iniziato a risalire il fiume, il passaggio sul ponte, e sono caduto in mare; ed è così che sono arrivato qui. Così mi hanno detto che potevo avere una casa lì per tutto il tempo che volevo. Poi fu quasi giorno e tutti andarono a letto, e io andai a letto con Buck, e quando mi svegliai la mattina, senza contare tutto, avevo dimenticato come mi chiamavo. Così rimasi lì sdraiato per circa un'ora cercando di pensare, e quando Buck si svegliò dissi:

«Sai scrivere, Buck?»

"Sì", dice.

«Scommetto che non sai scrivere il mio nome», dico io.

«Scommetto quello che osi che posso», dice lui.

"Va bene", dico io, "vai avanti".

"G-e-o-r-g-e J-a-x-o-n... ecco, ora", dice.

«Beh», dico io, «ce l'hai fatta, ma non pensavo che potessi farlo. Non è un nome banale da scrivere, subito senza studiare».

L'ho messo per iscritto, in privato, perché qualcuno avrebbe potuto volere *che* lo scrivessi la prossima volta, e quindi volevo essere pratico con esso e snocciolarlo come se fossi abituato a farlo.

Era una famiglia molto simpatica, e anche una bella casa. Non avevo mai visto nessuna casa in campagna prima d'ora che fosse così bella e avesse così tanto stile. Non aveva un chiavistello di ferro sulla porta d'ingresso, né uno di legno con una corda di pelle di daino, ma un pomello di ottone per girare, come le case in città. Non c'è nessun letto nel salotto, né un segno di letto; ma mucchi di salotti nelle città hanno letti. C'era un grande camino che era murato sul fondo, e i mattoni venivano mantenuti puliti e rossi versandoci sopra dell'acqua e strofinandoli con un altro mattone; a volte li lavano con la vernice rossa ad acqua che chiamano marrone-spagnola, come fanno in città. Avevano grossi ferri di ottone che potevano sostenere un tronco di sega. C'era un orologio al centro della mensola del camino, con l'immagine di una città dipinta sulla metà inferiore della facciata di vetro, e un posto rotondo al centro per il sole, e si poteva vedere il pendolo oscillare dietro di esso. Era bello sentire quel ticchettio dell'orologio; e a volte, quando uno di questi venditori ambulanti era passato con lei e l'aveva perlustrata e rimessa in forma, lei si metteva in moto e ne batteva centocinquanta prima di essere rimboccata. Non volevano prendere soldi per lei.

Beh, c'era un grosso pappagallo stravagante su entrambi i lati dell'orologio, fatto di qualcosa di simile al gesso, e dipinto in modo sgargiante. Vicino a uno dei pappagalli c'era un gatto fatto di stoviglie e un cane di stoviglie all'altro; E quando li premevi squittivano, ma non aprivano bocca né sembravano diversi né interessati. Scricchiolavano sotto. C'erano un paio di grossi ventagli di tacchino selvatico sparsi dietro quelle cose. Sul tavolo al centro della stanza c'era una specie di delizioso cesto di stoviglie che conteneva mele e arance e pesche e uva ammucchiate, che erano molto più rosse e più gialle e più belle di quelle vere, ma non erano vere perché si poteva vedere dove i pezzi si erano scheggiati e mostravano il gesso bianco, o qualunque cosa fosse, sotto.

Questo tavolo aveva una copertura fatta di una bella tela cerata, con un'aquila rossa e blu dipinta su di essa, e un bordo dipinto tutto intorno. Arriva da Filadelfia, hanno detto. C'erano anche alcuni libri, ammucchiati perfettamente esatti, in ogni angolo del tavolo. Una era una grande Bibbia di famiglia piena di immagini. Uno era Pilgrim's Progress, su un uomo che ha lasciato la sua famiglia, non diceva perché. Di tanto in tanto vi leggevo molto. Le dichiarazioni erano interessanti, ma dure. Un altro era l'Offerta dell'Amicizia, piena di cose belle e di poesia; ma non ho letto la poesia. Un altro era Speeches di Henry Clay, e un altro era Family Medicine del Dr. Gunn, che ti diceva tutto su cosa fare se un corpo era malato o morto. C'era un libro di inni e molti altri libri. E c'erano delle belle sedie a fondo diviso, e anche perfettamente sane, non infilate nel mezzo e rotte, come un vecchio cesto.

Avevano delle foto appese alle pareti, principalmente Washington e Lafayette, e battaglie, e Highland Mary, e una chiamata "Firmare la Dichiarazione". Ce n'erano alcuni che chiamavano pastelli, che una delle figlie che era morta si fece da sola quando aveva solo quindici anni. Erano diverse da tutte le immagini che avessi mai visto prima: più nere, per lo più, di quanto sia comune. Una era una donna con un vestito nero attillato, cinturata sotto le ascelle, con rigonfiamenti come un cavolo in mezzo alle maniche, e una grande cuffia nera a pala con un velo nero, e caviglie bianche e sottili incrociate con nastro adesivo nero, e pantofole nere molto piccole, come uno scalpello, e stava appoggiata pensierosa su una lapide sul gomito destro, sotto un salice piangente, e l'altra mano che le pendeva lungo il fianco con un fazzoletto bianco e un reticolo, e sotto l'immagine c'era scritto: "Non ti vedrò mai più, ahimè". Un'altra era una giovane donna con i capelli tutti pettinati dritti fino alla sommità della testa, e annodati lì davanti a un pettine come lo schienale di una sedia, e stava piangendo in un fazzoletto e aveva un uccello morto sdraiato sul dorso nell'altra mano con i talloni alzati, e sotto l'immagine c'era scritto: "Non sentirò mai più ahimè il tuo dolce chirrup". Ce n'era uno in cui una giovane donna era alla finestra a guardare la luna e le lacrime le rigavano le guance; e aveva una lettera aperta in una mano con della ceralacca nera che si vedeva su un lato, e stava schiacciando un medaglione con una catena contro la bocca, e sotto l'immagine c'era scritto: "E te ne sei andato, sì, sei andato ahimè". Erano tutte belle foto, immagino, ma in qualche modo non mi sembrava di prenderle, perché se mai mi sentivo un po' giù mi davano sempre i brividi. Tutti erano dispiaciuti che fosse morta, perché aveva steso molte più di quelle immagini da fare, e un corpo poteva vedere da ciò che aveva fatto ciò che avevano perso. Ma ritenevo che con la sua indole si stesse divertendo di più al cimitero. Stava lavorando a quello che dicevano essere il suo quadro più bello quando si ammalò, e ogni giorno e ogni notte pregava di poter vivere fino a quando non l'avesse fatto, ma non ne ebbe mai l'occasione. Era l'immagine di una giovane donna con un lungo abito bianco, in piedi sulla ringhiera di un ponte, pronta a saltare giù, con i capelli lunghi lungo la schiena, e guardando la luna, con le lacrime che le rigavano il viso, e aveva due braccia incrociate sul petto, e due braccia distese davanti, e altri due che si allungavano verso la luna, e l'idea era di vedere quale coppia sarebbe stata migliore, e poi grattare via tutte le altre braccia; ma, come dicevo, è morta prima di aver preso una decisione, e ora tenevano questo quadro sopra la testata del letto nella sua stanza, e ogni volta che veniva il suo compleanno vi appendevano dei fiori. Altre volte veniva nascosto con una piccola tenda. La giovane donna nella foto aveva un bel viso dolce, ma c'erano così tante braccia che la facevano sembrare troppo ragnatela, mi sembrava.

Questa giovane ragazza teneva un album di ritagli quando era in vita, e vi incollava necrologi, incidenti e casi di sofferenza paziente dal

Presbyterian Observer, e scriveva poesie dopo di loro dalla sua testa. Era una poesia molto buona. Questo è ciò che ha scritto su un ragazzo di nome Stephen Dowling Bots che è caduto in un pozzo ed è annegato:

ODE AI ROBOT DI STEPHEN DOWLING, DEC'D

E il giovane Stefano si ammalò, e il giovane Stefano morì? E i cuori tristi si sono forse addensati, e gli afflitti hanno pianto?

No, non fu questo il destino del giovane Stephen Dowling Bots; Sebbene i cuori tristi intorno a lui si addensassero, "Non era per la malattia" colpi

.Nessuna pertosse gli tormentava il corpo, né il morbillo era pieno di macchie; Non questi hanno compromesso il sacro nome di Stephen Dowling Bots.

L'amore disprezzato non colpì di dolore quella testa di nodi ricci, né i problemi di stomaco lo abbatterono, il giovane Stephen Dowling Bots.

O no. Poi elenca con gli occhi pieni di lacrime, mentre io lo dico il suo destino. La sua anima volò da questo mondo freddo cadendo in un pozzo.

Lo tirarono fuori e lo svuotarono;   Ahimè, era troppo tardi; Il suo spirito era andato a giocare in alto nei regni del bene e del grande.

Se Emmeline Grangerford era in grado di fare poesie del genere prima dei quattordici anni, non si può dire cosa avrebbe potuto fare di lì a poco. Buck ha detto che poteva snocciolare poesie come niente. Non doveva mai fermarsi a pensare. Disse che avrebbe schiaffeggiato un verso, e se non fosse riuscita a trovare nulla con cui fare rima lo avrebbe semplicemente grattato via e ne avrebbe schiaffeggiato un altro, e sarebbe andata avanti. Non ha avvertito in modo particolare; Poteva scrivere di qualsiasi cosa tu scegliessi di darle da scrivere, quindi era triste. Ogni volta che moriva un uomo, o una donna, o un bambino, lei era presente con il suo "tributo" prima che lui avesse freddo. Li chiamava tributi. I vicini dissero che era stato prima il dottore, poi Emmeline, poi l'impresario di pompe funebri: l'impresario di pompe funebri non era mai riuscito a precedere Emmeline se non una volta, e poi lei appese il fuoco a una rima per il nome della persona morta, che era Whistler. Lei avvertì che non fu più lo stesso dopo; Non si lamentava mai, ma si struggeva di più e non visse a lungo. Poverina, molte volte mi sono costretta ad andare nella stanzetta che era la sua e a tirare fuori il suo povero vecchio album di ritagli e a leggerci dentro quando le sue foto mi avevano irritato e io mi ero un po' inacidito con lei. Mi piaceva tutta quella famiglia, quella morta e tutto il resto, e non lascerò che nulla si metta tra noi. La povera Emmeline faceva poesie su tutti i morti quando era in vita, e non sembrava giusto che non ci fosse nessuno che avvertisse di farne qualcuno su di lei ora che se n'era andata; così ho provato a sudare un verso o due da solo, ma non riuscivo a farlo andare avanti in qualche modo. Tenevano la stanza di Emmeline ordinata e bella, e tutte le cose sistemate proprio come le piaceva averle quando era in vita, e nessuno dormiva mai lì. La vecchia signora si occupava personalmente della stanza, anche se c'erano molti negri, e lì cuciva molto e leggeva la sua Bibbia per lo più.

Ebbene, come dicevo a proposito del salotto, c'erano delle belle tende alle finestre: bianche, con sopra dipinte immagini di castelli con viti lungo le pareti, e bestiame che scendeva a bere. C'era anche un piccolo vecchio pianoforte che conteneva pentole di latta, credo, e non c'era mai niente di così bello come sentire le signorine cantare "L'ultimo anello è rotto" e suonarci sopra "La battaglia di Praga". Le pareti di tutte le stanze erano intonacate, e la maggior parte aveva tappeti sui pavimenti, e l'intera casa era imbiancata all'esterno.

Era una casa doppia, e il grande spazio aperto tra loro era coperto e pavimentato, e a volte la tavola veniva apparecchiata lì a metà giorno, ed era un posto fresco e confortevole. Niente di meglio. E avverti che la cucina non è buona, e ne bastano anche un po'!

CAPITOLO XVIII.

Il colonnello Grangerford era un gentiluomo, vedete. Era un gentiluomo in tutto e per tutto; E così anche la sua famiglia. Era di buona nascita, come si suol dire, e questo vale tanto in un uomo quanto in un cavallo, così disse la vedova Douglas, e nessuno ha mai negato che appartenesse alla prima aristocrazia della nostra città; E anche papà lo diceva sempre, anche se non era più di qualità di un gatto del fango in persona. Il colonnello Grangerford era molto alto e molto magro, e aveva una carnagione scura, senza un segno di rosso da nessuna parte; Era rasato a zero ogni mattina su tutto il viso magro, e aveva le labbra più sottili, e le narici più sottili, e un naso alto, e sopracciglia folte, e il tipo di occhi più neri, così infossati all'indietro che sembrava che ti stessero guardando fuori dalle caverne, come si può dire. La sua fronte era alta e i suoi capelli erano neri e lisci e gli scendevano fino alle spalle. Le sue mani erano lunghe e sottili, e ogni giorno della sua vita indossava una camicia pulita e un abito completo dalla testa ai piedi fatto di lino così bianco che faceva male agli occhi a guardarlo; e la domenica indossava un frac blu con bottoni d'ottone. Portava una canna di mogano con una testa d'argento. Non c'era nessun avvertimento frivolo in lui, nemmeno un po', e non avvertiva mai ad alta voce. Era il più gentile possibile, lo si sentiva, lo si capiva, e quindi si aveva fiducia. A volte sorrideva, ed era bello vedersi; ma quando si raddrizzò come un palo della libertà, e il lampo cominciò a sbucare da sotto le sue sopracciglia, volevi prima arrampicarti su un albero e scoprire che cosa succedeva dopo. Non aveva mai bisogno di dire a nessuno di badare alle buone maniere: tutti erano sempre stati educati dove si trovava lui. Anche a tutti piaceva averlo intorno; era il sole per lo più sempre... voglio dire che faceva sembrare che il tempo fosse bello. Quando si trasformò in un banco di nuvole, per mezzo minuto fu buio terribile, e questo fu sufficiente; Non ci sarebbe nulla di sbagliato per una settimana.

Quando lui e la vecchia signora scesero la mattina, tutta la famiglia si alzò dalle sedie e diede loro il buongiorno, e non si sedette di nuovo finché non si furono seduti. Allora Tom e Bob andarono alla credenza dov'era la caraffa, mescolarono un bicchiere di amaro e glielo porsero, e lui lo tenne in mano e aspettò che quello di Tom e quello di Bob fossero mescolati, e poi si inchinarono e dissero: "Il nostro dovere verso di voi, signore e signora"; e *si* inchinarono un po' al mondo e dissero grazie: e così bevvero, tutti e tre, e Bob e Tom versarono un cucchiaio d'acqua sullo zucchero e sull'acaro del whisky o dell'acquavite di mele sul fondo dei loro bicchieri, e lo diedero a me e a Buck, e bevemmo anche ai vecchi.

Bob era il più vecchio e Tom il successivo: uomini alti e belli, con spalle molto larghe e facce castane, lunghi capelli neri e occhi neri. Vestivano di lino bianco dalla testa ai piedi, come il vecchio signore, e indossavano ampi cappelli di Panama.

Poi c'era la signorina Charlotte; aveva venticinque anni, era alta, era orgogliosa e grande, ma era brava quanto poteva essere quando non si agitava; Ma quando lo era, aveva uno sguardo che ti faceva appassire, come suo padre. Era bellissima.

Anche sua sorella, la signorina Sophia, ma era un tipo diverso. Era gentile e dolce come una colomba, e aveva solo vent'anni.

Ogni persona aveva il proprio negro a servirli, anche Buck. Il mio negro se la passava una vita facile mostruosa, perché non ero abituato a far fare nulla a nessuno per me, ma quello di Buck era in fuga per la maggior parte del tempo.

Questo era tutto ciò che c'era della famiglia ora, ma c'erano di più: tre figli; sono stati uccisi; ed Emmeline che è morta.

Il vecchio signore possedeva molte fattorie e oltre un centinaio di negri. A volte un mucchio di gente veniva lì, a cavallo, da dieci o quindici miglia intorno, e rimaneva cinque o sei giorni, e faceva simili gite intorno e sul fiume, e balli e picnic nei boschi durante il giorno, e balli notturni in casa. Queste persone erano per lo più parenti della famiglia. Gli uomini portarono con sé le loro pistole. Era un bel po' di qualità, vi dico.

C'era un altro clan aristocratico lì intorno, cinque o sei famiglie, per lo più di nome Shepherdson. Erano di buon umore e di buona famiglia, ricchi e grandiosi come la tribù dei Grangerford. Gli Shepherdson e i Grangerford usavano lo stesso approdo del battello a vapore, che era a circa due miglia sopra la nostra casa; così a volte, quando andavo lassù con molti dei nostri, vedevo molti degli Shepherdson sui loro bei cavalli.

Un giorno Buck ed io eravamo fuori nel bosco a caccia e sentimmo arrivare un cavallo. Stavamo attraversando la strada. Buck ha detto:

"Presto! Salta nel bosco!"

L'abbiamo fatto, e poi abbiamo sbirciato nel bosco attraverso le foglie. Ben presto un giovane splendido arrivò al galoppo lungo la strada, sistemando il suo cavallo e sembrando un soldato. Aveva la pistola sul pomo. L'avevo già visto. Era il giovane Harney Shepherdson. Sentii la pistola di Buck sparare al mio orecchio e il cappello di Harney gli cadde dalla testa. Afferrò la pistola e cavalcò dritto verso il luogo in cui eravamo nascosti. Ma non abbiamo aspettato. Abbiamo iniziato a correre attraverso il bosco. Il bosco non è fitto, così mi guardai alle spalle per schivare il proiettile, e due volte vidi Harney coprire Buck con la sua pistola; e poi se ne andò a cavallo da dove era venuto, per prendere il cappello, credo, ma non riuscii a vedere. Non abbiamo mai smesso di correre fino a quando non siamo tornati a casa. Gli occhi del vecchio signore si illuminarono per un attimo - era un piacere, soprattutto, pensai - poi il suo viso si addolcisce, e dice, un po' gentile:

"Non mi piace sparare da dietro un cespuglio. Perché non sei sceso in strada, ragazzo mio?"

«Gli Shepherdson no, padre. Ne approfittano sempre".

Miss Charlotte teneva la testa alta come una regina mentre Buck raccontava la sua storia, e le sue narici si aprirono e i suoi occhi scattarono. I due giovani sembravano scuri, ma non dissero mai nulla. La signorina Sophia impallidì, ma il colore tornò quando trovò l'uomo che non si faceva male.

Appena riuscii a far scendere Buck da soli vicino alle mangiatoie sotto gli alberi, dissi:

«Volevi ucciderlo, Buck?»

«Beh, scommetto di sì.»

"Che cosa ti ha fatto?"

"Lui? Non mi ha mai fatto niente".

«Ebbene, allora, per che cosa volevate ucciderlo?»

«Niente, solo che è a causa della faida».

"Che cos'è una faida?"

"Perché, dove sei cresciuto? Non sai cos'è una faida?"

«Mai sentito parlare prima, dimmelo».

«Beh», dice Buck, «una faida è così. Un uomo litiga con un altro uomo e lo uccide; poi il fratello di quell'altro lo uccide; Poi gli altri fratelli, da una parte e dall'altra, si danno la caccia l'uno all'altro, poi i *cugini* intervengono, e di lì a poco tutti vengono uccisi, e non c'è più faida. Ma è un po' lento e richiede molto tempo".

«È andata avanti a lungo, Buck?»

«Beh, dovrei *calcolare!* Tutto è iniziato trent'anni fa, o giù di lì. Ci furono problemi per qualcosa, e poi una causa per risolverlo; e la causa andò contro uno degli uomini, e così lui si alzò e sparò all'uomo che aveva vinto la causa, cosa che naturalmente avrebbe fatto, naturalmente. Chiunque lo farebbe".

«Che problema c'era, Buck?... terra?»

«Credo forse... non lo so».

"Beh, chi ha sparato? Era un Grangerford o uno Shepherdson?"

"Leggi, come faccio a saperlo? È stato così tanto tempo fa".

"Nessuno lo sa?"

«Oh, sì, papà lo sa, immagino, e alcuni degli altri vecchi; Ma ora non sanno di cosa si trattasse".

«Ci sono stati molti uccisi, Buck?»

«Sì; giusta possibilità intelligente di funerali. Ma non sempre uccidono. Papà ha qualche pallettone in lui; ma non gli importa perché non pesa molto, comunque. Bob è stato fatto a pezzi con un bowie, e Tom si è fatto male una o due volte.

«Qualcuno è stato ucciso quest'anno, Buck?»

«Sì; Ne abbiamo preso uno e loro ne hanno preso uno. Circa tre mesi fa mio cugino Bud, quattordicenne, stava cavalcando attraverso i boschi dall'altra parte del fiume, e non aveva con sé un'arma, il che era colpa di sciocchezza, e in un luogo solitario sente un cavallo venire dietro di lui, e vede il vecchio Baldy Shepherdson che lo insegue con il fucile in mano e i capelli bianchi che svolazzano al vento; e invece di saltare giù e prendere la boscaglia, Bud pensò che avrebbe potuto superarlo; così lo tennero, a zampa e a bocchettone, per cinque miglia o più, con il vecchio che guadagnava tutto il tempo; così alla fine Bud vide che non serviva a nulla, così si fermò e si voltò in modo da avere i fori dei proiettili davanti, sai, e il vecchio che cavalcò si avvicinò e lo abbatté. Ma non ha avuto molte occasioni per godersi la fortuna, perché nel giro di una settimana i nostri lo hanno steso .

«Credo che quel vecchio fosse un codardo, Buck».

«Credo che *non* sia un codardo. Non per colpa. Non c'è un codardo tra quegli Shepherdson, nemmeno uno. E non ci sono nemmeno codardi tra i Grangerford. Ebbene, quel vecchio un giorno si ritirò in una lotta di mezz'ora contro tre Grangerford, e ne uscì vincitore. Erano tutti a cavallo; Scese da cavallo e si mise dietro una piccola catasta di legna, e si mise davanti il cavallo per fermare le pallottole; ma i Grangerford rimasero sui loro cavalli e saltellarono intorno al vecchio, e lo colpirono, e lui li colpì. Lui e il suo cavallo tornarono a casa con le perdite e gli storpi, ma i Grangerford dovettero essere *riportati a* casa, e uno di loro era morto, e un altro morì il giorno dopo. No signore; se qualcuno è a caccia di codardi, non vuole passare un po' di tempo in mezzo a quegli Shepherdson, perché non allevano nessuno di quel *tipo*.

La domenica successiva andammo tutti in chiesa, a circa tre miglia, tutti a cavallo. Gli uomini portavano con sé le pistole, e lo faceva anche Buck, e le tenevano tra le ginocchia o le tenevano a portata di mano contro il muro. Gli Shepherdson fecero lo stesso. Era una predica piuttosto scontrosa, tutta sull'amore fraterno e su una noia simile; ma tutti dicevano che era un buon sermone, e tutti ne parlavano prima di tornare a casa, e avevano così tante cose da dire sulla fede e le buone opere e la grazia gratuita e la predestinazione, e non so quale tutto, che mi sembrò una delle domeniche più dure in cui mi fossi imbattuto fino ad allora.

Circa un'ora dopo cena tutti sonnecchiavano, chi sulle sedie e chi nelle stanze, e la situazione era piuttosto noiosa. Buck e un cane erano sdraiati sull'erba al sole addormentati profondamente. Andai in camera nostra e decisi che avrei fatto un pisolino anch'io. Trovai quella dolce signorina Sophia in piedi sulla sua porta, che era accanto alla nostra, e mi portò nella sua stanza e chiuse la porta molto dolcemente, e mi chiese se mi piaceva, e io dissi di sì; e lei mi ha chiesto se volevo fare qualcosa per lei e non dirlo a nessuno, e io ho detto che l'avrei fatto. Poi disse che aveva dimenticato il suo Testamento e lo aveva lasciato sul sedile della chiesa tra altri due libri, e che sarei sgattaiolata via tranquilla e sarei andata lì a prenderglielo, e non avrei detto niente a nessuno. Ho detto che l'avrei fatto. Così scivolai fuori e scivolai su per la strada, e non c'era nessuno in chiesa, tranne forse un maiale o due, perché non c'era nessuna serratura sulla porta, e ai maiali piace un pavimento di punzonatura in estate perché fa fresco. Se ci fate caso, la maggior parte delle persone non va in chiesa solo quando ha il necessario; Ma un maiale è diverso.

Mi dico, c'è qualcosa che non va; non è naturale che una ragazza sia così sudata per un Testamento. Così gli do una scossa e ne esce un pezzettino di carta con scritto sopra con la scritta "*Half-past two*" con una matita. L'ho saccheggiato, ma non sono riuscito a trovare nient'altro. Non riuscivo a ricavarne nulla, così rimisi la carta nel libro e quando tornai a casa e salii al piano di sopra c'era la signorina Sophia sulla porta che mi aspettava. Mi tirò dentro e chiuse la porta; poi guardò nel Testamento finché trovò il foglio, e appena lo lesse sembrò contenta; e prima che qualcuno potesse pensare, mi afferrò e mi diede una stretta, e disse che ero il miglior ragazzo del mondo, e che non dovevo dirlo a nessuno. Per un attimo fu rossa in viso, e i suoi occhi si illuminarono, e questo la rese molto bella. Rimasi molto stupito, ma quando ripresi fiato le chiesi di che cosa parlasse il foglio, e lei mi chiese se l'avevo letto, e io dissi di no, e mi chiese se sapevo leggere la scrittura, e io le dissi "no, solo la mano grossolana", e poi disse che il foglio non avvertiva altro che un segnalibro per tenerla al suo posto, e potrei andare a giocare ora.

Scesi al fiume, studiando su questa cosa, e ben presto notai che il mio negro mi stava seguendo. Quando fummo fuori dalla vista della casa, si guardò indietro e si voltò un secondo, poi venne di corsa e disse:

«Mars Jawge, se scenderai nella palude ti mostrerò tutta una pila di mocassini d'acqua.»

Pensa, è molto curioso; L'ha detto ieri. Dovrebbe sapere che un corpo non ama abbastanza i mocassini d'acqua per andare in giro a cercarli. Che cosa sta combinando, comunque? Così dico:

"Va bene; trotterellano avanti".

Lo seguii per mezzo miglio; poi spostò la palude e guadò fino a mezzo miglio fino alle caviglie. Arriviamo a un piccolo pezzo di terra pianeggiante, arido e molto fitto di alberi, cespugli e viti, e lui dice:

«Ti spingi dritto in dah jist di qualche passo, Mars Jawge; Il whah dey di Dah è. Il seme 'sono befo'; Non voglio vederli, no mo'."

Poi si mise a scivolare e se ne andò, e ben presto gli alberi lo nascosero. Frugai in quel posto e giunsi a un piccolo spiazzo grande come una camera da letto tutta tappezzata di rampicanti, e trovai un uomo che giaceva lì addormentato e, per un certo tempo, era il mio vecchio Jim!

L'ho svegliato e ho pensato che sarebbe stata una grande sorpresa per lui rivedermi, ma non mi ha avvertito. Stava per piangere per essere così felice, ma non era sorpreso. Ha detto che quella notte ha nuotato dietro di me, e mi ha sentito urlare ogni volta, ma non ha risposto, perché non voleva che nessuno *lo* prendesse in braccio e lo riducesse in schiavitù. Dice:

"Mi sono fatto un po' male, e non sapevo nuotare fas', quindi ero un modo considerevole per te verso de las'; quando sei atterrato pensavo di poterti fare il ketch senza doverti urlare contro, ma quando vedo la casa comincio ad andare piano. Me ne vado troppo per sentire quello che ti dicono: ero 'fraid o' de dog; ma quando tutto si è calmato, ho capito che eri in casa, così sono partito per il bosco ad aspettare il giorno. All'inizio del giorno arrivano alcuni negri, si recano nei campi, mi portano e mi mostrano il posto, che i cani non riescono a rintracciarmi a causa dell'acqua, che mi portano un camion a mangiare ogni sera, che mi dicono come te la cavi.

«Perché non hai detto al mio Jack di venirmi a prendere qui prima, Jim?»

«Beh, non c'è bisogno di disturbarti, Huck, di' che potremmo fare il sumfn... ma ora è tutto a posto. Ho fatto bene a comprare pentole e padelle e vittles, come ho avuto un bel po', e a rattoppare le notti della raf quando...»

«*Quale* zattera, Jim?»

"Il nostro vecchio raf'."

«Vuoi dire che la nostra vecchia zattera non si è frantumata tutta?»

«No, non mi ha avvertito. Era un bel po' distrutta, una di lei lo era; ma non ci avvertirono che non era stato fatto un gran male, le nostre trappole erano tutte perse. Se ci fossimo immersi così in profondità e avessimo nuotato così pelo sott'acqua, e la notte fosse stata così buia, e non ci fossimo accorti così bene, come si diceva, avremmo avuto un seme di raf. Ma è anche un po' che non l'abbiamo fatto, perché ora è tutta sistemata come nuova, e abbiamo un sacco di roba nuova, al posto di ciò che è 'uz los'".

«Perché, come hai fatto a riprenderti la zattera, Jim... l'hai presa?»

«Come faccio a metterla in giro nel bosco? No; alcuni negri l'hanno trovata attaccata a un intoppo lungo il fiume in prigione, e l'hanno nascosta in un crick 'mongst de willows, e dey era così tanto a bocca aperta che un 'um lei b'long to de mos' dat io vengo a heah 'bout it pooty presto, così ho alzato en risolto de trouble dicendo 'um lei non b'long to none uv um, ma a te e a me; E io sono se dey gwyne per afferrare la proprietà di un giovane genlman bianco, e git a hid'n per questo? Den I gin 'm dieci centesimi a testa, en dey 'uz molto soddisfatto, e vorrei che qualche mese di raf 'ud arrivasse e facesse 'm rich agin. Il mio grande bene, questi negri è che, qualunque cosa io voglia fare, devo farlo due volte, tesoro. Dat Jack è un bravo negro, molto intelligente.

«Sì, lo è. Non mi ha mai detto che eri qui; mi disse di venire, e lui mi avrebbe mostrato un sacco di mocassini d'acqua. Se succede qualcosa, non ci si immischia. Può dire di non averci mai visti insieme, e sarà la verità".

Non voglio parlare molto del giorno dopo. Credo che la taglierò corta. Mi svegliai verso l'alba e stavo per girarmi e andare a dormire di nuovo, quando notai quanto fosse immobile... sembrava che non ci fosse nessuno che si muovesse. Questo non è un avvertimento usuale. Poi notai che Buck era in piedi e se n'era andato. Ebbene, mi alzo, meravigliato, e scendo le scale, non c'è nessuno in giro; tutto immobile come un topo. Proprio lo stesso fuori. Pensa, cosa significa? Giù vicino alla catasta di legna mi imbatto nel mio Jack e gli dico:

"Di cosa si tratta?"

Dice:

"Non lo sai, Mars Jawge?"

«No», dico io, «non lo so».

«Ebbene, la signorina Sophia è scappata! ' ha un'azione. Qualche volta scappava di notte, nessuno sa quando; scappa a sposare il giovane Harney Shepherdson, sai... almeno, così dey 'spec. Ne ho parlato circa mezz'ora fa, forse un po' più tardi, e ti *dico che* non c'è tempo da perdere. Sich un altro affrettando le pistole e le pistole che *non si* vedono mai! Le donne sono andate a fomentare i rapporti, come il vecchio Marte Saul e i ragazzi hanno infilato le pistole e hanno cavalcato su per la strada del fiume per cercare di catturare il giovane e ucciderlo 'per' i suoi parenti con la signorina Sofia. Credo che il gwyne di Dey sarà un periodo molto duro."

«Buck se n'è andato a svegliarmi.»

«Beh, credo che l'abbia *fatto!* Dey non ti avverte di immischiarti in esso. Mars Buck ha caricato la sua pistola e ha abbassato il suo gwyne per portare a casa uno Shepherdson o un busto. Beh, credo che ce ne saranno in abbondanza, e scommetti che ne prenderà uno se avrà un cane.

Ripresi la strada del fiume più forte che potevo. Di lì a poco comincio a sentire delle armi da fuoco molto lontane. Quando giunsi in vista del deposito di tronchi e della catasta di legna dove atterrano i battelli a vapore, lavorai sotto gli alberi e la boscaglia finché arrivai in un buon posto, e poi mi infilai nelle biforcazioni di un pioppo che era fuori portata, e osservai. C'era una fila di legno alta quattro piedi un po' di fronte all'albero, e prima stavo per nascondermi dietro di essa; ma forse è stato più fortunato che non l'ho fatto.

C'erano quattro o cinque uomini che saltellavano sui loro cavalli nello spiazzo davanti al deposito di tronchi, imprecando e urlando, e cercando di raggiungere un paio di giovani che stavano dietro la fila di legno accanto all'approdo del piroscafo; ma non sono riusciti a venire. Ogni volta che uno di loro si mostrava sul lato del fiume della catasta di legna gli sparavano addosso. I due ragazzi erano accovacciati schiena contro schiena dietro il mucchio, in modo da poter guardare in entrambe le direzioni.

Di lì a poco gli uomini smisero di saltellare e urlare. Iniziarono a cavalcare verso il negozio; poi si alza uno dei ragazzi, tira una perlina ferma sopra la fila di legno e ne fa cadere uno dalla sella. Tutti gli uomini saltarono giù dai loro cavalli e afferrarono quello ferito e cominciarono a portarlo al negozio; E in quel momento i due ragazzi si misero a correre. Arrivarono a metà strada verso l'albero in cui mi trovavo prima che gli uomini se ne accorgessero. Allora gli uomini li videro, saltarono sui loro cavalli e si misero all'inseguimento. Hanno guadagnato sui ragazzi, ma non è servito a nulla, i ragazzi hanno avuto un inizio troppo buono; Arrivarono alla catasta di legna che era di fronte al mio albero, e vi si infilarono dietro, e così ebbero di nuovo il rigonfiamento sugli uomini. Uno dei ragazzi era Buck, e l'altro era un giovane ragazzo magro di circa diciannove anni.

Gli uomini si girarono un po' e poi se ne andarono. Appena furono fuori dalla loro vista, cantai a Buck e glielo dissi. All'inizio non sapeva cosa pensare della mia voce che usciva dall'albero. Era terribilmente sorpreso. Mi disse di stare attento e di fargli sapere quando gli uomini sarebbero tornati in vista; dicevano che stavano tramando una diavoleria o un'altra... non sarebbero andati via a lungo. Avrei voluto essere fuori da quell'albero, ma non ho osato scendere. Buck cominciò a piangere e a piangere, e si lamentò che lui e suo cugino Joe (che era l'altro giovanotto) si sarebbero ancora rifatti per quella giornata. Ha detto che suo padre e i suoi due fratelli sono stati uccisi, e due o tre dei nemici. Disse che gli Shepherdson tesero loro un'imboscata. Buck disse che suo padre e i suoi fratelli avrebbero dovuto aspettare i loro parenti: gli Shepherdson erano troppo forti per loro. Gli chiesi che ne fosse stato del giovane Harney e di Miss Sophia. Ha detto che avevano attraversato il fiume ed erano al sicuro. Ne fui contento; ma il modo in cui Buck ha affrontato, perché non è riuscito a uccidere Harney quel giorno in cui gli ha sparato, non ho mai sentito nulla di simile.

All'improvviso, bang! bang! bang! tre o quattro cannoni: gli uomini erano scivolati nel bosco ed erano entrati da dietro senza i loro cavalli! I ragazzi si lanciarono verso il fiume, entrambi feriti, e mentre nuotavano lungo la corrente, gli uomini corsero lungo la riva sparando loro e gridando: "Uccideteli, uccideteli!" Mi ha fatto stare così male che sono quasi caduto dall'albero. Non ho intenzione di raccontare *tutto* quello che è successo: mi sentirei di nuovo male se lo facessi. Avrei voluto non essere mai sceso a terra quella notte per vedere cose del genere. Non riuscirò mai a smettere di averli, molte volte li sogno.

Rimasi sull'albero finché non cominciò a fare buio, avendo paura di scendere. A volte sentivo dei cannoni nei boschi; e due volte vidi piccole bande di uomini galoppare davanti al magazzino di tronchi con i fucili; così pensai che il problema fosse ancora in corso. Ero molto scoraggiato; così decisi che non mi sarei mai più avvicinato a quella casa, perché pensavo di essere da biasimare, in qualche modo. Pensai che quel pezzo di carta significasse che la signorina Sophia doveva incontrare Harney da qualche parte alle due e mezzo e scappare; e pensai che avrei dovuto raccontare a suo padre di quel giornale e del modo curioso in cui si comportava, e poi forse l'avrebbe rinchiusa, e questo orribile pasticcio non sarebbe mai successo.

Quando scesi dall'albero, strisciai lungo la riva del fiume per un pezzo, e trovai i due corpi che giacevano sul bordo dell'acqua, e li tirai finché non li portai a riva; poi coprii i loro volti e me ne andai più in fretta che potei. Piansi un po' mentre coprivo il volto di Buck, perché era molto buono con me.

Era solo buio ora. Non mi avvicinai mai alla casa, ma attraversai il bosco e mi diressi verso la palude. Jim non mi aveva avvertito sulla sua isola, così mi allontanai in fretta e furia verso il cric, e mi affollai tra i salici, incandescente per saltare a bordo e andarmene da quell'orribile paese. La zattera non c'era più! Le mie anime, ma avevo paura! Non riuscivo a riprendere fiato per quasi un minuto. Poi ho lanciato un urlo. Una voce a meno di venticinque piedi da me dice:

«Buon cielo! Sei tu, tesoro? Non fare rumore."

Era la voce di Jim: niente aveva mai suonato così bene prima. Ho corso lungo la riva per un pezzo e sono salito a bordo, e Jim mi ha afferrato e abbracciato, era così felice di vedermi. Egli dice:

«Le leggi ti benedicono, Cile, io sono proprio giù che tu sia morto. Jack è stato heah; Dice che ritiene che ti abbiano sparato, che tu sia tornato a casa no mo'; quindi sto iniziando a scendere verso il mofo er de crick, quindi devo essere tutto pronto per uscire e andarmene non appena Jack arriva e mi dice per certo che sei morto. Lawsy, sono molto felice di riportarti indietro, tesoro."

I ha detto:

«Va bene, è un bene; non mi troveranno, e penseranno che sono stato ucciso, e ho galleggiato lungo il fiume - c'è qualcosa lassù che li aiuterà a pensarlo - quindi non perdere tempo, Jim, ma spingiti via verso l'acqua grossa più in fretta che puoi.

Non mi sono mai sentito a mio agio finché la zattera non è stata due miglia più in basso e in mezzo al Mississippi. Poi appendemmo la nostra lanterna di segnalazione e giudicammo che eravamo di nuovo liberi e salvi. Non avevo mangiato un boccone da ieri, così Jim tirò fuori un po' di mais e latticello, e carne di maiale e cavoli e verdure - non c'è niente al mondo di così buono quando è cucinato bene - e mentre io cenavo parlammo e ci divertimmo. Ero molto contento di allontanarmi dalle faide, e lo era anche Jim di allontanarsi dalla palude. Abbiamo detto che non c'è casa come una zattera, dopotutto. Altri posti sembrano così angusti e soffocanti, ma una zattera non lo fa. Ti senti molto libero, facile e a tuo agio su una zattera.

CAPITOLO XIX.

Passarono due o tre giorni e due notti; Credo che potrei dire che sono passati a nuoto, sono scivolati così tranquilli, lisci e adorabili. Ecco il modo in cui dedichiamo il tempo. Laggiù c'era un mostruoso grande fiume, a volte largo un miglio e mezzo; corriamo di notte, e riponiamo e nascondiamo le ore diurne; Appena la notte fu quasi passata, smettemmo di navigare e ci ormammo, quasi sempre nell'acqua morta sotto una testa di rimorchio; e poi tagliarono giovani pioppi e salici, e nascosero con essi la zattera. Poi stabiliamo le linee. Poi scivolammo nel fiume e facemmo il bagno, in modo da rinfrescarci e rinfrescarci; poi ci siamo sdraiati sul fondo sabbioso, dove l'acqua arrivava fino al ginocchio, e abbiamo guardato la luce del giorno. Non c'era un suono da nessuna parte, perfettamente immobile, proprio come se il mondo intero dormisse, solo che a volte le rane toro si ingombravano, forse. La prima cosa che si vedeva, guardando dall'altra parte verso l'acqua, era una specie di linea opaca: era il bosco dall'altra parte; non riuscivi a distinguere nient'altro; poi un luogo pallido nel cielo; poi un altro pallore che si diffonde intorno; poi il fiume si addolciva e avvertiva che non era più nero, ma grigio; si vedevano piccole macchie scure che si allontanavano sempre più lontano: scow mercantili, e cose del genere; e lunghe strisce nere: zattere; A volte si sentiva uno stridio di spazzate; o voci confuse, era così calmo, e i suoni arrivavano così lontano; e di lì a poco si poteva vedere una striscia sull'acqua che si capisce dall'aspetto della striscia che c'è un intoppo lì in una corrente rapida che si infrange su di essa e fa sembrare quella striscia in quel modo; e vedi la nebbia arricciarsi sull'acqua, e l'est arrossarsi, e il fiume, e scorgi una capanna di tronchi ai margini del bosco, sulla riva dall'altra parte del fiume, essendo una legnaia, probabilmente, e ammucchiata da quei truffatori in modo da poterci gettare un cane dappertutto; poi si alza una bella brezza che ti viene a ventaglio da lassù, così fresca e fresca e dolce da profumare a causa dei boschi e dei fiori; ma a volte non in questo modo, perché hanno lasciato pesci morti in giro, luccio e cose del genere, e diventano piuttosto ranghi; E poi c'è l'intera giornata, e tutto sorride al sole, e gli uccelli canori che vanno avanti!

Un po' di fumo non si notava ora, quindi prendevamo un po' di pesce dalle lenze e preparavamo una colazione calda. E poi guardavamo la solitudine del fiume, e un po' pigri, e di tanto in tanto oziavamo a dormire. Svegliarsi di lì a poco, e guardare per vedere che cosa è successo, e forse vedere un battello a vapore che tossiva lungo la corrente, così lontano verso l'altra parte che non si poteva dire nulla di lei, solo se era una ruota di poppa o una ruota laterale; Poi, per circa un'ora, non ci sarebbe stato nulla da sentire né nulla da vedere, solo una solida solitudine. Poi si vedeva una zattera che scivolava via, lontano laggiù, e forse un galoot su di essa che tagliava, perché lo fanno quasi sempre su una zattera; Vedresti l'ascia lampeggiare e scendere, non senti nulla; Vedi quell'ascia salire di nuovo, e quando è sopra la testa dell'uomo, senti il *K'chunk!* C'era voluto tutto quel tempo per attraversare l'acqua. Così passavamo la giornata, oziando, ascoltando la quiete. Una volta c'era una fitta nebbia, e le zattere e le cose che passavano battevano le pentole di latta in modo che i battelli a vapore non ci passassero sopra. Uno scow o una zattera passavano così vicino che potevamo sentirli parlare, imprecare e ridere, li sentivamo chiaramente; ma non riuscivamo a vederne traccia; ti faceva sentire strisciante; Era come se gli spiriti proseguissero in quel modo nell'aria. Jim disse che credeva che fossero spiriti; ma io dico:

«No; gli spiriti non direbbero: 'Dern the dern fog'".

Appena fu notte fuori, spingemmo; Quando l'abbiamo tirata fuori verso la metà, l'abbiamo lasciata in pace e l'abbiamo lasciata galleggiare dove la corrente voleva; poi accendemmo le pipe, e facemmo penzolare le gambe nell'acqua, e parlammo di ogni genere di cose - eravamo sempre nudi, giorno e notte, ogni volta che le zanzare ce lo permettevano - i vestiti nuovi che la gente di Buck aveva fatto per me erano troppo belli per stare comodi, e per di più non andavo molto con i vestiti, in nessun modo.

A volte avevamo l'intero fiume tutto per noi per molto tempo. Laggiù c'erano le rive e le isole, al di là dell'acqua; e forse una scintilla, che era una candela alla finestra di una capanna; e a volte sull'acqua si vedeva una scintilla o due, su una zattera o su una scialuppa, sai; E forse si sentiva un violino o una canzone provenire da uno di quei mestieri. È bello vivere su una zattera. C'era il cielo lassù, tutto punteggiato di stelle, e ci sdraiavamo sulla schiena e le guardavamo, e discutevamo se fossero state create o fossero semplicemente accadute. Jim ha permesso che fossero fatte, ma io ho permesso che accadessero; Ho pensato che ci sarebbe voluto troppo tempo per *farne* così tanti. Jim disse che la luna poteva posarli ; beh, sembrava abbastanza ragionevole, quindi non dissi nulla in contrario, perché ho visto una rana deporne la maggior parte, quindi naturalmente si poteva fare. Eravamo soliti guardare anche le stelle che cadevano, e vederle sfrecciare giù. Jim ammise che si erano viziati e fu spinto fuori dal nido.

Una o due volte di notte vedevamo un battello a vapore scivolare nel buio, e di tanto in tanto vomitava un intero mondo di scintille dai suoi chimbley, che piovevano nel fiume e sembravano terribilmente belle; poi girava l'angolo e le sue luci si spegnevano e il suo powwow si spegneva e lasciava di nuovo il fiume fermo; e di lì a poco le sue onde ci raggiungevano, molto tempo dopo che se ne era andata, e sbattevano un po' sulla zattera, e dopo di che non si sentiva più nulla perché non si poteva dire per quanto tempo, tranne forse rane o qualcosa del genere.

Dopo mezzanotte la gente a terra andò a letto, e poi per due o tre ore le rive furono nere: non c'erano più scintille alle finestre delle cabine. Queste scintille erano il nostro orologio: la prima che si presentò di nuovo significava che stava arrivando il mattino, così cercammo un posto dove nasconderci e legarci subito.

Una mattina, verso l'alba, trovai una canoa e attraversai uno scivolo fino alla riva principale - erano solo duecento metri - e pagaiai per circa un miglio su per un crick tra i boschi di cipressi, per vedere se riuscivo a procurarmi delle bacche. Proprio mentre stavo passando in un punto in cui una specie di sentiero per le mucche attraversava il crick, ecco arrivare un paio di uomini che strappavano il sentiero più stretto che potevano. Pensavo di essere spacciato, perché ogni volta che qualcuno dava la caccia a qualcuno, giudicavo che ero *io*... o forse Jim. Stavo per andarmene in fretta e furia, ma loro erano abbastanza vicini a me, e cantarono e mi pregarono di salvare le loro vite, dissero che non avevano fatto nulla e che erano inseguiti per questo, che dissero che stavano arrivando uomini e cani. Volevano buttarsi subito, ma io dico:

"Non farlo. Non sento ancora i cani e i cavalli; hai tempo per affollarti attraverso la boscaglia e alzare un po' il crick; poi prendi l'acqua e guadi fino a me ed entri: questo manderà i cani fuori dall'odore.

Lo fecero, e appena furono a bordo, mi accesi per il nostro rimorchio, e in circa cinque o dieci minuti sentimmo i cani e gli uomini allontanarsi, gridare. Li sentimmo venire verso il crick, ma non riuscimmo a vederli; Sembrava che si fermassero e scherzassero un po'; poi, man mano che ci allontanavamo sempre di più, non riuscivamo quasi a sentirli affatto; Quando ci eravamo lasciati alle spalle un miglio di bosco e avevamo raggiunto il fiume, tutto era tranquillo, e remammo fino alla testa di traino e ci nascondemmo nei pioppi ed eravamo al sicuro.

Uno di questi tizi aveva circa settant'anni o più, e aveva la testa calva e i baffi molto grigi. Aveva addosso un vecchio cappello sgangherato e cadente, e una camicia di lana blu unta, e vecchi jeans blu stracciati infilati negli stivali, e gallus fatti in casa... no, ne aveva solo uno. Aveva un vecchio cappotto di jeans blu a coda lunga con bottoni di ottone lucidi gettati sul braccio, ed entrambi avevano grosse, grasse, sgangherate borse da tappeto.

L'altro aveva circa trent'anni ed era vestito in modo scontroso. Dopo colazione ci siamo sdraiati e abbiamo parlato, e la prima cosa che è venuta fuori è che questi tipi non si conoscevano.

«Che cosa ti ha messo nei guai?» dice la testa calva all'altro tipo.

«Beh, stavo vendendo un articolo per togliere il tartaro dai denti... e lo toglie anche, e generosamente lo smalto con esso... ma sono rimasto circa una notte più del dovuto, e stavo proprio per scivolare via quando ti ho incrociato sul sentiero da questa parte della città, e tu mi hai detto che stavano arrivando, e mi hai pregato di aiutarti a scendere. Così ti ho detto che anch'io mi aspettavo guai e che mi sarei disperso *con* te. Questa è tutta la storia: che cos'è?

«Beh, mi davo da fare un po' di risveglio alla temperanza per una settimana, ed ero l'animale domestico delle donne, grandi e piccole, perché lo facevo scaldare molto per i rummie, *ti dico*, e prendevo fino a cinque o sei dollari a notte, dieci centesimi a testa, bambini e negri gratis, e gli affari crescevano continuamente, quando, in un modo o nell'altro, ieri sera si è sparsa la voce che avevo un modo per passare il mio tempo con una brocca privata di nascosto. Un negro mi ha portato fuori stamattina, e mi ha detto che la gente se ne stava in giro tranquilla con i suoi cani e cavalli, e che sarebbero arrivati molto presto e mi avrebbero dato circa mezz'ora di moto, e poi mi avrebbero investito se avessero potuto; E se mi prendevano, mi ricoprivano di pece e piume e mi cavalcavano su una rotaia, certo. Non ho aspettato la colazione, avverto che non avevo fame».

«Vecchio», disse il giovane, «credo che potremmo fare una doppia squadra; Cosa ne pensi?"

«Non sono indisposto. Qual è la tua linea, principalmente?"

"Jour tipografo di professione; fare un po 'in farmaci brevettati; attore di teatro... tragedia, sai; Dai una svolta al mesmerismo e alla frenologia quando ce n'è la possibilità; insegnare canto-scuola di geografia per cambiare; A volte faccio una lezione... oh, faccio un sacco di cose... quasi tutto ciò che mi capita a portata di mano, quindi non funziona. Qual è il tuo lay?"

"Ho fatto molto in modo medico ai miei tempi. Sdraiarsi sulle mani è la mia migliore casa, per il cancro e la paralisi, e cose del genere; e so predire una fortuna abbastanza bene quando ho qualcuno con me che mi scopre i fatti. Predicare è anche la mia linea, e lavorare nei raduni, e fare missionari in giro".

Nessuno ha mai detto nulla per un po'; Allora il giovane sospirò e disse: "Ahimè!"

«Che cosa stai dicendo?» dice la testa calva.

«Pensare che avrei dovuto vivere per condurre una vita del genere, ed essere degradato a una simile compagnia». E cominciò a pulirsi l'angolo dell'occhio con uno straccio.

«Accidenti alla tua pelle, la compagnia non è abbastanza buona per te?» dice la testa calva, piuttosto impertinente e arrogante.

«Sì, per *me è* abbastanza; è buono quanto merito; perché chi mi ha portato così in basso quando ero così in alto? *L'ho* fatto da solo. Non vi biasimo, signori, tutt'altro; Non biasimo nessuno. Me lo merito tutto. Lascia che il mondo freddo faccia del suo peggio; una cosa so: c'è una tomba da qualche parte per me. Il mondo può andare avanti come ha sempre fatto, e portarmi via tutto: i miei cari, le proprietà, tutto; Ma non può sopportarlo. Un giorno mi sdraierò e dimenticherò tutto, e il mio povero cuore spezzato riposerà". Continuò a pulirsi.

"Scaccia il tuo poro cuore spezzato", dice la testa calva; "Perché ci stai agitando il tuo cuore spezzato ? *Non abbiamo* fatto nulla".

«No, so che non l'hai fatto. Non vi biasimo, signori. Mi sono buttato giù, sì, l'ho fatto da solo. È giusto che io soffra, è perfettamente giusto, non faccio alcun lamento».

«Ti hai portato giù dal molo? Da dove sei stato portato giù?"

"Ah, non mi crederesti; Il mondo non ci crede mai, lascia perdere, non importa. Il segreto della mia nascita...»

"Il segreto della tua nascita! Intendi dire...»

«Signori», dice il giovane con tono molto solenne, «ve lo rivelerò, perché sento di avere fiducia in voi. Di diritto sono un duca!"

Gli occhi di Jim si spalancarono quando sentì ciò; e credo che anche il mio lo abbia fatto. Allora la testa calva dice: "No! Non puoi dire sul serio?"

«Sì. Il mio bisnonno, figlio maggiore del duca di Bridgewater, fuggì in questo paese verso la fine del secolo scorso, per respirare l'aria pura della libertà; si sposò qui, e morì, lasciando un figlio, suo padre morì all'incirca nello stesso periodo. Il secondo figlio del defunto duca si impadronì dei titoli e dei possedimenti: il vero duca neonato fu ignorato. Io sono il discendente diretto di quel bambino, sono il legittimo duca di Bridgewater; ed eccomi qui, abbandonato, strappato dal mio alto rango, braccato dagli uomini, disprezzato dal freddo mondo, cencioso, logoro, con il cuore spezzato e degradato alla compagnia di criminali su una zattera!"

Jim lo compativa moltissimo, e anch'io. Abbiamo cercato di confortarlo, ma lui ha detto che non serviva a molto, non poteva essere molto confortato; disse che se avessimo avuto l'intenzione di riconoscerlo, ciò gli avrebbe fatto più bene di qualsiasi altra cosa; Così abbiamo detto che l'avremmo fatto, se ci avesse detto come. Disse che dovevamo inchinarci quando gli parlavamo, e dire "Vostra Grazia", o "Mio Signore", o "Vostra Signoria", e non gli sarebbe dispiaciuto se lo avessimo chiamato semplicemente "Bridgewater", che, disse, era comunque un titolo, e non un nome; e uno di noi dovrebbe servirlo a cena, e fare per lui qualsiasi piccola cosa voglia che sia fatta.

Beh, è stato tutto facile, quindi l'abbiamo fatto. Per tutta la cena Jim rimase in piedi e lo servì, e disse: «Tua Grazia vuole un po' di dis o un po' di dat?» e così via, e un corpo poté vedere che gli faceva molto piacere.

Ma il vecchio rimase in silenzio di lì a poco, non aveva molto da dire, e non sembrava molto a suo agio per tutte quelle carezze che stavano succedendo intorno a quel duca. Sembrava avere qualcosa in mente. Così, nel pomeriggio, dice:

«Senti, Bilgewater», dice, «mi dispiace per te, ma non sei l'unica persona che ha avuto problemi come quelli».

"No?"

"No, non lo sei. Non sei l'unica persona che è stata ingiustamente trascinata fuori da un posto elevato».

"Ahimè!"

«No, non sei l'unica persona che ha avuto un segreto della sua nascita». E, a tintinnio, *comincia* a piangere.

"Aspetta! Che cosa vuoi dire?"

«Bilgewater, parente, mi fido di te?» dice il vecchio, ancora in tono singhiozzante.

"Fino alla morte amara!" Prese il vecchio per mano, la strinse e disse: "Quel segreto del tuo essere: parla!"

"Bilgewater, sono il defunto Delfino!"

Puoi scommetterci, Jim e io ci siamo guardati questa volta. Allora il duca dice:

"Tu sei cosa?"

«Sì, amico mio, è troppo vero: i tuoi occhi stanno guardando in questo momento il poro scomparso di Dauphin, Looy il Diciassette, figlio di Looy il Sedici e di Marry Antonette».

"Tu! Alla tua età! No! Vuoi dire che sei il defunto Carlo Magno; Devi avere almeno sei o settecento anni».

«I guai l'hanno fatto, Bilgewater, i guai l'hanno fatto; I guai hanno portato questi capelli grigi e questa calvizie prematura. Sì, signori, vedete davanti a voi, in blue jeans e miseria, il re di Francia errante, esiliato, calpestato e sofferente.

Beh, ha pianto e si è dato da fare in modo che io e Jim non sapevamo a malapena cosa fare, eravamo così dispiaciuti... e così felici e orgogliosi di averlo con noi. Così ci siamo messi a sedere, come avevamo fatto prima con il duca, e abbiamo cercato di confortarlo. Ma lui disse che non serviva a nulla, nient'altro che essere morto e farla finita con tutto poteva fargli bene; anche se diceva che spesso lo faceva sentire più tranquillo e migliore per un po' se la gente lo trattava secondo i suoi diritti, e si inginocchiava per parlargli, e lo chiamava sempre "Vostra Maestà", e lo serviva prima ai pasti, e non si sedeva in sua presenza finché non glielo chiedeva. Così Jim e io ci mettemmo a maestà, a fare questo e quello e quell'altro per lui, e a stare in piedi finché non ci disse che potevamo sederci. Questo gli fece un sacco di bene, e così si sentì allegro e a suo agio. Ma il duca si era un po' inacidito con lui, e non sembrava affatto soddisfatto di come stavano andando le cose; Tuttavia, il re si comportò in modo molto amichevole con lui e disse che il bisnonno del duca e tutti gli altri duchi di Bilgewater erano molto apprezzati da *suo* padre e che gli era permesso di venire a palazzo molto spesso, ma il duca rimase a sbuffare per un bel po' finché di lì a poco il re disse:

«Come se non avessimo avuto modo di stare insieme per molto tempo su questa zattera di, Bilgewater, e allora a che serve che tu sia acido? Renderà solo le cose comode. Non è colpa mia se ti avverto che non sei nato duca, non è colpa tua se non sei nato re... quindi a che serve preoccuparsi? Fai le cose al meglio come le trovi, dico io, questo è il mio motto. Non è una cosa negativa quella che abbiamo colpito qui: un sacco di cibo e una vita facile... vieni, dacci la mano, Duke, e diventiamo tutti amici.

Il duca l'ha fatto, e Jim ed io siamo stati piuttosto contenti di vederlo. Toglieva tutto il disagio e ci sentivamo molto bene, perché sarebbe stato un affare miserabile avere qualsiasi ostilità sulla zattera; Perché quello che si vuole, sopra ogni cosa, su una zattera, è che tutti siano soddisfatti, e si sentano giusti e gentili verso gli altri.

Non mi ci è voluto molto per convincermi che questi bugiardi non mettono in guardia né re né duchi, ma solo imbroglioni e frodi di basso livello. Ma non ho mai detto nulla, non ho mai lasciato intendere; l'ho tenuto per me; è il modo migliore; Allora non avete litigi e non vi mettete nei guai. Se volevano che li chiamassimo re e duchi, non avevo obiezioni, purché ciò mantenesse la pace in famiglia; e non serviva a niente dirlo a Jim, così non gliel'ho detto. Se non ho mai imparato nient'altro da papà, ho imparato che il modo migliore per andare d'accordo con il suo tipo di persone è lasciarle fare a modo loro.

CAPITOLO XX.

Ci hanno fatto molte domande; Volevamo sapere per cosa coprivamo la zattera in quel modo, e che cosa mettevamo lì di giorno invece di correre: Jim era un negro fuggiasco? Dico io:

«Per l'amor del cielo, un negro fuggiasco scapperebbe *a sud?*"

No, gli hanno permesso di non farlo. Dovevo rendere conto delle cose in qualche modo, così ho detto:

"I miei genitori vivevano nella contea di Pike, nel Missouri, dove sono nato, e sono morti tutti tranne me, mio padre e mio fratello Ike. Papà, pensò che si sarebbe rotto e sarebbe andato a vivere con lo zio Ben, che ha un piccolo posto per un cavallo sul fiume, quarantaquattro miglia sotto Orleans. Papà era piuttosto povero e aveva dei debiti; così, quando si fu alzato in campo, non gli restava altro che sedici dollari e il nostro negro, Jim. Questo avvertimento non è sufficiente per portarci a millequattrocento miglia, passaggio sul ponte o in nessun'altra direzione. Beh, quando il fiume si è alzato, un giorno ho avuto una serie di fortuna; Ha agganciato questo pezzo di zattera; così abbiamo pensato di andare a Orléans con esso. La fortuna di papà non ha resistito; Una notte un battello a vapore passò sopra l'angolo più armonto della zattera, e tutti noi cademmo in mare e ci tuffammo sotto il timone; Jim ed io veniamo bene, ma papà era ubriaco, e Ike aveva solo quattro anni, quindi non vengono mai più. Ebbene, per un paio di giorni abbiamo avuto notevoli problemi, perché la gente usciva sempre con le barche e cercava di portarmi via Jim, dicendo che credeva che fosse un negro fuggiasco. Non corriamo più di giorno ora; Le notti non ci danno fastidio".

Il duca ha detto:

«Lasciami in pace a trovare un modo per correre di giorno, se vogliamo. Ci penserò su, inventerò un piano che la risolverà. Per oggi lo lasceremo stare, perché naturalmente non vogliamo passare da quella città laggiù alla luce del giorno: potrebbe non essere salutare.

Verso notte cominciò a fare buio e a sembrare pioggia; Il lampo di calore schizzava in basso nel cielo e le foglie cominciavano a tremare: sarebbe stato piuttosto brutto, era facile vederlo. Così il duca e il re andarono a revisionare il nostro wigwam, per vedere com'erano i letti. Il mio letto era una zecca di paglia migliore di quella di Jim, che era una zecca di granoturco; ci sono sempre pannocchie in giro in un attimo, e ti colpiscono e ti fanno male; e quando ti rotoli i gusci secchi suonano come se ti stessi rotolando in un mucchio di foglie morte; Fa un tale fruscio che ti svegli. Ebbene, il duca ha permesso che prendesse il mio letto; Ma il re permise che non lo avrebbe fatto. Egli dice:

«Dovrei calcolare la differenza di rango, se ti dicessi che un letto di granturco non è proprio adatto per farmi dormire. Vostra Grazia prenderà tu stessa il letto del guscio."

Jim ed io sudammo di nuovo per un minuto, temendo che ci sarebbero stati altri guai tra loro; Quindi siamo stati abbastanza contenti quando il duca ha detto:

"È il mio destino di essere sempre schiacciato nel fango sotto il tallone di ferro dell'oppressione. La sfortuna ha spezzato il mio spirito un tempo altezzoso; Mi arrendo, mi sottometto; è il mio destino. Sono solo al mondo, lasciami soffrire; Posso sopportarlo".

Siamo andati via non appena è stato bello e buio. Il re ci disse di stare ben al largo verso il centro del fiume e di non mostrare una luce finché non fossimo arrivati molto al di sotto della città. Di lì a poco arrivammo in vista del gruppetto di luci – quella era la città, sapete – e scivolammo via, a circa mezzo miglio di distanza, benissimo. Quando fummo tre quarti di miglio più in basso, issammo la nostra lanterna di segnalazione; e verso le dieci cominciò a piovere e a soffiare e a tuonare e a fulminare come ogni cosa; Così il re ci disse di stare tutti e due di guardia finché il tempo non fosse migliorato; Poi lui e il duca strisciarono nel wigwam e tornarono per la notte. Era il mio turno di guardia fino alle dodici, ma non mi sarei girato se avessi avuto un letto, perché un corpo non vede una tempesta come quella tutti i giorni della settimana, nemmeno a lungo vista. Anime mie, come urlava il vento! E ogni secondo o due arrivava un bagliore che illuminava le calotte bianche per mezzo miglio intorno, e si vedevano le isole impolverate sotto la pioggia, e gli alberi che si dimenavano al vento; Poi arriva un *colpo di H!E* il tuono se ne andava rombando e brontolava, e si spegneva, e poi *arrivava* un altro lampo e un altro calzino. A volte le onde mi trascinavano via dalla zattera, ma non avevo vestiti addosso e non mi importava. Non abbiamo avuto problemi con gli intoppi; I lampi erano abbaglianti e svolazzavano così costantemente che potevamo vederli abbastanza presto da gettare la testa da una parte o dall'altra e mancarli.

Avevo l'orologio centrale, sai, ma a quel punto ero piuttosto assonnato, così Jim disse che avrebbe resistito per me la prima metà; era sempre molto buono così, Jim lo era. Mi infilai nel wigwam, ma il re e il duca avevano le gambe distese in giro, così che non c'era nessuno spettacolo per me; così mi sdraiai fuori: non mi importava la pioggia, perché faceva caldo e le onde non erano così alte ora. Verso le due, però, tornano su, e Jim stava per chiamarmi; ma cambiò idea, perché riteneva che non fossero ancora abbastanza alti da fare alcun male; Ma si sbagliava su questo, perché ben presto, all'improvviso, arrivò un normale squartatore e mi trascinò in mare. Fece ridere Jim. Era il negro più facile da ridere che fosse mai esistito, in ogni caso.

Presi l'orologio, e Jim si sdraiò e russava; e di lì a poco la tempesta si placò per sempre; e la prima luce della cabina che si presentò, lo tirai fuori e facemmo scivolare la zattera nei nascondigli per la giornata.

Dopo colazione, il re tirò fuori un vecchio mazzo di carte sgangherato, e lui e il duca giocarono un po' a sette, cinque centesimi a partita. Poi si stancarono e permisero di "organizzare una campagna", come la chiamavano. Il duca scese nella sua borsa da tappeto, prese un mucchio di piccole banconote stampate e le lesse ad alta voce. Un disegno di legge diceva: "Il celebre dottor Armand de Montalban, di Parigi", avrebbe "tenuto conferenze sulla scienza della frenologia" in questo o quel luogo, nel giorno in bianco del vuoto, a dieci centesimi di ingresso, e "avrebbe fornito carte dei personaggi a venticinque centesimi l'una". Il duca disse che era *lui*. In un altro cartellone era il "tragico shakespeariano di fama mondiale, Garrick il Giovane, di Drury Lane, Londra". In altri disegni di legge aveva un sacco di altri nomi e faceva altre cose meravigliose, come trovare acqua e oro con una "bacchetta da rabdomante", "dissipare incantesimi da strega" e così via. Di lì a poco dice:

"Ma la musa istrionica è la beniammina. Hai mai calcato le scene, regalità?"

"No", dice il re.

«Allora, prima di essere più vecchio di tre giorni, Fallen Grandur», dice il duca. "La prima buona città in cui verremo, affitteremo una sala e faremo il combattimento con la spada in Riccardo III. e la scena del balcone in Romeo e Giulietta. Come ti colpisce?"

«Sono dentro, fino al mozzello, per qualsiasi cosa possa pagare, Bilgewater; ma, vedete, non so nulla di commedia, e non ne ho mai visto molto. Ero troppo piccolo quando papà li aveva a palazzo. Crede di potermi imparare?»

"Facile!"

"Va bene. Sto cercando qualcosa di nuovo, comunque. Cominciamo subito".

Allora il duca gli raccontò tutto su chi fosse Romeo e chi fosse Giulietta, e disse che era abituato a essere Romeo, quindi il re poteva essere Giulietta.

«Ma se Giulietta è una ragazza così giovane, duca, la mia testa sbucciata e i miei baffi bianchi la guarderanno in modo strano, forse.»

"No, non ti preoccupare; Questi Jake di campagna non ci penseranno mai. Inoltre, sai, sarai in costume, e questo fa tutta la differenza del mondo; Giulietta è su un balcone, si gode il chiaro di luna prima di andare a letto, e ha indossato la camicia da notte e il berretto da notte arruffato. Ecco i costumi per le parti".

Tirò fuori due o tre tute di calicò da tenda, che disse essere un'armatura di meedyevil per Riccardo III. e l'altro tipo, e una lunga camicia da notte di cotone bianco e un berretto da notte arricciato in tinta. Il re fu soddisfatto; Così il duca tirò fuori il libro e lesse le parti nel modo più splendido dell'aquila spiegata, saltellando e agendo allo stesso tempo, per mostrare come si doveva fare; Poi diede il libro al re e gli disse di imparare a memoria la sua parte.

C'era una piccola città con un solo cavallo a circa tre miglia lungo l'ansa, e dopo cena il duca disse di aver cifrato la sua idea su come correre alla luce del giorno senza che fosse pericoloso per Jim; Così permise che sarebbe sceso in città e avrebbe sistemato quella cosa. Il re permise che sarebbe andato anche lui a vedere se riusciva a colpire qualcosa. Avevamo finito il caffè, così Jim disse che era meglio che andassi con loro in canoa a prenderne un po'.

Quando arrivammo lì, non avvertimmo nessuno che si muoveva; strade vuote, e perfettamente morte e immobili, come la domenica. Trovammo un negro malato che prendeva il sole in un cortile, e disse che tutti quelli che non erano troppo giovani o troppo malati o troppo vecchi erano andati al raduno, a circa due miglia di distanza nel bosco. Il re ricevette le indicazioni e gli permise di andare a lavorare in quell'accampamento per quanto ne fosse valso, e io sarei potuto andare anche io.

Il duca disse che quello che cercava era una tipografia. L'abbiamo trovato; Un po' preoccupante, sopra una falegnameria: falegnami e tipografi sono andati tutti alla riunione, e nessuna porta chiusa a chiave. Era un posto sporco, pieno di disseminate, e c'erano segni d'inchiostro e volantini con immagini di cavalli e negri fuggiaschi, su tutte le pareti. Il duca si tolse il cappotto e disse che ora stava bene. Così io e il re partimmo per l'adunanza del campo.

Arrivammo in circa mezz'ora abbastanza gocciolanti, perché era una giornata terribilmente calda. C'erano fino a un migliaio di persone da venti miglia intorno. Il bosco era pieno di squadre e di carri, attaccati dappertutto, che si nutrivano dagli abbeveratoi dei carri e calpestavano per tenere lontane le mosche. C'erano capannoni fatti di pali e coperti di rami, dove c'erano limonata e pan di zenzero da vendere, e mucchi di angurie e mais verde e camion simili.

La predicazione si svolgeva sotto lo stesso tipo di capanne, solo che erano più grandi e contenevano folle di persone. Le panchine erano fatte di lastre esterne di tronchi, con fori praticati sul lato rotondo per infilare i bastoncini per le gambe. Non avevano la schiena. I predicatori avevano alte piattaforme su cui stare a un'estremità dei capannoni. Le donne indossavano berretti da sole; E alcuni avevano abiti di linsey-woolsey, altri a quadretti, e alcuni dei giovani avevano il calicò. Alcuni dei giovani erano scalzi, e alcuni dei bambini non avevano addosso alcun vestito, ma solo una camicia di lino. Alcune delle vecchie lavoravano a maglia, e alcune delle giovani si corteggiavano di nascosto.

Il primo capanno in cui arriviamo dal predicatore stava preparando un inno. Ha messo in fila due versi, tutti l'hanno cantata, ed è stato grandioso sentirla, ce n'erano così tanti e lo hanno fatto in un modo così entusiasmante; poi ne mise in fila altri due perché li cantassero, e così via. La gente si svegliava sempre di più, e cantava sempre più forte; e verso la fine alcuni cominciarono a gemere, e altri cominciarono a gridare. Allora il predicatore cominciò a predicare, e cominciò anche sul serio; e andò a tessere prima da una parte della piattaforma e poi dall'altra, e poi chinandosi sulla parte anteriore di essa, con le braccia e il corpo che andavano tutto il tempo, e gridando le sue parole con tutte le sue forze; e di tanto in tanto teneva in mano la sua Bibbia e la apriva e la passava da una parte e dall'altra, gridando: "È il serpente di bronzo nel deserto! Guardalo e vivi!" E la gente gridava: "Gloria!Ed egli proseguì, e il popolo gemeva e piangeva e diceva amen:

«Oh, vieni al banco delle persone in lutto! Vieni, nero di peccato! (*Amen!*) vieni, malato e dolorante! (*Amen!*) vieni, zoppo e fermo e cieco! (*Amen!*) vieni, poroso e bisognoso, sprofondato nella vergogna! (*A-un-uomini!*)Vieni, tutto ciò che è consunto e sporco e sofferente! Vieni con il cuore contrito! Vieni nei tuoi stracci e pecca e sporcizia! Le acque che purificano sono libere, la porta del cielo è aperta... Oh, entra e riposati!" (*A-a-men! Gloria, gloria alleluia!*)

E così via. Non si riusciva più a capire quello che diceva il predicatore, a causa delle grida e dei pianti. La gente si alzò dappertutto tra la folla e si fece strada con le forze principali fino alla panchina delle persone in lutto, con le lacrime che rigavano i loro volti; E quando tutte le persone in lutto furono salite in folla sui banchi anteriori, cantarono e gridarono e si gettarono sulla paglia, impazzite e selvagge.

Ebbene, la prima volta che ho conosciuto il re si è messo in moto, e lo si sentiva sopra tutti; e poi salì alla carica sul palco, e il predicatore lo pregò di parlare al popolo, e lo fece. Disse loro che era un pirata, che era stato pirata per trent'anni nell'Oceano Indiano, e che la sua ciurma era stata notevolmente ridotta la scorsa primavera in un combattimento, e ora era a casa per portare fuori alcuni uomini freschi, e grazie al cielo era stato derubato la notte precedente e messo a terra da un battello a vapore senza un centesimo. e ne fu contento; Fu la cosa più benedetta che gli fosse mai capitata, perché ora era un uomo cambiato, e felice per la prima volta nella sua vita; e, povero com'era, stava per partire subito e tornare nell'Oceano Indiano, e dedicare il resto della sua vita a cercare di trasformare i pirati nel vero sentiero; perché poteva farlo meglio di chiunque altro, conoscendo tutte le ciurme di pirati in quell'oceano; e anche se gli ci sarebbe voluto molto tempo per arrivarci senza soldi, ci sarebbe arrivato comunque, e ogni volta che convinceva un pirata gli diceva: "Non mi ringrazio, non darmi credito; tutto appartiene a quella cara gente dell'accampamento di Pokeville, fratelli naturali e benefattori della razza, e a quel caro predicatore lì, l'amico più vero che un pirata abbia mai avuto!

E poi scoppiò in lacrime, e così fecero tutti. Poi qualcuno canta: "Fai una colletta per lui, fai una colletta!" Beh, una mezza dozzina di persone hanno fatto un salto per farlo, ma qualcuno canta: "*Lasciategli* passare il cappello!" Poi lo hanno detto tutti, anche il predicatore.

Così il re passò per tutta la folla con il cappello, bagnandosi gli occhi, benedicendo il popolo, lodandolo e ringraziandolo per essere stato così buono con i poveri pirati laggiù; e ogni tanto le ragazze più graziose, con le lacrime che scorrevano sulle guance, si alzavano e gli chiedevano se si lasciasse baciare per ricordarselo; e lo ha sempre fatto; e ad alcuni di loro li abbracciò e li baciò fino a cinque o sei volte, e fu invitato a rimanere una settimana; e tutti volevano che vivesse nelle loro case, e dicevano che avrebbero pensato che fosse un onore; ma disse che, dato che quello era l'ultimo giorno dell'incontro del campo, non poteva fare nulla di buono, e inoltre era sudato per arrivare subito nell'Oceano Indiano e andare a lavorare sui pirati.

Quando tornammo alla zattera e lui venne a fare il conto, scoprì di aver raccolto ottantasette dollari e settantacinque centesimi. E poi aveva portato via anche una brocca di whisky da tre galloni, che aveva trovato sotto un carro mentre stava tornando a casa attraverso il bosco. Il re disse: "Prendilo tutto intorno, si è posato in qualsiasi giorno che avesse mai messo nella fila dei missionari". Ha detto che non serve a niente parlare, i pagani non sono sgusci accanto a pirati con cui lavorare a un raduno.

Il duca pensava *di essere* andato abbastanza bene fino a quando il re non si presentò, ma dopo di ciò non ci pensò più così tanto. Aveva creato e stampato due lavoretti per i contadini di quella tipografia - le fatture dei cavalli - e aveva preso i soldi, quattro dollari. E aveva ricevuto dieci dollari di pubblicità per il giornale, che disse che avrebbe messo per quattro dollari se avessero pagato in anticipo... così lo fecero. Il prezzo del giornale era di due dollari all'anno, ma egli accettò tre abbonamenti per mezzo dollaro l'uno, a condizione che lo pagassero in anticipo; Stavano per pagare in legna e cipolle come al solito, ma lui disse che aveva appena comprato l'azienda e abbassato il prezzo più basso che poteva permetterselo, e che l'avrebbe gestita in contanti. Compose un piccolo pezzo di poesia, che fece lui stesso con la sua testa - tre versi - un po' dolci e tristi - il cui titolo era: "Sì, cotta, freddo mondo, questo cuore spezzato" - e lasciò tutto pronto per essere stampato sul giornale, e non fece pagare nulla per questo. Ebbene, ha incassato nove dollari e mezzo, e ha detto di aver fatto una giornata di lavoro piuttosto quadrata per questo.

Poi ci mostrò un altro lavoretto che aveva stampato e che non aveva fatto pagare, perché era per noi. C'era l'immagine di un negro in fuga con un fagotto su un bastone sopra la spalla e sotto la scritta "200 dollari di ricompensa". La lettura era tutta su Jim, e lo descriveva con un puntino. Diceva che l'inverno scorso era scappato dalla piantagione di St. Jacques, quaranta miglia sotto New Orleans, e probabilmente era andato a nord, e chiunque lo avesse catturato e rimandato indietro avrebbe potuto avere la ricompensa e le spese.

«Adesso», dice il duca, «dopo stanotte possiamo correre di giorno, se vogliamo. Ogni volta che vediamo arrivare qualcuno, possiamo legare Jim mani e piedi con una corda, e metterlo nel wigwam e mostrare questo foglietto d'invito e dire che l'abbiamo catturato lungo il fiume, ed eravamo troppo poveri per viaggiare su un battello a vapore, così abbiamo preso questa piccola zattera a credito dai nostri amici e stiamo scendendo per ottenere la ricompensa. Manette e catene starebbero ancora meglio su Jim, ma non andrebbe bene con la storia di noi così poveri. Troppo simile ai gioielli. Le corde sono la cosa giusta: dobbiamo preservare le unità, come diciamo sulle tavole.

Dicevamo tutti che il duca era piuttosto intelligente e che non c'erano problemi a correre di giorno. Pensammo che quella notte avremmo potuto fare abbastanza miglia per sfuggire alla portata del powwow che pensavamo il lavoro del duca nella tipografia avrebbe fatto in quella piccola città; poi potevamo rimbombare se volevamo.

Ci sdraiammo e rimanemmo fermi, e non uscimmo mai fino a quasi le dieci; poi scivolammo via, abbastanza lontani dalla città, e non issammo la lanterna finché non fummo fuori dalla vista.

Quando Jim mi chiamò per prendere l'orologio alle quattro del mattino, mi disse:

«Huck, credi che ci piacerebbe correre contro qualche re in viaggio?»

"No", dico, "credo di no".

«Ebbene», dice, «va tutto bene, den. Io faccio il mio uno o due re, ma è abbastanza. Se uno è un ubriacone potente, e il duca sta molto meglio."

Ho scoperto che Jim aveva cercato di convincerlo a parlare francese, in modo che potesse sentire com'era; Ma lui disse che era stato in questo paese così a lungo, e che aveva avuto così tanti guai, che se ne era dimenticato.

CAPITOLO XXI.

Era dopo l'alba ormai, ma siamo andati avanti e non ci siamo legati. Il re e il duca si presentarono di lì a poco con l'aria piuttosto arrugginita; Ma dopo che si erano buttati in mare e avevano fatto una nuotata, la cosa li aveva fatti arrabbiare parecchio. Dopo colazione il re si sedette all'angolo della zattera, si tolse gli stivali e si arrotolò le brache, lasciò penzolare le gambe nell'acqua, per stare comodo, accese la pipa e andò a prendere a memoria il suo Romeo e Giulietta. Quando l'ebbe ottenuto abbastanza bene, lui e il duca cominciarono a praticarlo insieme. Il duca dovette impararlo più e più volte a dire ogni discorso; e lo fece sospirare, e gli mise la mano sul cuore, e dopo un po' disse che l'aveva fatto abbastanza bene; «solo», dice, «non devi urlare *Romeo!* così, come un toro... devi dirlo dolcemente e malato e languida, così... R-o-o-meo! questa è l'idea; perché Giulietta è una cara dolce e semplice bambina di ragazza, sai, e non ragliava come un asino.

Ebbene, poi tirarono fuori un paio di lunghe spade che il duca aveva fatto con listelli di quercia e cominciarono a esercitarsi nel combattimento con la spada: il duca si faceva chiamare Riccardo III; e il modo in cui si sdraiavano e saltellavano intorno alla zattera era grandioso a vedersi. Ma di lì a poco il re inciampò e cadde in mare, e poi si riposarono e parlarono di ogni genere di avventure che avevano avuto in altri tempi lungo il fiume.

Dopo pranzo il duca dice:

"Beh, Capet, vorremo fare di questo uno spettacolo di prima classe, sai, quindi immagino che aggiungeremo un po' di più. Vogliamo qualcosa con cui rispondere ai bis, in ogni caso".

"Che c'è da fare, Bilgewater?"

Il duca glielo disse, e poi disse:

«Risponderò facendo l'avventura delle Highland o la cornamusa del marinaio; e tu... beh, fammi vedere... oh, ce l'ho... puoi fare il soliloquio di Amleto.

«Amleto è quale?»

«Il soliloquio di Amleto, sai; la cosa più celebrata di Shakespeare. Ah, è sublime, sublime! Va sempre a prendere la casa. Non l'ho nel libro, ho solo un volume, ma credo di poterlo ricostruire a memoria. Camminerò su e giù per un minuto, e vedrò se riesco a richiamarlo dai sotterranei del ricordo.

Così si mise a marciare su e giù, pensando e aggrottando le sopracciglia di tanto in tanto; poi alzava le sopracciglia; poi si stringeva la mano sulla fronte e barcollava all'indietro e si lamentava; poi sospirava, e poi lasciava cadere una lacrima. Era bello vederlo. Di lì a poco l'ha capito. Ci ha detto di prestare attenzione. Allora assume un atteggiamento molto nobile, con una gamba spinta in avanti, e le braccia tese verso l'alto, e la testa inclinata all'indietro, guardando il cielo; e poi comincia a strappare e a delirare e a stringere i denti; e dopo, per tutto il suo discorso, ululava, si sparpagliava e si gonfiava il petto, e faceva cadere le macchie di qualsiasi recitazione che *avessi mai* visto prima. Questo è il discorso... l'ho imparato, abbastanza facilmente, mentre lui lo imparava al re:

Essere, o non essere; che è il nudo bodkinChe fa la calamità di così lunga vita; Perché chi sopporterebbe i fardel, fino a quando il bosco di Birnam non giunge a Dunsinane, se la paura di qualcosa dopo la morte uccide il sonno innocente, la seconda linea di condotta della grande natura, e ci fa piuttosto scagliare le frecce della fortuna oltraggiosa, piuttosto che volare verso altri che non conosciamo. C'è il rispetto che deve farci riflettere: Sveglia Duncan con il tuo bussare! Io vorrei che tu potessi; Perché chi sopporterebbe le fruste e gli scherni del tempo,il torto dell'oppressore, la contumelia dell'uomo orgoglioso,il ritardo della legge e la quiete che i suoi dolori potrebbero prendere. Nella desolazione morta e nel cuore della notte, quando i cimiteri sbadigliano nei consueti abiti di un nero solenne, ma che il paese sconosciuto dal quale nessun viaggiatore ritorna, spira contagio sul mondo, e così il colore nativo della risoluzione, come il

povero gatto dell'adagio, è malato di cura. E tutte le nuvole che si sono
abbassate sui nostri tetti, a questo riguardo le loro correnti si stordiscono,
e perdono il nome dell'azione. È un compimento devotamente da
augurare. Ma tu dolce, la bella Ofelia: non opporre le tue mascelle
pesanti e marmoree. Ma vai in un convento... vai!

Ebbene, al vecchio piaceva quel discorso, e ben presto lo capì in modo da poterlo fare di prim'ordine. Sembrava che fosse nato per questo; E quando aveva la mano dentro ed era eccitato, era perfettamente adorabile il modo in cui strappava e strappava e si agitava dietro quando se la toglieva.

Alla prima occasione che abbiamo avuto, il duca ha fatto stampare alcuni cartelloni degli spettacoli; E dopo di ciò, per due o tre giorni, mentre galleggiavamo, la zattera fu un luogo vivace molto raro, perché non c'era altro da avvertire che i combattimenti con la spada e le prove, come le chiamava il duca, continuavano continuamente. Una mattina, quando eravamo abbastanza in fondo allo Stato di Arkansaw, arriviamo in vista di una piccola città con un solo cavallo in una grande curva; così ci ormeggiammo a circa tre quarti di miglio sopra di esso, all'imboccatura di un crick che era chiuso come un tunnel dai cipressi, e tutti noi, tranne Jim, prendemmo la canoa e andammo laggiù per vedere se c'era qualche possibilità in quel luogo per il nostro spettacolo.

L'abbiamo trovata molto fortunata; Quel pomeriggio ci sarebbe stato un circo, e la gente di campagna stava già cominciando ad entrare, in tutti i tipi di vecchi carri incatenati e a cavallo. Il circo sarebbe partito prima di sera, quindi il nostro spettacolo avrebbe avuto buone possibilità. Il duca ha affittato il tribunale, e noi siamo andati in giro e abbiamo attaccato i nostri conti. Si leggono così:

Rinascita Shakspereana!! Attrazione meravigliosa! Per una sola notte! I
tragici di fama mondiale, David Garrick il giovane, del Drury Lane
Theatre di Londra, e Edmund Kean il vecchio, del Royal Haymarket
Theatre, di Whitechapel, di Pudding Lane, di Piccadilly, di Londra e dei
Royal Continental Theatres, nel loro sublime spettacolo shakspereano
intitolato The Balcony Scene in Romeo and Juliet!!

Romeo.. Signor Garrick.Giulietta................................ Il signor Kean.

Coadiuvato da tutta la forza dell'azienda! Nuovi costumi, nuove scenografie, nuovi appuntamenti!

Inoltre:L'emozionante, magistrale e agghiaccianteConflitto con la spadain Riccardo III.!!

Riccardo III............................... Sig. Garrick.Richmond................................ Il signor Kean.

anche:(su richiesta speciale,)Soliloquio immortale di Amleto!! Per l'illustre Kean! Fatto da lui 300 notti consecutive a Parigi! Per una sola notte, a causa degli impegni europei imperativi! Ingresso 25 centesimi; bambini e domestici, 10 centesimi.

Poi siamo andati a bighellonare per la città. I negozi e le case erano per lo più vecchi telai secchi e incastrati che non erano mai stati dipinti; Erano allestiti a tre o quattro piedi dal suolo su palafitte, in modo da essere fuori dalla portata dell'acqua quando il fiume era straripato. Le case avevano dei piccoli giardini intorno, ma non sembrava che vi crescesse quasi nulla se non erbacce jimpson, e girasoli, e mucchi di cenere, e vecchi stivali e scarpe arricciate, e pezzi di bottiglie, e stracci, e oggetti di latta giocati. Le recinzioni erano costituite da diversi tipi di assi, inchiodate in tempi diversi; e si inclinavano da ogni parte, e avevano cancelli che non avevano che un solo cernierone, uno di cuoio. Alcune delle recinzioni erano state imbiancate, una volta o l'altra, ma il duca disse che era ai tempi di Clumbus, come se fosse abbastanza. C'erano generosamente maiali nel giardino e gente che li scacciava.

Tutti i negozi si trovavano lungo una sola strada. Avevano davanti delle tende bianche per la casa, e la gente di campagna attaccava i cavalli ai pali della tenda. C'erano scatole vuote di prodotti secchi sotto le tende da sole, e mocassini appollaiati su di esse tutto il giorno, tagliandole con i loro coltelli Barlow; e rosicchiare il tabacco, e spalancare e sbadigliare e stiracchiarsi: un poderoso schiamazzo di rabbia. Indossavano generosamente cappelli di paglia gialla larghi quasi come un ombrello, ma non indossavano né cappotti né panciotti, si chiamavano l'un l'altro Bill, Buck, Hank, Joe e Andy, e parlavano in modo pigro e strascicato, e usavano molte parolacce. C'era un solo mocassino appoggiato a ogni palo della tenda da sole, e quasi sempre aveva le mani nelle tasche, tranne quando le tirava fuori per prestare un sorso di tabacco o un graffio. Quello che un corpo sentiva in mezzo a loro tutto il tempo era:

«Dammi un po' di chiacchiere, Hank.»

«Non c'è; Non mi è rimasto che un boccone. Chiedi a Bill".

Forse Bill gli dà una smorfia; Forse mente e dice che non ne ha. Alcuni di questi mocassini non hanno mai un centesimo al mondo, né un sorso di tabacco proprio. Ottengono tutto il loro schiamazzo prendendo in prestito; dicono a un tizio: "Vorrei che tu mi dessi un po' di soldi, Jack, per questo momento do a Ben Thompson l'ultimo colpo che ho avuto", il che è una bugia quasi sempre; non inganna nessuno, ma un estraneo; ma Jack non è un estraneo, così dice:

«Gli hai dato un po' di sbuffo, vero? Così ha fatto la nonna del gatto di tua sorella. Tu mi ripagherai i soldi che mi hai fatto male, Lafe Buckner, poi te ne presterò una o due tonnellate, e non ti farò pagare nessun ricambio, pazzo."

«Beh, te ne ho *restituito* un po' di tempo.»

«Sì, l'hai fatto... a proposito di sei sfregamenti. Tu avresti fatto la spesa per il backer e avresti ripagato la testa di negro.

Il tabacco da negozio è un tappo nero piatto, ma questi tipi per lo più screpolano la foglia naturale attorcigliata. Quando prendono in prestito un chaw, non lo tagliano generosamente con un coltello, ma mettono il tappo tra i denti, rosicchiano i denti e tirano il tappo con le mani finché non lo spezzano in due; Poi, a volte, chi possiede il tabacco lo guarda triste quando gli viene restituito, e dice, sarcastico:

«Ecco, dammi il *rumore* e prendi la *spina*».

Tutte le strade e i vicoli erano solo fango; non avvertivano nient'altro che fango, fango nero come il catrame e profondo quasi un piede in alcuni punti, e profondo due o tre pollici in *tutti i* luoghi. I maiali oziavano e grugnivano dappertutto. Si vedeva una scrofa fangosa e una cucciolata di maiali che oziavano lungo la strada e si buttavano giù per strada, dove la gente doveva camminare intorno a lei, e lei si allungava e chiudeva gli occhi e agitava le orecchie mentre i maiali la mungevano, e sembrava felice come se fosse stipendiata. E ben presto si sentiva un mocassino cantare: "Ciao! *E* la scrofa se ne andava, strillando nel modo più orribile, con un cane o due che dondolavano a ciascun orecchio, e altre tre o quattro dozzine che arrivavano; e allora si vedevano tutti i fannulloni alzarsi e guardare la cosa fuori dalla vista, e ridere del divertimento e sembrare grati per il rumore. Poi si sistemavano di nuovo finché non c'era una lotta tra cani. Non c'era nulla che li svegliasse dappertutto, e li rendesse felici dappertutto, come una lotta tra cani, a meno che non si trattasse di mettere trementina su un cane randagio e dargli fuoco, o di legare una padella di latta alla sua coda e vederlo correre verso la morte.

Sul fronte del fiume alcune delle case sporgevano dalla riva, ed erano piegate e piegate, e quasi pronte a crollare. La gente se n'era andata. La banca era crollata sotto un angolo di altre, e quell'angolo era sospeso. La gente ci viveva ancora, ma era pericoloso, perché a volte una striscia di terra larga come una casa crolla alla volta. A volte una cintura di terra profonda un quarto di miglio inizia e si spreca e si cede fino a quando tutto precipita nel fiume in un'estate. Una città come questa deve essere sempre in movimento avanti, e indietro, e indietro, perché il fiume la rosicchia sempre.

Più si avvicinava il mezzogiorno di quel giorno, più i carri e i cavalli per le strade erano sempre più fitti, e altri arrivavano continuamente. Le famiglie andavano a prendere i loro pranzi dalla campagna e li mangiavano nei carri. C'era un bel po' di whisky in corso e ho visto tre risse. Di lì a poco qualcuno canta:

«Ecco che arriva il vecchio Boggs!... dalla campagna per il suo piccolo vecchio ubriacone mensile; Eccolo qui, ragazzi!"

Tutti i mocassini sembravano contenti; Pensavo che fossero abituati a divertirsi fuori da Boggs. Uno di loro dice:

«Chissà chi è il gwyne per sgranocchiare questa volta. Se avesse fatto arrabbiare tutti gli uomini che ha avuto voglia di sgranocchiare negli ultimi vent'anni, ora avrebbe un bel po' di rabbia.

Un altro dice: "Avrei voluto che il vecchio Boggs mi minacciasse, perché allora avrei saputo che non ho avvertito Gwyne di morire per mille anni".

Boggs arriva a squarciagola sul suo cavallo, urlando e urlando come un indiano, e cantando:

«Chiudi la pista, thar. Sono sulla strada giusta, e il prezzo delle bare è da alzare".

Era ubriaco e si dimenava sulla sella; Aveva più di cinquant'anni e aveva una faccia molto rossa. Tutti gli urlavano contro e ridevano di lui e lo prendevano in giro, e lui rispondeva con imprudenza, e diceva che si sarebbe occupato di loro e li avrebbe disposti nei loro turni regolari, ma ora non poteva aspettare perché era venuto in città per uccidere il vecchio colonnello Sherburn, e il suo motto era: "Prima la carne, e il cucchiaio per guarnire".

Mi vide, si avvicinò a cavallo e disse:

«Dove sei venuto, ragazzo? Ti sei preparato a morire?"

Poi proseguì a cavallo. Avevo paura, ma un uomo mi dice:

"Non significa niente; Si comporta sempre così quando è ubriaco. È il più vecchio sciocco di Arkansaw: non ha mai fatto del male a nessuno, né ubriaco né sobrio.

Boggs si avvicinò a cavallo davanti al negozio più grande della città e chinò la testa in modo da poter vedere sotto la tenda della tenda e gridò:

«Vieni qui, Sherburn! Esci e incontra l'uomo che hai truffato. Tu sei il cane che cerco, e sono felice di averti anch'io!»

E così proseguì, chiamando Sherburn tutto quello che gli capitò a dire, e tutta la strada si riempì di gente che ascoltava e rideva e continuava. Di lì a poco un uomo dall'aspetto fiero sulla cinquantacinque anni - ed era anche l'uomo meglio vestito di quella città - esce dal negozio, e la folla si ritira da ogni parte per lasciarlo entrare. Dice a Boggs, possente e lento... dice:

«Sono stanco di questo, ma lo sopporterò fino all'una. Fino all'una, badate, non più. Se apri la bocca contro di me solo una volta dopo quel tempo, non puoi viaggiare così lontano, ma ti troverò".

Poi si gira ed entra. La folla sembrava molto sobria; Nessuno si mosse, e non c'era più da ridere. Boggs se ne andò a cavallo facendo la guardia a Sherburn più forte che poté urlare, tutto lungo la strada; E ben presto torna indietro e si ferma davanti al negozio, continuando a farlo. Alcuni uomini si affollarono intorno a lui e cercarono di farlo tacere, ma lui non ci riuscì; Gli dissero che sarebbe stata l'una di lì a quindici minuti, e quindi *doveva* andare a casa, doveva andare subito. Ma non servì a nulla. Imprecò con tutte le sue forze, gettò il cappello nel fango e ci cavalcò sopra, e ben presto se ne andò furioso per la strada di nuovo, con i capelli grigi che svolazzavano. Tutti quelli che riuscirono ad avere una possibilità di raggiungerlo fecero del loro meglio per convincerlo a scendere da cavallo in modo da poterlo rinchiudere e farlo tornare sobrio; ma non serviva a nulla: su per la strada avrebbe fatto di nuovo a pezzi, e avrebbe dato a Sherburn un'altra imprecazione. Di lì a poco qualcuno dice:

«Va' a chiamare sua figlia!... presto, vai a prendere sua figlia; A volte la ascolta. Se qualcuno può convincerlo, può farlo lei".

Così qualcuno si mise a correre. Ho camminato per strada e mi sono fermato. Dopo circa cinque o dieci minuti ecco che Boggs torna di nuovo, ma non sul suo cavallo. Stava barcollando dall'altra parte della strada verso di me, a capo scoperto, con un amico ai suoi lati che gli stringeva le braccia e lo spingeva avanti. Era silenzioso e sembrava inquieto; e lui non si trattenne, ma stava facendo un po' di fretta da solo. Qualcuno canta:

"Boggs!"

Guardai laggiù per vedere chi l'avesse detto, ed era il colonnello Sherburn. Era perfettamente immobile sulla strada e aveva una pistola sollevata nella mano destra, senza puntarla, ma tendendola con la canna inclinata verso il cielo. Nello stesso istante vedo una ragazza che corre e due uomini con lei. Boggs e gli uomini si voltarono per vedere chi lo avesse chiamato, e quando videro la pistola gli uomini saltarono da un lato, e la canna della pistola scese lentamente e costantemente fino a un livello, entrambe le canne armate. Boggs alza entrambe le mani e dice: "O Signore, non sparare!" Colpo! Parte il primo colpo, e lui barcolla all'indietro, artigliando l'aria... bang! Il secondo lo fa, e lui cade all'indietro a terra, pesante e solido, con le braccia aperte. Quella ragazza gridò e si precipitò, e si gettò giù su suo padre, piangendo, e dicendo: "Oh, l'ha ucciso, l'ha ucciso!" La folla si chiuse intorno a loro, e si spallarono e si strinsero l'un l'altro, con il collo teso, cercando di vedere, e la gente all'interno che cercava di spingerli indietro e gridando: "Indietro, indietro! Dategli aria, dategli aria!"

Il colonnello Sherburn gettò la pistola a terra, si voltò sui tacchi e se ne andò.

Portarono Boggs in una piccola farmacia, la folla si accalcava lo stesso e tutta la città lo seguiva, e io mi precipitai a prendere un buon posto alla finestra, dove ero vicino a lui e potevo vedere dentro. Lo posero sul pavimento e gli misero una grossa Bibbia sotto il capo, ne aprirono un'altra e gliela stesero sul petto; ma prima gli strapparono la camicia, e vidi dove era finito uno dei proiettili. Fece circa una dozzina di lunghi rantoli, sollevando il petto con la Bibbia quando inspirava, e lasciandola cadere di nuovo quando la espirava, e dopo di ciò si fermò; Era morto. Poi hanno tirato via sua figlia, urlando e piangendo, e l'hanno portata via. Aveva circa sedici anni, era molto dolce e dall'aspetto gentile, ma terribilmente pallida e spaventata.

Ebbene, ben presto l'intera città fu lì, a dimenarsi e a dimenarsi e a spingere e spingere per arrivare alla finestra e dare un'occhiata, ma la gente che aveva i posti non voleva rinunciarvi, e la gente dietro di loro diceva tutto il tempo: "Dite, ora, avete guardato abbastanza, ragazzi; ' non è giusto e non è giusto che tu rimanga lì tutto il tempo, e non dare mai una possibilità a nessuno; Gli altri hanno i loro diritti così come te".

C'era una notevole mascella all'indietro, quindi scivolai fuori, pensando che forse ci sarebbero stati problemi. Le strade erano piene e tutti erano eccitati. Tutti quelli che videro la sparatoria raccontarono come era successo, e c'era una grande folla accalcata intorno a ciascuno di questi tizi, che allungava il collo e ascoltava. Un uomo lungo e allampanato, con i capelli lunghi e un grosso cappello di pelliccia bianca sulla nuca, e un bastone dal manico storto, delimitava i punti del terreno dove si trovava Boggs e dove si trovava Sherburn, e la gente che lo seguiva da un posto all'altro e osservava tutto ciò che faceva, e dondolava la testa per mostrare che capiva. e chinandosi un po' e appoggiando le mani sulle cosce per guardarlo segnare i punti del terreno con il bastone; e poi si alzò dritto e rigido dove si trovava Sherburn, accigliato e con la tesa del cappello abbassata sugli occhi, e cantò: «Boggs!» e poi abbassò lentamente il bastone fino al livello, e disse «Bang!», barcollò all'indietro, disse di nuovo «Bang!», e cadde a terra sulla schiena. Le persone che avevano visto la cosa dicevano che l'aveva fatta perfettamente; ha detto che era esattamente il modo in cui tutto è successo. Poi una dozzina di persone hanno tirato fuori le loro bottiglie e lo hanno curato.

 Beh, di lì a poco qualcuno ha detto che Sherburn dovrebbe essere linciato. In circa un minuto tutti lo dicevano; Così se ne andarono, impazziti e urlando, e strappando ogni corda da bucato a cui capitavano, per fare l'impiccagione.

CAPITOLO XXII.

Sciamarono verso la casa di Sherburn, urlando e infuriando come Injuns, e tutto doveva spianare la strada o essere investito e ridotto in poltiglia, ed era terribile da vedere. I bambini lo stavano sbandando davanti alla folla, urlando e cercando di togliersi di mezzo; e ogni finestra lungo la strada era piena di teste di donne, e c'erano ragazzi negri su ogni albero, e cervi e ragazze che guardavano oltre ogni recinzione; e non appena la folla li raggiungeva quasi si rompevano e tornavano indietro fuori portata. Molte donne e ragazze piangevano e si scontravano, spaventate a morte.

Sciamavano davanti alle palizzate di Sherburn il più fitte possibile che potevano incepparsi insieme, e non potevi sentirti pensare per il rumore. Era un piccolo cortile di venti piedi. Alcuni hanno cantato "Abbatti la recinzione! Abbatti la recinzione!" Poi c'è stato un frastuono di strappi e strappi e fracassazioni, e lei va giù, e la parete frontale della folla comincia a rotolare come un'onda.

Proprio in quel momento Sherburn esce sul tetto del suo piccolo portico, con una pistola a doppia canna in mano, e prende posizione, perfettamente calmo e deliberato, senza dire una parola. Il frastuono si fermò e l'onda risucchiò.

Sherburn non disse mai una parola, rimase lì, guardando in basso. L'immobilità era terribile, inquietante e scomoda. Sherburn fece scorrere lentamente lo sguardo lungo la folla; e dovunque colpisse la gente cercava un po' di guardarlo, ma non ci riusciva; Abbassarono gli occhi e sembrarono furtivi. Poi, ben presto, Sherburn si mise a ridere; Non del tipo piacevole, ma di quello che ti fa sentire come quando mangi del pane con la sabbia dentro.

Poi dice, lento e sprezzante:

"L'idea che *tu* linci qualcuno! È divertente. L'idea che tu pensi di avere abbastanza coraggio per linciare un *uomo!* Il fatto che tu sia abbastanza coraggiosa da incatramare e rivestire di piume le povere donne scacciate senza amici che vengono qui, questo ti ha fatto pensare di avere abbastanza grinta da mettere le mani addosso a un *uomo?* Ebbene, un *uomo* è al sicuro nelle mani di diecimila della tua specie, purché sia giorno e tu non sia dietro di lui.

"Ti conosco? So che sei chiaro. Sono nato e cresciuto nel Sud, e ho vissuto al Nord; quindi conosco la media in tutto e per tutto. L'uomo medio è un codardo. Al Nord lascia che chiunque lo voglia gli passi sopra, e torna a casa e prega per uno spirito umile che lo sopporti. Nel Sud un solo uomo, tutto solo, ha fermato una tappa piena di uomini durante il giorno, e ha derubato tutto. I vostri giornali vi definiscono un popolo coraggioso a tal punto che pensate *di essere* più coraggiosi di qualsiasi altro popolo, mentre voi siete altrettanto coraggiosi, e non più coraggiosi. Perché le vostre giurie non impiccano gli assassini? Perché hanno paura che gli amici dell'uomo sparino loro alle spalle, al buio, ed è proprio quello che *farebbero.*

"Così assolvono sempre; E poi un *uomo* se ne va di notte, con cento vigliacchi mascherati alle spalle, e lincia il mascalzone. Il tuo errore è che non hai portato un uomo con te; Questo è un errore, e l'altro è che non sei venuto al buio a prendere le tue maschere. Avete portato lì *una parte* di un uomo, Buck Harkness, e se non l'aveste avuto per farvi partire, l'avreste tolta in un soffio.

"Non volevi venire. L'uomo medio non ama i guai e il pericolo. *Non ti* piacciono i guai e i pericoli. Ma se solo un mezzo uomo - come Buck Harkness, lì - grida: "Linciatelo, linciatelo!" avete paura di tirarvi indietro, avete paura di essere scoperti per quello che siete... *vigliacchi...* e così alzate un grido, e vi aggrappate alla coda del cappotto di quel mezzo uomo, e venite furiosi quassù, giurando quali grandi cose state per fare. La cosa più pietosa che si esca è una folla; Ecco cos'è un esercito: una folla; Non combattono con il coraggio che è nato in loro, ma con il coraggio che è preso in prestito dalla loro massa e dai loro ufficiali. Ma una folla senza nessuno a capo è al di *sotto* della pietà. Ora la cosa che *devi* fare è abbassare la coda e tornare a casa e strisciare in un buco. Se ci sarà un vero linciaggio, lo faremo alla maniera oscura e meridionale; e quando arriveranno, porteranno le loro maschere e porteranno con sé un *uomo*. Adesso *vattene*... e porta con te il tuo mezzo uomo» ... lanciando la pistola sul braccio sinistro e armandola quando dice questo.

La folla tornò indietro all'improvviso, e poi si spaccò tutta, e se ne andò da tutte le parti, e Buck Harkness si lanciò dietro di loro, sembrando tollerabilmente a buon mercato. Avrei potuto essere calmo se avessi voluto, ma non volevo.

Andai al circo e bighellonai sul retro finché non passò il guardiano, e poi mi tuffai sotto il tendone. Avevo la mia moneta d'oro da venti dollari e un po' di altri soldi, ma pensai che sarebbe stato meglio risparmiarli, perché non si può dire quanto presto ne avrai bisogno, lontano da casa e tra estranei in questo modo. Non puoi stare troppo attento. Non sono contrario a spendere soldi per i circhi quando non c'è altro modo, ma non c'è motivo di *sprecarli* per loro.

Era un vero circo di bulli. Era lo spettacolo più splendido che ci fosse mai stato quando arrivarono tutti a cavallo, a due a due, un gentiluomo e una signora, fianco a fianco, gli uomini nei loro cassetti e canottiere, e senza scarpe né staffe, e appoggiando le mani sulle cosce in modo facile e comodo - dovevano essere venti - e ogni signora con una bella carnagione, E perfettamente belli, e con l'aspetto di una banda di vere regine abbastanza sicure, e vestite con abiti che costano milioni di dollari, e disseminate di diamanti. Era uno spettacolo potente e bello; Non ho mai visto niente di così bello. E poi, uno dopo l'altro, si alzarono e si alzarono, e andarono a tessere intorno all'anello così gentili e ondulati e aggraziati, gli uomini che sembravano sempre così alti, ariosi e dritti, con le teste che ondeggiavano e sfioravano, lassù sotto il tetto della tenda, e il vestito a foglie di rosa di ogni signora che svolazzava morbido e setoso intorno ai fianchi, e lei sembrava l'ombrellino più bello.

E poi andavano sempre più in fretta, tutti ballando, prima con un piede in aria e poi con l'altro, i cavalli che si inclinavano sempre di più, e il direttore del circo che girava e girava intorno al palo centrale, schioccando la frusta e gridando "Ciao!... ciao!" e il clown che faceva battute dietro di lui; e di lì a poco tutte le mani lasciarono cadere le redini, e ogni signora si mise le nocche sui fianchi e ogni gentiluomo incrociò le braccia, e poi come si piegarono i cavalli e si piegarono! E così, uno dopo l'altro, saltarono tutti sul ring, e fecero l'inchino più dolce che avessi mai visto, e poi corsero fuori, e tutti batterono le mani e si scatenarono.

Ebbene, in tutto il circo facevano le cose più stupefacenti, e per tutto il tempo quel pagliaccio si comportava così, tanto che uccideva la gente. Il direttore del circo non riusciva mai a dirgli una parola, ma gli tornò indietro in fretta come un occhiolino con le cose più divertenti che un corpo abbia mai detto; e come avesse potuto pensare a così tanti di loro, e a così improvvisi e così pacchetti, era ciò che non riuscivo a capire. Ebbene, non riuscivo a pensarci nemmeno in un anno. E di lì a poco un uomo ubriaco cercò di entrare nell'arena, disse che voleva cavalcare; disse che sapeva cavalcare bene come chiunque altro lo fosse mai stato. Hanno litigato e hanno cercato di tenerlo fuori, ma lui non ha voluto ascoltare, e l'intero spettacolo si è fermato. Allora la gente cominciò a sgridarlo e a prenderlo in giro, e questo lo fece arrabbiare, e lui cominciò a strappare e a strappare; così questo sollevò la gente, e molti uomini cominciarono ad ammucchiarsi giù dalle panche e a sciamare verso l'arena, dicendo: "Abbattetelo! Buttatelo fuori!" e una o due donne cominciarono a gridare. Così, allora, il direttore del circo fece un breve discorso e disse che sperava che non ci sarebbero stati disordini, e che se l'uomo avesse promesso che non avrebbe più creato problemi, lo avrebbe lasciato cavalcare se avesse pensato di poter rimanere a cavallo. Così tutti risero e dissero che va bene, e l'uomo salì avanti. Nel momento in cui fu in sella, il cavallo cominciò a strappare e a strappare e a saltare e a saltellare, con due uomini del circo che si aggrappavano alle sue briglie cercando di trattenerlo, e l'ubriaco che gli si aggrappava al collo, e i suoi talloni che volavano in aria a ogni salto, e tutta la folla di persone in piedi che gridava e rideva fino alle lacrime. E alla fine, come tutti gli uomini del circo poterono fare, il cavallo si liberò e se ne andò come la nazione, girando e girando intorno all'arena, con quella zampa sdraiata su di lui e appesa al collo, con la prima una zampa che pendeva per lo più a terra da un lato, e poi l'altra dall'altro, E la gente è semplicemente pazza. Non mi sembra divertente, però; Ero tutto tremante nel vedere il suo pericolo. Ma ben presto si arrampicò a cavalcioni e afferrò le briglie, barcollando di qua e di là; e un minuto dopo balzò in piedi, lasciò cadere le briglie e si alzò! e anche il cavallo che va come una casa in fiamme. Rimase lì, a navigare con disinvoltura e comodità, come se non avesse mai bevuto in vita sua, e poi cominciò a togliersi i vestiti e a imbracarli. Li ha sparsi così spessi che hanno intasato l'aria, e in tutto si è liberato di diciassette abiti. E poi, eccolo lì, magro e bello, vestito nel modo più sfarzoso e più grazioso che si sia mai visto, e si accese a quel cavallo con la frusta e lo fece canticchiare ... e infine saltò via, e fece il suo inchino e danzò verso lo spogliatoio, e tutti ululavano di piacere e di stupore.

Allora il direttore del circo vide come era stato ingannato, ed *era* il più malato maestro del circo che tu abbia mai visto, credo. Ebbene, era uno dei suoi uomini! Aveva tirato fuori quella battuta dalla sua testa, e non l'aveva mai rivelata a nessuno. Beh, mi sentivo abbastanza imbarazzato da essere preso in quel modo, ma non sarei stato al posto di quel direttore del circo, non per mille dollari. Non lo so; ci possono essere circhi più prepotenti di quello che era, ma non li ho mai colpiti ancora. Comunque, era abbastanza buono per *me;* e ovunque la incontri, può avere ogni volta tutta la *mia* abitudine.

Ebbene, quella sera facemmo *il nostro* spettacolo, ma non ci furono solo dodici persone, quanto bastava per pagare le spese. E ridevano tutto il tempo, e questo fece arrabbiare il duca; E tutti se ne andarono, comunque, prima che lo spettacolo fosse finito, tranne un ragazzo che dormiva. Così il duca disse che queste teste di Arkansaw non potevano avvicinarsi a Shakespeare; Quello che volevano era una commedia bassa, e forse qualcosa di peggio della commedia bassa, calcolò. Ha detto che poteva dimensionare il loro stile. Così il mattino seguente prese dei grossi fogli di carta da regalo e un po' di vernice nera, tirò fuori alcuni foglietti d'invito e li appese in tutto il villaggio. I disegni di legge dicevano:

AL TRIBUNALE! SOLO PER 3 NOTTI!
I Tragici di fama mondialeDAVID GARRICK IL GIOVANE!
ANDEDMUND KEAN IL VECCHIO!
dei teatri londinesi e continentali, nella loro emozionante tragedia del cammello del re, il royal NONESUCH!!
Ingresso 50 centesimi.

Poi, in fondo, c'era la riga più grande di tutte, che diceva:

DONNE E BAMBINI NON AMMESSI.

«Ecco,» disse, «se quella corda non li porta, non conosco Arkansaw!»

CAPITOLO XXIII.

Ebbene, per tutto il giorno lui e il re si diedero da fare, allestendo un palco, una tenda e una fila di candele per i riflettori; e quella notte la casa si riempì di uomini in men che non si dica. Quando il posto non poté più reggere, il duca smise di badare alla porta e girò per la strada sul retro e salì sul palco e si alzò davanti al sipario e fece un piccolo discorso, e lodò questa tragedia, e disse che era la più emozionante che fosse mai stata; e così continuò a vantarsi della tragedia e di Edmund Kean il Vecchio, che doveva averne la parte principale; e alla fine, quando ebbe fatto alzare abbastanza le aspettative di tutti, arrotolò la tenda, e un minuto dopo il re uscì saltellando a quattro zampe, nudo; ed era dipinto dappertutto, striato di anelli e strisce, di tutti i colori, splendido come un arcobaleno. E... ma non importa il resto del suo vestito; Era semplicemente selvaggio, ma era terribilmente divertente. La maggior parte del popolo si uccise ridendo; E quando il re ebbe finito di fare capperi e se ne andò dietro le quinte, essi ruggirono e applaudirono e si infuriarono finché non tornò e lo fece di nuovo, e poi glielo fecero fare un'altra volta. Beh, farebbe ridere una mucca vedere i riflessi che quel vecchio idiota taglia.

Allora il duca abbassa il sipario, si inchina al popolo, e dice che la grande tragedia sarà rappresentata solo altre due sere, a causa dei pressanti impegni londinesi, dove i posti sono già tutti venduti per essa a Drury Lane; E poi fa loro un altro inchino, e dice che se è riuscito a compiacerli e a istruirli, sarà profondamente oblato se ne parleranno ai loro amici e li convinceranno a venire a vederlo.

Venti persone cantano:

"Cosa, è finita? È *tutto?*"

Il duca dice di sì. Poi ci fu un bel momento. Tutti cantavano: "Venduto!" e si alzavano impazziti, e stavano per andare su quel palco e quei tragici. Ma un uomo grosso e di bell'aspetto salta su una panchina e grida:

"Aspetta! Solo una parola, signori." Si fermarono ad ascoltare. «Siamo venduti, molto mal venduti. Ma non vogliamo essere lo zimbello di tutta questa città, credo, e non sentire mai l'ultima cosa di questa cosa finché viviamo. *No*. Quello che vogliamo è andarcene da qui tranquillamente, e parlare di questa mostra, e vendere il *resto* della città! Allora saremo tutti sulla stessa barca. Non è sensato?" ("Scommetti che lo è!... il jedge ha ragione!" cantano tutti.) «Va bene, allora... non una parola su una vendita. Andate a casa e consigliate a tutti di venire a vedere la tragedia".

Il giorno dopo non si sentiva nulla in quella città, ma quanto fosse splendido quello spettacolo. House era di nuovo pieno quella sera, e abbiamo venduto questa folla allo stesso modo. Quando io, il re e il duca tornammo a casa sulla zattera, cenammo tutti; e di lì a poco, verso mezzanotte, costrinsero Jim e me a tirarla fuori e a farla galleggiare in mezzo al fiume, a prenderla e a nasconderla a circa due miglia sotto la città.

La terza sera la casa era di nuovo gremita, e questa volta non hanno avvertito i nuovi arrivati, ma le persone che erano state allo spettacolo le altre due sere. Rimasi accanto al duca sulla porta, e vidi che ogni uomo che entrava aveva le tasche gonfie, o qualcosa di ovattato sotto il cappotto, e non vedo che nessun profumo avverte, nemmeno, non con una lunga vista. Sentivo odore di uova malaticce per il barile, e cavoli marci, e cose del genere; e se conosco i segni della presenza di un gatto morto in giro, e scommetto di saperlo, ce n'erano sessantaquattro entrati. Mi sono infilato lì dentro per un minuto, ma era troppo vario per me; Non riuscivo a sopportarlo. Ebbene, quando il posto non poté più contenere gente, il duca diede un quarto d'ora a un tizio e gli disse di occuparsi della porta per lui un minuto, e poi si avviò verso la porta del palcoscenico, io dietro di lui; Ma nel momento in cui abbiamo girato l'angolo ed eravamo al buio ha detto:

«Cammina veloce ora finché non ti allontani dalle case, e poi tira la zattera come se Dickens ti stesse inseguendo!»

L'ho fatto io, e lui ha fatto lo stesso. Colpimmo la zattera nello stesso momento, e in meno di due secondi scivolammo lungo la corrente, tutto buio e immobile, e ci dirigevamo verso il centro del fiume, senza dire una parola. Pensavo che il povero re si sarebbe divertito molto con il pubblico, ma niente del genere; Ben presto striscia fuori da sotto il wigwam e dice:

«Beh, come è andata a finire la vecchia cosa questa volta, duca?»

Non era stato affatto in città.

Non mostrammo mai una luce finché non fummo a circa dieci miglia sotto il villaggio. Poi ci accendemmo e cenammo, e il re e il duca risero a crepapelle per il modo in cui li avevano serviti. Il duca ha detto:

«Sfigati, teste piatte! *Sapevo* che la prima casa avrebbe tenuto la mamma e avrebbe lasciato che il resto della città si mettesse in corda; e sapevo che avrebbero dormito per noi la terza notte, e pensavo che fosse il loro turno adesso. Beh, è il loro turno, e darei qualcosa per sapere quanto ne prenderebbero. Vorrei solo sapere come stanno mettendo in campo la loro opportunità. Se vogliono, possono trasformarlo in un picnic: hanno portato un sacco di provviste".

Quei rapscallions incassarono quattrocentosessantacinque dollari in quelle tre notti. Non ho mai visto del denaro trasportato dal carico di carri in quel modo. Di lì a poco, mentre dormivano e russavano, Jim disse:

«Non ti pare che tu vada avanti così, Huck?»

"No", dico, "non è così".

«Perché non lo fai, Huck?»

«Beh, non è così, perché è nella razza. Credo che siano tutti uguali».

"Ma, Huck, questi re dei nostri sono rapscallion regolari; dat's jist what dey è; dey's reglar rapscallions."

«Beh, è quello che sto dicendo; tutti i re sono per lo più scalogno, per quanto posso capire."

«È così?»

«Ne hai letto una volta una volta, vedrai. Guardate Enrico Ottavo; questo è un sovrintendente della scuola domenicale per *lui*. E guardate Carlo Secondo, e Luigi Quattordici, e Luigi Quindici, e Giacomo Secondo, ed

Edoardo Secondo, e Riccardo Terzo, e altri quaranta; oltre a tutte quelle eptararchie sassoni che erano solite squarciare così tanto nei tempi antichi e allevare Caino. Accidenti, dovresti vedere il vecchio Enrico Otto quando era in fiore. Era un fiore. Era solito sposare una nuova moglie ogni giorno e tagliarle la testa la mattina dopo. E lo faceva con la stessa indifferenza con cui ordinava le uova. «Prendi Nell Gwynn», dice. La tirano su. La mattina dopo, 'Tagliatele la testa!' E lo tagliano via. «Prendi Jane Shore», dice; e lei arriva, il mattino seguente, "Tagliale la testa" - e loro la tagliano. "Suona la bella Rosamun." La bella Rosamun risponde al campanello. La mattina dopo, 'Tagliatele la testa'. E faceva in modo che ognuno di loro gli raccontasse una storia ogni notte; e continuò così finché non ebbe fatto mille e una storia in quel modo, e poi le mise tutte in un libro, e lo chiamò Domesday Book, che era un buon nome e diceva così. Tu non conosci i re, Jim, ma io li conosco; e questo vecchio strappo è uno dei più puliti che abbia mai colpito nella storia. Beh, Henry ha l'idea di voler combinare qualche problema con questo paese. Come fa a farlo... a dare preavviso?... a dare spettacolo al paese? No. All'improvviso getta in mare tutto il tè del porto di Boston, e tira fuori una dichiarazione di indipendenza, e li sfida a salire. Questo era *il suo* stile: non dava mai una possibilità a nessuno. Sospettava di suo padre, il duca di Wellington. Ebbene, cosa ha fatto? Chiedergli di presentarsi? No... lo ha annegato in un mozzicone di mamsey, come un gatto. S'pose che la gente lasciava i soldi in giro dove si trovava lui: cosa faceva? L'ha messo al collare. Supponiamo che lui abbia stipulato un contratto per fare una cosa, e tu lo hai pagato, e non ti sei seduto lì a vedere che l'ha fatta... che cosa ha fatto? Ha sempre fatto l'altra cosa. E se aprì la bocca, e allora? Se non lo avesse zittito in fretta, avrebbe perso una bugia ogni volta. Questo è il tipo di insetto che era Henry; e se lo avessimo avuto al posto dei nostri re, avrebbe ingannato quella città un mucchio peggiore di quanto abbiamo fatto con noi. Non dico che i nostri sono agnelli, perché non lo sono, quando si arriva direttamente ai freddi fatti; Ma non sono niente per *quel* vecchio ariete, comunque. Tutto quello che dico è che i re sono re, e voi dovete fare delle concessioni. Portateli in giro, sono un sacco di gente molto scontrosa. È il modo in cui vengono cresciuti".

«Ma c'è un odore così simile a quello di una nazione, Huck.»

«Beh, lo fanno tutti, Jim. *Non possiamo* farci niente con l'odore di un re, la storia non ce lo dice mai.

"Ora de duke, è un uomo tollerabile e probabile in un certo senso".

«Sì, un duca è diverso. Ma non molto diverso. Questo è un lotto mediocre per un duca. Quando è ubriaco, non c'è uomo miope che possa distinguerlo da un re.

«Beh, comunque, non ho voglia di niente, Huck. Dese è tutto ciò che conosco".

«È così che mi sento anch'io, Jim. Ma li abbiamo tra le mani, e dobbiamo ricordare cosa sono, e fare delle concessioni. A volte vorrei che potessimo sentire parlare di un paese che è senza re".

A che serviva dire a Jim che questi avvertimenti non erano veri re e duchi? Non sarebbe stato fatto a nulla; e, per di più, era proprio come ho detto: non si potevano distinguere quelli veri.

Andai a dormire, e Jim non mi chiamò quando fu il mio turno. Lo faceva spesso. Quando mi svegliai proprio all'alba, lui era seduto lì con la testa bassa tra le ginocchia, gemendo e piangendo tra sé e sé. Non ci ho fatto caso né l'ho lasciato intendere. Sapevo di cosa si trattava. Pensava a sua moglie e ai suoi figli, lassù, ed era giù e aveva nostalgia di casa; perché non era mai stato lontano da casa prima in vita sua; e credo che si preoccupasse della sua gente tanto quanto i bianchi si preoccupano della loro. Non sembra naturale, ma credo che sia così. Spesso si lamentava e si lamentava in quel modo di notte, quando giudicava che dormivo, e diceva: "Po' piccola 'Lizabeth! Po' piccolo Johnny! È molto difficile; Immagino che non sarò mai in grado di vederti, no mo', no mo'!" Era un negro molto buono, Jim lo era.

Ma questa volta in qualche modo sono riuscito a parlargli di sua moglie e dei suoi figli; e di lì a poco dice:

"Cosa mi fa stare così male in questo momento, perché sento il rumore laggiù sulla riva come un colpo, come uno schianto, mentre fa, è il mio tempo in cui tratto la mia piccola Lizabeth in modo così scontroso. Non ha avvertito che stava per l'anno scorso, e ha avuto la febbre da sbornia, e ha avuto un periodo di bruttezza e di violenza; ma lei guarì, e un giorno era in giro, e io le dico, io dico:

«'Shet de do'.

"Non l'ha mai fatto; Jis si fermò in piedi, Kiner mi sorrise. Mi fa arrabbiare; it Io dico agin, molto forte, io dico:

«"Mi senti?... shet de do!»

«Lei stava in piedi allo stesso modo, con il sorriso. Ero in balia! I ha detto:

"'Ti sto sdraiando, ti *faccio* mia!'

«E io le vado a prendere uno schiaffo sulla testa che la mette in giro. Den sono entrato in una stanza più profonda, e sono passato circa dieci minuti; Quando sono tornato, mi sono aperto e il Cile ci si è buttato dentro, guardando giù e piangendo, e le lacrime che scorrevano. Mio Dio, ma *ero* pazzo! Ero in viaggio per il Cile, ma la tana era una tana aperta, la tana era una tana aperta, a lungo venuta dal vento e sbatterla a, behine de Chile, ker-blam*!*—En my lan', de Chile non si muove mai'! La mia breff salta fuori di me; Mi sento così... così... non so *come* mi sento. Spunto, tutto tremante, en crope aroun' en open de do' facile en lento, e ficco la testa nel behine de Chile, sof' en still, e tutto uv all'improvviso dico *pow!* Jis è più forte che potevo urlare. *Non si muove mai!* Oh, Huck, scoppio a piangere e la prendo tra le mie braccia, e dico: 'Oh, piccola cosa! Il Signore Dio Onnipotente fogive po' ole Jim, kaze non ha mai gwyne di perdonare se stesso finché vive!" Oh, lei era muta a piombo, Huck, a piombo muto... e io la tratterei così!»

CAPITOLO XXIV.

Il giorno dopo, verso sera, ci sdraiammo sotto una piccola testa di salice nel mezzo, dove c'era un villaggio su entrambe le sponde del fiume, e il duca e il re cominciarono a preparare un piano per lavorare quelle città. Jim parlò con il duca, e disse che sperava che non ci sarebbero volute che poche ore, perché diventava molto pesante e noioso per lui quando doveva stare tutto il giorno nel wigwam legato con la corda. Vedete, quando lo abbiamo lasciato tutto solo, abbiamo dovuto legarlo, perché se qualcuno gli capitasse addosso da solo e non lo legasse, non sembrerebbe che sia un negro fuggiasco, sapete. Così il duca disse che *era* un po' difficile dover stare in corda tutto il giorno, e che avrebbe trovato un modo per aggirarlo.

Era straordinariamente brillante, il duca lo era, e ben presto lo colpì. Vestì Jim con l'abito di Re Lear: era un lungo abito di calicò a tenda, una parrucca bianca di crine di cavallo e baffi; e poi prese la vernice del teatro e dipinse il viso e le mani e le orecchie e il collo di Jim su un blu morto, opaco, solido, come un uomo che è annegato nove giorni. La colpa è se non ha avvertito l'oltraggio più orribile che abbia mai visto. Allora il duca prese e scrisse un cartello su una ghiaia così:

Arabo malato, ma innocuo quando non era fuori di testa.

E inchiodò quella tegola a un listello, e alzò l'assicella di quattro o cinque piedi davanti al wigwam. Jim era soddisfatto. Diceva che era uno spettacolo migliore che stare legato un paio d'anni ogni giorno, e tremare dappertutto ogni volta che c'era un suono. Il duca gli disse di essere libero e tranquillo, e se mai qualcuno si fosse intromesso nei paraggi, avrebbe dovuto saltare fuori dal wigwam, e andare avanti un po', e raccogliere un ululato o due come una bestia feroce, e calcolò che si sarebbero accesi e lo avrebbero lasciato in pace. Il che era un giudizio abbastanza sensato; Ma prendi l'uomo medio, e lui non aspetterebbe che ululasse. Perché, non solo sembrava morto, ma sembrava molto più di così.

Questi scagnozzi volevano provare di nuovo il Nonesuch, perché c'erano così tanti soldi, ma giudicarono che non sarebbe stato sicuro, perché forse a quest'ora le notizie sarebbero andate a gonfie vele. Non riuscivano a realizzare nessun progetto che si adattasse esattamente; così alla fine il duca disse che pensava che si sarebbe fermato a lavorare il cervello per un'ora o due e vedere se non poteva mettere qualcosa sul villaggio di Arkansaw; e il re che gli permetteva sarebbe passato in un altro villaggio senza alcun piano, ma confidando solo nella Provvidenza per guidarlo sulla via più redditizia, cioè il diavolo, credo. Avevamo tutti comprato i vestiti del negozio dove ci eravamo fermati l'ultima volta; E ora il re si mise la sua, e mi disse di mettermi la mia. Ce l'ho fatta, ovviamente. I vestiti del re erano tutti neri, e sembrava davvero gonfio e inamidato . Non ho mai saputo come i vestiti possano cambiare un corpo prima d'ora. Perché, prima, sembrava il più vecchio che sia mai esistito; ma ora, quando si toglieva il suo nuovo castoro bianco e faceva un inchino e faceva un sorriso, aveva un aspetto così grandioso, buono e pio che si direbbe che fosse uscito dall'arca, e forse era il vecchio Levitico in persona. Jim ripulì la canoa e io preparai la pagaia. C'era un grosso battello a vapore che giaceva sulla riva, sotto la punta, a circa tre miglia sopra la città, e che era lì da un paio d'ore, imbarcando merci. Dice il re:

«Vedendo come sono vestito, penso che forse è meglio che arrivi da St. Louis o da Cincinnati, o da qualche altro posto grande. Vai al battello a vapore, Huckleberry; Scenderemo al villaggio su di lei."

Non mi è stato ordinato due volte di andare a fare un giro in battello a vapore. Raggiunsi la riva a mezzo miglio sopra il villaggio, e poi andai a scorrazzare lungo la riva del promontorio nell'acqua facile. Ben presto arriviamo a un simpatico giovane di campagna dall'aspetto innocente, seduto su un tronco a togliersi il sudore dal viso, perché faceva un caldo intenso; e aveva con sé un paio di grosse borse da tappeto.

"Metti il naso a riva", dice il re. Ce l'ho fatta. «Dove sei diretto, giovanotto?»

«Per il battello a vapore; andando a Orléans".

«Salite a bordo», dice il re. «Aspetta un attimo, mio servitore, ti porterà con quelle borse. Salta fuori e lui è il gentiluomo, Adolphus» - intendendo me, capisco.

L'ho fatto, e poi siamo ripartiti tutti e tre. Il giovane era molto grato; ha detto che è stato un duro lavoro portare il suo bagaglio con un tempo del genere. Chiese al re dove stesse andando, e il re gli disse che quella mattina era sceso lungo il fiume ed era sbarcato nell'altro villaggio, e che ora stava salendo di qualche miglio per vedere un vecchio amico in una fattoria lassù. Il giovane dice:

«Quando ti vedo per la prima volta, mi dico: "È il signor Wilks, certo, e lui è arrivato molto vicino ad arrivare qui in tempo". Ma poi dico di nuovo: 'No, credo che non sia lui, altrimenti non starebbe risalendo il fiume'. *Non sei* lui, vero?"

«No, mi chiamo Blodgett, Elexander Blodgett, *reverendo* Elexander Blodgett, devo dire, perché sono uno dei poveri servitori del Signore. Ma sono ancora in grado di essere dispiaciuto per il signor Wilks di non essere arrivato in tempo, lo stesso, se gli è sfuggito qualcosa, cosa che spero non abbia fatto.

«Beh, non gli manca nessuna proprietà, perché lo farà bene; ma gli è mancato vedere suo fratello Peter morire - cosa che forse non gli dispiace, nessuno può dirlo al riguardo - ma suo fratello darebbe qualsiasi cosa al mondo per vederlo prima di morire; non ha mai parlato d'altro in tutte queste tre settimane; non l'ha più visto da quando erano ragazzi insieme - e non ha mai visto suo fratello William - questo è quello stupido e stupido - William non ha più di trenta o trentacinque anni. Peter e George sono stati gli unici a venire qui; George era il fratello sposato; Lui e sua moglie sono morti entrambi l'anno scorso. Harvey e William sono gli unici che sono rimasti ora; e, come dicevo, non sono arrivati in tempo".

«Qualcuno ha mandato loro a dire?»

«Oh, sì; un mese o due fa, quando Pietro fu preso per la prima volta; perché Peter ha detto allora che si sentiva come se avesse avvertito che questa volta non sarebbe guarito. Vedete, era piuttosto vecchio, e i figli di

George erano troppo giovani per fargli compagnia, tranne Mary Jane, quella dai capelli rossi; e così si sentì più gentile e solo dopo la morte di George e di sua moglie, e non sembrava curarsi molto di vivere. Desiderava disperatamente vedere Harvey – e anche William, se è per questo – perché era uno di quelli che non sopportano di fare testamento. Lasciò una lettera per Harvey e disse che vi aveva detto dove erano nascosti i suoi soldi e che voleva dividere il resto della proprietà in modo che i soldi di George andassero bene, perché George non aveva lasciato nulla. E quella lettera è stata tutto ciò che sono riusciti a fargli mettere una penna".

«Perché pensi che Harvey non venga? Dove vive?"

«Oh, lui vive in Inghilterra, Sheffield, predica lì, non è mai stato in questo paese. Non ha avuto molto tempo... e per di più potrebbe non aver ricevuto affatto la lettera, sai.

«Peccato, peccato che non abbia potuto vivere abbastanza per vedere i suoi fratelli, povera anima. Lei va a Orléans, dice?»

«Sì, ma non è solo una parte di esso. Mercoledì prossimo andrò su una nave per Ryo Janeero, dove vive mio zio."

"È un viaggio piuttosto lungo. Ma sarà bello; vorrei andare. Mary Jane è la più grande? Quanti anni hanno gli altri?"

«Mary Jane ha diciannove anni, Susan quindici e Joanna circa quattordici: è quella che si dedica alle buone opere e ha le labbra da lepre».

«Poveretti! essere lasciato solo nel mondo freddo così".

«Beh, potrebbero stare peggio. Il vecchio Peter aveva degli amici, e non hanno intenzione di permettere loro di fargli del male. C'è Hobson, il predicatore dei Babti; e il diacono Lot Hovey, e Ben Rucker, e Abner Shackleford, e Levi Bell, l'avvocato; e il dottor Robinson, e le loro mogli, e la vedova Bartley, e... beh, ce ne sono molti; ma questi sono quelli con cui Pietro era più denso, e di cui a volte scriveva, quando scriveva a casa; così Harvey saprà dove cercare gli amici quando arriverà qui».

Ebbene, il vecchio continuò a fare domande finché non ebbe appena svuotato quel giovanotto. Biasimato se non si fosse informato su tutti e su tutto in quella città benedetta, e su tutti i Wilks; e dell'attività di Peter, che era un conciatore; e di George's, che era un falegname; e di Harvey's, che era un ministro dissenziente; e così via, e così via. Poi dice:

«Perché volevi camminare fino al battello a vapore?»

«Perché è una grande barca di Orleans, e temevo che non si fermasse lì. Quando sono profondi non si fermano per un cenno. Una barca di Cincinnati lo farà, ma questa è una di St. Louis".

«Peter Wilks era benestante?»

«Oh, sì, abbastanza benestante. Aveva case e terreni, e si calcola che abbia lasciato tre o quattromila dollari in contanti nascosti.

«Quando hai detto che è morto?»

«Non l'ho detto, ma è stato ieri sera».

«Funerale domani, probabilmente?»

«Sì, verso mezzogiorno.»

«Beh, è tutto terribilmente triste; Ma tutti dobbiamo andare, una volta o l'altra. Quindi quello che vogliamo fare è essere preparati; allora siamo a posto".

«Sì, signore, è il modo migliore. La mamma lo diceva sempre".

Quando abbiamo colpito la barca, aveva quasi finito di caricare, e ben presto è scesa. Il re non ha mai detto nulla sull'idea di salire a bordo, così ho perso il mio passaggio, dopotutto. Quando la barca se ne fu andata, il re mi fece remare per un altro miglio fino a un luogo solitario, poi scese a terra e disse:

«Adesso torna indietro, subito, e vai a prendere il duca quassù, e le nuove borse da tappeto. E se è passato dall'altra parte, vai lì e prendilo. E ditegli di alzarsi a prescindere. Spingiti, ora."

Capisco cosa stesse combinando, ma non ho mai detto nulla, naturalmente. Quando tornai con il duca, nascondemmo la canoa, poi si posarono su un tronco, e il re gli raccontò tutto, proprio come l'aveva detto il giovane, fino all'ultima parola. E per tutto il tempo che lo faceva, cercava di parlare come un inglese; E lo ha fatto anche abbastanza bene, per un po' di strada. Non posso imitarlo, e quindi non ho intenzione di provarci; Ma lo ha fatto davvero abbastanza bene. Poi dice:

«Come fai a stare zitto, Bilgewater?»

Il duca disse: "Lasciatelo stare per questo; Ha detto di aver interpretato una persona stupida e stupida sulle tavole di Histronic. Allora aspettarono un battello a vapore.

Verso la metà del pomeriggio arrivano un paio di barchette, ma non arrivavano abbastanza dall'alto del fiume; ma alla fine ce n'è stata una grossa, e l'hanno salutata. Lei mandò fuori il suo sbadiglio, e noi salimmo a bordo, e lei era di Cincinnati; e quando si accorsero che volevamo fare solo quattro o cinque miglia, si arrabbiarono, e ci diedero un'imprecazione, e dissero che non ci avrebbero fatto atterrare. Ma il re era ca'm. Egli dice:

«Se i parenti dei gentiluomini si permettono di pagare un dollaro al miglio a testa per essere imbarcati e messi in uno yawl, i parenti di un battello a vapore possono permettersi di trasportarli, non è vero?»

Così si ammorbidirono e dissero che andava tutto bene; e quando arrivammo al villaggio ci spinsero a riva. Circa due dozzine di uomini accorsero quando videro arrivare lo yawl e quando il re disse:

«Qualcuno di voi, signori, mi dice dove vive il signor Peter Wilks?» si guardarono l'un l'altro e annuirono con la testa, come per dire: «Che cosa vi dico?» Poi uno di loro dice, in tono dolce e gentile:

«Mi dispiace, signore, ma il meglio che possiamo fare è dirvi dove ha *vissuto* ieri sera».

All'improvviso, come un ammiccamento, il vecchio cretur andò a fracassarsi, e cadde contro l'uomo, e gli mise il mento sulla spalla, e gridò lungo la schiena, e disse:

«Ahimè, ahimè, il nostro povero fratello... se n'è andato, e non siamo mai riusciti a vederlo; Oh, è troppo, *troppo* difficile!"

Poi si volta, farfugliando, e fa un sacco di gesti idioti al duca sulle mani, e se la colpa non ha lasciato cadere un sacco di moquette e non è scoppiato a piangere. Se non avvertono la maggior parte dei più battuti, quei due imbroglioni, che io abbia mai colpito.

Ebbene, gli uomini si radunarono intorno a loro e simpatizzarono con loro, dissero loro ogni sorta di cose gentili, portarono per loro su per la collina i loro sacchi di tappeti, e li lasciarono appoggiarsi su di essi e piangere, e raccontarono al re tutto degli ultimi momenti di suo fratello, e il re raccontò tutto di nuovo sulle sue mani al duca. Ed entrambi si occuparono di quel conciatore morto come se avessero perso i dodici discepoli. Beh, se mai ho trovato qualcosa di simile, sono un negro. Era abbastanza per far vergognare un corpo della razza umana.

CAPITOLO XXV.

Il telegiornale fece il giro della città in due minuti, e si vedevano le persone che si precipitavano in fuga da ogni parte, alcuni di loro si mettevano il cappotto quando arrivavano. Ben presto ci trovammo in mezzo alla folla, e il rumore del calpestio era come quello di una marcia di soldati. Le finestre e i cortili erano pieni; E ogni minuto qualcuno diceva, al di là di una recinzione:

"Sono *loro?*"

E qualcuno che trotterellava insieme alla banda rispondeva e diceva:

"Puoi scommetterci."

Quando arrivammo alla casa, la strada di fronte era affollata e le tre ragazze erano in piedi sulla porta. Mary Jane *aveva i* capelli rossi, ma questo non faceva differenza, era di una bellezza terribile, e il suo viso e i suoi occhi erano tutti illuminati come la gloria, era così contenta che i suoi zii fossero venuti. Il re allargò le braccia, e Mary Jane saltò per loro, e il labbro di lepre saltò per il duca, ed ecco che l'*avevano!* Tutti, per lo più donne, piangevano di gioia nel vederli finalmente incontrarsi di nuovo e passare così bei momenti.

Poi il re ha incurvato il duca in privato – lo vedo farlo – e poi si è guardato intorno e ha visto la bara, in un angolo su due sedie; così lui e il duca, con una mano sulla spalla dell'altro e l'altra mano sugli occhi, camminarono lentamente e solennemente laggiù, tutti si abbassavano per lasciarli spazio, e tutti i discorsi e il rumore cessavano, la gente diceva "Sh!" e tutti gli uomini si toglievano il cappello e abbassavano la testa, così che si sentiva cadere uno spillo. E quando arrivarono lì, si chinarono e guardarono nella bara, e diedero un'occhiata, e poi scoppiarono a piangere in modo che tu potessi sentirli a Orléans, la maggior parte; e poi si misero le braccia al collo e si misero il mento sulle spalle; e poi per tre minuti, o forse quattro, non vedo mai due uomini che perdono come hanno fatto. E, badate bene, tutti facevano lo stesso; e il posto era così umido che non ho mai visto niente di simile. Allora uno di loro salì da una parte della bara e l'altro dall'altro, e si inginocchiarono e appoggiarono la fronte sulla bara, e si misero a pregare tutti per se stessi. Ebbene, quando si arrivò a questo punto la folla funzionò come se non si fosse mai visto niente di simile, e tutti scoppiarono a singhiozzare ad alta voce, anche le povere ragazze; E quasi tutte le donne, quasi si avvicinavano alle ragazze, senza dire una parola, e le baciavano, solenni, sulla fronte, poi mettevano la mano sul capo, e guardavano verso il cielo, con le lacrime che scendevano, e poi uscivano e se ne andavano singhiozzando e imprecando, e dare spettacolo alla donna successiva. Non ho mai visto niente di così disgustoso.

Ebbene, di lì a poco il re si alza e si fa un po' avanti, si agita e sbava un discorso, tutto pieno di lacrime e di chiacchiere sul fatto che sarebbe stata una dura prova per lui e per il suo povero fratello perdere il malato, e non vedere il malato vivo dopo il lungo viaggio di quattromila miglia, Ma è una prova che è addolcita e santificata per noi da questa cara simpatia e da queste sante lacrime, e così Egli li ringrazia dal suo cuore e dal cuore di suo fratello, perché dalle loro bocche non possono, essendo le parole troppo deboli e fredde, e tutta quella specie di marciume e fanghiglia, fino a diventare proprio nauseante; e poi sputa fuori un pio Amen, e si lascia andare e va a piangere fino a scoppiare.

E nel momento in cui le parole uscirono dalla sua bocca, qualcuno tra la folla suonò il doxolojer, e tutti si unirono con tutte le loro forze, e questo ti riscaldava e ti faceva sentire bene come se uscisse dalla chiesa. La musica *è* una buona cosa, e dopo tutto quel burro d'anima e quella sciocchezza non l'ho mai vista rinfrescare le cose in questo modo, e suonare così onesta e prepotente.

Allora il re ricomincia a lavorare la mascella e dice che lui e le sue nipoti sarebbero felici se alcuni dei principali amici della famiglia cenassero qui con loro questa sera e aiutassero a rimettere a posto con le ceneri dei malati; e dice che se il suo povero fratello che giace laggiù potesse parlare, sa chi nominerebbe, perché erano nomi che gli erano molto cari, e menzionati spesso nelle sue lettere; e così nominerà lo stesso, vale a dire, come segue, cioè: il reverendo signor Hobson, e il diacono Lot Hovey, e il signor Ben Rucker, e Abner Shackleford, e Levi Bell, e il dottor Robinson, e le loro mogli, e la vedova Bartley.

Il reverendo Hobson e il dottor Robinson erano a caccia insieme fino alla fine della città... cioè, voglio dire che il dottore stava spedendo un malato nell'altro mondo, e il predicatore lo stava inchiodando. L'avvocato Bell era via per affari fino a Louisville. Ma gli altri erano a portata di mano, e così vennero tutti a stringere la mano al re, lo ringraziarono e gli parlarono; E poi strinsero la mano al duca e non dissero nulla, ma continuarono a sorridere e a muovere la testa come un passel di sfigati, mentre lui faceva ogni sorta di gesti con le mani e diceva "Goo-goo-goo-goo-goo" tutto il tempo, come un bambino che non sa parlare.

Così il re si lamentò e riuscì a informarsi praticamente su tutti i cani della città, con il suo nome, e menzionò ogni sorta di piccole cose che accadevano una volta o l'altra in città, o alla famiglia di Giorgio, o a Pietro. E lasciava sempre intendere che Pietro gli scriveva le cose; Ma quella era una bugia: ha preso tutti i benedetti da quella giovane testa piatta che abbiamo portato in canoa fino al battello a vapore.

Allora Mary Jane andò a prendere la lettera lasciata da suo padre, e il re la lesse ad alta voce e pianse su di essa. Dà la casa d'abitazione e tremila dollari, d'oro, alle ragazze; e diede la conceria (che stava facendo un buon affare), insieme ad alcune altre case e terreni (del valore di circa settemila), e tremila dollari in oro a Harvey e William, e disse dove erano nascosti i seimila contanti in cantina. Così questi due imbroglioni dissero che sarebbero andati a prenderlo, e avrebbero avuto tutto a posto e in superficie; e mi ha detto di venire con una candela. Chiudemmo la porta della cantina dietro di noi, e quando trovarono la borsa la rovesciarono sul pavimento, e fu uno spettacolo incantevole, tutti quei ragazzi urlanti. Oh, come brillavano gli occhi del re! Dà una pacca sulla spalla al duca e dice:

«Oh, *questo* non è un bullo né niente! Oh, no, credo di no! Perché, Bilji, batte il Nonesuch, *non* è vero?"

Il duca lo permise. Scalpitavano i ragazzi urlanti, li setacciavano con le dita e li lasciavano tintinnare sul pavimento; E il re dice:

«È inutile parlare; Essere fratelli di un ricco morto e rappresentanti degli eredi di Furrin che è rimasto è la linea per te e per me, Bilge. Questo viene per fiducia nella Provvidenza. È il modo migliore, a lungo termine. Li ho provati tutti, e non c'è modo migliore."

Quasi tutti sarebbero stati soddisfatti del mucchio e lo avrebbero preso sulla fiducia; Ma no, devono contarlo. Così lo contano, e ne escono quattrocentoquindici dollari in meno. Dice il re:

«Accidenti, mi chiedo che cosa abbia fatto con quei quattrocentoquindici dollari?»

Si preoccuparono per un po' di tempo, e lo saccheggiarono dappertutto. Allora il duca dice:

«Beh, era un uomo piuttosto malato, e probabilmente ha commesso un errore... credo che sia così. Il modo migliore è lasciarlo andare e stare zitto. Possiamo risparmiarlo".

«Oh, cavolo, sì, possiamo *risparmiarlo.* Non so nulla di questo: è il *conteggio* a cui sto pensando. Vogliamo essere terribilmente quadrati, aperti e sopra le righe qui, sai. Vogliamo trascinare questi soldi su per le scale e contarli davanti a tutti, poi non c'è più nulla di sospetto. Ma quando il morto dice che ci sono seimila dollari, sai, non vogliamo...»

«Aspetta», dice il duca. «Me ne faccio la ragione,» e cominciò a tirare fuori dalla tasca i ragazzi urlanti.

«È una buona idea, duca: hai una testa furba su di te», dice il re. «Beato se il vecchio Nonesuch non ci fa impazzire», e cominciò a tirare fuori le giacche da urlo e ad ammucchiarle.

Li ha quasi sconfitti, ma hanno costituito i seimila puliti e chiari.

«Dica», dice il duca, «che ho un'altra idea. Vado su per le scale e contiamo questi soldi, e poi li prendiamo e *li diamo alle ragazze*».

"Buona terra, duca, lasciami abbracciarti! È l'idea più folgorante che un uomo abbia mai colpito. Tu hai certamente la testa più stupefacente che io abbia mai visto. Oh, questa è la schivata del boss, non c'è da sbagliarsi. Lasciate che portino con sé i loro sospetti ora, se vogliono: questo li metterà a galla.

Quando arrivammo al piano di sopra, tutti si misero intorno al tavolo, e il re lo contò e lo ammucchiò, trecento dollari in un mucchio, venti eleganti mucchietti. Tutti sembravano affamati e si leccavano i baffi. Poi lo hanno infilato di nuovo nella borsa, e vedo che il re comincia a gonfiarsi per un altro discorso. Egli dice:

«Amici tutti, il mio povero fratello che giace laggiù si è comportato generosamente con coloro che sono rimasti nella valle delle sorre. Si è comportato generosamente con questi poveri agnellini che amava e proteggeva, e che sono rimasti orfani di padre e di madre. Sì, e noi che lo conoscevamo sappiamo che sarebbe stato *più* generoso da parte loro se non avesse avuto paura di ferire me e il suo caro William. Ora, *non lo farebbe?* Non c'è dubbio che ci sia qualcosa nella *mia* mente. Ebbene, allora, che razza di fratelli sarebbero stati quelli che lo avrebbero ostacolato per un certo tempo? E che tipo di zii sarebbero stati quelli che avrebbero rubato, sì, *rubato*, quei poveri e dolci agnelli come questi, come lui amava tanto un tempo? Se conosco William... e credo di conoscerlo... beh, glielo chiederò per scherzo». Si gira e comincia a fare un sacco di gesti al duca con le mani, e il duca lo guarda per un po' stupido e con la testa di cuoio; Poi, all'improvviso, sembra capire il suo significato, e salta verso il re, con tutte le sue forze per la gioia, e lo abbraccia una quindicina di volte prima che si arrenda. Allora il re disse: "Lo sapevo; Credo *che questo* convincerà chiunque di come *la* pensa al riguardo. Ecco, Mary Jane, Susan, Joanner, prendete i soldi, prendeteli *tutti*. È il dono di colui che giace laggiù, freddo ma gioioso".

Mary Jane è andata per lui, Susan e la lepre sono andate per il duca, e poi un altro abbraccio e baci simili che non ho mai visto ancora. E tutti si affollarono con le lacrime agli occhi, e la maggior parte scosse la mano da quei truffatori, dicendo tutto il tempo:

«*Voi, care* anime buone!... che *bellezza!*... come *hai potuto!*"

Ebbene, ben presto tutti si misero a parlare di nuovo del malato, e di quanto fosse buono, e di quanto fosse perdente, e di tutto il resto; e poco dopo un grosso uomo dalla mascella di ferro vi entrò dall'esterno, e rimase ad ascoltare e a guardare, senza dire nulla; E nessuno gli disse nulla, perché il re parlava e tutti erano occupati ad ascoltare. Il re stava dicendo... nel bel mezzo di qualcosa che aveva iniziato...

«... sono amici più particolari dei malati. Ecco perché sono invitati qui questa sera; Ma domani vogliamo che *vengano tutti*, tutti, perché lui rispettava tutti, gli piacevano tutti, e quindi è giusto che le sue orge funebri siano pubbliche.

E così se ne andò a girovagare, piacendo di sentirsi parlare, e ogni tanto tornava a prendere le sue orge funebri, finché il duca non ce la fece più; così scrive su un pezzettino di carta: "*Esequie*, vecchio sciocco", e lo piega, e va a goo-gooo e lo porta sopra le teste della gente verso di lui. Il re lo legge e se lo mette in tasca, e dice:

«Povero William, afflitto com'è, il suo *cuore è* a posto. Mi chiede di invitare tutti a venire al funerale, vuole che li renda tutti i benvenuti. Ma non c'era bisogno di preoccuparsi: era uno scherzo quello che stavo facendo».

Poi si rimette in cammino, perfettamente ca'm, e di tanto in tanto si mette di nuovo a fare le sue orge funebri, proprio come faceva prima. E quando lo fece per la terza volta disse:

«Dico orge, non perché sia il termine comune, perché non lo è - le esequie sono il termine comune - ma perché orge è il termine giusto. Le esequie non sono più usate in Inghilterra, ora, sono scomparse. Diciamo orge ora in Inghilterra. Le orge sono meglio, perché significano la cosa che stai cercando in modo più preciso. È una parola che è composta dal greco *orgo*, fuori, aperto, fuori; e l'ebraico *jeesum*, piantare, coprire; da qui inter. Quindi, vedete, le orge funebri sono un funerale pubblico aperto".

Era il *peggiore* che avessi mai colpito. Beh, l'uomo dalla mascella di ferro gli rise in faccia. Tutti erano sciocccati. Tutti dicono: "Perché, *dottore!e* Abner Shackleford ha detto:

«Perché, Robinson, non hai sentito la notizia? Questo è Harvey Wilks".

Il re sorrise ansiosamente, tirò fuori la falda e disse:

«*È* il caro buon amico e medico del mio povero fratello? Io...»

"Tenga le mani lontane da me!" dice il dottore. «*Lei* parla come un inglese, *non è vero?* È la peggiore imitazione che abbia mai sentito. *Tu* il fratello di Peter Wilks! Sei un imbroglione, ecco cosa sei!"

Beh, come se la sono cavata tutti! Si affollarono intorno al dottore e cercarono di calmarlo, e cercarono di spiegargli e di dirgli come Harvey avesse dimostrato in quaranta modi di *essere* Harvey, e conoscesse tutti per nome, e i nomi dei cani, e lo pregassero e lo *pregassero* di non ferire i sentimenti di Harvey e della povera ragazza. e tutto il resto. Ma non è servito a nulla; si precipitò e disse che chiunque fingesse di essere un inglese e non potesse imitare il gergo meglio di quello che faceva era un imbroglione e un bugiardo. La povera ragazza era appesa al re e piangeva; E all'improvviso il dottore si alza e si rivolge a *loro*. Egli dice:

«Ero amico di tuo padre, e sono tuo amico; e vi avverto *come* un amico, e uno onesto che vuole proteggervi e tenervi lontani dal male e dai guai, di voltare le spalle a quel mascalzone e di non avere nulla a che fare con lui, il vagabondo ignorante, con il suo greco e il suo ebraico idioti, come lo chiama lui. È il tipo più magro di impostore, è venuto qui con un mucchio di nomi vuoti e di fatti che ha raccolto da qualche parte, e voi li prendete come *prove*, e siete aiutati a ingannare voi stessi da questi stupidi amici qui, che dovrebbero saperlo meglio. Mary Jane Wilks, tu mi conosci per la tua amica, e anche per la tua amica altruista. Ora ascoltami; Scacciate questo pietoso mascalzone: *vi prego* di farlo. Lo farai?"

Mary Jane si raddrizzò, e mio Dio, ma era bella! Lei dice:

"*Ecco* la mia risposta." Lei sollevò la borsa piena di denaro e la mise nelle mani del re, e disse: "Prendi questi seimila dollari e investili per me e le mie sorelle come vuoi, e non darci nessuna ricevuta per questo."

Poi mise il braccio intorno al re da un lato, e Susan e il labbro di lepre fecero lo stesso dall'altro. Tutti battevano le mani e calpestavano il pavimento come in una tempesta perfetta, mentre il re alzava la testa e sorrideva orgoglioso. Il medico dice:

"Va bene; Mi lavo le mani. Ma vi avverto tutti che sta arrivando il momento in cui vi sentirete male ogni volta che penserete a questo giorno". E se ne andò.

«Va bene, dottore», dice il re, prendendosi in giro con più gentilezza; «Cercheremo di convincerli a mandarti a chiamare», il che li fece ridere tutti, e dissero che era un ottimo successo.

CAPITOLO XXVI.

Ebbene, quando se ne furono andati tutti, il re chiese a Mary Jane come fossero andati a trovare una stanza libera, e lei rispose che aveva una stanza libera, che sarebbe andata bene per lo zio William, e che avrebbe dato la sua stanza allo zio Harvey, che era un po' più grande, e lei si sarebbe girata nella stanza con le sue sorelle e avrebbe dormito su una branda; E su per la soffitta c'era un piccolo sgabuzzino, con dentro un giaciglio. Il re disse che il cubby sarebbe andato bene per la sua valle... intendendo me.

Così Mary Jane ci prese e mostrò loro le loro stanze, che erano semplici ma carine. Ha detto che avrebbe fatto togliere i suoi abiti e un sacco di altre trappole dalla sua stanza se fossero stati d'intralcio allo zio Harvey, ma lui ha detto che non lo avvertivano. Gli abiti erano appesi lungo il muro, e davanti a loro c'era una tenda fatta di calicò che pendeva fino al pavimento. C'era un vecchio baule per capelli in un angolo, e una scatola per chitarra in un altro, e ogni sorta di cianfrusaglie e cianfrusaglie in giro, come ragazze con cui si riempiono una stanza. Il re disse che era ancora più casalingo e più piacevole per questi fissaggi, e quindi non disturbarli. La stanza del duca era piuttosto piccola, ma abbastanza buona, e così anche il mio sgabuzzino.

Quella sera fecero una grande cena, e tutti quegli uomini e quelle donne erano lì, e io stavo dietro le sedie del re e del duca e le servivo, e i negri servivano il resto. Mary Jane si sedette a capotavola, con Susan accanto a lei, e disse quanto fossero cattivi i biscotti: e quanto erano meschine le conserve, e quanto erano irascibili e duri i polli fritti, e tutto quel tipo di marciume, come fanno sempre le donne per costringerle a fare i complimenti; e tutta la gente sapeva che tutto era perfetto, e lo diceva - diceva "Come *fai a* far dorare i biscotti così bene?" e "Dove, per l'amor del paese, hai preso questi sottaceti amazzonici?" e tutta quella specie di chiacchiere chiacchierate, proprio come si fa sempre a cena, sai.

E quando tutto fu finito, io e la lepre cenemmo in cucina con gli avanzi, mentre gli altri aiutavano i negri a ripulire le cose. Il labbro di lepre che mi ha fatto parlare dell'Inghilterra, e beata se non pensavo che il ghiaccio a volte si stesse assottigliando molto. Lei dice:

"Hai mai visto il re?"

"Chi? Guglielmo Quarto? Beh, scommetto di sì... lui viene nella nostra chiesa». Sapevo che era morto anni fa, ma non l'ho mai fatto capire. Così, quando dico che va nella nostra chiesa, lei dice:

«Cosa... regolare?»

«Sì, regolare. Il suo banco è proprio di fronte al nostro, dall'altra parte del pulpito».

«Pensavo che vivesse a Londra?»

«Beh, lo fa. Dove *vivrebbe*?"

«Ma pensavo che *tu* vivessi a Sheffield?»

Vedo che ero su un ceppo. Ho dovuto lasciarmi andare a soffocare con un osso di pollo, in modo da avere il tempo di pensare a come scendere di nuovo. Allora dico:

"Voglio dire, va regolarmente nella nostra chiesa quando è a Sheffield. È solo nel periodo estivo, quando viene lì a fare i bagni di mare".

«Perché, come parli... Sheffield non è sul mare.»

«Ebbene, chi l'ha detto?»

«Perché, l'hai fatto.»

"Non ho fatto il pazzo."

"L'hai fatto!"

"Non l'ho fatto".

"L'hai fatto."

«Non ho mai detto niente del genere».

«Ebbene, che cosa hai detto, allora?»

«Ha detto che è venuto a fare i bagni di mare... è quello che ho detto».

«Ebbene, allora, come farà a fare i bagni di mare se non sono sul mare?»

«Senti qui», dico; «Ha mai visto l'acqua del Congresso?»

"Sì."

«Beh, è dovuto andare al Congresso per prenderlo?»

«Perché, no.»

«Beh, nemmeno Guglielmo IV deve andare al mare per fare un bagno di mare».

«Come fa a prenderlo, allora?»

«Fa lo stesso modo in cui la gente qui prende l'acqua del Congresso: nei barili. Lì, nel palazzo di Sheffield, ci sono delle fornaci, e lui vuole che la sua acqua sia calda. Non possono bere quella quantità d'acqua laggiù al mare. Non hanno convenienze per questo".

«Oh, capisco, adesso. Si potrebbe dire questo in primo luogo e risparmiare tempo".

Quando ha detto questo, ho visto che ero di nuovo fuori pericolo, e quindi mi sono sentita a mio agio e contenta. Successivamente, dice:

«Va anche tu in chiesa?»

«Sì, regolare.»

"Dove ti siedi?"

«Ebbene, nel nostro banco.»

"*Di chi* è il banco?"

«Ebbene, *da noi*... da tuo zio Harvey».

«Il suo? Cosa vuole da un banco?"

"Vuole che si stabilizzi. Che cosa credevi che volesse con esso?»

«Pensavo che sarebbe stato sul pulpito».

Che marcisci, ho dimenticato che era un predicatore. Vedo che ero di nuovo su un ceppo, così ho giocato un altro osso di pollo e ho avuto un'altra riflessione. Allora dico:

«Dai la colpa, credi che non ci sia che un solo predicatore in una chiesa?»

"Perché, cosa vogliono di più?"

«Che cosa!... predicare davanti a un re? Non ho mai visto una ragazza come te. Non ne hanno meno di diciassette".

«Diciassette! La mia terra! Ebbene, non metterei una corda del genere, non se non arrivassi mai alla gloria. Devono volerci una settimana».

«Accidenti, non predicano *tutti* lo stesso giorno, solo *uno* di loro».

«Ebbene, allora, che cosa fanno gli altri?»

«Oh, niente di che. Ciondolare, passare il piatto, e una cosa o l'altra. Ma soprattutto non fanno nulla".

«Ebbene, allora, a che servono?"

«Perché, sono per lo *stile*. Non sai niente?"

«Beh, non *voglio* conoscere sciocchezze come questa. Come vengono trattati i servi in Inghilterra? Trattano loro meglio e noi trattiamo i nostri negri?"

«*No!* Un servo non è nessuno lì. Li trattano peggio dei cani".

«Non danno loro le vacanze, come facciamo noi, la settimana di Natale e Capodanno, e il 4 luglio?»

«Oh, ascolta! Qualcuno potrebbe dire *che non sei* mai stato in Inghilterra per questo. Perché, Hare-l... perché, Joanna, non vedono mai una vacanza da una fine all'altra; non andare mai al circo, né a teatro, né a spettacoli di negri, né da nessuna parte".

«Né la chiesa?»

«Né la chiesa».

"Ma *andavi* sempre in chiesa".

Beh, ero risalito. Ho dimenticato di essere il servo del vecchio. Ma un minuto dopo mi lanciai in una specie di spiegazione di come una valle fosse diversa da un servitore comune e *dovesse* andare in chiesa, che lo volesse o no, e sedersi con la famiglia, perché era la legge. Ma non l'ho fatto abbastanza bene, e quando ho finito vedo che non è soddisfatta. Lei dice:

«Onesto indiano, non mi hai detto un sacco di bugie?»

«Onesto indiano», dico io.

«Niente di tutto questo?»

"Niente di tutto questo. Non c'è una menzogna», dico io.

"Metti la mano su questo libro e dillo".

Vedo che non c'è nient'altro che un dizionario, così ci ho messo la mano sopra e l'ho detto. Allora sembrò un po' più soddisfatta e disse:

«Ebbene, allora ci crederò un po'; ma spero di essere gentile se crederò al resto."

«A cosa non vuoi credere, Joe?» dice Mary Jane, entrando con Susan dietro di lei. «Non è giusto né gentile che tu parli così con lui, e lui è un estraneo e così lontano dal suo popolo. Come ti piacerebbe essere trattato così?"

«È sempre il tuo modo, Maim, che naviga sempre per aiutare qualcuno prima che si faccia male. Non gli ho fatto niente. Ha detto a certe barelle, credo, e io ho detto che non l'avrei ingoiato tutto; e questo è tutto ciò che ho detto. Credo che possa sopportare una cosa del genere, non è vero?»

«Non m'importa se era piccolo o grande; È qui a casa nostra ed è un estraneo, e non è stato buono da parte tua dirlo. Se tu fossi al suo posto ti vergogneresti; E quindi non dovresti dire a un'altra persona una cosa che *la faccia* vergognare".

«Perché, mamma, ha detto...»

«Non fa differenza quello che ha *detto*: non è questo il punto. Il fatto è che tu lo tratti *con gentilezza* e non dica cose che gli facciano ricordare che non è nel suo paese e tra la sua gente.

Mi dico, *questa* è una ragazza che sto lasciando che quel vecchio rettile la rubi dei suoi soldi!

Poi Susan *entrò* nel valzer e, se mi credete, diede un arduo dalla tomba!

Dico a me stesso, e questa è *un'altra* che gli lascio derubare i suoi soldi!

Poi Mary Jane fece un altro inning, e tornò dolce e bella, che era il suo modo; ma quando ebbe finito, non rimase quasi nulla della povera Leprelabbro. Così ha urlato.

«Va bene, allora», dicono le altre ragazze; "Chiedi solo il suo perdono".

Lo ha fatto anche lei; E lo ha fatto in modo bellissimo. Lo ha fatto così bello che è stato bello sentirlo; e avrei voluto poterle dire mille bugie, così che potesse farlo di nuovo.

Mi dico, questa è *un'*altra che gli permetto di derubarla dei suoi soldi. E quando è passata, tutti si sono messi in gioco per farmi sentire a casa e sapere che ero tra amici. Mi sentivo così scontrosa, giù di morale e cattiva che mi dice, la mia mente è decisa; Sfrutterò quei soldi per loro o fallirò.

E allora mi sono acceso... per andare a letto, ho detto, intendendo una volta o l'altra. Quando mi sono ripresa da sola, ho iniziato a riflettere su quella cosa. Mi dico: devo andare da quel dottore, privato, e fare un salto su queste frodi? No, non va bene. Avrebbe potuto dire chi glielo aveva detto; poi il re e il duca me lo avrebbero riscaldato. Andrò, soldato, a dirlo a Mary Jane? No, non ho il coraggio di farlo. Il suo viso avrebbe dato loro un indizio, certo; Hanno i soldi, e scivolerebbero fuori e la farebbero franca. Se dovesse chiedere aiuto, mi immischierei nella faccenda prima che sia finita, giudico. No; Non c'è un buon modo se non uno. Ho avuto modo di rubare quei soldi, in qualche modo; e devo rubarlo in qualche modo in modo che non sospettino che l'ho fatto. Hanno una buona cosa qui, e non se ne andranno finché non avranno giocato a questa famiglia e a questa città per quanto valgono, quindi troverò un'occasione abbastanza tempo. Lo ruberò e lo nasconderò; e di lì a poco, quando sarò via lungo il fiume, scriverò una lettera e dirò a Mary Jane dove è nascosta. Ma è meglio che lo faccia stasera, se posso, perché il dottore forse non ha mollato tanto quanto lascia intendere; Potrebbe ancora spaventarli e farli uscire da qui.

Così, penso, andrò a perquisire quelle stanze. Al piano superiore la sala era buia, ma trovai la stanza del duca e cominciai a scalpitare con le mani; ma ricordavo che non sarebbe stato molto da parte del re lasciare che qualcun altro si prendesse cura di quel denaro se non se stesso; così sono andato nella sua stanza e ho iniziato a scalpitare lì. Ma mi rendo conto che non potrei fare nulla senza una candela, e non oso accenderne una, naturalmente. Così ho pensato che dovevo fare l'altra cosa: sdraiarmi per loro e origliare. In quel momento ho sentito arrivare i loro passi, e stavo per saltare sotto il letto; L'ho raggiunto, ma non era dove pensavo che sarebbe stato; ma toccai la tenda che nascondeva gli abiti di Mary Jane, così mi tuffai dietro di essa e mi accoccolai tra gli abiti, e rimasi lì perfettamente immobile.

Entrano e chiudono la porta; E la prima cosa che il duca fece fu scendere e guardare sotto il letto. Allora fui contento di non aver trovato il letto quando lo volevo. Eppure, si sa, è un po' naturale nascondersi sotto il letto quando si sta facendo qualcosa di privato. Allora si sedettero e il re disse:

«Ebbene, che cos'è? E tagliatela cora, perché è meglio per noi essere laggiù a piangere piuttosto che dar loro la possibilità di parlarne».

"Beh, è così, Capet. Non sono facile; Non mi sento a mio agio. Quel dottore mi è rimasto in mente. Volevo conoscere i tuoi piani. Ho un'idea, e penso che sia valida".

"Che c'è, duca?"

«Che è meglio che scivoliamo via da questa situazione prima delle tre del mattino e che ci buttiamo giù per il fiume con quello che abbiamo. Specialmente, visto che l'abbiamo avuto così facile, *che ci è stato restituito*, che ci è stato gettato in testa, come si può dire, quando naturalmente abbiamo permesso di doverlo rubare. Sono per staccare e spegnere".

Questo mi ha fatto sentire piuttosto male. Circa un'ora o due fa sarebbe stato un po' diverso, ma ora mi ha fatto sentire male e deluso, il re strappa e dice:

"Cosa! E non vendere il resto della proprietà? Marciate via come un branco di pazzi e lasciate otto o nove mila dollari di proprietà in giro per scherzo a soffrire per essere svuotate... e anche tutta roba buona e vendibile.

Il duca brontolò, disse che la borsa d'oro era sufficiente, e che non voleva andare più a fondo, non voleva derubare un sacco di orfani di *tutto ciò* che avevano.

"Come, come parli!" dice il re. «Non li deruberemo di nulla, ma scherzeremo con questo denaro. La gente che *compra* la proprietà è il suffragista, perché non appena si scopre che non la possediamo - il che non passerà molto tempo dopo che siamo scivolati - la vendita non sarà valida, e tutto tornerà alla proprietà. Questi tuoi orfani riavranno la loro casa, e questo è abbastanza per *loro;* Sono giovani e vivaci, e non è facile guadagnarsi da vivere. *Non* hanno intenzione di soffrire. Perché, per scherzo, c'è un sacco di cose che non sono così benestanti. Ti benedica, *non* hanno nulla di cui lamentarsi."

Ebbene, il re lo ha parlato alla cieca; Così alla fine cedette e disse che andava bene, ma disse che credeva che fosse una sciocchezza quella di restare e che quel dottore incombesse su di loro. Ma il re dice:

"Maledica il dottore! Che cosa vogliamo per *lui?* Non abbiamo tutti gli sciocchi della città dalla nostra parte? E non c'è una maggioranza abbastanza grande in qualsiasi città?»

Così si prepararono a scendere di nuovo le scale. Il duca ha detto:

"Non credo che abbiamo messo quei soldi in un buon posto".

Questo mi ha tirato su di morale. Avevo cominciato a pensare che non avrei ricevuto un indizio di nessun tipo che mi aiutasse. Il re dice:

"Perché?"

«Perché Mary Jane sarà in lutto da questo momento in poi; e prima sai che il negro che riempie le stanze riceverà l'ordine di inscatolare questi tizi e metterli via; E credi che un negro possa imbattersi in denaro e non prenderne in prestito un po'?"

"La tua testa è a posto, duca," dice il re; e lui viene brancolando sotto la tenda a due o tre piedi da dove mi trovavo. Rimasi stretto al muro e rimasi immobile possente, sebbene tremante; e mi chiedevo che cosa mi avrebbero detto quei tizi se mi avessero preso; e cercai di pensare a cosa avrei fatto meglio se mi avessero preso. Ma il re ha preso la borsa prima che potessi pensare più di un mezzo pensiero, e non ha mai sospettato che fossi nei paraggi. Presero e infilarono il sacchetto in uno strappo nella zecca di paglia che era sotto il letto di piume, e lo infilarono in un piede o due tra la paglia e dissero che ora era tutto a posto, perché un negro compone solo il letto di piume, e non girano la zecca di paglia solo due volte l'anno, E così non c'è pericolo di essere rubato ora.

Ma io sapevo di più. L'ho tirato fuori da lì prima che fossero a metà delle scale. Mi avvicinai a tentoni al mio armadietto e lo nascosi lì finché non ebbi l'occasione di fare meglio. Pensai che fosse meglio nasconderlo fuori casa da qualche parte, perché se lo avessero perso avrebbero dato una bella sberlata alla casa: lo sapevo benissimo. Poi entrai, con i vestiti tutti addosso; ma non riuscivo ad andare a dormire se avessi voluto, ero così sudato per portare a termine l'affare. Di lì a poco sentii salire il re e il duca; così rotolai giù dal mio pallet e mi sdraiai con il mento in cima alla scala, e aspettai di vedere se sarebbe successo qualcosa. Ma non è successo nulla.

Così ho resistito fino a quando tutti i suoni tardivi si sono fermati e quelli mattinieri non erano ancora iniziati; e poi sono scivolato giù per la scala.

CAPITOLO XXVII.

Mi avvicinai furtivamente alle loro porte e ascoltai; russavano. Così mi sono messo in punta di piedi e sono sceso le scale. Non c'è un suono da nessuna parte. Sbirciai attraverso una fessura della porta della sala da pranzo e vidi gli uomini che stavano guardando il cadavere tutti profondamente addormentati sulle loro sedie. La porta era aperta sul salotto, dove giaceva il cadavere, e c'era una candela in entrambe le stanze. Passai oltre, e la porta del salotto era aperta; ma vedo che non c'è nessuno lì dentro, ma il resto di Peter; così mi spinsi oltre; Ma la porta d'ingresso era chiusa a chiave e la chiave non c'era. Proprio in quel momento sentii qualcuno scendere le scale, dietro di me. Corro in salotto e mi guardo intorno di corsa, e l'unico posto che vedo per nascondere la borsa è nella bara. Il coperchio era infilato per circa un piede, mostrando la faccia del morto lì dentro, con un panno bagnato sopra e il sudario addosso. Infilai la borsa dei soldi sotto il coperchio, proprio più in basso del punto in cui le sue mani erano incrociate, il che mi fece rabbrividire, era così freddo, e poi tornai di corsa attraverso la stanza e dentro dietro la porta.

La persona che veniva era Mary Jane. Andò alla bara, molto dolcemente, si inginocchiò e guardò dentro; poi si alzò il fazzoletto, e vedo che cominciò a piangere, anche se non riuscivo a sentirla, e mi dava le spalle. Scivolai fuori e, mentre passavo davanti alla sala da pranzo, pensai che avrei potuto assicurarmi che quegli spettatori non mi avessero visto; così ho guardato attraverso la fessura e tutto era a posto. Non si erano mossi.

Scivolai a letto, sentendomi triste, a causa di quello che stava succedendo in quel modo dopo che mi ero preso così tanto disturbo e mi ero dato tanta reputazione. Dico io, se potesse rimanere dov'è, va bene; perché quando saremo scesi lungo il fiume per un centinaio di miglia o due, potrei scrivere a Mary Jane, e lei potrebbe dissotterrarlo di nuovo e prenderlo; Ma non è questa la cosa che accadrà; La cosa che accadrà è che i soldi saranno trovati quando verranno a girare il coperchio. Allora il re lo riavrà e passerà un bel po' di tempo prima che dia a qualcuno un'altra possibilità di strapparglielo. Naturalmente volevo scivolare giù e tirarlo fuori da lì, ma non ho osato provarci. Ogni minuto si faceva più presto, e ben presto alcuni di quegli osservatori cominciavano a muoversi, e io potevo essere beccato... sorpreso con seimila dollari in mano di cui nessuno mi aveva assunto per occuparmene. Non voglio essere immischiato in una faccenda come questa, mi dico.

Quando scesi le scale la mattina, il salotto era chiuso e gli spettatori se ne erano andati. Non c'era nessuno in giro tranne la famiglia, la vedova Bartley e la nostra tribù. Guardai le loro facce per vedere se fosse successo qualcosa, ma non riuscivo a capirlo.

Verso metà giornata arrivò l'impresario di pompe funebri con il suo uomo, e misero la bara in mezzo alla stanza su un paio di sedie, poi sistemarono tutte le nostre sedie in file, e ne presero in prestito altre dai vicini finché la sala, il salotto e la sala da pranzo furono pieni. Vedo che il coperchio della bara era com'era prima, ma non ho il coraggio di andare a guardarci sotto, con la gente intorno.

Poi la gente cominciò ad affluire, e i battiti e le ragazze presero posto in prima fila alla testa della bara, e per mezz'ora la gente si mise in fila lenta, in fila indiana, e guardò il viso del morto per un minuto, e alcuni caddero in una lacrima, e tutto fu molto immobile e solenne. solo le ragazze e i battiti che portavano i fazzoletti agli occhi e tenevano la testa china, e singhiozzavano un po'. Non c'è altro suono che lo sfregamento dei piedi sul pavimento e il soffio del naso, perché la gente li soffia sempre più a un funerale che in altri luoghi tranne che in chiesa.

Quando il posto fu pieno, l'impresario di pompe funebri scivolò nei suoi guanti neri con i suoi modi morbidi e rilassanti, dando gli ultimi ritocchi, e facendo in modo che le persone e le cose fossero tutte a forma di nave e a loro agio, e non facessero più rumore di un gatto. Non parlava mai; Spostava le persone, infilava quelle in ritardo, apriva i passaggi, e lo faceva con cenni e segni con le mani. Poi prese posto contro il muro. Era l'uomo più morbido, più scorrevole, più furtivo che avessi mai visto; e non c'è più sorriso per lui di quanto ce ne sia per un prosciutto.

Avevano preso in prestito un melodeum, uno malato, e quando tutto fu pronto, una giovane donna si sedette e lo lavorò, ed era piuttosto stridulo e colico, e tutti si unirono e cantarono, e Peter era l'unico che aveva una cosa buona, secondo la mia idea. Allora il reverendo Hobson si aprì, lento e solenne, e cominciò a parlare; e subito scoppiò la lite più oltraggiosa in cantina che un corpo avesse mai sentito; Era un solo cane, ma faceva un baccano potentissimo, e lo tenne sempre in piedi; Il parroco doveva stare lì, sopra la bara, e aspettare... non potevi sentirti pensare. Era proprio imbarazzante, e nessuno sembrava non sapere cosa fare. Ma ben presto vedono quel becchino dalle gambe lunghe fare un cenno al predicatore come per dire: "Non preoccuparti, conta solo su di me". Poi si chinò e cominciò a scivolare lungo il muro, con le spalle che spuntavano sopra le teste della gente. Così scivolò via, e il chiasso e il chiasso diventavano sempre più oltraggiosi; e alla fine, dopo aver girato i due lati della stanza, scompare in cantina. Poi, in circa due secondi, sentimmo un colpo, e il cane finì con un ululato o due straordinari, e poi tutto fu immobile, e il parroco cominciò il suo discorso solenne da dove aveva lasciato. In un minuto o due ecco che la schiena e le spalle di questo becchino scivolano di nuovo lungo il muro; E così scivolò e scivolò intorno a tre lati della stanza, e poi si alzò, e si coprì la bocca con le mani, e allungò il collo verso il predicatore, sopra le teste della gente, e disse, in una specie di sussurro grossolano: "*Aveva un topo!*Poi si abbassò e scivolò di nuovo lungo il muro fino al suo posto. Si vedeva che era una grande soddisfazione per la gente, perché naturalmente volevano sapere. Una piccola cosa del genere non costa nulla, e sono solo le piccole cose che rendono un uomo da guardare e apprezzare. Non c'era uomo più popolare in città di quello che era quell'impresario di pompe funebri.

Ebbene, il sermone funebre fu molto buono, ma lungo e noioso; e poi il re ci spinse dentro e si tolse un po' della sua solita spazzatura, e alla fine il lavoro fu finito, e l'impresario di pompe funebri cominciò ad avvicinarsi di soppiatto alla bara con il suo cacciavite. Allora ero sudato e lo guardai con molta attenzione. Ma non si è mai immischiato; Ho semplicemente fatto scivolare il coperchio morbido come una poltiglia e l'ho avvitato forte e veloce. Ed eccomi qui! Non sapevo se i soldi fossero lì dentro o meno.

Così, dico, qualcuno ha monopolizzato quella borsa di nascosto? Se lo avesse dissotterrato e non avesse trovato nulla, cosa avrebbe pensato di me? Dai la colpa, dico, potrei essere braccato e imprigionato; Farei meglio a stare tranquillo e a tenermi all'oscuro, e a non scrivere affatto; La cosa è terribilmente confusa ora; cercando di migliorarlo, l'ho peggiorato un centinaio di volte, e vorrei che lo lasciassi stare, papà va a prendere tutta la faccenda!

L'hanno seppellito, e siamo tornati a casa, e io sono tornato a guardare le facce: non potevo farci niente, e non potevo stare tranquillo. Ma non ne è venuto fuori nulla; I volti non mi dicevano nulla.

Il re lo visitava la sera, addolciva tutti e si rendeva sempre così amichevole; e diede l'idea che la sua congregazione in Inghilterra sarebbe stata sudata per lui, così doveva affrettarsi a sistemare subito la tenuta e partire per casa. Era molto dispiaciuto di essere stato così spinto, e così lo erano tutti; Avrebbero voluto che potesse rimanere più a lungo, ma dissero che potevano vedere che non si poteva fare. E lui disse che naturalmente lui e William avrebbero portato le ragazze a casa con loro; e anche questo piaceva a tutti, perché così le ragazze sarebbero state ben sistemate e tra i loro parenti; e piaceva anche alle ragazze: le solleticava così che dimenticavano di aver mai avuto problemi al mondo; e gli disse di vendere il più velocemente possibile, sarebbero stati pronti. Quelle povere cose erano così felici e felici che mi faceva male al cuore vederle essere ingannate e mentite così, ma non vedevo un modo sicuro per me di intervenire e cambiare la melodia generale.

Beh, colpa se il re non avesse messo all'asta la casa, i negri e tutte le proprietà: vendita due giorni dopo il funerale; Ma chiunque poteva acquistare un privato in anticipo, se lo desiderava.

Così il giorno dopo il funerale, verso mezzogiorno, la gioia delle ragazze ebbe il primo scossone. Arrivarono un paio di mercanti negri, e il re vendette loro i negri a prezzi ragionevoli, per tre giorni di leva, come dicevano loro, e se ne andarono, i due figli su per il fiume fino a Menfi, e la madre giù per il fiume fino a Orléans. Pensavo che quelle povere ragazze e quei negri si sarebbero spezzati il cuore per il dolore; Piangevano l'uno intorno all'altro, e si riprendevano, così mi faceva venire la nausea vederlo.

Le ragazze hanno detto di non aver mai sognato di vedere la famiglia separata o venduta lontano dalla città. Non riesco mai a togliermelo dalla memoria, la vista di quelle povere ragazze miserabili e di quei negri che si appendono l'uno al collo dell'altro e piangono; e credo che non avrei potuto sopportare tutto, ma avrei dovuto uscire e dire alla nostra banda se non avessi saputo che la vendita non avrebbe avuto alcun conto e i negri sarebbero tornati a casa in una settimana o due.

La cosa fece molto scalpore anche in città, e molti se ne uscirono con i piedi per le zampe e dissero che era scandaloso separare la madre e i bambini in quel modo. Ha danneggiato un po' le frodi; ma il vecchio sciocco lo fece a preghia, nonostante tutto ciò che il duca poteva dire o fare, e vi dico che il duca era molto inquieto.

Il giorno successivo è stato il giorno dell'asta. Verso il mattino il re e il duca salgono in soffitta e mi svegliano, e vedo dal loro sguardo che c'erano dei guai. Il re dice:

«Eri nella mia stanza l'altro ieri sera?»

«No, vostra maestà», che era il modo in cui lo chiamavo sempre quando nessuno, tranne la nostra banda, non ci avvertiva intorno.

«Eri lì dentro ieri sera?»

"No, vostra maestà."

«L'onore è luminoso, ora... niente bugie».

"Onore luminoso, vostra maestà, vi sto dicendo la verità. Non mi sono avvicinato alla tua stanza da quando Miss Mary Jane ha preso te e il duca e te l'ha mostrata.

Il duca ha detto:

"Hai visto qualcun altro entrare lì?"

«No, vostra grazia, non come ricordo, credo».

"Fermati e pensa".

Ho studiato un po' e ho visto la mia occasione; allora dico:

«Beh, vedo che i negri ci entrano parecchie volte».

Entrambi fecero un piccolo salto, e sembrava che non se lo fossero mai aspettato, e poi come se *lo avessero fatto*. Allora il duca dice:

"Cosa, *tutti*?"

«No... almeno, non tutti in una volta... cioè, non credo di vederli mai uscire tutti *in* una volta, ma solo una volta».

"Ciao! Quando è successo?"

"Era il giorno in cui abbiamo avuto il funerale. Al mattino. Non mi ha avvertito presto, perché ho dormito troppo. Stavo appena iniziando a scendere la scala e li ho visti".

«Ebbene, avanti, *avanti*! Cosa hanno fatto? Come si sono comportati?"

"Non hanno fatto nulla. E comunque non si sono comportati molto, per quanto io veda. Si allontanarono in punta di piedi; così vidi, abbastanza facilmente, che si erano infilati lì dentro per sistemare la stanza di vostra maestà, o qualcosa del genere, supponendo che tu fossi in piedi; e hanno scoperto che non ti *avvertivi*, e così speravano di sfuggire ai guai senza svegliarti, se non ti avevano già svegliato.

«Grandi cannoni, *ci siamo*!» disse il re, e tutti e due sembravano piuttosto malati e abbastanza sciocchi. Rimasero lì a pensare e a grattarsi la testa per un minuto, e il duca scoppiò in una specie di risatina roca e disse:

«Batte tutto il modo in cui i negri hanno giocato la loro mano. Hanno lasciato intendere di essere *dispiaciuti* di uscire da questa regione! E io credevo che fossero dispiaciuti, e anche tu, e così tutti. Non dirmi mai più che un negro non ha alcun talento istrionico. Ebbene, il modo in cui hanno suonato quella cosa avrebbe ingannato *chiunque*. Secondo me, c'è una fortuna in loro. Se avessi un capitale e un teatro, non vorrei un layout migliore di quello... e qui siamo andati a venderli per una canzone. Sì, e non ho ancora il privilegio di cantare la canzone. Dimmi, dov'è quella canzone, quella bozza?"

"In banca per essere riscosso. Dove *sarebbe*?"

«Beh, *allora va* tutto bene, grazie al cielo».

Dico io, un po' timido:

"C'è qualcosa che è andato storto?"

Il re mi gira addosso e mi strappa:

«Non sono affari tuoi! Tenete la testa ferma e badate ai fatti vostri, se ne avete. Finché sei in questa città, non te ne dimentichi... hai capito?» Poi dice al duca: «Dobbiamo scherzare e dire niente: mamma è la parola giusta per *noi*».

Mentre stavano scendendo la scala, il duca ridacchiò di nuovo, e disse:

"Vendite *rapide e* piccoli profitti! È un buon affare, sì».

Il re gli ringhia addosso e dice:

«Stavo cercando di fare il meglio per venderli così in fretta. Se i profitti si sono rivelati nulli, non considerevoli e non ce n'è nessuno da portare, è più colpa mia e sei tu?"

«Beh, *loro sarebbero* già in questa casa e noi *non lo faremmo* se potessi far ascoltare il mio consiglio».

Il re si ritirò il più possibile per lui, poi si voltò e si accese di nuovo verso di *me*. Mi ha rimproverato per non essere venuto e gli ha detto che avevo visto i negri uscire dalla sua stanza comportarsi in quel modo... ha detto che qualsiasi sciocco avrebbe *saputo che* c'era qualcosa che non andava. E poi entrò e imprecò per un po', e disse che tutto era venuto dal fatto che quella mattina non si era sdraiato fino a tardi e si era riposato naturalmente, e che sarebbe stato biasimato se lo avesse fatto di nuovo. Così se ne andarono a bocca aperta; e mi sentivo terribilmente contento di aver scaricato tutto sui negri, eppure di non aver fatto loro alcun male con ciò.

CAPITOLO XXVIII.

Di lì a poco era ora di alzarsi. Così scesi la scala e mi avviai verso il piano di sotto; ma quando arrivo nella stanza delle ragazze la porta era aperta, e vedo Mary Jane seduta accanto al suo vecchio baule dei capelli, che era aperto e ci aveva messo dentro delle cose, preparandosi ad andare in Inghilterra. Ma ora si era fermata con un abito piegato in grembo e aveva il viso tra le mani, piangendo. Mi sentivo terribilmente male a vederlo; Certo che chiunque lo farebbe. Sono entrato lì e ho detto:

«Signorina Mary Jane, lei non può sopportare di vedere gente nei guai, e *io* non posso... quasi sempre. Dimmelo".

Così lo fece. Ed erano i negri, me lo aspettavo. Ha detto che il bel viaggio in Inghilterra è stato molto rovinato per lei; Non sapeva *come* sarebbe mai stata felice lì, sapendo che la madre e i bambini l'avevano avvertita di non vedersi mai più... e poi scoppiò fuori più amareggiata che mai, e alzò le mani, e disse:

«Oh, caro, caro, pensare che non si vedranno mai più!»

«Ma lo faranno, e nel giro di due settimane... e io *lo so*!» dico io.

Laws, è uscito prima che potessi pensare! E prima che potessi muovermi, mi ha gettato le braccia al collo e mi ha detto di dirlo *di nuovo*, di dirlo *di nuovo*, di dirlo *di nuovo!*

Mi accorgo di aver parlato troppo all'improvviso e di aver detto troppo, e di essere in un posto vicino. Le chiesi di lasciarmi pensare un minuto; E lei si sedette lì, molto impaziente ed eccitata e bella, ma con un'aria un po' felice e rilassata, come una persona a cui è stato strappato un dente. Così ho iniziato a studiarlo. Mi dico, credo che un corpo che si alza e dice la verità quando è in una situazione difficile stia prendendo un bel po' di botte, anche se non ho avuto alcuna esperienza, e non posso dirlo con certezza; ma a me sembra così, comunque; eppure ecco un caso in cui sono benedetto se non mi sembra che la verità sia migliore e decisamente *più sicura* di una bugia. Devo metterlo da parte nella mia mente, e pensarci un po' prima o poi, è così strano e insolito. Non ho mai visto niente di simile. Ebbene, alla fine mi dico, ho intenzione di rischiare; Questa volta mi alzerò e dirò la verità, anche se sembra più come sedersi su un po' di polvere da sparo e toccarlo solo per vedere dove andrete a finire. Allora dico:

«Signorina Mary Jane, c'è un posto fuori città un po' lontano dove potreste andare a stare tre o quattro giorni?»

«Sì; Del signor Lothrop. Perché?"

"Non importa ancora perché. Se vi dirò come so che i negri si rivedranno entro due settimane, qui in questa casa, e *dimostrerò* come lo so, andrete dal signor Lothrop e resterete quattro giorni?

«Quattro giorni!» dice; "Rimarrò un anno!"

«Va bene», dissi, «non voglio da te nient'altro che la tua parola: non ce l'ho più del bacio della Bibbia di un altro uomo». Lei sorrise e arrossì molto dolcemente, e io le dissi: "Se non ti dispiace, chiuderò la porta e la sprangherò".

Poi torno indietro, mi siedo di nuovo e dico:

«Non urlare. Mettiti fermo e prendilo come un uomo. Devo dire la verità, e lei vuole tenersi forte, signorina Mary, perché è un brutto tipo, e sarà difficile da accettare, ma non c'è niente da fare. Questi tuoi zii non sono affatto zii; Sono un paio di frodi, normali fannulloni. Ecco, ora che abbiamo superato il peggio, puoi sopportare il resto con calma".

La faceva sobbalzare come tutto, ovviamente; ma ora ero oltre l'acqua secca, così andai avanti, con i suoi occhi che brillavano sempre più in alto, e le raccontai ogni colpa, da dove colpimmo per la prima volta quel giovane sciocco che saliva al battello a vapore, fino a dove si gettò sul petto del re sulla porta d'ingresso e lui la baciò sedici o diciassette volte, e poi lei salta, con il viso infuocato, come al tramonto, e dice:

«Il bruto! Vieni, non sprecare un minuto, nemmeno un *secondo*, li faremo incatramare e piumare, e gettarli nel fiume!»

Dico io:

«Certamente. Ma intendi prima di andare dal signor Lothrop, o...»

"Oh", dice, "a cosa sto *pensando!*" dice, e si rimette a sedere. «Non ti dispiace quello che ho detto... ti prego... *non lo farai,* adesso, *vero?*» Posando la sua mano setosa sulla mia in quel modo in cui ho detto che sarei morto per primo. "Non avrei mai pensato, ero così agitata", dice; «ora vai avanti, e io non lo farò più. Tu mi dici cosa fare, e qualunque cosa tu dica la farò".

«Beh», dico, «è una banda rozza, quei due truffatori, e io sono sistemato, quindi devo viaggiare con loro ancora un po', che lo voglia o no... non so dirti perché; e se tu dovessi soffiare su di loro, questa città mi tirerebbe fuori dalle loro grinfie, e starei bene; ma ci sarebbe un'altra persona che non conosci e che si troverebbe in grossi guai. Beh, dobbiamo salvarlo, non è vero? Certo. Ebbene, allora non soffieremo su di loro".

Pronunciare quelle parole mi ha messo in testa una buona idea. Capisco come forse potrei sbarazzarmi di me e Jim delle frodi; Falli imprigionare qui, e poi vattene. Ma non volevo far funzionare la zattera di giorno senza nessuno a bordo per rispondere alle domande tranne me; quindi non volevo che il piano cominciasse a funzionare fino a stasera piuttosto tardi. I ha detto:

«Signorina Mary Jane, le dirò cosa faremo, e lei non dovrà restare così a lungo dal signor Lothrop, pazzo. Quanto è peloso?"

«Un po' meno di quattro miglia... proprio in campagna, qui dietro».

«Beh, questo risponderà. Adesso vai là fuori, e rimani tranquillo fino alle nove o alle mezze e mezza di stasera, e poi chiedi loro di venirti a prendere di nuovo a casa... di' loro che hai pensato a qualcosa. Se arrivi qui prima delle undici, metti una candela in questa finestra, e se non mi presento aspetta *fino alle* undici, e *poi* se non mi presento significa che me ne sono andato, e fuori mano, e al sicuro. Poi esci e diffondi la notizia in giro, e fai incarcerare questi beat".

"Bene", dice, "lo farò".

«E se succede solo perché io non me ne vada, ma mi prenda con loro, devi alzarti e dire che ti ho detto tutto in anticipo, e devi stare con me quanto puoi».

"Resta al tuo fianco! anzi lo farò. Non ti toccheranno un capello della testa!" dice, e vedo le sue narici spalancate e anche i suoi occhi schioccare quando lo dice.

«Se me ne vado, non sarò qui», dico, «a dimostrare che questi scagnozzi non sono i tuoi zii, e non potrei farlo se *fossi* qui. Potrei giurare che erano dei pezzettini, tutto qui, anche se questo vale qualcosa. Beh, ci sono altri che possono farlo meglio di me, e sono persone di cui non si dubiterà così velocemente come lo sarei io. Ti dirò come trovarli. Dammi una matita e un pezzo di carta. Ecco... «*Royal Nonesuch, Bricksville*». Mettilo via e non perderlo. Quando la corte vorrà scoprire qualcosa su questi due, che mandino a Bricksville a dire che hanno preso gli uomini che hanno interpretato il Royal Nonesuch, e chieda alcuni testimoni... beh, avrete l'intera città quaggiù prima che possiate a malapena chiudere l'occhio, signorina Mary. E verranno anche loro a galla.»

Ho giudicato che avevamo sistemato tutto in questo momento. Così dico:

"Lascia che l'asta vada avanti e non preoccuparti. Nessuno deve pagare per le cose che compra fino a un giorno intero dopo l'asta a causa del breve preavviso, e non ne usciranno finché non avranno quel denaro; E per il modo in cui l'abbiamo sistemata, la vendita non conterà, e non riceveranno soldi. È proprio come era con i negri: non c'è niente da vendere, e i negri torneranno presto. Non possono ancora raccogliere il denaro per i *negri*: sono nel peggior guaio, signorina Mary.

«Ebbene», dice, «adesso corro a fare colazione, e poi vado subito dal signor Lothrop».

«Certo, *non* è quello il biglietto, signorina Mary Jane», dico, «in nessun modo; Vai *prima di* colazione."

"Perché?"

«Che cosa credeva che volessi che andassi, signorina Mary?»

«Beh, non ho mai pensato... e arrivo a pensare, non lo so. Che cos'era?"

«È perché tu non sei una di quelle persone con la faccia di cuoio. Non voglio un libro migliore di quello che è il tuo viso. Un corpo può posarsi e leggerlo come una stampa grossolana. Pensi di poter andare ad affrontare i tuoi zii quando verranno a darti il buongiorno, e mai...»

«Ecco, ecco, non farlo! Sì, andrò prima di colazione, ne sarò lieto. E lasciare le mie sorelle con loro?"

«Sì; non importa di loro. Devono resistere ancora per un po'. Potrebbero sospettare qualcosa se tutti voi doveste andarvene. Non voglio che tu veda loro, né le tue sorelle, né nessuno in questa città; Se un vicino ti chiedesse come stanno i tuoi zii stamattina, la tua faccia direbbe qualcosa. No, lei vada avanti, signorina Mary Jane, e io sistemerò la cosa con tutti loro. Dirò alla signorina Susan di dare il tuo affetto ai tuoi zii e dirò che sei andata via per qualche ora per riposarti un po' e cambiarti, o per vedere un amico, e tornerai stasera o domattina presto.

«Andare a trovare un amico va bene, ma non voglio che il mio amore gli venga dato».

«Beh, allora non sarà così». Era abbastanza buono per *dirglielo*, non c'era nulla di male. Era solo una piccola cosa da fare, e nessun problema; E sono le piccole cose che spianano di più le strade delle persone, quaggiù; avrebbe messo Mary Jane a suo agio, e non sarebbe costato nulla. Allora dico: "C'è un'altra cosa, quella borsa di soldi".

«Beh, ce l'hanno; E mi fa sentire piuttosto sciocco pensare a *come* l'abbiano preso".

«No, sei fuori, là. Non ce l'hanno".

"Perché, chi ce l'ha?"

"Vorrei saperlo, ma non lo so. L'*ho avuto*, perché l'ho rubato a loro, e l'ho rubato per darlo a te, e so dove l'ho nascosto, ma ho paura che non ci sia più. Mi dispiace terribilmente, signorina Mary Jane, mi dispiace quanto posso; ma ho fatto del mio meglio; L'ho fatto onestamente. Sto per essere scoperto, e ho dovuto spingerlo nel primo posto in cui mi sono imbattuto, e scappare... e non è un buon posto».

«Oh, smettila di incolpare te stesso: è troppo brutto farlo, e io non lo permetterò... non potresti farci niente; Non è stata colpa tua. Dove l'hai nascosto?"

Non volevo farla pensare di nuovo ai suoi problemi; e non riuscivo a convincermi a dirle che cosa le avrebbe fatto vedere quel cadavere che giaceva nella bara con quella borsa di denaro sullo stomaco. Così per un minuto non dissi nulla; allora dico:

«Non vi *direi* dove l'ho messo, signorina Mary Jane, se non vi dispiace lasciarmi andare; ma te lo scriverò su un pezzo di carta, e potrai leggerlo lungo la strada per il signor Lothrop, se vuoi. Pensi che andrà bene?»

"Oh, sì."

Così ho scritto: "L'ho messo nella bara. Era lì dentro quando stavi piangendo lì, lontano nella notte. Ero dietro la porta, e mi dispiaceva moltissimo per lei, signorina Mary Jane».

Mi faceva un po' lacrimare gli occhi al ricordo di lei che piangeva lì da sola nella notte, e di quei diavoli che giacevano lì proprio sotto il suo stesso tetto, a farla vergognare e derubarla; e quando l'ho piegato e gliel'ho dato, ho visto l'acqua entrare anche nei suoi occhi; e mi strinse la mano, forte, e disse:

«*Addio*. Farò tutto proprio come mi hai detto; e se non ti rivedrò mai più, non ti dimenticherò mai e penserò a te molte e molte volte, e *pregherò* anche per te!" E se n'era andata.

Pregate per me! Pensavo che se mi avesse conosciuto avrebbe accettato un lavoro più vicino alla sua taglia. Ma scommetto che l'ha fatto lo stesso, proprio così... era proprio quel tipo. Aveva la grinta di pregare per Judus se avesse accettato l'idea... non c'era nessun avvertimento nei suoi confronti, a mio giudizio. Puoi dire quello che vuoi, ma secondo me aveva più sabbia dentro di qualsiasi ragazza che io abbia mai visto; Secondo me era solo piena di sabbia. Sembra un'adulazione, ma non è un'adulazione. E quando si tratta di bellezza, e anche di bontà, lei si sdraia su tutte. Non l'ho più vista da quella volta che l'ho vista uscire da quella porta; no, non l'ho più più vista da allora, ma credo di aver pensato a lei molte e molte milioni di volte, e a lei che diceva che avrebbe pregato per me; e se mai avessi avuto un pensiero, mi avrebbe fatto bene pregare per *lei*, biasimato se non l'avessi fatto o non fossi fallito.

Beh, Mary Jane ha illuminato la strada sul retro, immagino; perché nessuno la vede andarsene. Quando ho colpito Susan e il labbro di lepre, ho detto:

«Come si chiamano quelle persone dall'altra parte del fiume che tutti voi andate a vedere qualche volta?»

Hanno detto:

"Ce ne sono diversi; ma sono i Proctor, principalmente".

"Questo è il nome", dico; «L'ho quasi dimenticato. Ebbene, signorina Mary Jane, mi ha detto di dirvi che è andata laggiù in una fretta terribile: una di loro è malata.

"Quale?"

"Non lo so; almeno, me ne dimentico un po'; ma credo che sia...»

"Sakes alive, spero che non sia *Hanner?*"

"Mi dispiace dirlo", dico, "ma Hanner è proprio quello giusto".

«Mio Dio, e lei è andata così bene solo la settimana scorsa! È presa male?"

«Non c'è un nome. Si sono sistemati con lei tutta la notte, ha detto la signorina Mary Jane, e non credono che durerà molte ore.

«Pensateci, adesso! Che cosa le succede?»

Non riuscivo a pensare a nulla di ragionevole, in quel modo, così ho detto:

"Parotite."

"Parla tua nonna! Non si mettono con persone che hanno la parotite".

"Non lo fanno, non è vero? È meglio scommettere che lo fanno con *questi* parotiti. Questa parotite è diversa. È un tipo nuovo, ha detto la signorina Mary Jane.

«Com'è un nuovo tipo?»

"Perché è mescolato con altre cose".

"Quali altre cose?"

«Beh, il morbillo, la pertosse, l'erisipla, la consunzione, i panini più gialli e la febbre cerebrale, e non so cosa».

"Terra mia! E lo chiamano *parotite?*"

«Questo è ciò che ha detto la signorina Mary Jane».

«Beh, come diavolo la chiamano la *parotite?*»

«Perché, perché è la parotite. Questo è ciò con cui si inizia".

«Beh, non ha senso. Un corpo potrebbe inciampare il suo dito del piede, e prendere il pisonte, e cadere nel pozzo, e rompersi il collo, e spaccargli il cervello, e qualcuno venire e chiedere cosa lo ha ucciso, e qualcuno intorpidito e dire: 'Perché, si è inciampato il *dito del piede.*' Avrebbe senso tutto questo? *No.* E non ha senso in *questo*, pazzo. È ketching?"

"È *ketching?* Perché, come parli. Un *erpice* sta prendendo al buio? Se non ti aggrappi a un dente, sei vincolato a un altro, non è vero? E non puoi cavartela con quel dente senza portare con te l'intero erpice, vero? Beh, questo tipo di parotite è una specie di erpice, come direte voi... e non è un erpice sciatto, pazzo, vieni a prenderlo per bene.

«Beh, è terribile, *credo*» dice la lepre. «Andrò dallo zio Harvey e...»

"Oh, sì", dico, "lo farei. Certo che lo farei. Non perderei tempo".

"Beh, perché non dovresti?"

"Basta guardarlo un minuto, e forse puoi vedere. I tuoi zii non hanno forse l'obbligo di tornare a casa in Inghilterra il più in fretta possibile? E credete che sarebbero così cattivi da andarsene e lasciarvi a fare tutto quel viaggio da soli? *Sai* che ti aspetteranno. Così peloso, così buono. Tuo zio Harvey è un predicatore, non è vero? Molto bene, allora; Un *predicatore* ingannerà un impiegato di un battello a vapore? Ingannerà un *impiegato di bordo?*... per convincerli a far salire a bordo la signorina Mary Jane? Ora *sai che* non lo è. Che cosa *farà*, allora? Ebbene, dirà: 'È un gran peccato, ma la mia chiesa è importante che debba andare d'accordo nel miglior modo possibile; perché mia nipote è stata esposta alla terribile parotite pluribus-unum, e quindi è mio preciso dovere sedermi qui e aspettare i tre mesi che ci vogliono per mostrarle se ce l'ha." Ma non importa, se pensi che sia meglio dirlo a tuo zio Harvey...»

«Accidenti, e continua a scherzare qui quando potremmo divertirci tutti in Inghilterra mentre aspettiamo di scoprire se Mary Jane ce l'ha o no? Ebbene, parli come un furfante."

«Beh, comunque, forse faresti meglio a dirlo a qualcuno dei vicini».

«Ascolta un po', adesso. Tu batti tutti per stupidità naturale. Non vedi che *andrebbero* a dirlo? Non c'è altro modo che non dirlo a nessuno".

«Beh, forse hai ragione... sì, ti giudico giusto».

«Ma credo che dovremmo dire allo zio Harvey che è uscita un po', comunque, così non si sentirà a disagio per lei?»

«Sì, signorina Mary Jane, voleva che lei lo facesse. Dice: "Di' loro di dare allo zio Harvey e a William il mio amore e un bacio, e dite che ho attraversato il fiume per vedere il signore..."

«Perché, devi intendere gli Apthorps, non è vero?»

"Certo; Disturbateli con questi nomi, sembra che un corpo non riesca mai a ricordarseli, la metà delle volte, in qualche modo. Sì, disse, diciamo che è corsa a chiedere agli Apthorp di essere sicuri e di venire all'asta a comprare questa casa, perché ha permesso a suo zio Peter di sapere che ce l'avevano più di chiunque altro; e si attaccherà a loro finché non diranno che arriveranno, e poi, se non è troppo stanca, tornerà a casa; e se lo è, sarà a casa comunque domattina. Ha detto: Non dite nulla dei Proctor, ma solo degli Apthorp, il che sarà perfettamente vero, perché lei *sta* andando lì per parlare del loro acquisto della casa; Lo so, perché me l'ha detto lei stessa".

«Va bene», dissero, e si misero a deporre le lenzuola per gli zii, a dar loro l'amore e i baci e a riferire loro il messaggio.

Adesso andava tutto bene. Le ragazze non volevano dire nulla perché volevano andare in Inghilterra; e il re e il duca avrebbero ruther Mary Jane era fuori a lavorare per l'asta che intorno alla portata del dottor Robinson. Mi sentivo molto bene; Giudicai di averlo fatto abbastanza bene... pensavo che Tom Sawyer non avrebbe potuto farlo in modo più ordinato. Naturalmente ci avrebbe messo più stile, ma non posso farlo molto a portata di mano, non essendo all'altezza.

Ebbene, tennero l'asta sulla pubblica piazza, verso la fine del pomeriggio, e si trascorse, e si tese, e il vecchio era a portata di mano e sembrava il più alto del suo livello, lassù a fianco del banditore, e di tanto in tanto snocciolava un po' di Scritture, o un po' di benevolenza di qualche tipo, e il duca che gli stava intorno, cercando simpatia quanto sapeva, e si diffondeva generosamente.

Ma di lì a poco la cosa si trascinò e tutto fu venduto, tutto tranne un piccolo vecchio lotto di poco conto nel cimitero. Così dovevano risolverlo... non ho mai visto una giraffa come il re che voleva ingoiare *tutto*. Ebbene, mentre erano lì, un battello a vapore approdò, e in circa due minuti arrivò una folla che urlava e gridava e rideva e continuava a cantare:

"*Ecco* la tua linea di opposizione! Ecco i tuoi due eredi del vecchio Peter Wilks... e tu paghi i tuoi soldi e fai la tua scelta!»

CAPITOLO XXIX.

Stavano portando a prendere un vecchio signore di bell'aspetto e uno più giovane di bell'aspetto, con il braccio destro in una fionda. E, anime mie, come la gente urlava e rideva, e continuava così. Ma non ci vedevo nessuno scherzo, e pensai che avrebbe messo a dura prova il duca e il re a vederne qualcuno. Pensavo che sarebbero impalliditi. Ma no, non si voltarono nemmeno un pallido . Il duca non lo lasciò mai intendere, sospettò cosa stesse succedendo, ma se ne andò in giro, felice e soddisfatto, come una brocca che cerca su Google il latticello; E quanto al re, si limitava a guardare e a guardare con tristezza quei nuovi venuti, come se gli venisse il mal di stomaco nel cuore al pensiero che ci potessero essere simili frodi e mascalzoni nel mondo. Oh, l'ha fatto in modo ammirevole. Molte delle persone principali si accalcarono intorno al re, per fargli vedere che erano dalla sua parte. Quel vecchio signore che era appena arrivato sembrava tutto perplesso a morte. Ben presto cominciò a parlare, e capii subito che parlava *come* un inglese, non alla maniera del re, anche se quella del re *era* abbastanza buona per un'imitazione. Non posso dare le parole del vecchio signore, né posso imitarlo; ma si voltò verso la folla e disse, più o meno così:

"Questa è una sorpresa per me che non stavo cercando; e lo ammetto, candido e franco, che non sono molto ben fissato per affrontarlo e rispondere; perché io e mio fratello abbiamo avuto disgrazie; Si è rotto un braccio, e il nostro bagaglio è stato rimandato in una città qui sopra la scorsa notte per un errore. Io sono il fratello di Peter Wilks, Harvey, e questo è suo fratello William, che non sa né sentire né parlare... e non sa nemmeno fare segni che siano un granché, ora non ha solo una mano con cui lavorarli. Siamo chi diciamo di essere; e in un giorno o due, quando avrò il bagaglio, potrò dimostrarlo. Ma fino ad allora non dirò altro, ma vado all'albergo e aspetta".

Così lui e il nuovo manichino partirono; e il re ride, e sbraitò:

«Si è rotto un braccio... *molto* probabilmente, *non è* vero?... e anche molto comodo per un imbroglione che deve fare segni, e non ha imparato come. Hanno perso il loro bagaglio! Questo è *un bene enorme*! - e un ingegnoso - date le *circostanze!*'

Così rise di nuovo; E così facevano tutti gli altri, tranne tre o quattro, o forse mezza dozzina. Uno di questi era quel dottore; un altro era un signore dall'aspetto acuto, con una borsa da tappeto del tipo all'antica fatta di stoffa per tappeti, che era appena sceso dal battello a vapore e gli parlava a bassa voce, e di tanto in tanto lanciava un'occhiata al re e annuiva con la testa: era Levi Bell, l'avvocato che era andato a Louisville; E un altro era un grosso husky ruvido che veniva e ascoltava tutto ciò che diceva il vecchio signore, e ora ascoltava il re. E quando il re ebbe finito, questo husky si alzò e disse:

«Dite, guardate qui; se tu sei Harvey Wilks, quando sei venuto in questa città?»

"Il giorno prima del funerale, amico", dice il re.

«Ma a che ora del giorno?»

«Verso sera... circa un'ora e due prima del tramonto.»

«*Come sei* venuto?»

«Vengo giù sulla Susan Powell da Cincinnati».

«Ebbene, allora, come hai fatto a trovarti al Pint la *mattina*... in canoa?»

«Non avverto alla Pinta domattina.»

"È una bugia".

Molti di loro saltarono su di lui e lo pregarono di non parlare in quel modo a un vecchio e a un predicatore.

"Il predicatore sia impiccato, è un imbroglione e un bugiardo. Quella mattina era sveglio al Pint. Abito lassù, vero? Beh, io ero lassù, e lui era lassù. Lo *vedo* lì. È venuto in canoa, insieme a Tim Collins e a un ragazzo".

Il dottore si alza e dice:

«Riconosceresti di nuovo il ragazzo se dovessi vederlo, Hines?»

«Credo che lo farei, ma non lo so. Ebbene, laggiù è, adesso. Lo conosco perfettamente facile".

Era me che indicava. Il medico dice:

"Vicini, non so se la nuova coppia sia una truffa o meno; ma se *questi* due non sono imbroglioni, sono un idiota, ecco tutto. Penso che sia nostro dovere fare in modo che non se ne vadano da qui finché non avremo esaminato questa cosa. Vieni, Hines; Venite, il resto di voi. Porteremo questi tizi alla taverna e li affronteremo con l'altra coppia, e credo che scopriremo *qualcosa* prima di passare.

Era pazzesco per la folla, anche se forse non per gli amici del re; così partimmo tutti. Era quasi il tramonto. Il dottore mi condusse per mano, e fu molto gentile, ma non mi lasciò mai *la* mano.

Ci siamo sistemati tutti in una grande stanza dell'hotel, abbiamo acceso delle candele e siamo andati a prendere la nuova coppia. Innanzitutto, il medico dice:

"Non voglio essere troppo duro con questi due uomini, ma penso che siano dei truffatori, e potrebbero avere dei complici di cui non sappiamo nulla. Se lo hanno fatto, i complici non se la caveranno con quella borsa d'oro rimasta a Peter Wilks? Non è improbabile. Se questi uomini non sono dei truffatori, non si opporranno a mandare a prendere quel denaro e a lasciarcelo tenere finché non dimostreranno di essere a posto... non è così?»

Tutti erano d'accordo. Quindi ho giudicato che avevano messo la nostra banda in una situazione piuttosto stretta fin dall'inizio. Ma il re aveva solo un'aria triste e disse:

«Signori, vorrei che il denaro ci fosse, perché non ho alcuna intenzione di ostacolare un'indagine leale, aperta e diretta su questa faccenda mise; ma, ahimè, i soldi non ci sono; Puoi mandare a vedere, se vuoi."

«Dov'è, allora?»

«Ebbene, quando mia nipote me l'ha dato perché lo tenessi per lei, l'ho preso e nascosto dentro la paglia del mio letto, non volendo metterlo da parte per i pochi giorni in cui saremmo stati qui, e considerando il letto un posto sicuro, non essendo abituati ai negri, e supponiamo che siano onesti, come i servi in Inghilterra. I negri lo rubarono la mattina dopo, dopo che ero sceso le scale; e quando li ho venduti non avevo perso il denaro, così se la sono cavata senza soldi. Il mio servitore qui non ve lo dirà, signori.

Il dottore e molti altri hanno detto: "Accidenti!" e vedo che nessuno gli ha creduto del tutto. Un uomo mi ha chiesto se vedo i negri rubarlo. Dissi di no, ma li vidi sgattaiolare fuori dalla stanza e scappare via, e non pensai mai a nulla, solo calcolai che avevano paura di aver svegliato il mio padrone e cercavano di andarsene prima che lui mettesse guai con loro. Questo è tutto ciò che mi hanno chiesto. Poi il dottore si gira su di me e dice:

«Anche *tu* sei inglese?»

Io dico di sì; e lui e alcuni altri risero, e dissero: "Roba!"

Ebbene, poi si lanciarono nell'indagine generale, e lì l'avemmo su e giù, ora dopo ora, e nessuno disse mai una parola sulla cena, né sembrò mai pensarci... e così continuarono, e continuarono; e fu la cosa peggior che si sia mai vista. Fecero raccontare al re la sua storia, e fecero dire al vecchio gentiluomo la sua; E chiunque, a parte un mucchio di risatine prevenute, avrebbe visto che il vecchio signore stava raccontando la verità e l'altro mentendo. E di lì a poco mi fecero alzare per dire quello che sapevo. Il re mi ha dato uno sguardo mancino con la coda dell'occhio, e così ne sapevo abbastanza per parlare dal lato destro. Cominciai a raccontare di Sheffield, e di come vivevamo lì, e di tutto ciò che riguardava i Wilks inglesi, e così via; ma non ebbi una bella pelliccia finché il dottore non cominciò a ridere; e Levi Bell, l'avvocato, dice:

"Siediti, ragazzo mio; Non mi sforzerei se fossi in te. Immagino che tu non sia abituato a mentire, non sembra che ti venga utile; Quello che vuoi è la pratica. Lo fai in modo piuttosto imbarazzante".

Non mi importava nulla del complimento, ma ero comunque contento di essere stato congedato.

Il dottore si mise a dire qualcosa, e si voltò e disse:

«Se tu fossi stato in città all'inizio, Levi Bell...» Il re interruppe e tese la mano, e disse:

«Perché, è questo il vecchio amico del mio povero fratello morto di cui ha scritto così spesso?»

L'avvocato e lui si strinsero la mano, e l'avvocato sorrise e sembrò compiaciuto, e parlarono per un po', poi si fecero da parte e parlarono a bassa voce; E alla fine l'avvocato prende la parola e dice:

"Questo risolverà il problema. Prenderò l'ordine e lo manderò, insieme a quello di tuo fratello, e allora sapranno che è tutto a posto.

Presero un po' di carta e una penna, e il re si sedette e girò la testa da un lato, si sgranocchiò la lingua e scarabocchiò qualcosa; E poi danno la penna al duca, e allora per la prima volta il duca sembrava malato. Ma lui prese la penna e scrisse. Allora l'avvocato si rivolge al nuovo vecchio signore e dice:

"Tu e tuo fratello, per favore, scrivete una riga o due e firmate i vostri nomi".

Il vecchio signore scriveva, ma nessuno riusciva a leggerlo. L'avvocato sembrava fortemente stupito, e dice:

«Beh, mi batte» - e tirò fuori dalla tasca un mucchio di vecchie lettere, e le esaminò, e poi esaminò la scrittura del vecchio, e poi *di nuovo quelle*; e poi dice: "Queste vecchie lettere sono di Harvey Wilks; e qui ci sono *queste* due scritture, e chiunque può vedere *che* non le hanno scritte» (il re e il duca sembravano venduti e sciocchi, vi dico, per vedere come l'avvocato li avesse presi), «e qui c'è *la* calligrafia di questo vecchio signore che scrive, e chiunque può dirlo, abbastanza facilmente, che non le ha scritte... il fatto è che i graffi che fa non sono affatto scritti correttamente . Ora, ecco alcune lettere da...»

Il nuovo vecchio gentiluomo ha detto:

"Se per favore, lascia che ti spieghi. Nessuno può leggere la mia mano, tranne mio fratello lì, così lui copia per me. È *la sua* mano che hai lì, non la mia".

«*Ebbene!* dice l'avvocato, "questo *è* uno stato di cose. Ho anche alcune lettere di William; Così, se gli riuscirete a fargli scrivere una riga o giù di lì, possiamo venire...»

«Non *sa* scrivere con la mano sinistra», dice il vecchio signore. "Se potesse usare la mano destra, vedresti che ha scritto le sue lettere e anche le mie. Guardi entrambi, per favore: sono della stessa mano».

L'avvocato l'ha fatto, e dice:

«Credo che sia così... e se non è così, c'è una somiglianza molto più forte di quella che avevo notato prima, comunque. Bene, bene, bene! Pensavo che fossimo sulla buona strada per trovare una soluzione, ma in parte è andata a rotoli. Ma in ogni caso, *una* cosa è provata: *questi* due non sono né l'uno né l'altro Wilks, e lui scosse la testa verso il re e il duca.

Beh, cosa ne pensate? Quel vecchio sciocco dalla testa di mulo non si arrese *allora!* In effetti non lo avrebbe fatto. Ha detto che non c'è un test equo. Disse che suo fratello William era il burlone più maledetto del mondo, e non aveva *provato* a scrivere... *vide* che William stava per fare uno dei suoi scherzi nel momento in cui avesse messo la penna su carta. E così si scaldò e cominciò a gorgheggiare e gorgheggiare finché cominciò a credere a ciò che stava dicendo *lui stesso;* ma ben presto il nuovo gentiluomo irruppe e disse:

"Ho pensato a una cosa. C'è qualcuno qui che ha aiutato a stendere il mio fratello... ha aiutato a stendere il defunto Peter Wilks per la sepoltura?»

"Sì", dice qualcuno, "io e Ab Turner l'abbiamo fatto. Siamo entrambi qui".

Allora il vecchio si volse verso il re e disse:

«Forse questo signore può dirmi cosa si è tatuato sul petto?»

La colpa era che il re non avesse dovuto prepararsi in fretta, o se si fosse schiacciato come una spalla di scogliera che il fiume ha tagliato sotto, ci volle così all'improvviso; e, badate bene, era una cosa che era calcolata per far sì che la maggior parte delle *persone si* accantasse per essere recuperata una cosa così solida senza alcun preavviso. Perché come avrebbe fatto a sapere cosa era tatuato sull'uomo? Sbiancò un po'; Non poteva farne a meno; Ed era ancora possente lì dentro, e tutti si chinavano un po' in avanti e lo guardavano. Dico a me stesso: *"Adesso* vomiterà la spugna, non c'è più bisogno". Beh, l'ha fatto? Un corpo non riesce a crederci, ma lui non l'ha fatto. Credo che pensasse che avrebbe tenuto la cosa fino a stancare quella gente, così si sarebbero diradati, e lui e il duca avrebbero potuto liberarsi e andarsene. Comunque, si sedette lì, e ben presto cominciò a sorridere, e disse:

"Mf! È una domanda *molto* difficile, *non è* vero! *Sì*, signore, non so dirle cosa è tatuato sul suo petto. È uno scherzo di una piccola, sottile, freccia blu: ecco cos'è; E se non sembri perso, non puoi vederlo. *Adesso* che ne dici... ehi?"

Beh, *non ho* mai visto niente di simile a quella vecchia vescica per pulire la guancia fuori e fuori.

Il nuovo vecchio gentiluomo si gira bruscamente verso Ab Turner e il suo pard, e i suoi occhi si illuminano come se avesse giudicato di aver preso il re *questa* volta, e dice:

«Ecco... avete sentito quello che ha detto! C'era un segno del genere sul petto di Peter Wilks?»

Entrambi hanno parlato e hanno detto:

"Non abbiamo visto un segno del genere".

«Bene!» dice il vecchio signore. «Ora, quello che hai visto sul suo petto era una piccola P fioca, e una B (che è un'iniziale che ha lasciato cadere quando era giovane), e una W, con trattini tra di loro, così: P-B-W... e lui le ha segnate in quel modo su un pezzo di carta. «Vieni, non è quello che hai visto?»

Entrambi hanno parlato di nuovo, e hanno detto:

"No, non l'*abbiamo fatto*. Non abbiamo mai visto alcun segno".

Beh, ora tutti *erano* in uno stato d'animo, e cantavano:

«Tutta la *faccenda* delle frodi! Li schivamo! Li affoghiamo! Li cavalco su una rotaia!" e tutti urlavano insieme, e ci fu un powwow sferragliante. Ma l'avvocato salta sul tavolo e urla, e dice:

«Signori, signori! Ascoltami solo una parola, solo una *sola* parola, se ti piace! C'è ancora un modo: andiamo a dissotterrare il cadavere e vediamo».

Questo li ha portati.

«Evviva!» gridarono tutti, e partirono subito; Ma l'avvocato e il dottore cantarono:

"Aspetta, aspetta! Mettete il collare a tutti questi quattro uomini e al ragazzo, e *portateli* con voi!»

"Ce la faremo!" gridarono tutti; «E se non troviamo quei segni, lincieremo tutta la banda!»

Avevo paura, adesso, te lo dico. Ma non c'è modo di scappare, sai. Ci afferrarono tutti e ci fecero marciare fino al cimitero, che era a un miglio e mezzo lungo il fiume, e l'intera città alle nostre calcagna, perché facevamo abbastanza rumore, ed erano solo le nove di sera.

Mentre passavamo davanti a casa nostra, avrei voluto non aver mandato Mary Jane fuori città; perché ora, se potessi darle l'occhiolino, lei si spegnerebbe e mi salverebbe, e soffierebbe sui nostri battiti morti.

Ebbene, sciamammo lungo la strada del fiume, proseguendo come gatti selvatici; e per rendere il tutto più spaventoso il cielo si stava oscurando, e i lampi cominciavano a strizzare l'occhio e a svolazzare, e il vento a tremare tra le foglie. Questo fu il guaio più terribile e il più pericoloso in cui mi trovai; e io rimasi più piacevolmente sbalordito; tutto stava andando così diverso da quello che avevo permesso; invece di essere fissato in modo che potessi prendermi il mio tempo se volevo, e vedere tutto il divertimento, e avere Mary Jane alle mie spalle per salvarmi e liberarmi quando arrivavano le magliette, non c'era nulla al mondo tra me e la morte improvvisa se non quei segni di tatuaggi. Se non li avessero trovati...

Non potevo sopportare di pensarci; eppure, in qualche modo, non riuscivo a pensare ad altro. Diventava sempre più buio, ed era un bel momento per dare sfogo alla folla; ma quel grosso husky mi teneva per il polso, Hines, e un corpo avrebbe potuto anche cercare di dare a Goliar la possibilità di scivolare. Mi ha trascinato con sé, era così eccitato che ho dovuto correre per tenere il passo.

Quando arrivarono, sciamarono nel cimitero e lo sommersero come un trabocco. E quando arrivarono alla tomba, scoprirono di avere circa cento volte più pale di quante ne volevano, ma nessuno aveva pensato di andare a prendere una lanterna. Ma si misero comunque a scavare al tremolio del lampo e mandarono un uomo alla casa più vicina, a mezzo miglio di distanza, per prenderne in prestito una.

Così scavarono e scavarono come ogni cosa; e si fece un buio terribile, e cominciò a piovere, e il vento frusciava e soffiava, e i lampi arrivavano sempre più forti, e il tuono rimbombava; ma quella gente non se ne accorgeva mai, era così piena di questa faccenda; E un attimo prima potevi vedere tutto e ogni volto in quella grande folla, e le pale di terra che uscivano dalla tomba, e un attimo dopo il buio spazzava via tutto, e non riuscivi a vedere proprio nulla.

Alla fine tirarono fuori la bara e cominciarono a svitare il coperchio, e poi un altro affollamento e spallamento e spintoni come c'erano, per scrogare dentro e vedere una vista, che non si vede mai; E al buio, in quel modo, era terribile. Hines mi ha fatto male al polso in modo terribile tirando e strattonando così, e credo che si sia completamente dimenticato che ero al mondo, era così eccitato e ansimante.

All'improvviso il lampo si lascia andare a una perfetta chiusa di bagliore bianco, e qualcuno canta:

"Per il jingo vivente, ecco la borsa d'oro sul suo petto!"

Hines emise un urlo, come tutti gli altri, e mi lasciò cadere il polso e diede un grande impulso per aprirsi la strada e dare un'occhiata, e il modo in cui mi illuminai e brillai per la strada nel buio non c'è nessuno che possa dirlo.

Avevo la strada tutta per me, e volavo quasi tutto... almeno, l'avevo tutta per me, tranne il buio solido, e i bagliori di tanto in tanto, e il ronzio della pioggia, e il fruscio del vento, e lo scroscio del tuono; e certo che sei nato l'ho fatto agganciare!

Quando colpii la città, vidi che non c'era nessuno fuori dalla tempesta, così non andai mai a caccia di strade secondarie, ma la attraversai direttamente attraverso quella principale; e quando cominciai ad avvicinarmi alla nostra casa, puntai l'occhio e lo posai. Lì non c'è luce; la casa tutta buia, il che mi faceva sentire dispiaciuta e delusa, non sapevo perché. Ma alla fine, proprio mentre stavo navigando, *il lampo* entra nella finestra di Mary Jane! e il mio cuore si gonfia all'improvviso, come per scoppiare; e nello stesso istante la casa e tutto il resto erano dietro di me nel buio, e non sarebbero mai più stati davanti a me in questo mondo. Era la ragazza migliore che avessi mai visto, e aveva più sabbia.

Nel momento in cui fui abbastanza lontano dalla città per vedere che potevo fare la testa di traino, cominciai a cercare una barca da prendere in prestito, e la prima volta che il fulmine me ne mostrò una che non era incatenata, la afferrai e la spinsi. Era una canoa, e non era fissata con nient'altro che una corda. La testa di traino era a una grande distanza, lontana là fuori in mezzo al fiume, ma non persi tempo; e quando alla fine colpii la zattera ero così stanco che mi sarei sdraiato a soffiare e ansimare se me lo fossi potuto permettere. Ma non l'ho fatto. Mentre saltavo a bordo, cantai:

«Fuori con te, Jim, e liberala! Gloria al cielo, siamo chiusi da loro!"

Jim si accese, e veniva verso di me con entrambe le braccia aperte, era così pieno di gioia; ma quando lo intravidi nel lampo, il cuore mi si sollevò in bocca e caddi in mare all'indietro; perché ho dimenticato che era il vecchio Re Lear e un A-rab annegato tutto in uno, e questo mi ha spaventato a morte. Ma Jim mi ha ripescato, e stava per abbracciarmi e benedirmi, e così via, era così contento che fossi tornato e che eravamo chiusi dal re e dal duca, ma io dissi:

«Non ora; Mangialo a colazione, mangialo a colazione! Liberati e lasciala scivolare!"

Così, in due secondi, scivolammo giù per il fiume, e ci sembrò così bello essere di nuovo liberi e tutti soli sul grande fiume, e nessuno che ci disturbasse. Ho dovuto saltare un po' e saltare in piedi e scricchiolare i tacchi un paio di volte: non potevo farne a meno; ma verso il terzo crepitio notai un suono che conoscevo molto bene, e trattenni il respiro, ascoltai e aspettai; E infatti, quando il lampo successivo spuntò sull'acqua, eccoli arrivare! - e si sdraiarono sui remi e fecero ronzare la loro barca! Erano il re e il duca.

Così allora mi sono buttato sulle assi e mi sono arreso; e fu tutto quello che potei fare per trattenermi dal piangere.

CAPITOLO XXX.

Quando furono saliti a bordo, il re venne verso di me, mi scosse per il bavero e disse:

«Stai cercando di darci la fuga, sei tu, cucciolo! Stanco della nostra compagnia, eh?"

I ha detto:

«No, vostra maestà, vi avvertiamo... *vi prego* di non farlo, vostra maestà!»

«Presto, allora, e dicci qual è *stata* la tua idea, o ti scuoto le viscere!»

"Onestamente, vi dirò tutto così come è successo, vostra maestà. L'uomo che mi aveva preso in giro era molto buono con me, e continuava a dire che aveva un ragazzo grosso più o meno come me che è morto l'anno scorso, e gli dispiaceva vedere un ragazzo in una situazione così pericolosa; e quando furono tutti colti di sorpresa dal ritrovamento dell'oro, e si precipitarono verso la bara, lui mi lasciò andare e sussurrò: 'Smettila subito, o ti impiccheranno, certo!' e io spenti. Non mi sembrava inutile restare: non potevo fare nulla e non volevo essere impiccato se fossi riuscito a scappare. Così non ho mai smesso di correre finché non ho trovato la canoa; e quando sono arrivato qui ho detto a Jim di sbrigarsi, o mi avrebbero preso e impiccato ancora, e ho detto che avevo paura che tu e il duca non fosse vivo ora, e mi dispiaceva terribilmente, e lo era anche Jim, ed ero terribilmente contento quando ti vedevamo arrivare; potresti chiederlo a Jim se non l'ho fatto."

Jim disse che era così, e il re gli disse di stare zitto, e disse: "Oh, sì, è *molto* probabile!" e mi scosse di nuovo, e disse che pensava di avermi annegato. Ma il duca dice:

«Leggo il ragazzo, vecchio idiota! Faresti qualcosa di diverso? Hai chiesto in giro per *lui* quando ti sei liberato? Non me lo ricordo".

Così il re mi lasciò andare e cominciò a maledire quella città e tutti quelli che vi abitavano. Ma il duca dice:

«Faresti meglio a darti una bella imprecazione, perché sei quello che ne ha più diritto. Non hai fatto nulla fin dall'inizio che avesse un senso, se non quello di uscire così figo e sfacciato con quell'immaginario segno della freccia blu. Era tutto bello, era proprio un bullo, ed è stata la cosa che ci ha salvato. Perché, se non fosse stato per quello, ci avrebbero imprigionato fino a quando non fosse arrivato il bagaglio di quegli inglesi... e poi... il penitenziario, ci puoi scommettere! Ma quell'inganno li portò al cimitero, e l'oro ci fece una gentilezza ancora più grande; perché se quegli sciocchi eccitati non avessero lasciato andare tutti gli imbecilli e non si fossero affrettati a dare un'occhiata, stanotte stanotte avremmo dormito nelle nostre cravatte - anche le cravatte *si sarebbero consumate* - più a lungo di quanto *ne avremmo* avuto bisogno.

Erano ancora un minuto, a pensare; Poi il re dice, un po' distratto, tipo:

"Mf! E abbiamo pensato che *i negri* l'avessero rubata!"

Questo mi ha fatto contorcere!

«Sì», dice il duca, più gentile, lento, deliberato e sarcastico, «l'*abbiamo* fatto».

Dopo circa mezzo minuto il re esce in modo strascicato:

«Almeno, *l'ho* fatto.»

Il duca dice, allo stesso modo:

"Al contrario, l'*ho* fatto".

Il re si arruffa e dice:

«Guarda, Bilgewater, a cosa ti riferisci?»

Il duca dice, piuttosto vivacemente:

"Quando si tratta di questo, forse mi lasci chiedere, a cosa ti riferivi?"

«Che schifo!» dice il re, molto sarcastico; «ma *non* lo so... forse stavi dormendo e non sapevi che cosa stavi facendo».

Il duca si irrigidisce e dice:

«Oh, smettila *con* queste maledette sciocchezze; Mi prendi per uno sciocco da biasimo? Non credi *che io* sappia chi ha nascosto quel denaro in quella bara?»

«*Sì*, signore! So che lo *sai*, perché l'hai fatto tu stesso!"

"È una bugia!" E il duca andò a prenderlo. Il re canta:

«Toglietevi le mani!... goditemi la gola!... mi riprendo tutto!»

Il duca ha detto:

«Beh, prima di tutto ammetti di aver nascosto lì quel denaro, con l'intenzione di darmi il foglietto uno di questi giorni, e tornare a dissotterrare e averlo tutto per te».

"Aspetta un attimo, duca, rispondimi a questa domanda, onesta e leale; se non hai messo lì i soldi, dillo e ti farò credere e ritirerò tutto ciò che ho detto.

«Vecchio mascalzone, non l'ho fatto, e tu sai che non l'ho fatto. Ecco, ora!"

«Ebbene, allora, te lo credo. Ma rispondimi, scherzando ancora una volta... ora *non* impazzire; non avevi in mente di agganciare il denaro e nasconderlo?"

Il duca non disse mai nulla per un po'; Poi dice:

«Beh, non mi importa se l'ho *fatto*, non l'ho *fatto*, comunque. Ma non solo avevi in mente di farlo, ma l'hai *fatto*".

«Vorrei non morire mai, se l'ho fatto, duca, e questo è onesto. Non dirò che non *l'ho* avvertito, perché lo *ero;* ma tu, intendo dire qualcuno, mi hai preceduto.

"È una bugia! L'hai fatto, e devi *dire* che l'hai fatto, o...»

Il re cominciò a gorgogliare, e poi ansimò:

«'No!... *Lo ammetto!*'

Fui molto contento di sentirglielo dire; mi ha fatto sentire molto più a mio agio di quello che sentivo prima. Allora il duca tolse le mani e disse:

«Se mai lo negherai di nuovo, ti annegherò. È *bene* che tu ti metta lì e piagnucoli come un bambino: è adatto a te, dopo il modo in cui ti sei comportato. Non ho mai visto uno struzzo così vecchio che voglia divorare tutto... e mi fido sempre di te, come se fossi mio padre. Dovresti vergognarti di te stesso per stare a guardare e sentirlo addosso a un sacco di poveri negri, e non dici mai una parola per loro. Mi fa sentire ridicolo pensare di essere stato abbastanza morbido da *credere a* quella spazzatura. Maledici, ora capisco perché eri così ansioso di rimediare alla difesa: volevi prendere tutto il denaro che avevo ricavato dal Nonesuch e da una cosa o dall'altra, e raccoglierlo *tutto!*"

Il re dice, timido, e ancora sbuffando:

"Ebbene, duca, siete stato voi a dire di inventare il deffisit; non mi avverte".

"Asciugati! Non voglio più sentir parlare di te!" dice il duca. "E *ora* vedi cosa hai *ottenuto*. Hanno riavuto tutto il loro denaro, e tutto *il nostro*, tranne un siclo o due. A letto, e non deviarmi più, finché vivi !"

Così il re si intrufolò nel wigwam e prese la sua bottiglia per conforto, e ben presto il duca afferrò la *sua* bottiglia; e così in circa mezz'ora erano di nuovo grossi come ladri, e più si stringevano, più si amavano, e se ne andarono a russare l'uno nelle braccia dell'altro. Entrambi diventarono potenti e dolci, ma notai che il re non si addolciva abbastanza da dimenticare di ricordarsi di non negare di nascondere di nuovo la borsa dei soldi. Questo mi ha fatto sentire a mio agio e soddisfatto. Naturalmente quando cominciarono a russare facemmo un lungo chiacchiericcio, e io raccontai tutto a Jim.

CAPITOLO XXXI.

Non ci fermeremo più in nessuna città per giorni e giorni; proseguito lungo il fiume. Eravamo giù a sud con il caldo ora, e molto lontano da casa. Cominciammo ad arrivare ad alberi con muschio spagnolo, che pendeva dai rami come lunghe barbe grigie. Era la prima volta che lo vedevo crescere, e faceva sembrare il bosco solenne e lugubre. Così ora i truffatori si resero conto di essere fuori pericolo e ricominciarono a lavorare nei villaggi.

Prima fecero una conferenza sulla temperanza; ma non hanno guadagnato abbastanza per ubriacarsi entrambi. Poi in un altro villaggio aprirono una scuola di ballo; ma non sapevano ballare più di quanto sappia ballare un canguro; Così il primo salto che fecero al grande pubblico saltò dentro e li portò fuori città. Un'altra volta cercarono di andare alla yellocution; Ma non hanno urlato a lungo fino a quando il pubblico si è alzato e ha dato loro una bella imprecazione, e li ha fatti saltare fuori. Hanno affrontato il missionario, l'ipnotizzazione, la cura e la predizione del futuro, e un po' di tutto; ma sembrava che non avessero fortuna. Così alla fine furono quasi al verde e si sdraiarono intorno alla zattera mentre lei galleggiava, pensando e ripensando, senza mai dire nulla, per mezza giornata alla volta, e spaventosamente blu e disperata.

E alla fine cambiarono e cominciarono a posare le loro teste insieme nel wigwam e a parlare a bassa voce e in modo confidenziale per due o tre ore di seguito. Jim ed io ci sentimmo a disagio. Non ci piaceva l'aspetto. Pensammo che stessero studiando una specie di diavoleria peggiore che mai. Lo rigirammo più e più volte, e alla fine decidemmo che stavano per entrare in casa o nel negozio di qualcuno, o stavano per entrare nel business del denaro falso, o qualcosa del genere. Allora eravamo piuttosto spaventati, e abbiamo fatto un accordo che non avremmo avuto nulla a che fare con tali azioni, e che se mai avessimo avuto il minimo spettacolo avremmo dato loro una scossa di freddo e li avremmo lasciati indietro. Ebbene, una mattina presto nascondemmo la zattera in un posto buono e sicuro circa due miglia più in basso di un villaggio un po' squallido chiamato Pikesville, e il re scese a terra e ci disse di stare tutti nascosti mentre saliva in città e annusava in giro per vedere se qualcuno avesse ancora sentito parlare del Royal Nonesuch. ("Casa da derubare, tu *meschino*", dico a me stesso; «e quando avrai finito di rubarla, tornerai qui e ti chiederai che ne è stato di me, di Jim e della zattera... e dovrai tirarla fuori per chiedertela.») E lui disse che se non fosse tornato entro mezzogiorno, il duca e io avremmo saputo che era tutto a posto, e dovevamo venire con noi.

Così siamo rimasti dov'eravamo. Il duca si agitava e sudava, ed era molto acido. Ci rimproverava per tutto, e sembrava che non riuscissimo a fare nulla di giusto; Trovava da ridire su ogni piccola cosa. C'era qualcosa che bolle in pentola, certo. Ero buono e contento quando veniva il mezzogiorno e non c'era un re; Potremmo avere un cambiamento, in ogni caso, e forse una possibilità per *il* cambiamento in più. Così io e il duca andammo al villaggio, e cercammo lì intorno il re, e di lì a poco lo trovammo nella stanza sul retro di un po' di basso doggery, molto stretto, e un sacco di fannulloni che lo tormentavano per gioco, e lui imprecava e minacciava con tutte le sue forze, e così stretto che non poteva camminare, e non potevo farci nulla. Il duca cominciò a insultarlo come un vecchio sciocco, e il re cominciò a indietreggiare, e nel momento in cui furono quasi d'accordo, mi accesi e mi tolsi le scogliere dalle zampe posteriori, e mi voltai lungo la strada del fiume come un cervo, perché vedo la nostra occasione; e decisi che ci sarebbe voluta una lunga giornata prima che rivedessero me e Jim. Arrivai laggiù tutto senza fiato, ma carico di gioia, e cantai:

«Liberala, Jim! Adesso stiamo bene!"

Ma non c'è nessuna risposta, e nessuno esce dal wigwam. Jim se n'era andato! Lanciai un grido, e poi un altro, e poi un altro ancora; e correre di qua e di là nei boschi, urlando e stridendo; ma non serviva a nulla: il vecchio Jim se n'era andato. Allora mi sedetti e piansi; Non ho potuto farne a meno. Ma non riuscivo a stare fermo a lungo. Ben presto uscii per la strada, cercando di pensare a cosa fosse meglio fare, e mi imbattei in un ragazzo che camminava, e gli chiesi se avesse visto uno strano negro vestito così e così, e lui disse:

"Sì."

«Dov'è?» dico io.

«Giù a casa di Silas Phelps, due miglia più in basso di qui. È un negro in fuga, e l'hanno preso. Lo stavi cercando?"

«Scommetti che non lo sono! L'ho incontrato per fortuna nel bosco circa un'ora o due fa, e lui ha detto che se avessi urlato mi avrebbe tagliato il fegato... e mi ha detto di sdraiarmi e di rimanere dov'ero; e l'ho fatto. Da allora sono sempre stato lì; ha paura di uscire".

«Beh», dice, «non devi più aver paura, perché l'hanno preso. È scappato via al Sud, som'ers."

"È un buon lavoro che gli hanno preso".

«Beh, *immagino!* C'è una ricompensa di duecento dollari su di lui. È come raccogliere soldi per strada".

«Sì, lo è... e *avrei* potuto averla se fossi stata abbastanza grande; Lo vedo *per primo*. Chi l'ha inchiodato?"

«Era un vecchio, uno sconosciuto, e ha venduto la sua occasione per quaranta dollari, perché deve risalire il fiume e non può aspettare. Pensaci, adesso! Scommetti che *aspetterei*, se fossero sette anni".

«Sono io, ogni volta», dico io. «Ma forse la sua occasione non vale più di così, se la venderà così a buon mercato. Forse c'è qualcosa che non va dritto in questo".

«Ma lo è, però... dritto come una corda. Vedo io stesso il foglietto d'invito. Racconta tutto di lui, con un puntino, lo dipinge come un quadro, e dice alla piantagione che si trova sotto Newrleans. No-sirree-bob, non hanno problemi con *quella* speculazione, ci puoi scommettere. Dimmi, dammi un chaw tobacker, non è vero?»

Non ne avevo, così se n'è andato. Andai alla zattera e mi sedetti nel wigwam a pensare. Ma non sono riuscito a finire nel nulla. Ci pensai fino a farmi male alla testa, ma non riuscivo a vedere una via d'uscita dal guaio. Dopo tutto questo lungo viaggio, e dopo tutto quello che avevamo fatto per quei furfanti, qui tutto era finito nel nulla, tutto distrutto e rovinato, perché potevano avere il cuore di servire a Jim un trucco del genere, e renderlo di nuovo schiavo per tutta la vita, e anche tra estranei, per quaranta sporchi dollari.

Una volta mi dissi che sarebbe stato mille volte meglio per Jim essere uno schiavo a casa dov'era la sua famiglia, purché fosse *stato uno* schiavo, e quindi avrei fatto meglio a scrivere una lettera a Tom Sawyer e dirgli di dire a Miss Watson dove si trovava. Ma presto abbandono quell'idea per due cose: lei si arrabbierebbe e disgusterebbe per la sua furfanteria e ingratitudine per averla lasciata, e così lo venderebbe di nuovo giù per il fiume; e se non lo facesse, tutti naturalmente disprezzano un negro ingrato, e lo farebbero sentire sempre a Jim, e così si sentirebbe irritabile e disonorato. E poi pensa a *me!* Spargeva la voce che Huck Finn aiutava un negro a ottenere la libertà, e se mai dovessi rivedere qualcuno di quella città, sarei pronto a scendere e a leccargli gli stivali per la vergogna. Questo è proprio il modo: una persona fa una cosa di basso livello, e poi non vuole prenderne le conseguenze. Pensa che finché può nasconderlo, non è una disgrazia. Quella era esattamente la mia soluzione. Più studiavo su questo, più la mia coscienza si metteva a macinarmi, e più mi sentivo malvagio, basso e irascibile. E alla fine, quando all'improvviso mi venne in mente che c'era la mano semplice della Provvidenza che mi dava uno schiaffo in faccia e mi faceva capire che la mia malvagità era sorvegliata tutto il tempo da lassù in cielo, mentre rubavo il negro di una povera vecchia che non mi aveva mai fatto del male, e ora mi stava mostrando che c'è Uno che è sempre all'erta, e non ha intenzione di permettere che tali miserabili azioni se ne vadano solo così tanto e non oltre, che sono caduto quasi sulle mie tracce che ero così spaventato. Ebbene, ho fatto del mio meglio per ammorbidire un po' la situazione dicendo che sono stato allevato come malvagio, e quindi non ho avvertito tanto di biasimarlo; ma qualcosa dentro di me continuava a dire: "C'era la scuola domenicale, potevi andarci; e se l'avessi fatto tu, ti avrebbero appreso che le persone che si comportano come ho fatto io per quel negro vanno al fuoco eterno.

Mi ha fatto rabbrividire. E quasi decisi di pregare, e vedere se potevo provare a smettere di essere il tipo di ragazzo che ero ed essere migliore.

Così mi inginocchiai. Ma le parole non arrivavano. Perché non dovrebbero? Non serve a nulla cercare di nascondergielo. E nemmeno da *me*. Sapevo benissimo perché non sarebbero venuti. È stato perché il mio cuore non ha avvertito bene; è stato perché ho avvertito di non quadrare; era perché giocavo in doppio. Stavo lasciando *che* rinunciassi al peccato, ma dentro di me mi stavo aggrappando al più grande di tutti. Stavo cercando di far dire alla mia bocca che avrei fatto la cosa giusta e la cosa pulita, e di andare a scrivere al padrone di quel negro e dire dove si trovava; ma nel profondo di me sapevo che era una bugia, e Lui lo sapeva. Non si può dire una bugia, l'ho scoperto.

Così ero pieno di guai, pieno come potevo essere, e non sapevo cosa fare. Alla fine ebbi un'idea; e io dico, andrò a scrivere la lettera, e *poi* vedrò se posso pregare. Era stupefacente il modo in cui mi sentivo leggero come una piuma subito, e i miei guai erano scomparsi. Così presi un pezzo di carta e una matita, tutto contento ed eccitato, mi sedetti e scrissi:

> Signorina Watson, il vostro negro fuggiasco
> Jim è quaggiù due miglia sotto Pikesville, e il
> signor Phelps lo ha preso e lo darà per la
> ricompensa se me lo manderete.
>
> HUCK FINN.

Mi sentivo bene e tutto lavato dal peccato per la prima volta che mi sentivo così in vita mia, e sapevo che ora potevo pregare. Ma non lo feci subito, ma posai il foglio e mi sedetti lì a pensare, a pensare a quanto fosse bello che tutto ciò fosse accaduto così, e a quanto fossi vicino a perdermi e ad andare all'inferno. E continuai a pensare. E ho avuto modo di pensare al nostro viaggio lungo il fiume; e vedo Jim davanti a me tutto il tempo: di giorno e di notte, a volte al chiaro di luna, a volte tempeste, e noi che galleggiamo, parlando e cantando e ridendo. Ma in qualche modo non riuscivo a trovare nessun punto per indurirmi contro di lui, ma solo l'altro tipo. Lo vedevo stare il mio turno di guardia sopra il suo, invece di chiamarmi, così potevo continuare a dormire; e vederlo come era contento quando tornai fuori dalla nebbia; e quando lo raggiungo di nuovo nella palude, lassù dove c'era la faida; e tempi simili; e mi chiamava sempre tesoro, e mi accarezzava e faceva tutto ciò che gli veniva in mente per me, e quanto era sempre buono; e alla fine colsi il momento in cui lo salvai dicendo agli uomini che avevamo il vaiolo a bordo, e lui fu così grato, e disse che ero il miglior amico che il vecchio Jim avesse mai avuto al mondo, e l'*unico* che ha ora; e poi mi capitò di guardarmi intorno e vedere quel foglio.

Era un posto vicino. Lo presi e lo tenni in mano. Tremavo, perché dovevo decidere, per sempre, tra due cose, e lo sapevo. Ho studiato un minuto, quasi trattenendo il respiro, e poi mi sono detto:

«Va bene, allora, andrò all' inferno» - e lo strappò.

Erano pensieri orribili e parole orribili, ma sono state dette. E li ho lasciati rimanere detto; e non pensai mai più a riformare. Mi tolsi tutto dalla testa e dissi che avrei ripreso la malvagità, che era nelle mie corde, essendo stato portato ad essa, e l'altro non mi avrebbe avvertito. E per cominciare andrei a lavorare e strapperei di nuovo Jim dalla schiavitù; e se potessi pensare a qualcosa di peggio, farei anche quello; perché finché ero dentro, e dentro per sempre, avrei potuto anche andare fino in fondo.

Allora mi misi a pensare a come arrivarci, e rigirai nella mia mente un numero considerevole di modi; e alla fine mise a punto un piano che mi si addiceva. Così presi i punti di riferimento di un'isola boscosa che scendeva un pezzo lungo il fiume, e appena fu abbastanza buio sgattaiolai fuori con la mia zattera e andai a prenderla, e la nascosi lì, e poi tornai indietro. Dormii tutta la notte, mi alzai prima che facesse giorno, feci colazione, indossai i miei vestiti da negozio, ne legai altri e una cosa o l'altra in un fagotto, presi la canoa e mi diressi verso la riva. Sbarcai di sotto, dove giudicai essere il posto di Phelps, e nascosi il mio fagotto nel bosco, poi riempii d'acqua la canoa, vi caricai dei sassi e la affondai dove avrei potuto ritrovarla quando l'avessi voluta, circa un quarto di miglio sotto una piccola segheria a vapore che era sulla riva.

Poi mi immisi sulla strada, e quando passai davanti al mulino vidi un cartello su di esso, "Segheria di Phelps", e quando arrivai alle fattorie, due o trecento metri più avanti, tenni gli occhi aperti, ma non vidi nessuno intorno, anche se ora era buona luce del giorno. Ma non mi importava, perché non volevo ancora vedere nessuno, volevo solo capire la conformazione del territorio. Secondo il mio piano, sarei arrivato lì dal villaggio, non dal basso. Così ho dato un'occhiata e mi sono incamminato, dritto verso la città. Beh, il primo uomo che ho visto quando sono arrivato è stato il duca. Stava preparando un cartellone per il Royal Nonesuch, uno spettacolo di tre serate, come quell'altra volta. *Avevano* la sfacciataggine, quei truffatori! Avevo ragione su di lui prima che potessi schiantarmi. Lui guardò stupito e disse:

«Ciao*!* Da dove *vieni?*" Poi dice, un po' contento e ansioso: «Dov'è la zattera?... l'ha messa in un buon posto?»

I ha detto:

«Ebbene, è proprio quello che stavo per chiedere a Vostra Grazia».

Allora non sembrava così contento e disse:

"Qual è stata l'idea che ti ha spinto a chiedermelo*?*", dice.

«Ebbene», dico, «quando vedo il re in quel doggery ieri, dico a me stesso: non possiamo riportarlo a casa per ore, finché non sarà più sobrio; così sono andato in giro per la città a dedicare del tempo e aspettare. Un uomo si alzò e mi offrì dieci centesimi per aiutarlo a tirare una barca sul fiume e tornare indietro a prendere una pecora, e così andai avanti; ma quando lo stavamo trascinando verso la barca, e l'uomo mi lasciò a bocca aperta della corda e andò dietro di lui per spingerlo, era troppo forte per me e si liberò di scatto e corse via, e noi lo seguimmo. Non avevamo nessun cane, e così abbiamo dovuto inseguirlo per tutto il paese finché non lo abbiamo stancato. Non l'abbiamo mai preso fino al buio; poi lo andammo a prendere e io cominciai a scendere verso la zattera. Quando sono arrivato lì e ho visto che non c'era più, mi sono detto: 'Si sono messi nei guai e se ne sono dovuti andare; e hanno preso il mio negro, che è l'unico negro che ho al mondo, e ora sono in un paese straniero, e non ho più proprietà, né niente, e non ho modo di guadagnarmi da vivere;' così mi sedetti e piansi. Ho dormito nel bosco tutta la notte. Ma che ne è stato della zattera, allora? E Jim, povero Jim!»

«Colpa se *lo* so... cioè, che ne è stato della zattera. Quel vecchio sciocco aveva fatto un affare e aveva preso quaranta dollari, e quando lo trovammo nel doggery i fannulloni gli avevano dato mezzo dollaro e avevano preso ogni centesimo tranne quello che aveva speso per il whisky; e quando l'ho riportato a casa tardi ieri sera e ho trovato la zattera sparita, abbiamo detto: 'Quel piccolo mascalzone ha rubato la nostra zattera e ci ha scosso, ed è scappato lungo il fiume'".

«Non scuoterei il mio *negro*, vero?... l'unico negro che ho avuto al mondo, e l'unica proprietà».

"Non ci abbiamo mai pensato. Il fatto è che credo che saremmo arrivati a considerarlo *il nostro* negro; sì, lo consideravamo così... Dio sa che avevamo abbastanza problemi per lui. Così, quando vediamo che la zattera era sparita e ci siamo rotti a terra, non c'è altro da fare se non provare il Royal Nonesuch un'altra scossa. E da allora sono rimasto ancorato, secco come un corno da cipria. Dov'è quella decina di centesimi? Datelo qui".

Avevo molto denaro, così gli diedi dieci centesimi, ma lo pregai di spenderli per qualcosa da mangiare, e di darmi un po', perché era tutto il denaro che avevo, e non avevo avuto niente da mangiare da ieri. Non ha mai detto nulla. Un minuto dopo mi gira addosso e dice:

«Credete che quel negro ci soffierebbe addosso? Lo scuoieremmo se lo facesse!"

"Come può soffiare? Non è scappato?»

«No! Quel vecchio sciocco l'ha venduto, e non si è mai diviso con me, e il denaro è andato».

«*L'hai venduto*?» Dissi, e cominciai a piangere; «Era *il mio* negro, e quello era il mio denaro. Dov'è?... Voglio il mio negro."

«Beh, non puoi *prendere* il tuo negro, tutto qui... quindi asciuga il tuo blubering. Senti, pensi che *ti* azzarderesti a soffiarci addosso? Incolpato se penso che mi fiderei di te. Perché, se tu *dovessi* soffiare su di noi...»

Si fermò, ma non ho mai visto il duca sembrare così brutto dai suoi occhi prima d'ora. Continuai a piagnucolare e dissi:

"Non voglio soffiare su nessuno; e non ho tempo per soffiare, in nessun modo. Devo andare a trovare il mio negro".

Aveva un'aria più gentile e infastidita, e se ne stava lì con le banconote che gli svolazzavano sul braccio, pensando e arricciando la fronte. Alla fine dice:

"Ti dirò una cosa. Siamo stati qui tre giorni. Se prometti che non soffierai e non lascerai soffiare il negro, ti dirò dove trovarlo."

Così l'ho promesso, e lui dice:

«Un contadino di nome Silas Ph...» e poi si fermò. Vede, ha cominciato a dirmi la verità; ma quando si fermò in quel modo e ricominciò a studiare e a pensare, pensai che stesse cambiando idea. E così fu. Non si fidava di me; Voleva essere sicuro di togliermi di mezzo per tutti e tre i giorni. Così, ben presto, dice:

«L'uomo che l'ha comprato si chiama Abram Foster, Abram G. Foster, e vive a quaranta miglia di distanza qui in campagna, sulla strada per Lafayette».

"Va bene", dico, "posso percorrerlo in tre giorni. E comincerò proprio nel pomeriggio".

"No, non vuoi, comincerai *ora;* e non perdete tempo nemmeno a riguardo, né a proposito, né a chiacchierare. Tenete la lingua stretta nella vostra testa e andate avanti, e poi non vi metterete nei guai con *noi*, avete capito?»

Quello era l'ordine che volevo, ed era quello per cui giocavo . Volevo essere lasciata libera di realizzare i miei piani.

"Quindi sgomberate", dice; «e lei può dire al signor Foster quello che vuole. Forse puoi fargli credere che Jim *è* il tuo negro - alcuni idioti non hanno bisogno di documenti - almeno ho sentito dire che ce ne sono di simili qui al Sud. E quando gli dirai che il foglietto d'invito e la ricompensa sono falsi, forse ti crederà quando gli spiegherai qual è stata l'idea per farli uscire. Va' a lungo ora, e digli tutto quello che vuoi; ma bada bene che non fai muovere la mascella *tra* qui e là."

Così me ne andai e partii per l'entroterra. Non mi guardai intorno, ma mi sentii come se mi stesse guardando. Ma sapevo che avrei potuto stancarlo per questo. Andai dritto in campagna fino a un miglio prima di fermarmi; poi tornai indietro attraverso il bosco verso Phelps'. Pensai che avrei fatto meglio a iniziare subito il mio piano senza scherzare, perché volevo tappare la bocca a Jim finché quei tizi non fossero riusciti a scappare. Non volevo avere problemi con la loro specie. Avevo visto tutto quello che volevo di loro, e volevo chiudermi completamente di loro.

CAPITOLO XXXII.

Quando arrivai era tutto calmo e come la domenica, caldo e splendente di sole; le mani erano andate nei campi; e c'erano quelle specie di deboli ronzii di insetti e mosche nell'aria che lo facevano sembrare così solitario e come se tutti fossero morti e andati; e se una brezza soffia e fa tremare le foglie ti fa sentire triste, Perché ti senti come se fossero gli spiriti a sussurrare, spiriti morti da così tanti anni, e pensi sempre che stiano parlando di te. In generale, fa desiderare a un corpo *di essere* morto anche lui, e di aver finito con tutto.

Quella di Phelps era una di quelle piccole piantagioni di cotone con un solo cavallo, e si assomigliano tutte. Una recinzione intorno a un cortile di due acri; un montante fatto di tronchi segati e rovesciati in gradini, come barili di lunghezza diversa, con cui scavalcare la recinzione, e su cui le donne possono stare quando stanno per saltare su un cavallo; qualche macchia d'erba malaticcia nel grande cortile, ma per lo più era spoglio e liscio, come un vecchio cappello con il pelo strofinato via; grande casa di tronchi doppi per i bianchi: tronchi tagliati, con le fessure tappate con fango o malta, e queste strisce di fango sono state imbiancate di tanto in tanto; cucina a tronchi tondi, con un grande passaggio largo, aperto ma coperto, che la unisce alla casa; affumicatoio di tronchi sul retro della cucina; tre piccole capanne di negri di tronchi in fila dall'altra parte dell'affumicatoio; una piccola capanna tutta da sola, giù contro la recinzione posteriore, e alcuni annessi giù un pezzo dall'altra parte; tramoggia per la cenere e grande bollitore per il sapone biliare vicino alla piccola capanna; panca vicino alla porta della cucina, con secchio d'acqua e una zucca; segugio addormentato lì al sole; altri cani che dormono tutt'intorno; a circa tre alberi da ombra in un angolo; alcuni cespugli di ribes e cespugli di uva spina in un punto vicino alla recinzione; fuori dalla recinzione un giardino e un campo di angurie; poi iniziano i campi di cotone, e dopo i campi i boschi.

Girai intorno e mi accasciai sul retro vicino al posacenere, e mi avviai verso la cucina. Quando arrivai un po' più lontano, sentii il fioco ronzio di un filatoio che si lamentava e scendeva di nuovo; e allora seppi per certo che avrei voluto essere morto, perché quello *è* il suono più solitario del mondo intero.

Andai avanti, senza fissare un piano particolare, ma confidando semplicemente che la Provvidenza mi avrebbe messo in bocca le parole giuste quando fosse arrivato il momento; perché avevo notato che la Provvidenza mi metteva sempre in bocca le parole giuste, se lasciavo perdere.

Quando arrivai a metà strada, prima un cane e poi un altro si alzarono e mi presero, e naturalmente mi fermai e li affrontai, e rimasi fermo. E un altro powwow come quello che hanno fatto! In un quarto d'ora ero una specie di mozzo di una ruota, come si può dire, raggi fatti di cani, un cerchio di quindici di loro stretti intorno a me, con il collo e il naso tesi verso di me, abbaiando e ululando; e altro ancora in arrivo; Potevi vederli scavalcare le recinzioni e girare gli angoli da ogni parte.

Una donna negra uscì dalla cucina con un mattarello in mano, cantando: "Vattene , Tige! tu Spot! Begone sah!" e prese prima uno e poi un altro di loro e li mandò a ululare, e poi gli altri lo seguirono; E la seconda metà successiva di loro torna, scodinzolando intorno a me e facendo amicizia con me. Non c'è nulla di male in un segugio, in nessun modo.

E dietro la donna vengono una negra e due negri senza altro che camicie di lino, e si aggrapparono all'abito della madre e mi sbirciarono da dietro, timidi, come fanno sempre. Ed ecco che arriva la donna bianca che scappa dalla casa, di circa quarantacinque o cinquant'anni, a capo scoperto, con il bastone da filatura in mano; E dietro di lei vengono i suoi piccoli bambini bianchi, che si comportano nello stesso modo in cui facevano i piccoli negri. Sorrideva dappertutto, tanto che riusciva a malapena a stare in piedi, e dice:

«Sei *tu*, finalmente!... *non è* vero?»

Sono uscito con un "Sì" prima di pensare.

Mi afferrò e mi abbracciò forte; poi mi afferrò per entrambe le mani e mi strinse e si strinse e si strinse via; e le lacrime le vennero agli occhi, e scorrevano giù; e sembrava che non riuscisse ad abbracciare e a tremare abbastanza, e continuava a dire: "Non assomigli tanto a tua madre quanto pensavo che avresti fatto; ma per carità, non mi interessa, sono *così* felice di vederti! Cara, cara, sembra proprio che potrei mangiarti! Bambini, è vostro cugino Tom!

Ma essi abbassarono la testa, si misero le dita in bocca e si nascosero dietro di lei. Così ha continuato:

«Lize, sbrigati a portargli subito una colazione calda... o hai fatto colazione sulla barca?»

Ho detto che l'avevo preso sulla barca. Così si avviò verso casa, conducendomi per mano, e i bambini mi seguivano. Quando arrivammo, mi fece accomodare su una sedia con il fondo spaccato, si sedette su un piccolo sgabello basso di fronte a me, tenendomi entrambe le mani, e disse:

"Ora posso guardarti *bene*; e, leggi-a-me, ne ho avuto fame molte e molte volte, tutti questi lunghi anni, e finalmente è arrivato! Vi aspettavamo da un paio di giorni e più. Che cosa vuoi?... la barca si è arenata?»

«Sì... lei...»

«Non dire di sì... di' zia Sally. Dove si è arenata?»

Non sapevo bene cosa dire, perché non sapevo se la barca sarebbe salita o scesa dal fiume. Ma vado un bel po' d'istinto; e il mio istinto diceva che sarebbe venuta su... da giù verso Orléans. Questo non mi ha aiutato molto, però; perché non conoscevo i nomi dei bar giù da quella parte. Capisco che avrei dovuto inventare un bar, o dimenticare il nome di quello su cui ci siamo arenati... oppure... Ora mi è venuta un'idea, e l'ho tirata fuori:

«Non ha avvertito l'incaglio, che non ci ha trattenuto se non un po'. Abbiamo fatto saltare una testata".

"Santo cielo! Qualcuno si è fatto male?"

«No. Ha ucciso un negro".

"Beh, è una fortuna; Perché a volte le persone si fanno male. Due anni fa, lo scorso Natale, tuo zio Silas stava tornando da Newrleans sulla vecchia

Lally Rook, e lei ha fatto saltare una testata e ha paralizzato un uomo. E penso che sia morto dopo. Era un battista. Tuo zio Silas conosceva una famiglia di Baton Rouge che conosceva molto bene la sua gente. Sì, ora mi ricordo, è morto. Iniziò la mortificazione e dovettero amputarlo. Ma non lo ha salvato. Sì, era una mortificazione, era così. Divenne tutto blu e morì nella speranza di una gloriosa risurrezione. Dicono che fosse uno spettacolo da guardare. Tuo zio è venuto in città ogni giorno a prenderti. E se n'è andato di nuovo, non più di un'ora fa; Tornerà da un momento all'altro. Dovete incontrarlo per strada, non è vero?

«No, non ho visto nessuno, zia Sally. Il battello sbarcò proprio all'alba, e io lasciai i miei bagagli sul molo e andai a cercare in giro per la città e un pezzo di campagna, per metterci il tempo e non arrivare troppo presto; e così scendo per la strada posteriore".

«A chi daresti il bagaglio?»

"Nessuno."

«Perché, bambina, sarà rubata!»

"Non dove *l'ho* nascosto, credo che non lo farà", dico.

«Come hai fatto a fare colazione così presto sulla barca?»

Era un po' più sottile di ghiaccio, ma io dico:

"Il capitano mi ha visto in piedi e mi ha detto che era meglio che mangiassi qualcosa prima di scendere a terra; Così mi ha portato in Texas al pranzo degli ufficiali, e mi ha dato tutto quello che volevo".

Ero così a disagio che non riuscivo ad ascoltare bene. Avevo sempre la mente sui bambini; Volevo metterli da parte e pomparli un po', e scoprire chi ero. Ma non riuscivo a fare spettacolo, la signora Phelps continuava a farlo e continuava così. Ben presto mi ha fatto venire i brividi di freddo lungo tutta la schiena, perché mi ha detto:

«Ma qui stiamo correndo per questa strada, e tu non mi hai detto una parola su Sis, né su nessuno di loro. Ora riposerò un po' le mie opere, e tu ti metterai in moto; Dimmi tutto, dimmi tutto su ognuno di me, e come sono, e cosa stanno facendo, e cosa ti hanno detto di dirmi, e ogni ultima cosa che ti viene in mente.

Beh, vedo che ero su un ceppo, e su per di più. La Provvidenza mi aveva sostenuto con questa pelliccia, d'accordo, ma ora ero duro e teso. Vedo che non serve a nulla cercare di andare avanti: dovrei alzare la mano. Così mi sono detto, ecco un altro posto dove devo scoprire la verità. Aprii la bocca per cominciare; ma lei mi afferrò e mi spinse dietro il letto, e disse:

«Eccolo che arriva! Abbassa la testa: ecco, va bene; Non puoi essere visto ora. Non lasci intendere che sei qui. Gli farò uno scherzo. Bambini, non dite una parola".

Vedo che ora ero in difficoltà. Ma non c'è motivo di preoccuparsi; Non c'è niente da fare se non stare fermi e cercare di essere pronti a stare in piedi da sotto quando il fulmine ha colpito.

Ebbi solo una piccola occhiata al vecchio signore quando entrò; poi il letto lo nascose. La signora Phelps salta per lui, e dice:

«È venuto?»

"No", dice il marito.

«Buon *Dio*!» dice, «che diavolo può essere diventato di lui?»

«Non riesco a immaginare», dice il vecchio gentiluomo; «e devo dire che mi mette terribilmente a disagio».

«A disagio!» dice; "Sono pronto a distrarmi! Deve arrivare, e tu l'hai perso lungo la strada. So che è così, qualcosa me lo dice».

«Perché, Sally, *non potevo* perderlo lungo la strada... *lo* sai.»

«Ma oh, cara, cara, che cosa *dirà* la sorella! Deve venire! Devi esserti perso. Lui...»

«Oh, non affliggermi più, perché sono già angosciato. Non so cosa diavolo farne. Sono alla fine del mio ingegno, e non mi dispiace ammettere che ho proprio paura. Ma non c'è speranza che sia arrivato; perché *non poteva* venire e mi mancava. Sally, è terribile, proprio terribile, è successo qualcosa alla barca, certo!»

«Perché, Silas! Guarda laggiù... su per la strada!... non sta arrivando qualcuno?»

Balzò alla finestra a capo del letto, e questo diede alla signora Phelps l'occasione che voleva. Si chinò in fretta ai piedi del letto e mi diede una tirata, e io uscii; e quando lui si voltò dalla finestra, lei stava lì, raggiante e sorridente come una casa in fiamme, e io in piedi piuttosto mite e sudato al suo fianco. Il vecchio signore lo fissò e disse:

"Perché, chi è quello?"

«Chi credi che non sia?»

"Non ne ho idea. Chi è?"

«È *Tom Sawyer!*

A tintinnio, mi sono accasciato sul pavimento! Ma non c'è tempo per scambiare i coltelli; Il vecchio mi afferrò per la mano e mi strinse, e continuò a tremare; e per tutto il tempo come la donna ballava e rideva e piangeva; e poi come entrambi hanno sparato domande su Sid, Mary e il resto della tribù.

Ma se erano gioiosi, non avvertivano nulla di ciò che ero, perché era come rinascere, ero così felice di scoprire chi ero. Ebbene, si sono bloccati davanti a me per due ore; e alla fine, quando il mio mento era così stanco che non ce la faceva quasi più, avevo raccontato loro della mia famiglia, intendo dire della famiglia Sawyer, più cose di quanto fosse mai accaduto a sei famiglie Sawyer. E spiegai tutto su come avemmo fatto saltare una testata alla foce del White River, e ci vollero tre giorni per ripararla. Il che andava bene, e funzionava di prim'ordine; Perché non sapevano ma cosa ci sarebbero voluti tre giorni per risolverlo. Se l'avessi chiamato bolthead sarebbe stato fatto altrettanto bene.

Ora mi sentivo abbastanza a mio agio da un lato e piuttosto a disagio dall'altro. Essere Tom Sawyer è stato facile e comodo, ed è rimasto facile e confortevole fino a quando di lì a poco ho sentito un battello a vapore che tossiva lungo il fiume. Allora mi dico, immagino che Tom Sawyer scenda su quella barca? E se da un momento all'altro entra qui e canta il mio nome prima che io possa fargli l'occhiolino per stare zitto? Beh, non potrei permettermi così, non andrebbe affatto bene. Devo risalire la strada e tendergli un agguato. Così dissi alla gente che pensavo sarei andato in città a prendere il mio bagaglio. Il vecchio signore voleva venire con me, ma io dissi di no, potevo guidare il cavallo da solo, e pensavo che non si sarebbe preoccupato di me.

CAPITOLO XXXIII.

Così partii per la città con il carro, e quando fui a metà strada vidi arrivare un carro, e infatti era Tom Sawyer, e mi fermai e aspettai che arrivasse. Gli dissi: "Aspetta!" e si fermò accanto, e la sua bocca si aprì come un tronco, e rimase così; E deglutì due o tre volte come una persona che ha la gola secca, e poi disse:

«Non ti ho mai fatto del male. Lo sai. Allora, perché vuoi tornare e non mi hai *perseguitato?*"

I ha detto:

«Non sono tornato, non me ne sono *andato*».

Quando ha sentito la mia voce, si è un po' raddrizzato, ma mi ha avvertito che non era ancora del tutto soddisfatto. Egli dice:

"Non giocare niente su di me, perché io non lo farei su di te. Onesto indiano, non sei un fantasma?»

«Onesto indiano, non lo sono», dico.

«Ebbene... io... io... bene, questo dovrebbe sistemare la faccenda, naturalmente; ma in qualche modo non riesco a capirlo in nessun modo. Senti qui, non hai mai ucciso *affatto?*"

«No. Li ho avvertiti di non essere mai stati uccisi, l'ho suonato su di loro. Vieni qui e senti me se non mi credi".

Così lo fece; e lo soddisfaceva; Ed era così contento di rivedermi che non sapeva cosa fare. E voleva sapere tutto subito, perché era una grande avventura, e misteriosa, e così lo colpì dove viveva. Ma io dissi: lascia stare fino a un po' di tempo; e ha detto al suo autista di aspettare, e noi siamo andati via per un pezzettino, e gli ho detto in che tipo di situazione mi trovavo, e cosa pensava che fosse meglio fare? Disse: lascialo stare un minuto e non disturbarlo. Così pensò e ripensò, e ben presto disse:

«Va tutto bene; Ho capito. Prendi il mio baule nel tuo carro, e lascia che sia tuo; e tu torni indietro e vai avanti lentamente, in modo da arrivare alla casa all'ora che devi; e andrò un pezzo verso la città, e ripartirò da capo, e arriverò un quarto d'ora o mezz'ora dopo di te; e non c'è bisogno che tu lasci intendere che io mi conosca subito."

I ha detto:

"Va bene; Ma aspetta un attimo. C'è un'altra cosa, una cosa che *nessuno* conosce tranne me. E cioè, qui c'è un negro che sto cercando di sottrarre alla schiavitù, e il suo nome è *Jim*, il Jim della vecchia signorina Watson.

Egli dice:

"Cosa! Perché, Jim è...»

Si fermò e si mise a studiare. I ha detto:

«*So* cosa dirai. Direte che è un affare sporco e di basso livello; Ma se lo fosse? *Sono* in basso, e sto per rubarlo, e voglio che tu stia zitta e non lasci perdere. Lo farai?"

Il suo occhio si è illuminato e ha detto:

"Ti aiuterò *a* rubarlo!"

Beh, allora ho lasciato andare tutte le buche, come se mi avessero sparato. È stato il discorso più stupefacente che abbia mai sentito, e devo dire che Tom Sawyer è sceso considerevolmente nella mia stima. Solo che non riuscivo a crederci. Tom Sawyer un *ladro di negri!*

"Oh, sguscia!" Io dico; "Stai scherzando."

"Nemmeno io sto scherzando".

«Ebbene», dico, «scherzo o non scherzo, se senti dire qualcosa su un negro fuggiasco, non dimenticare di ricordare che *tu* non sai nulla di lui, e *io* non so nulla di lui».

Poi abbiamo preso il baule e l'abbiamo messo nel mio carro, e lui se n'è andato per la sua strada e io ho guidato il mio. Ma naturalmente ho dimenticato del tutto di guidare lentamente perché ero contento e pieno di pensiero; così sono tornato a casa un mucchio troppo in fretta per un viaggio così lungo. Il vecchio signore era alla porta, e disse:

«Perché, questo è meraviglioso! Chi avrebbe mai pensato che fosse in quella giumenta a farlo? Vorrei che l'avessimo cronometrata. E non ha sudato un capello, nemmeno un capello. È meraviglioso. Ebbene, non prenderei cento dollari per quel cavallo adesso... non lo farei, onestamente; eppure l'avevo già venduta per quindici anni, e pensavo che fosse tutto ciò che valeva.

Questo è tutto ciò che ha detto. Era l'anima più innocente e migliore che avessi mai visto. Ma non c'è da sorprendersi; Perché non era solo un contadino, era anche un predicatore, e aveva una piccola chiesa di tronchi con un solo cavallo sul retro della piantagione, che costruì lui stesso a sue spese, per una chiesa e una scuola, e non fece mai pagare nulla per la sua predicazione, e ne valeva anche la pena. C'erano molti altri contadini-predicatori così, e facevano lo stesso modo, giù nel Sud.

In circa mezz'ora il carro di Tom arrivò fino al montante davanti, e zia Sally lo vide attraverso la finestra, perché era solo una cinquantina di metri, e disse:

«Perché, è arrivato qualcuno! Mi chiedo chi sia? Ebbene, credo proprio che sia uno sconosciuto. Jimmy» (che è uno dei bambini) «corri a dire a Lize di mettere su un altro piatto per cena».

Tutti si affrettarono alla porta d'ingresso, perché, naturalmente, non capita tutti gli anni che uno sconosciuto *venga* , e così si sdraia sulla febbre da urlo, per interesse, quando arriva. Tom aveva superato il palo e si avviava verso casa; Il carro stava girando su per la strada per il villaggio, e noi eravamo tutti ammassati davanti alla porta d'ingresso. Tom aveva addosso i suoi vestiti da negozio e un pubblico, e questo è sempre stato pazzo per Tom Sawyer. In quelle circostanze, non era un problema per lui aggiungere una quantità di stile che fosse adatta. Non avvertì un ragazzo di andare in giro per quel cortile come una pecora; No, lui è venuto e importante, come l'ariete. Quando ci è arrivato davanti, ha sollevato il suo cappello in modo così grazioso e delicato, come se fosse il coperchio di una scatola in cui erano addormentate delle farfalle e non voleva disturbarle, e ha detto:

«Il signor Archibald Nichols, immagino?»

«No, ragazzo mio», dice il vecchio gentiluomo, «mi dispiace dire che il vostro autista non vi ha ingannato; La casa di Nichols è in fondo di un paio di miglia. Entrate, entrate".

Tom si guarda alle spalle e dice: «Troppo tardi, è scomparso».

«Sì, se n'è andato, figlio mio, e tu devi entrare e cenare con noi; e poi faremo l'autostop e ti porteremo giù da Nichols».

"Oh, *non posso* farti così tanti problemi; Non riuscivo a pensarci. Camminerò, non mi importa della distanza».

«Ma non ti *lasceremo* camminare: non sarebbe l'ospitalità del Sud farlo. Entra subito".

«Oh, *sì*», dice zia Sally; «Non è un problema per noi, non è un problema per noi. Devi restare. Sono tre miglia lunghe e polverose, e *non possiamo* lasciarti camminare. E, inoltre, ho già detto loro di mettere su un altro piatto quando ti vedrò arrivare; Quindi non dovete deluderci. Entra subito e sentiti a casa".

Così Tom li ringraziò molto cordialmente e di bell'aspetto, si lasciò convincere ed entrò; e quando fu dentro, disse di essere uno straniero di Hicksville, Ohio, e di chiamarsi William Thompson, e fece un altro inchino.

Beh, lui correva avanti, e avanti, e avanti, inventando cose su Hicksville e su tutti quelli che riusciva a inventare, e io diventavo un po' nervoso, e mi chiedevo come questo mi avrebbe aiutato a tirarmi fuori dai guai; e alla fine, continuando a parlare, allungò la mano e baciò zia Sally sulla bocca, poi si sistemò di nuovo comodamente sulla sedia, e continuò a parlare; ma lei balzò in piedi e lo asciugò con il dorso della mano, e disse:

"Cucciolo ciccione!"

Sembrava un po' ferito, e dice:

«Sono sorpreso di lei, signora».

«Tu sei s'rp... Perché, che cosa credi che io sia? Ho una buona idea da prendere e... Dimmi, che cosa intendi quando dici che mi baci?»

Sembrava un po' umile, e dice:

«Non intendevo dire niente, signora. Non intendevo fare del male. Io... io... pensavo che ti sarebbe piaciuto».

«Perché, sei nato sciocco!» Prese il bastone rotante, e sembrava che fosse tutto ciò che poteva fare per evitare di dargli un colpo. "Cosa ti ha fatto pensare che mi sarebbe piaciuto?"

«Beh, non lo so. Solo che loro... loro... mi hanno detto che l'avresti fatto».

«Ti hanno detto che l'avrei fatto. Chiunque te l'abbia detto è *un altro* pazzo. Non ne ho mai sentito il ritmo. Chi sono?"

«Perché, tutti. L'hanno detto tutti, signora".

Era tutto ciò che poteva fare per trattenersi; e i suoi occhi scattarono, e le sue dita lavorarono come se volesse graffiarlo; E lei dice:

"Chi sono 'tutti'? Fuori i loro nomi, o sarà un idiota a corto."

Si alzò e sembrò angosciato, armeggiò con il cappello e disse:

"Mi dispiace, e avverto che non me lo aspettavo. Me lo hanno detto. Tutti me lo hanno detto. Tutti dissero, baciala; e ha detto che le sarebbe piaciuto. Lo dicevano tutti, ognuno di loro. Ma mi dispiace, signora, e non lo farò più... non lo farò, onestamente.

«Non lo farai, vero? Beh, credo *che* non lo farai!»

"No, sono onesto al riguardo; Non lo farò mai più, finché non me lo chiederai».

«Finché non te *lo chiedo*! Beh, non ne ho mai visto il ritmo nei miei giorni di nascita! Ti lascio il teschio Matusalemico della creazione prima ancora che io te lo chieda... o a persone come te."

"Beh", dice, "mi sorprende tanto. Non riesco a capirlo, in qualche modo. Hanno detto che l'avresti fatto, e io pensavo che l'avresti fatto. Ma...» Si fermò e si guardò intorno lentamente, come se volesse imbattersi in uno sguardo amico da qualche parte, e andò a prendere quello del vecchio signore, e disse: «Non *pensava* che le sarebbe piaciuto che la baciassi, signore?»

«Ebbene, no; Io... io... beh, no, credo di non averlo fatto."

Poi mi guarda intorno nella stessa direzione e dice:

«Tom, non *credevi* che zia Sally avrebbe aperto le braccia e detto: "Sid Sawyer..."»

«Terra mia!» dice, irrompendo e saltando verso di lui, «giovane mascalzone impudente, per ingannare un corpo così...» e stava per abbracciarlo, ma lui la respinse, e disse:

«No, non prima che tu me l'abbia chiesto prima».

Così non perse tempo, ma glielo chiese; e lo abbracciò e lo baciò più e più volte, poi lo consegnò al vecchio, e prese ciò che era rimasto. E dopo che si sono calmati un po' di nuovo, dice:

«Perché, mio caro, non vedo mai una simile sorpresa. Ti avvertiamo di non cercare *affatto te*, ma solo Tom. La sorella non mi ha mai scritto che sarebbe venuto qualcun altro tranne lui".

«È perché non è *previsto che* nessuno di noi venga tranne Tom», dice; «ma l'ho implorata e implorata, e all'ultimo minuto mi ha lasciato venire anche lei; così, scendendo il fiume, io e Tom pensammo che sarebbe stata una sorpresa di prim'ordine per lui venire qui a casa per primo, e per me unirmi di lì a poco e fare un salto e far finta di essere un estraneo. Ma è stato un errore, zia Sally. Questo non è un posto sano per uno sconosciuto".

«No, non cuccioli impudenti, Sid. Dovresti avere le mascelle inscatolate; Non sono stato così arrabbiato da quando non so quando. Ma non mi importa, non mi dispiacciono le condizioni: sarei disposto a sopportare mille battute del genere pur di averti qui. Beh, pensare a quella performance! Non lo nego, sono rimasto molto putrificato dallo stupore quando mi hai dato quello schiaffo".

Cenammo fuori in quell'ampio corridoio aperto tra la casa e la cucina; e c'era abbastanza roba su quella tavola per sette famiglie, e anche tutte calde; Niente della tua carne flaccida e dura che viene messa in un armadio in una cantina umida tutta la notte e sa di un vecchio cannibale freddo al mattino. Lo zio Silas chiese una benedizione piuttosto lunga, ma ne valse la pena; e non l'ha nemmeno un po' raffreddato, come ho visto fare molte volte con le loro interruzioni. Ci fu una notevole quantità di chiacchiere per tutto il pomeriggio, e io e Tom stavamo sempre all'erta; Ma non serviva a nulla, non avevano detto nulla di nessun negro fuggiasco, e avevamo paura di cercare di rimediare. Ma a cena, la sera, uno dei ragazzini dice:

«Papà, non possiamo andare allo spettacolo io e Tom, Sid?»

«No», dice il vecchio, «credo che non ce ne saranno; e non potresti andare se ci fosse; perché il negro fuggiasco raccontò a Burton e a me tutto di quello scandaloso spettacolo, e Burton disse che lo avrebbe detto alla gente; quindi credo che abbiano cacciato dalla città i mocassini ciccioni prima di quest'ora.

Eccolo qui!... ma *non potevo* farne a meno. Tom ed io dovevamo dormire nella stessa stanza e nello stesso letto; così, essendo stanchi, ci augurammo la buona notte e andammo a letto subito dopo cena, e ci buttammo fuori dalla finestra e giù per il parafulmine, e ci spingemmo verso la città; perché non credevo che qualcuno avrebbe dato un suggerimento al re e al duca, e così se non mi fossi sbrigato a dargliene uno, si sarebbero messi nei guai.

Lungo la strada, Tom mi raccontò tutto di come si pensava che fossi stato assassinato, e di come papà scomparve ben presto, e non tornò più, e di quanto trambusto ci fu quando Jim scappò via; e io raccontai a Tom tutto dei nostri rapscallion Royal Nonesuch, e di tutto il viaggio in zattera che avevo il tempo di fare; e mentre entravamo in città e ne risalivamo il mezzo... Erano le otto e mezzo, allora... ecco arrivare una furiosa corsa di gente con le torce, e un terribile grido e urla, e pentole di latta che sbattevano e suonavano corni; e noi saltammo da una parte per lasciarli passare; e mentre passavano, vidi che avevano il re e il duca a cavalcioni di una ringhiera, cioè sapevo che *erano* il re e il duca, sebbene fossero ricoperti di catrame e piume, e non sembrassero nulla al mondo di umano, sembravano solo un paio di mostruose piume di soldati. Beh, mi faceva star male vederlo; e mi dispiaceva per quei poveri miserabili mascalzoni, mi sembrava di non sentire più alcuna durezza contro di loro al mondo. Era una cosa terribile da vedere. Gli esseri umani *possono* essere terribilmente crudeli l'uno con l'altro.

Vediamo che era troppo tardi, non potevamo fare nulla di buono. Abbiamo chiesto ad alcuni ritardatari a riguardo, e ci hanno detto che tutti sono andati allo spettacolo con un aspetto molto innocente; e si sdraiò e rimase al buio finché il povero vecchio re fu nel bel mezzo dei suoi saltellamenti sul palco; Allora qualcuno diede un segnale e la casa si sollevò e andò verso di loro.

Così siamo tornati a casa, e ho avvertito che non mi sentivo così sfacciato come prima, ma un po' scontroso, e umile, e in qualche modo colpevole, anche se non avevo fatto nulla. Ma è sempre così; Non fa differenza se fai bene o male, la coscienza di una persona non ha senso, e va comunque per lei. Se avessi un cane più giovane che non conosce nulla di più della coscienza di una persona, lo prenderei con la rabbia. Occupa più spazio di tutto il resto delle viscere di una persona, eppure non va bene, in nessun modo. Tom Sawyer dice lo stesso.

CAPITOLO XXXIV.

Abbiamo smesso di parlare e ci siamo messi a pensare. Di lì a poco Tom ha detto:

«Guarda, Huck, che sciocchi siamo a non pensarci prima! Scommetto che so dov'è Jim».

«No! Dove?"

«In quella capanna giù vicino al carro cenere. Perché, guarda qui. Quando eravamo a cena, non hai visto un negro entrare lì con delle vittles?"

"Sì."

«A cosa pensavi che servissero i vittles?»

"Per un cane."

«Anch'io. Beh, non era per un cane".

"Perché?"

"Perché una parte era anguria".

«Così è stato... l'ho notato. Beh, batte tutto ciò che non ho mai pensato su un cane che non mangia l'anguria. Mostra come un corpo possa vedere e non vedere allo stesso tempo".

«Ebbene, il negro ha aperto il lucchetto quando è entrato, e lo ha chiuso di nuovo quando è uscito. Andò a prendere una chiave allo zio più o meno nel momento in cui ci alzammo da tavola... la stessa chiave, scommetto. L'anguria mostra l'uomo, la serratura mostra il prigioniero; E non è probabile che ci siano due prigionieri in una piantagione così piccola, e dove la gente è tutta così gentile e buona. Jim è il prigioniero. Va bene, sono contento che l'abbiamo scoperto alla maniera poliziesca; Non darei sgusci per nessun altro modo. Ora tu lavori con la tua mente e studi un piano per rubare Jim, e io ne studierò uno anch'io; e prenderemo quello che ci piace di più".

Che testa per un solo ragazzo! Se avessi la testa di Tom Sawyer, non la scambierei con un duca, né un ufficiale di un battello a vapore, né un clown in un circo, né niente a cui riesco a pensare. Ho iniziato a pensare a un piano, ma solo per fare qualcosa; Sapevo molto bene da dove sarebbe venuto il piano giusto. Molto presto Tom dice:

"Pronto?"

"Sì", rispondo.

«Va bene, tiralo fuori».

"Il mio piano è questo", dico. «Possiamo facilmente scoprire se c'è Jim lì dentro. Allora domani sera alzerò la mia canoa e andrò a prendere la mia zattera dall'isola. Poi, la prima notte buia che arriva, ruba la chiave dalle brache del vecchio dopo che è andato a letto, e si spinge giù per il fiume sulla zattera con Jim, nascondendosi di giorno e correndo di notte, come facevamo io e Jim prima. Non funzionerebbe questo piano?"

"*Lavorare?* Certo, avrebbe funzionato, come i topi che combattono. Ma è troppo semplice per colpa; Non c'è niente *da fare*. A che serve un piano che non sia più problematico di così? È delicato come il latte d'oca. Ebbene, Huck, non farebbe più parlare di quanto non si possa fare irruzione in una fabbrica di sapone.

Non dissi mai nulla, perché non mi aspettavo nulla di diverso, ma sapevo benissimo che ogni volta che avesse preparato *il suo* piano, non avrebbe avuto nessuna obiezione.

E non è stato così. Mi disse di cosa si trattava, e capii in un attimo che valeva quindici dei miei per stile, e avrebbe reso Jim un uomo libero come il mio, e forse ci avrebbe uccisi tutti insieme. Così ero soddisfatto e ho detto che ci saremmo entrati in scena. Non c'è bisogno che dica cosa c'era qui, perché sapevo che non sarebbe rimasto così, lo era. Sapevo che l'avrebbe cambiata in ogni modo man mano che andavamo avanti, e avrebbe lanciato nuove prepotenze ovunque ne avesse avuto l'occasione. E questo è ciò che ha fatto.

Beh, una cosa era certa, e cioè che Tom Sawyer faceva sul serio, e stava proprio per aiutare a sottrarre quel negro alla schiavitù. Quella era la cosa che era troppa per me. Ecco un ragazzo rispettabile e ben educato; e aveva un carattere da perdere; e persone a casa che avevano dei personaggi; ed era sveglio e non aveva la testa di cuoio; e sapiente e non ignorante; e non cattivi, ma gentili; eppure eccolo lì, senza altro orgoglio, o ragione, o sentimento, che abbassarsi a questa faccenda, e fare di se stesso, e della sua famiglia, una vergogna, davanti a tutti. Non riuscivo a capirlo affatto. Era oltraggioso, e sapevo che dovevo alzarmi e dirglielo; e così sii il suo vero amico, e lascia che lasci la cosa dov'era e salvi se stesso. E io *cominciai* a dirglielo, ma lui mi zittì e disse:

«Non credi che io sappia di cosa parlo? Non so generosamente che cosa sto facendo?"

"Sì."

«Non ho *detto che* avrei aiutato a rubare il negro?»

"Sì."

«*Bene*, allora.»

Questo è tutto ciò che ha detto, e questo è tutto ciò che ho detto. Non c'è bisogno di dire altro; Perché quando diceva che avrebbe fatto una cosa, la faceva sempre. Ma *non riuscivo* a capire come fosse disposto a entrare in questa faccenda, così lasciai perdere, e non me ne preoccupai più. Se era costretto a farlo, non potevo farci niente.

Quando siamo tornati a casa la casa era tutta buia e immobile; così scendemmo alla capanna vicino al tramoggio della cenere per esaminarla. Attraversammo il cortile per vedere cosa avrebbero fatto i segugi. Ci conoscevano, e non facevano più rumore di quanto facciano sempre i cani di campagna quando passa qualcosa di notte. Quando siamo arrivati alla cabina abbiamo dato un'occhiata alla parte anteriore e ai due lati; e sul lato che non conoscevo, quale fosse il lato nord, trovammo un foro quadrato per la finestra, abbastanza alto, con una sola robusta tavola inchiodata su di esso. I ha detto:

"Ecco il biglietto. Questo buco è abbastanza grande da permettere a Jim di passarci se strappiamo il tabellone".

Tom ha detto:

"È semplice come fare il tit-tat-toe, tre di fila e facile come giocare a hooky. Spero *che* riusciremo a trovare un modo un po' più complicato di così, Huck Finn.

«Ebbene», dico, «come farò a segarlo, come ho fatto prima di essere assassinato quella volta?»

"È più *così*', dice. "È davvero misterioso, e problematico, e buono", dice; "ma scommetto che possiamo trovare un modo che sia lungo il doppio. Non c'è fretta; Continuo a guardarmi intorno".

Tra la capanna e la recinzione, sul lato posteriore, c'era una tettoia che si univa alla capanna alla grondaia, ed era fatta di assi. Era lunga quanto la capanna, ma stretta, larga solo circa sei piedi. La porta era all'estremità sud ed era chiusa con un lucchetto. Tom andò al bollitore del sapone e cercò in giro, e recuperò l'oggetto di ferro con cui sollevarono il coperchio; Così lo prese e ne prese uno dei punti fermi. La catena cadde, e noi aprimmo la porta ed entrammo, e la chiudemmo, e accendemmo un fiammifero, e vedemmo che la baracca era costruita solo contro una capanna e non aveva alcun legame con essa; e non c'era nessun pavimento per il capannone, né niente dentro, se non alcune vecchie zappe arrugginite e vanghe e picconi e un aratro storpio. Il fiammifero si spense, e anche noi, e infilammo di nuovo la graffetta, e la porta fu chiusa a chiave come sempre. Tom era gioioso. Egli dice;

«Ora stiamo bene. Lo *tireremo* fuori. Ci vorrà circa una settimana!"

Poi ci avviammo verso la casa, e io entrai dalla porta sul retro - basta tirare un chiavistello di pelle di daino, non chiudono le porte - ma questo non è abbastanza romantico per Tom Sawyer; Non gli sarebbe bastato altro che arrampicarsi sul parafulmine. Ma dopo essersi rialzato a metà strada circa tre volte, e aver mancato il fuoco ed essere caduto ogni volta, e l'ultima volta che la maggior parte gli ha rotto il cervello, ha pensato che avrebbe dovuto rinunciare; Ma dopo che si fu riposato, permise che le avrebbe dato un altro giro di fortuna, e questa volta fece il viaggio.

La mattina ci alzavamo all'alba e scendevamo nelle capanne dei negri per accarezzare i cani e fare amicizia con il negro che dava da mangiare a Jim, se era Jim quello che veniva nutrito. I negri stavano appena facendo colazione e si avviavano verso i campi; e il negro di Jim stava ammucchiando una padella di latta con pane, carne e cose del genere; e mentre gli altri se ne andavano, la chiave uscì dalla casa.

Questo negro aveva una faccia bonaria, ridacchiante, e la sua lana era tutta legata in piccoli mazzetti di filo. Questo per tenere lontane le streghe. Diceva che le streghe lo tormentavano terribilmente quelle notti, e gli facevano vedere ogni genere di cose strane, e udire ogni genere di strane parole e rumori, e non credeva di essere mai stato stregato così a lungo in vita sua. Si agitava così tanto, e si metteva a correre così tanto riguardo ai suoi guai, che si dimenticò completamente di quello che stava per fare. Così Tom dice:

«A cosa servono i vittles? Vuoi dare da mangiare ai cani?"

Il negro si girò un po' a poco sul viso, come quando si getta un mattone in una pozzanghera di fango, e dice:

«Sì, Mars Sid, *un* cane. Anche Cur'us cane. Vuoi andare a vedermi?"

"Sì."

Ho incurvato Tom, e gli ho sussurrato:

«Te ne vai, proprio qui all'alba? *Questo* non avverte il piano".

«No, non avverte; Ma ora è il piano".

Così, lo abbiamo raggiunto, ma non mi è piaciuto molto. Quando siamo entrati non riuscivamo quasi a vedere nulla, era così buio; ma Jim era lì, abbastanza sicuro, e poteva vederci; E canta:

«Perché, *Huck!* En good *Ian*'! è Misto Tom?»

Sapevo solo come sarebbe stato; Me lo aspettavo e basta. Non sapevo niente da fare, e se l'avessi fatto, non avrei potuto farlo, perché quel negro irruppe e disse:

«Perché, per carità! Ti conosce genlmen?"

Adesso potevamo vedere abbastanza bene. Tom guarda il negro, fermo e un po' stupido, e dice:

"Chi ci conosce?"

«Perché, diavolo negro fuggiasco.»

«Non credo che lo faccia; ma cosa ti ha messo in testa?"

«Che cosa l'ha messo in mezzo? Non ha mai cantato come se ti conoscesse?"

Tom dice, in modo un po' perplesso:

«Beh, è molto curioso. *Chi* ha cantato? *Quando* ha cantato? *Che cosa* ha cantato?" E si gira verso di me, perfettamente ca'm, e dice: "Hai sentito qualcuno cantare?"

Naturalmente non c'è nulla da dire se non una cosa; così ho detto:

«No; *Non ho* sentito nessuno dire niente".

Poi si rivolge a Jim, e lo guarda come se non l'avesse mai visto prima, e dice:

"Hai cantato?"

«No, sah», dice Jim; «Non ho detto niente, sah.»

«Non una parola?»

«No, sah, non ho detto una parola».

"Ci hai mai visto prima?"

«No, sah; non come *so* io".

Allora Tom si rivolge al negro, che aveva un'aria selvaggia e angosciata, e dice, un po' severo:

«Che cosa pensi che ti stia succedendo, comunque? Cosa ti ha fatto pensare che qualcuno abbia cantato?"

«Oh, è colpa di papà streghe, sah, e avrei voluto essere morto, lo so. Dey è stupido di questo, sah, en dey fa sì che mi uccida, dey me ne frega così. Ti prego di non dirlo a nessuno, ehm, mio Marte, Silas, mi farà caso; "Dice che *non ci sono* streghe. Voglio che Dio lo fosse, eh ora... *che* cosa direbbe! Scommetto che non potrebbe andare bene, non c'è modo di andare avanti *in* questo momento. Ma è proprio così; La gente non guarda nel nulla, non lo fa per se stesso, e quando *lo finisci* tu e lo dici a riguardo, ti crede.

Tom gli diede un centesimo e disse che non l'avremmo detto a nessuno; e gli disse di comprare un altro po' di filo con cui legare la lana; e poi guarda Jim, e dice:

«Mi chiedo se lo zio Silas impiccherà questo negro. Se dovessi catturare un negro che è stato abbastanza ingrato da scappare, non lo rinuncerei, lo impiccherei". E mentre il negro si avvicinava alla porta per guardare la monetina e morderla per vedere se era buona, sussurrò a Jim e disse:

"Non lasciate mai che ci conosciate. E se senti qualche scavo in corso di notte, siamo noi; Ti libereremo".

Jim ebbe solo il tempo di prenderci per mano e stringerla; poi il negro è tornato, e noi abbiamo detto che saremmo tornati un po' di tempo se il negro avesse voluto; E lui rispose che l'avrebbe fatto, soprattutto se fosse stato buio, perché le streghe andavano a cercarlo per lo più al buio, ed era bello avere gente in giro in quel momento.

CAPITOLO XXXV.

Mancava quasi un'ora alla colazione, così ce ne andammo e ci buttammo nel bosco, perché Tom aveva detto che dovevamo avere *un po'* di luce per vedere come scavare, e una lanterna ne fa troppa, e potrebbe metterci nei guai; quello che dovevamo avere erano un mucchio di quei pezzi marci che si chiamano fuoco di volpe. e fa una specie di bagliore morbido quando li metti in un luogo buio. Ne abbiamo preso una manciata e l'abbiamo nascosta tra le erbacce, e ci siamo messi a riposare, e Tom dice, un po' insoddisfatto:

"Dai la colpa, tutta questa faccenda è il più facile e imbarazzante possibile. E quindi rende così difficile mettere in piedi un piano difficile. Non c'è nessun guardiano da drogare, ora dovrebbe esserci un guardiano. Non c'è nemmeno un cane a cui dare una miscela per dormire. E c'è Jim incatenato per una gamba, con una catena di dieci piedi, alla gamba del suo letto: tutto quello che devi fare è sollevare la rete del letto e sfilare la catena. E lo zio Silas si fida di tutti; Manda la chiave al negro dalla testa punk, e non mandare nessuno a sorvegliare il negro. Jim sarebbe riuscito a uscire da quel buco della finestra prima di questo, solo che non sarebbe stato inutile cercare di viaggiare con una catena di dieci piedi sulla gamba. Perché, accidenti, Huck, è l'accordo più stupido che abbia mai visto. Devi inventare *tutte* le difficoltà. Beh, non possiamo farci niente; Dobbiamo fare del nostro meglio con i materiali che abbiamo. Comunque, c'è una cosa: c'è più onore nel tirarlo fuori attraverso un mucchio di difficoltà e di pericoli, quando non c'è stato alcun avvertimento che ti è stato fornito dalle persone che era loro dovere fornirglielo, e tu hai dovuto inventarli tutti dalla tua testa. Ora guardate solo quell'unica cosa della lanterna. Quando si arriva ai fatti nudi e crudi, dobbiamo semplicemente *lasciare* che sia una lanterna a rischio. Potremmo lavorare con una fiaccolata se volessimo, credo. Ora, mentre ci penso, dobbiamo cercare qualcosa per fare una sega alla prima occasione che abbiamo".

"Che cosa vogliamo da una sega?"

"Che cosa *vogliamo* da esso? Non dobbiamo segare la gamba del letto di Jim, in modo da allentare la catena?»

«Perché, hai appena detto che un corpo potrebbe sollevare la rete del letto e sfilare la catena».

«Beh, se non è proprio come te, Huck Finn. Puoi imparare i modi più infantili di andare in una cosa. Perché, non avete mai letto nessun libro? Il barone Trenck, né Casanova, né Benvenuto Chelleeny, né Enrico IV, né nessuno di quegli eroi? Chi ha mai sentito parlare di liberare un prigioniero in un modo così vecchio da fanciulla? No; Il modo in cui fanno tutte le migliori autorità è quello di segare in due la gamba del letto, e lasciarla così, e ingoiare la segatura, in modo che non possa essere trovata, e mettere un po' di terra e grasso intorno al luogo segato in modo che il Seneskal più acuto non possa vedere alcun segno di segatura, e pensi che la gamba del letto sia perfettamente sana. Poi, la sera che sei pronto, prendi un calcio alla gamba, lei va giù; Scivola via dalla catena ed eccoti qui. Non c'è niente da fare se non agganciare la scala di corda ai bastioni, stincarla, rompersi una gamba nel fossato - perché una scala di corda è troppo corta di diciannove piedi, lo sai - e ci sono i tuoi cavalli e i tuoi fidati vassalli, e loro ti raccolgono e ti gettano su una sella, e tu vai via dal tuo nativo Langudoc, o Navarra, o dovunque si trovi. È sgargiante, Huck. Vorrei che ci fosse un fossato in questa cabina. Se avremo tempo, la notte della fuga, ne scaveremo uno".

I ha detto:

«Che cosa vogliamo da un fossato quando stiamo per tirarlo fuori da sotto la capanna?»

Ma non mi ha mai sentito. Si era dimenticato di me e di tutto il resto. Aveva il mento in mano, pensando. Ben presto sospira e scuote la testa; poi sospira di nuovo, e dice:

«No, non andrebbe bene, non ce n'è abbastanza bisogno».

«Per cosa?» Dico io.

«Beh, per segare la gamba di Jim», dice.

"Buona terra!" Io dico; «Beh, non ce n'è *bisogno*. E per cosa vorresti tagliargli la gamba, comunque?"

«Beh, alcune delle migliori autorità l'hanno fatto. Non riuscivano a togliersi la catena, quindi si sono semplicemente tagliati la mano e hanno spinto. E una gamba sarebbe ancora meglio. Ma dobbiamo lasciar perdere. Non c'è abbastanza necessità in questo caso; e, inoltre, Jim è un negro, e non capirebbe le ragioni di ciò, e come sia usanza in Europa; Quindi lasceremo perdere. Ma c'è una cosa: può avere una scala di corda; Possiamo strappare le nostre lenzuola e fargli una scala di corda abbastanza facilmente. E noi possiamo mandarglielo in una torta; È per lo più fatto in questo modo. E ho torte peggiori".

«Perché, Tom Sawyer, come parli», dico; «Jim non ha bisogno di una scala di corda.»

"Ne *ha* bisogno. Come *parli*, è meglio che tu lo dica, non ne sai nulla. Deve avere una scala di corda, ce l'hanno tutti".

"Che diavolo può *farci* lui ?".

"*Che ne faccia*? Può nasconderlo nel suo letto, non è vero?» Questo è quello che fanno tutti; E *deve* farlo anche lui. Huck, sembra che tu non voglia mai fare nulla di regolare; Vuoi iniziare sempre qualcosa di nuovo. Non c'è niente da fare nel suo letto, per una bugna, dopo che se n'è andato? E non credi che vorranno delle bugne? Certo che lo faranno. E tu non gliene lasceresti nessuno? Sarebbe un *bel* saluto, *non è* vero! Non ho mai sentito parlare di una cosa del genere".

«Beh», dico, «se è scritto nei regolamenti, e lui deve averlo, va bene, lasciateglielo avere; perché non voglio tornare indietro su nessun regolamento; ma c'è una cosa, Tom Sawyer: se ci mettiamo a strappare le lenzuola per fare di Jim una scala di corda, ci metteremo nei guai con zia Sally, proprio come sei nato tu. Ora, per come la vedo io, una scala di corteccia di corteccia non costa nulla, e non spreca nulla, ed è altrettanto buona per caricare una torta, e nascondersi in una zecca di paglia, come qualsiasi scala di stracci che si possa avviare; e quanto a Jim, non ha avuto esperienza, e quindi *non gli* importa che razza di un...»

«Oh, cavolo, Huck Finn, se fossi ignorante come te starei fermo, è quello che *farei*. Chi ha mai sentito parlare di un prigioniero di stato che fugge con una scala di corteccia? Ebbene, è assolutamente ridicolo".

«Bene, va bene, Tom, sistemalo a modo tuo; ma se seguirai il mio consiglio, mi lascerai prendere in prestito un lenzuolo dallo stendibiancheria."

Ha detto che sarebbe bastato. E questo gli ha dato un'altra idea, e dice:

"Prendi in prestito anche una maglietta".

«Che cosa vogliamo da una camicia, Tom?»

«Voglio che Jim tenga un diario».

«Scrivi un diario a tua nonna... *Jim* non sa scrivere».

«Supponiamo che *non sappia* scrivere... può fare dei segni sulla camicia, non è vero, se gli facciamo una penna con un vecchio cucchiaio di peltro o un pezzo di un vecchio cerchio di ferro?»

«Perché, Tom, possiamo strappare una piuma da un'oca e fargliene una migliore; e anche più veloce".

«*Ai prigionieri* non ci sono oche che corrono intorno al mastio per tirare fuori i recinti, voi sfigati. Fanno *sempre* le loro penne con il pezzo più duro, più duro, più fastidioso di un vecchio candelabro di ottone o qualcosa del genere su cui riescono a mettere le mani; e ci vogliono settimane e settimane e mesi e mesi anche per limarlo, perché devono farlo strofinandolo sul muro. *Non* userebbero una penna d'oca se l'avessero. Non è regolare".

«Ebbene, allora, di che cosa gli faremo l'inchiostro?»

"Molti lo fanno con la ruggine del ferro e le lacrime; ma questo è il tipo comune e le donne; Le migliori autorità usano il proprio sangue. Jim può farlo; E quando vuole inviare un piccolo messaggio misterioso per far sapere al mondo dove è affascinato, può scriverlo sul fondo di una lastra di latta con una forchetta e gettarlo fuori dalla finestra. La Maschera di Ferro lo ha sempre fatto, ed è anche un modo buono per la colpa".

«Jim non ha piatti di latta. Lo nutrono in una padella".

«Non è niente; Possiamo procurargliene un po'".

"Nessuno può *leggere* le sue tavole."

«Non c'entra niente , Huck Finn. Tutto quello *che deve* fare è scrivere sul piatto e buttarlo via. Non *devi* essere in grado di leggerlo. La metà delle volte non si riesce a leggere nulla di ciò che un prigioniero scrive su una lastra di latta, o da nessun'altra parte.

«Ebbene, allora, che senso ha sprecare i piatti?»

«Accidenti, non sono i piatti del *prigioniero*».

«Ma sono *i piatti di qualcuno*, non è vero?»

«Beh, forse lo è? Che cosa importa al *prigioniero* di chi...»

Si interruppe lì, perché sentimmo suonare il corno della colazione. Così ci siamo diretti verso la casa.

Durante la mattinata presi in prestito un lenzuolo e una camicia bianca dallo stendibiancheria, trovai un vecchio sacco e ci misi dentro, scendemmo a prendere il fuoco della volpe e ci mettemmo dentro anche quello. L'ho chiamato prestito, perché era così che papà lo chiamava sempre; ma Tom disse che non era un prestito, era un furto. Ha detto che stavamo rappresentando i prigionieri; E ai prigionieri non importa come ottengono una cosa, quindi la ottengono, e nessuno li biasima nemmeno per questo. Non è un crimine in un prigioniero rubare la cosa di cui ha bisogno per farla franca, disse Tom; è un suo diritto; E così, finché rappresentavamo un prigioniero, avevamo il pieno diritto di rubare qualsiasi cosa in questo posto ci servisse meno per uscire di prigione. Ha detto che se non avessimo avvertito i prigionieri sarebbe stata una cosa molto diversa, e nessuno, tranne una persona meschina e scontrosa, avrebbe rubato quando non avrebbe avvertito un prigioniero. Così abbiamo permesso che avremmo rubato tutto quello che c'era che ci tornava utile. Eppure un giorno, un giorno, dopo ciò, fece un gran chiasso quando rubai un'anguria dal campo dei negri e la mangiai; e mi fece andare a dare un centesimo ai negri senza dire loro a che cosa servisse. Tom disse che quello che voleva dire era che potevamo rubare tutto ciò di cui avevamo *bisogno*. Beh, ho detto, avevo bisogno dell'anguria. Ma ha detto che non ne avevo bisogno per uscire di prigione; Ecco dov'era la differenza. Ha detto che se avessi voluto che nascondesse un coltello e lo avessi contrabbandato a Jim per uccidere il seneskal, sarebbe andato tutto bene. Così ho lasciato perdere, anche se non riuscivo a vedere alcun vantaggio nel rappresentare un prigioniero se dovevo sedermi e masticare un sacco di distinzioni come quella della foglia d'oro ogni volta che vedevo la possibilità di mangiare un'anguria.

Ebbene, come dicevo, quella mattina aspettammo che tutti si fossero sistemati al lavoro e che non si vedesse nessuno intorno al cortile; poi Tom portò il sacco nella tettoia, mentre io me ne stavo in disparte per fare la guardia. Di lì a poco uscì, e noi andammo a sederci sulla catasta di legna per parlare. Egli dice:

"Adesso va tutto bene, tranne gli attrezzi; E questo è facile da risolvere".

"Attrezzi?" Dico io.

"Sì."

"Strumenti per cosa?"

«Beh, per scavare. Non abbiamo intenzione di *rosicchiarlo*, vero?»

«Non sono quei vecchi picconi storpi e cose lì dentro abbastanza buone da scovare un negro?» Dico io.

Si gira verso di me, con un'aria abbastanza pietosa da far piangere un corpo, e dice:

«Huck Finn, hai *mai* sentito parlare di un prigioniero che ha picconi e pale, e tutte le comodità moderne nel suo guardaroba con cui scavare? Ora voglio chiederti, se hai un po' di ragionevolezza in te, che tipo di spettacolo gli darebbe per essere un eroe? Ebbene, tanto valeva che gli prestassero la chiave e la facessero finita. Picconi e pale... beh, non li fornirebbero a un re.

"Ebbene", dico, "se non vogliamo i picconi e le pale, che cosa vogliamo?"

«Un paio di coltellini.»

«Per scavare le fondamenta da sotto quella capanna?»

"Sì."

«Confondilo, è sciocco, Tom.»

«Non fa differenza quanto sia sciocco, è il modo *giusto*... ed è il modo normale. E non c'è *altro* modo, di cui *io abbia* mai sentito parlare, e ho letto tutti i libri che danno informazioni su queste cose. Scavano sempre con un coltellino, e non attraverso la sporcizia, intendiamoci; Generalmente è attraverso la roccia solida. E ci vogliono settimane e settimane e settimane, e per sempre e per sempre. Ebbene, guardate uno di quei prigionieri nella prigione inferiore del castello di Deef, nel porto di Marsiglia, che si è scavato in quel modo; Quanto tempo ci è stato , secondo te?»

"Non lo so."

"Beh, indovina."

"Non lo so. Un mese e mezzo".

«*Trentasette anni...* e lui è venuto in Cina. *Questo è* il tipo. Vorrei che il fondo di *questa* fortezza fosse di solida roccia."

"*Jim* non conosce nessuno in Cina".

"Cosa c'entra*?* Nemmeno quell'altro tizio. Ma sei sempre alla ricerca di una questione secondaria. Perché non riesci a rimanere fedele al punto principale?"

«Va bene, *non m*'importa da dove esce, quindi *esce*; e nemmeno Jim, credo. Ma c'è una cosa, comunque: Jim è troppo vecchio per essere tirato fuori con un coltellino. Non durerà".

«Sì, durerà anche lui. Non credi che ci vorranno trentasette anni per scavare attraverso le fondamenta di *terra*, vero?»

«Quanto tempo ci vorrà, Tom?»

«Beh, non possiamo restare a lungo quanto dovremmo, perché potrebbe non volerci molto tempo prima che lo zio Silas abbia notizie da laggiù a New Orleans. Sentirà che Jim non è da lì. Poi la sua prossima mossa sarà quella di pubblicizzare Jim, o qualcosa del genere. Quindi non possiamo permetterci di stare a scavare quanto dovremmo. Credo che dovremmo essere un paio d'anni; Ma non possiamo. Essendo le cose così incerte, ciò che raccomando è questo: che ci mettiamo davvero al lavoro, il più velocemente possibile; E dopo di ciò, possiamo *ammettere* a noi stessi che ci siamo stati trentasette anni. Poi possiamo tirarlo fuori e portarlo via la prima volta che c'è un allarme. Sì, credo che sarà il modo migliore».

"Ora, c'è un *senso* in questo", dico. "Lasciar andare non costa nulla; lasciar andare non è un problema; e se si tratta di qualcosa, non mi dispiace lasciare che ci siamo stati per centocinquant'anni. Non mi avrebbe affaticato affatto, dopo che ci ho messo la mano. Così ora me ne vado avanti e sgranocchio un paio di coltellini.

"Smouch tre", dice; "Ne vogliamo uno per farne una sega".

«Tom, se non è insolito e irreligioso pensarci», dissi, «c'è una vecchia lama arrugginita laggiù che si conficca sotto l'infermeria dietro l'affumicatoio».

Sembrava un po' stanco e scoraggiato, e dice:

«Non serve a niente cercare di non farti sapere nulla, Huck. Corri avanti e colpisci i coltelli, tre di loro». Così l'ho fatto.

CAPITOLO XXXVI.

Appena ci rendemmo conto che quella notte tutti dormivano, scendemmo dal parafulmine, ci chiudemmo nella tettoia, tirammo fuori il nostro mucchio di fuoco di volpe e ci mettemmo al lavoro. Abbiamo tolto di mezzo tutto, circa quattro o cinque piedi lungo il centro del tronco inferiore. Tom disse che ora era proprio dietro il letto di Jim, e che ci saremmo scavati sotto, e quando ci fossimo passati non poteva che nessuno nella cabina si accorgesse che c'era un buco lì, perché il controperno di Jim pendeva quasi per la maggior parte a terra, e bisognava sollevarlo e guardare sotto per vedere il buco. Così scavammo e scavammo con i coltelli fino a quasi mezzanotte; E poi eravamo stanchi come un cane, e le nostre mani erano piene di vesciche, eppure non si vedeva che avevamo fatto nulla di difficile. Alla fine dico:

"Questo non è un lavoro di trentasette anni; questo è un lavoro di trentotto anni, Tom Sawyer.

Non ha mai detto nulla. Ma lui sospirò, e ben presto smise di scavare, e allora per un bel po' seppi che stava pensando. Poi dice:

«Non serve a niente, Huck, non funzionerà. Se fossimo stati prigionieri lo sarebbe, perché allora avremmo avuto tutti gli anni che volevamo, e nessuna fretta; e non avevamo che pochi minuti per scavare, ogni giorno, mentre loro cambiavano gli orologi, e così le nostre mani non si riempivano di vesciche, e potevamo continuare a farlo, anno dopo anno, e farlo bene, e nel modo in cui doveva essere fatto. Ma *non possiamo* scherzare, dobbiamo affrettarci, non abbiamo tempo da perdere. Se dovessimo passare un'altra notte in questo modo, dovremmo staccarci per una settimana per far guarire le nostre mani... non potremmo toccare un coltello da custodia con loro prima.

«Ebbene, allora, che cosa facciamo, Tom?»

"Te lo dirò io. Non è giusto, e non è morale, e non vorrei che uscisse; Ma non c'è un solo modo: dobbiamo tirarlo fuori con i picconi, e lasciarlo *andare ai* suoi coltelli da custodia.

"*Ora* stai *parlando!*" Io dico; " la tua testa diventa sempre più livellata, Tom Sawyer", dico. "Le scelte sono la cosa, morale o non morale; e quanto a me, non me ne importa un fico secco della moralità, in nessun modo. Quando comincio a rubare un negro, o un'anguria, o un libro della scuola domenicale, non sono affatto preciso su come si fa, quindi si fa. Quello che voglio è il mio negro; o quello che voglio è la mia anguria; o quello che voglio è il mio libro della scuola domenicale; e se un piccone è la cosa più a portata di mano, è quello con cui scaverò quel negro o quell'anguria o quel libro della scuola domenicale; e non me ne frega niente a un topo morto di quello che ne pensano le autorità".

"Beh", dice, "c'è una scusa per le prese e le prese in giro in un caso come questo; se non lo avvertisse, non lo approverei, né starei a guardare le regole infrante, perché il bene è giusto e il torto è torto, e un corpo non ha il diritto di fare del male quando non è ignorante e sa di più. Potrebbe essere il caso che *tu* riesca a tirare fuori Jim con un piccone, *senza* che nessuno lo lasci andare, perché non sai niente di meglio; ma non lo farebbe per me, perché so che è meglio. Dammi un coltellino."

Aveva il suo con sé, ma io gli ho dato il mio. Lo gettò giù e disse:

«Dammi un *coltellino.*»

Non sapevo esattamente cosa fare, ma poi ho pensato. Rovistai tra i vecchi attrezzi, presi un piccone e glielo diedi, e lui lo prese e si mise al lavoro, senza dire una parola.

Era sempre stato proprio quel particolare. Pieno di principi.

Allora ho preso una pala, e poi abbiamo raccolto e spalato, girato, e fatto volare la pelliccia. Ci siamo trattenuti per circa mezz'ora, il tempo che potevamo stare in piedi; ma avevamo un bel po' di buchi da mostrare. Quando salii le scale, guardai fuori dalla finestra e vidi Tom che faceva del suo meglio con il parafulmine, ma non ci riuscì ad arrivare, le sue mani erano così doloranti. Alla fine dice:

«Non serve a niente, non si può fare. Cosa pensi che sia meglio fare? Non riesci a pensare a nessun modo?"

"Sì", dico, "ma credo che non sia regolare. Sali le scale e lascia che sia un parafulmine».

Così lo fece.

Il giorno seguente Tom rubò in casa un cucchiaio di peltro e un candelabro di ottone, per farne alcune penne per Jim e sei candele di sego; e io gironzolai intorno alle capanne dei negri e cercai l'occasione, e rubai tre piatti di latta. Tom dice che non era abbastanza; ma dissi che nessuno avrebbe mai visto i piatti che Jim aveva buttato via, perché sarebbero caduti nel finocchio e nelle erbacce sotto il buco della finestra, allora avremmo potuto riportarli indietro e lui avrebbe potuto riusarli. Così Tom era soddisfatto. Poi dice:

«Ora, la cosa da studiare è come portare le cose a Jim».

"Prendili attraverso il buco", dico, "quando abbiamo finito".

Aveva solo un'aria sprezzante e diceva qualcosa sul fatto che nessuno aveva mai sentito parlare di un'idea così idiota, e poi si mise a studiare. Di lì a poco disse di aver decifrato due o tre modi, ma non c'era ancora bisogno di decidere su nessuno di essi. Ha detto che prima dovevamo postare Jim.

Quella notte scendemmo dal parafulmine poco dopo le dieci, portammo con noi una delle candele, ascoltammo sotto il buco della finestra e sentimmo Jim russare, così lo buttammo dentro, e non lo svegliò. Poi siamo entrati con il piccone e la pala, e in circa due ore e mezza il lavoro era finito. Ci infilammo sotto il letto di Jim e nella capanna, ci girammo intorno e trovammo la candela e l'accendemmo, e rimanemmo un po' sopra di lui, e lo trovammo in salute e in salute, e poi lo svegliammo dolcemente e gradualmente. Era così contento di vederci che piangeva di più; e ci chiamava tesoro, e tutti i nomignoli che gli venivano in mente; e serviva per farci andare a caccia di uno scalpello a freddo per tagliargli subito la catena della gamba, e sgomberare senza perdere tempo. Ma Tom gli mostrò quanto sarebbe stato inregolare, si sedette e gli raccontò tutto dei nostri piani, e di come potevamo modificarli in un minuto ogni volta che ci fosse stato un allarme; E di non avere la minima paura, perché vedremmo che se la cavava, *certo*. Così Jim disse che andava tutto bene, e ci sedemmo lì e parlammo un po' dei vecchi tempi, e poi Tom fece un sacco di domande, e quando Jim gli disse che zio Silas veniva ogni giorno o due a pregare con lui, e zia Sally entrava per vedere se stava bene e aveva molto da mangiare, ed entrambi erano gentili come potevano essere, Tom dice:

"*Ora* so come risolverlo. Ti manderemo alcune cose da parte loro".

Dissi: "Non fare niente del genere; è una delle idee più stupide che mi siano mai venute in mente;» ma non mi prestò mai attenzione; è andato avanti. Era il suo modo quando aveva stabilito i suoi piani.

Così disse a Jim che avremmo dovuto contrabbandare la torta di corda e altre cose grosse da Nat, il negro che gli dava da mangiare, e che doveva stare all'erta, e non essere sorpreso, e non lasciare che Nat lo vedesse aprirle; e noi mettevamo le piccole cose nelle tasche del cappotto dello zio e lui doveva rubarle; e legavamo le cose ai lacci del grembiule della zia o le mettevamo nella tasca del grembiule, se ne avevamo l'occasione; e gli disse cosa sarebbero stati e a cosa servivano. E gli disse come tenere un diario sulla maglietta con il suo sangue, e tutto il resto. Gli raccontò tutto. Jim non riusciva a vedere alcun senso nella maggior parte di esso, ma ammetteva che eravamo bianchi e ne sapevamo più di lui; così fu soddisfatto, e disse che avrebbe fatto tutto proprio come aveva detto Tom.

Jim aveva un sacco di pannocchie di mais e tabacco; così abbiamo avuto un bel tempo sociévole; Poi strisciammo fuori dal buco, e così tornammo a casa a letto, con le mani che sembravano essere state screpolate. Tom era di buon umore. Disse che era il miglior divertimento che avesse mai avuto in vita sua, e il più intellettuale; e disse che se solo fosse riuscito a vedere la strada per arrivarci, avremmo continuato così per tutto il resto della nostra vita e avremmo lasciato Jim ai nostri figli perché se ne andassero; perché credeva che a Jim sarebbe piaciuto sempre di più man mano che si fosse abituato. Disse che in questo modo si sarebbe potuto arrivare fino a ottant'anni, e che sarebbe stato il miglior periodo mai registrato. E ha detto che ci avrebbe fatto festeggiare tutti se ci avesse messo lo zampino.

La mattina andammo alla catasta di legna e tagliammo il candelabro di ottone in misure pratiche, e Tom se li mise in tasca insieme al cucchiaio di peltro. Poi andammo nelle capanne dei negri, e mentre io venivo avvisato di Nat, Tom infilò un pezzo di candelabro in mezzo a un porcino di mais che era nella padella di Jim, e andammo con Nat a vedere come avrebbe funzionato, e funzionò in modo nobile; quando Jim lo morse, gli strappò tutti i denti; e non c'è mai niente che potrebbe funzionare meglio. Lo disse Tom stesso. Jim non lo lasciava mai intendere, ma era solo un pezzo di roccia o qualcosa del genere che finiva sempre nel pane, sai; ma dopo di ciò non morse mai nulla, ma vi infilò la forchetta in tre o quattro punti.

E mentre stavamo lì in piedi nella penombra, ecco che un paio di cani da caccia spuntano da sotto il letto di Jim; e continuarono ad ammucchiarsi finché furono undici, e non c'era quasi quasi posto per riprendere fiato. A tintinnio, ci siamo dimenticati di chiudere quella porta addossata! Il negro Nat gridò "Streghe" solo una volta, e si accasciò sul pavimento tra i cani, e cominciò a gemere come se stesse morendo. Tom spalancò la porta di scatto e gettò fuori una fetta di carne di Jim, e i cani si diedero da fare, e in due secondi lui stesso uscì e tornò indietro e chiuse la porta, e io capii che aveva riparato anche l'altra porta. Poi si mise al lavoro sul negro, blandendolo e accarezzandolo, e chiedendogli se avesse immaginato di vedere di nuovo qualcosa. Si alzò, sbatté le palpebre e disse:

«Mars Sid, dirai che sono uno sciocco, ma se non credessi di vedere più di un milione di cani, ehm diavoli, ehm, vorrei morire proprio sulle loro tracce. L'ho fatto, molto bene. Mars Sid, ho *sentito* ehm... ho *sentito* ehm, sah; era tutto su di me. Papà lo vada a prendere, vorrei poter mettere i miei han su uno er dem witches jis' wunst... on'y jis' wunst... è tutto ciò *che* vorrei. Ma vorrei che mi lasciassi solo, lo faccio."

Tom ha detto:

«Beh, ti dico quello che *penso*. Che cosa li spinge a venire qui proprio all'ora della colazione di questo negro in fuga? È perché hanno fame; Questo è il motivo. Li fai una torta di streghe; questa è la cosa che *devi* fare tu".

«Ma mio Dio, Mars Sid, come faccio a fare una torta di streghe? Non so come farlo. Non ho mai avuto una cosa da fare".

«Ebbene, allora dovrò farcela da solo».

«Lo farai, tesoro? Ti farò un passo avanti, lo farò!»

«Va bene, lo farò, visto che sei tu, e tu sei stato buono con noi e ci hai mostrato il negro fuggiasco. Ma devi stare molto attento. Quando arriviamo, tu ti giri le spalle; E poi, qualunque cosa abbiamo messo nella padella, non lasciatela vedere affatto. E non guardate quando Jim scarica la padella... potrebbe succedere qualcosa, non so cosa. E soprattutto, non occuparti delle cose da strega."

«*Hannel*, Mars Sid? Di cosa stai parlando? Non metterei il dito su di me, non per diecicento miliardi di dollari, non lo farei".

CAPITOLO XXXVII.

Era tutto risolto. Allora ce ne andammo e andammo al mucchio di spazzatura nel cortile sul retro, dove tengono i vecchi stivali, e gli stracci, e i pezzi di bottiglia, e le cose di latta consumate, e tutto il resto, e rovistammo e trovammo una vecchia teglia di latta, e tappammo i buchi meglio che potemmo, per cuocere la torta. e lo portò in cantina e lo rubò pieno di farina e si avviò per la colazione, e trovò un paio di chiodi di ghiaia che Tom disse sarebbero stati utili per un prigioniero con cui scarabocchiare il suo nome e i suoi dispiaceri sui muri della prigione, e ne lasciò cadere uno nella tasca del grembiule di zia Sally che era appesa a una sedia, e poi ci infilammo nella fascia del cappello dello zio Silas, che era sulla scrivania, perché sentimmo i bambini dire che il loro papà e la loro mamma sarebbero andati a casa del negro fuggiasco stamattina, e poi andarono a fare colazione, e Tom lasciò cadere il cucchiaio di peltro nella tasca del cappotto dello zio Silas, e zia Sally non era ancora arrivata, Quindi abbiamo dovuto aspettare un po'.

E quando arrivò, era accaldata, rossa e irritata, e non vedeva l'ora che arrivasse la benedizione; E poi si mise a sgranocchiare il caffè con una mano e a spaccare con l'altra la testa del bambino più maneggevole con il ditale, e disse:

"Ho cacciato in alto e ho cacciato in basso, e questo batte tutto ciò che *è diventato* dell'altra tua camicia."

Il mio cuore cadde tra i polmoni e il fegato e altre cose, e un pezzo duro di crosta di mais mi partì in gola e fu accolto sulla strada con un colpo di tosse, e fu sparato dall'altra parte del tavolo, e prese uno dei bambini nell'occhio e lo raggomitolò come un verme da pesca, e lasciò uscire da lui un grido grande come un urlo di guerra, e Tom diventò più azzurro intorno alle branchie, e tutto ammontava a uno stato di cose considerevole per circa un quarto di minuto o più, e io avrei venduto a metà prezzo se ci fosse stato un offerente. Ma dopo di che stavamo di nuovo bene: fu l'improvvisa sorpresa che ci fece venire un po' di freddo. Zio Silas dice:

"È una curiosità molto rara, non riesco a capirlo. So benissimo che l'ho tolto, perché...»

«Perché non ne hai che uno *addosso*. Ascolta quell'uomo! *So* che l'hai tolta, e lo so anche in un modo migliore della tua memoria che ti fa perdere la lana, perché ieri era sulla linea del clo... l'ho visto lì anch'io. Ma non c'è più, questo è il punto più lungo, e dovrai solo passare a uno di flann'l rosso finché non avrò il tempo di farne uno nuovo. E sarà il terzo che farò in due anni. Mantiene un corpo in salto per tenerti in camicia; e qualunque cosa tu riesca a *fare* con tutto ciò che *posso* capire. Si potrebbe pensare che si impari a prendersi cura di loro in qualche modo alla propria età.

«Lo so, Sally, e faccio tutto quello che posso. Ma non dovrebbe essere tutta colpa mia, perché, sai, non li vedo e non ho nulla a che fare con loro, se non quando sono su di me; e non credo di averne mai perso uno a causa mia".

«Beh, non è colpa *tua* se non l'hai fatto, Silas; ce l'avresti fatta se potessi, immagino. E la camicia non è tutto quello che è sparito, pazzo. C'è un cucchiaio andato; E non è tutto. Ce n'erano dieci, e ora sono solo nove. Il vitello ha preso la camicia, immagino, ma il vitello non ha mai preso il cucchiaio, *questo è* certo».

«Perché, cos'altro è andato, Sally?»

«Sono finite sei *candele*, ecco cosa. I topi riuscirono a prendere le candele, e credo che lo abbiano fatto; Mi meraviglio che non se ne vadano con tutto il posto, nel modo in cui tu fermerai sempre i loro buchi e non lo fai; e se non avvertissero gli sciocchi che dormirebbero tra i tuoi capelli, Silas... *non* lo scopriresti mai; ma non puoi mettere il *cucchiaio* sui topi, e questo lo *so*.

«Ebbene, Sally, ho torto io, e lo riconosco; Sono stato negligente; ma non lascerò passare domani senza aver tappato quei buchi."

«Oh, non mi affretterei; L'anno prossimo andrà bene. Matilda Angelina Araminta *Phelps!*'

Colpisce il ditale e la bambina tira fuori gli artigli dalla zuccheriera senza scherzare con nessuno. Proprio in quel momento la donna negra sale sul corridoio e dice:

"Signorina, è sparita una zucca."

"Un *lenzuolo* sparito! Beh, per il bene della terra!"

«Oggi tapperò quei buchi», dice lo zio Silas, con aria triste.

«Oh, *alzati*!... immagino che i topi abbiano preso il *lenzuolo? Dov'è* finito, Lize?»

«Accidenti, non ne ho idea, signorina Sally. Era in linea di morte, ma se n'è andata: non c'è più niente adesso.

"Credo che il mondo *stia* per finire. Non ne ho *mai* visto il ritmo in tutti i miei giorni di nascita. Una camicia, un lenzuolo, un cucchiaio e sei lattine...»

«Signorina», dice una giovane ragazza più giovane, «è una signorina di ottone cannelstick».

«Cler fuori di qui, stronzo, ehm, ti porto una padella!»

Beh, stava proprio facendo il bevutro. Cominciai a cercare un'occasione; Pensavo che sarei sgattaiolato fuori e sarei andato nei boschi fino a quando il tempo non si fosse calmato. Continuava a infuriarsi, conducendo la sua insurrezione da sola, e tutti gli altri molto mansueti e tranquilli; e alla fine lo zio Silas, con un'aria un po' sciocca, tira fuori quel cucchiaio dalla tasca. Si fermò, con la bocca aperta e le mani alzate; e quanto a me, avrei voluto essere a Gerusalemme o da qualche parte. Ma non a lungo, perché lei dice:

"È *proprio* come mi aspettavo. Quindi lo avevi sempre in tasca; E come no, ci sono anche le altre cose lì. Come ci siamo arrivati?"

«Davvero non lo so, Sally», dice, in tono di scusa, «o sai che lo direi. Stavo studiando il mio testo in Atti diciassette prima di colazione, e credo di averlo messo lì, senza accorgermene, intendendo metterci dentro il mio Testamento, e deve essere così, perché il mio Testamento non c'è; ma andrò a vedere; e se il Testamento è dove l'ho avuto, saprò che non l'ho messo dentro, e questo dimostrerà che ho deposto il Testamento e ho preso il cucchiaio, e...»

«Oh, per l'amor della terra! Fate riposare il corpo! Andate avanti ora, tutto il corredo e il vostro cuore; e non venire più vicino a me finché non avrò ritrovato la mia pace mentale."

L'avrei sentita se l'avesse detto a se stessa, figuriamoci se l'avesse detto apertamente; e mi sarei alzato e le avrei obbedito se fossi morto. Mentre stavamo attraversando la sala da pranzo, il vecchio prese il cappello, e il chiodo di tegola cadde sul pavimento, e lui si limitò a raccoglierlo e a posarlo sulla mensola del caminetto, senza mai dire nulla, e uscì. Tom lo vide farlo, e si ricordò del cucchiaio, e disse:

«Beh, non serve più a niente mandare cose per mezzo suo , non è affidabile». Poi dice: «Ma ci ha fatto un bel giro con il cucchiaio, comunque, senza saperlo, e così andremo a fargliene uno senza *che lui* lo sappia... tappate le sue tane di topo».

Ce n'era un bel po' giù in cantina, e ci è voluta un'ora intera, ma abbiamo fatto il lavoro in modo serrato, buono e in forma di nave. Allora sentimmo dei passi sulle scale, spegnemmo la luce e ci nascondemmo; ed ecco che arriva il vecchio, con una candela in una mano e un fagotto di roba nell'altra, con l'aria distratta dell'anno precedente. Andò in giro, prima in una tana di topi e poi in un'altra, finché non fu stato in tutte. Poi rimase circa cinque minuti, raccogliendo il sego dalla candela e pensando. Poi si allontana lento e sognante verso le scale, dicendo:

«Beh, per quanto mi riguarda, non riesco a ricordare quando l'ho fatto. Potrei dimostrarle ora che non metto in guardia contro la colpa a causa dei topi. Ma non importa, lascialo andare. Credo che non servirebbe a nulla».

E così lui continuò a borbottare su per le scale, e poi ce ne andammo. Era un vecchio molto simpatico. E lo è sempre.

Tom era molto preoccupato di cosa fare per un cucchiaio, ma disse che dovevamo averlo; Così ci pensò. Quando l'ebbe cifrato, mi disse come dovevamo fare; poi andammo ad aspettare intorno al cestino finché non vedemmo arrivare zia Sally, e allora Tom andò a contare i cucchiai e a metterli da parte, e io ne infilai uno nella manica, e Tom disse:

«Perché, zia Sally, non ci sono ancora che nove cucchiai».

Lei dice:

«Vai avanti con il tuo gioco, e non disturbarmi. Lo so meglio, ho contato me stesso."

«Beh, li ho contati due volte, zia, e non posso fare che nove».

Sembrava impaziente, ma naturalmente veniva a contare, chiunque lo avrebbe fatto.

«Dichiaro alla graziosa che non ci *sono* che le nove!» dice. «Perché, cosa diavolo c'è di male... la peste *prende* le cose, le conterò di nuovo.»

Così ho fatto scivolare indietro quello che avevo, e quando ha finito di contare, mi ha detto:

«Appendi la fastidiosa spazzatura, ora sono *dieci*!» e sembrò sbuffante e infastidì entrambi. Ma Tom dice:

«Perché, zia, non credo che siano dieci».

"Stupido, non mi hai visto *contare* 'm?"

«Lo so, ma...»

«Beh, conterò di *nuovo*.»

Così ne ho baciato uno, e sono usciti nove, come l'altra volta. Beh, era in un modo straziante, tremava dappertutto, era così arrabbiata. Ma contava e contava finché non si sentiva così confusa che a volte cominciava a contare nel *cestino* per un cucchiaio; e così, tre volte uscivano bene, e tre volte uscivano male. Poi afferrò il cestino e lo sbatté per tutta la casa e fece cadere la cambusa dei gatti a ovest; E lei disse di andarsene e di darle un po' di pace, e se fossimo tornati a disturbarla tra quello e la cena, ci avrebbe scuoiato. Così prendemmo un cucchiaio strano, e lo lasciammo cadere nella tasca del suo grembiule mentre ci dava l'ordine di navigazione, e Jim lo fece bene, insieme al suo chiodo di ghiaia, prima di mezzogiorno. Eravamo molto soddisfatti di questa faccenda, e Tom ammise che ne valeva la pena il doppio, perché diceva che *ora* non avrebbe mai più potuto contare quei cucchiai due volte uguali per salvarsi la vita; e non avrebbe creduto di averli contati bene se l'avesse *fatto;* E disse che dopo che lei aveva quasi contato la testa per i successivi tre giorni, lui giudicò che avrebbe rinunciato e si sarebbe offerta di uccidere chiunque volesse che lei li contasse ancora.

Così quella sera rimettemmo il lenzuolo sulla corda, e ne rubammo uno dal suo armadio, e continuammo a rimetterlo a posto e a rubarlo di nuovo per un paio di giorni finché non seppe più quante lenzuola aveva, e non le importò, *e non le importava*, e non aveva intenzione di tormentare il resto della sua anima per questo. e non li avrebbe contati di nuovo per non salvarle la vita; Lei druther muore per prima.

Così ora stavamo bene, per quanto riguarda la camicia e il lenzuolo e il cucchiaio e le candele, con l'aiuto del vitello e dei topi e del conteggio confuso; e quanto al candelabro, non avvertiva nessuna conseguenza, sarebbe volato di lì a poco.

Ma quella torta era un lavoro; Abbiamo avuto problemi a non finire con quella torta. L'abbiamo sistemato giù nel bosco e l'abbiamo cucinato lì; e alla fine ce l'abbiamo fatta, e anche molto soddisfacente; ma non tutto in un giorno; e dovemmo usare tre pentole piene di farina prima di passare, e ci bruciammo praticamente dappertutto, in alcuni punti, e gli occhi si spensero con il fumo; Perché, vedete, non volevamo altro che una crosta, e non potevamo puntellarla bene, e lei cedeva sempre. Ma naturalmente alla fine pensammo al modo giusto, che era quello di cuocere anche la scala nella torta. Così la seconda notte ci sdraiammo con Jim, e strappammo il lenzuolo tutto in piccole corde e le attorcigliammo insieme, e molto prima dell'alba avevamo una bella corda con cui si poteva appendere una persona. Abbiamo lasciato intendere che ci sono voluti nove mesi per realizzarlo.

E la mattina lo portammo giù nel bosco, ma non voleva finire nella torta. Essendo fatto di un foglio intero, in questo modo, c'era abbastanza corda per quaranta torte, se le avessimo volute, e ne avanzava in abbondanza per la zuppa, o la salsiccia, o qualsiasi cosa tu volesse. Potremmo avere un'intera cena.

Ma non ne avevamo bisogno. Tutto ciò di cui avevamo bisogno era appena sufficiente per la torta, e così abbiamo buttato via il resto. Non cucinammo nessuna delle torte nella teglia, temendo che la saldatura si sciogliesse; ma lo zio Silas aveva una nobile padella di ottone che gli sembrava considerevole, perché apparteneva a uno dei suoi antenati con un lungo manico di legno che veniva dall'Inghilterra con Guglielmo il Conquistatore sulla *Mayflower* o su una di quelle prime navi ed era nascosto in soffitta con un sacco di altre pentole vecchie e cose che erano preziose, Non perché fosse un conto qualsiasi, perché non lo avvertivano, ma perché erano relitti, sapete, e l'abbiamo portata fuori, in privato, e l'abbiamo portata laggiù, ma ha fallito alla prima torta, perché non sapevamo come, ma è venuta fuori sorridendo all'ultima. La prendemmo e la foderammo di pasta, la mettemmo sulla brace, la caricammo di corda di stracci, mettemmo un tetto di pasta, chiudemmo il coperchio, ci mettemmo sopra delle braci ardenti, e ci stammo a cinque piedi, con il lungo manico, fresco e comodo, e in quindici minuti ne sfornò una torta che era una soddisfazione a vedersi. Ma la persona che lo fa vorrebbe portare con sé un paio di stecchette di stuzzicadenti, perché se quella scala di corda non lo costringesse a lavorare non so nulla di cosa sto parlando, e lo mettesse in un mal di stomaco tale da durare fino alla prossima volta.

Nat non ha guardato quando abbiamo messo la torta delle streghe nella padella di Jim; e abbiamo messo le tre piastre di latta sul fondo della padella sotto le vittles; e così Jim riuscì a sistemare tutto, e appena fu solo, fece irruzione nella torta e nascose la scala di corda dentro la sua zecca di paglia, e graffiò alcuni segni su una lastra di latta e la gettò fuori dal buco della finestra.

CAPITOLO XXXVIII.

Fabbricare quelle penne era un lavoro faticoso e duro, e lo era anche la sega; e Jim ammise che l'iscrizione sarebbe stata la più dura di tutte. Questo è quello che il prigioniero deve sbattere sul muro. Ma doveva averlo; Tom disse che doveva farlo; non c'era nessun caso di un prigioniero di stato che non avesse scarabeggiare la sua iscrizione per lasciarsi alle spalle, e il suo stemma.

«Guardi Lady Jane Grey», dice; "guarda Gilford Dudley; guarda il vecchio Northumberland! Perché, Huck, credi che *sia* un guaio considerevole? Jim *deve* fare la sua iscrizione e il suo stemma. Lo fanno tutti".

Jim ha detto:

«Perché, Mars Tom, non ho un cappotto d'arme; Non ho niente da fare, ma ti porto la camicia, e sai che devo tenere il diario su questo.

«Oh, tu non capisci, Jim; Uno stemma è molto diverso".

«Beh», dico, «Jim ha ragione, in ogni caso, quando dice che non ha uno stemma, perché non ce l'ha».

«Credo di saperlo», dice Tom, «ma scommetto che ne avrà uno prima di uscirne... perché se ne sta andando *bene*, e non ci saranno difetti nel suo passato».

Così, mentre io e Jim sfilavamo alle penne su una mazza di mattoni a testa, Jim faceva il suo con l'ottone e io con il cucchiaio, Tom si mise al lavoro per pensare allo stemma. Di lì a poco disse che ne aveva trovati così tanti buoni che non sapeva quasi quale prendere, ma ce n'era uno che pensava di decidere. Egli dice:

"Sullo scudo avremo una curva *o* nella base destra, un *saltire murrey* nel fess, con un cane, accovacciato, per carica comune, e sotto il piede una catena merlata, per la schiavitù, con un gallone *verde* in un capo intagliato, e tre linee invettive su un campo *azzurro*, con le punte del nombril rampanti su una ballerina dentellata; cimiero, un negro fuggiasco, *zibellino*, con il suo fagotto sulla spalla su una sbarra sinistra; e un paio di gules per i sostenitori, che siamo io e te; motto, *Maggiore fretta, minore atto*. L'ho preso da un libro... significa che più fretta, meno velocità.

«Accidenti», dico, «ma che cosa significa il resto?»

"Non abbiamo tempo per preoccuparci di questo", dice; "Abbiamo dovuto scavare come tutti i git-out".

"Beh, comunque", dico, "che cos'è *un po*'? Che cos'è un fess?"

«Un fess... un fess è... *non c*'è bisogno che tu sappia cos'è un fess. Gli mostrerò come farcela quando ci arriverà".

«Accidenti, Tom», dico, «penso che potresti dirlo a una persona. Cos'è un bar sinistro?"

«Oh, non lo so. Ma deve averlo. Tutta la nobiltà lo fa".

Era solo il suo modo. Se non gli andava bene spiegarti una cosa, non la farebbe. Potresti pompargli addosso una settimana, non farebbe alcuna differenza.

Aveva sistemato tutta quella faccenda dello stemma, così ora cominciò a finire il resto di quella parte del lavoro, che consisteva nel progettare un'iscrizione luttuosa... disse Jim doveva averne una, come avevano fatto tutti. Inventò un bel po', le scrisse su un foglio e le lesse così:

1. *Qui un cuore prigioniero si è spezzato.*

2. *Qui un povero prigioniero, abbandonato dal mondo e dagli amici, ha sofferto la sua vita dolorosa.*

3. *Qui si spezzò un cuore solitario e uno spirito esausto andò a riposare, dopo trentasette anni di prigionia solitaria.*

4. *Qui, senza casa e senza amici, dopo trentasette anni di amara prigionia, morì un nobile straniero, figlio naturale di Luigi XIV.*

La voce di Tom tremava mentre le leggeva, e quasi crollò. Quando ebbe finito, non riusciva in alcun modo a decidere quale fosse quella di far infilare Jim sul muro, erano tutti così bravi; ma alla fine permise che gli avrebbe permesso di scarabocchiarli tutti. Jim disse che gli ci sarebbe voluto un anno per sbattere con un chiodo una tale quantità di camion sui tronchi, e per di più non sapeva fare le lettere; ma Tom disse che li avrebbe bloccati per lui, e poi non avrebbe avuto nulla da fare se non seguire le linee. Poi, ben presto, dice:

«Pensaci, i tronchi non andranno bene; Non hanno muri di tronchi in una prigione: abbiamo dovuto scavare le iscrizioni in una roccia. Andremo a prendere un sasso."

Jim disse che la roccia era peggio dei tronchi; Ha detto che gli ci sarebbe voluto così tanto tempo per scavarli in una roccia che non sarebbe mai uscito. Ma Tom disse che mi avrebbe permesso di aiutarlo a farlo. Poi diede un'occhiata per vedere come io e Jim andavamo d'accordo con le penne. Era un lavoro molto fastidioso, noioso, duro e lento, e non dava alle mie mani alcun segno di guarigione dalle piaghe, e sembrava che non facessimo progressi, a fatica; così Tom dice:

"So come risolverlo. Dobbiamo avere una roccia per lo stemma e le iscrizioni luttuose, e possiamo uccidere due piccioni con quella stessa pietra. C'è una grossa mola sgargiante giù al mulino, e noi la scolpiremo, e ci scolpiremo sopra le cose, e ci fileremo anche le penne e la sega.

Non avverte di un'idea sbiadita; e non avverte di un pazzo di mola; Ma abbiamo permesso che l'avremmo affrontato. Non era ancora mezzanotte, così ci dirigemmo verso il mulino, lasciando Jim al lavoro. Abbiamo smussato la mola e ci siamo messi a farla rotolare a casa, ma è stato un lavoro duro per la maggior parte delle nazioni. A volte, facendo quello che potevamo, non potevamo impedirle di cadere, e lei ci veniva quasi a schiacciarci ogni volta. Tom ha detto che avrebbe preso uno di noi, certo, prima che passassimo. L'abbiamo presa a metà strada; e poi fummo a piombo, e la maggior parte annegò nel sudore. Vediamo che non serve a nulla; dobbiamo andare a prendere Jim. Così sollevò il letto e fece scivolare via la catena dalla gamba del letto, e se la avvolse intorno al collo, e strisciammo fuori dal nostro buco e laggiù, e Jim e io ci sdraiammo su quella mola e la portammo avanti come se niente fosse; e Tom sovrintendeva. Poteva sovrintendere più di qualsiasi ragazzo che avessi mai visto. Sapeva fare tutto.

Il nostro buco era abbastanza grande, ma non abbastanza grande da far passare la mola; ma Jim prese il plettro e presto lo fece abbastanza grande. Allora Tom segnò quelle cose con il chiodo, e mise Jim a lavorarci sopra, con il chiodo come scalpello e un bullone di ferro ricavato dalla spazzatura nella tettoia come martello, e gli disse di lavorare finché il resto della candela non si fosse fermato su di lui, e poi sarebbe potuto andare a letto. e nascondi la mola sotto la zecca di paglia e dormici sopra. Poi lo aiutammo a rimettere la catena sulla gamba del letto, e fu pronto per andare a letto anche noi. Ma Tom pensò a una cosa, e disse:

«Hai dei ragni qui dentro, Jim?»

«No, sah, grazie al cielo non l'ho fatto, Mars Tom.»

"Va bene, te ne prendiamo un po'."

«Ma ti benedica, tesoro, non ne *voglio* nessuna. Ho paura di un um. Presto avrò dei serpenti a sonagli".

Tom ci pensò un minuto o due, e disse:

"È una buona idea. E credo che sia stato fatto. Deve essere stato fatto, è ragionevole. Sì, è un'ottima idea. Dove potresti tenerlo?"

«Conservare cosa, Mars Tom?»

«Perché, un serpente a sonagli».

"Santo cielo, vivo, Mars Tom! Perché, se fosse un serpente a sonagli che entra, eh, lo prenderei a busto proprio fuori dal muro di tronchi, lo farei, con la testa.

«Perché, Jim, non ne avresti paura dopo un po'. Potresti domarlo".

"*Domalo!*"

«Sì, abbastanza facile. Ogni animale è grato per la gentilezza e le carezze e non penserebbe mai di fare del male a una persona che lo accarezza. Qualsiasi libro te lo dirà. Tu ci provi, è tutto ciò che ti chiedo; Provate solo per due o tre giorni. Ebbene, puoi farlo così, in un po' di tempo, che ti amerà; e dormire con te; e non starà lontano da te un minuto; e ti lascerò avvolgere al collo e metterti la testa in bocca".

«*Ti prego*, Mars Tom... *parla* così! Non ce la *faccio*! Mi avrebbe *permesso di* ficcare la sua testa nel mio cuore... per un favore, non è vero? Pensavo che lui avrebbe aspettato molto tempo prima *che* lo trovassi. En mo' en dat, voglio *che* dorma con me."

«Jim, non fare la figura così sciocca. Un prigioniero *deve* avere una specie di animale domestico stupido, e se un serpente a sonagli non è mai stato provato, beh, c'è più gloria da guadagnare nel fatto che tu sia il primo a provarlo che in qualsiasi altro modo tu possa mai pensare per salvarti la vita.

«Perché, Mars Tom, non voglio nessuna gloria. Il serpente prende e morde il mento di Jim, den *whah* è la gloria? No, sah, non voglio niente da fare."

"Dai la colpa, non puoi provarci? Voglio solo che tu ci provi, non c'è bisogno che continui così se non funziona.

«Ma il guaio è *tutto fatto,* perché il serpente mi morde mentre lo sto provando. Mars Tom, sono disposto ad affrontare qualsiasi cosa non sia ragionevole, ma se tu e Huck vai a prendere un serpente a sonagli in heah per farmelo domare, sono pronto ad *andarmene,* sulla *riva*.

«Ebbene, allora lascia perdere, lascia perdere, se sei così testardo. Possiamo procurarti dei serpenti giarrettiera, e tu puoi legare dei bottoni alle loro code, e far capire che sono serpenti a sonagli, e credo che questo dovrà bastare.

«Non so nulla, Mars Tom, ma la colpa è se non sono riuscito a cavarmela senza niente, te lo dico. Non ho mai saputo che non fosse così fastidioso e problematico essere un prigioniero."

"Beh, lo è *sempre* quando è fatto bene. Hai dei topi qui intorno?"

"No, sah, non ne ho seminato nessuno."

"Beh, ti procureremo dei topi."

«Perché, Mars Tom, non voglio topi. Il padre è il più colpevole creturiere di 'turb un corpo, di frusciare su di me, di mordere i suoi piedi, quando cerca di dormire, non l'ho mai visto. No, sah, dammi i serpenti di mare, se devo averlo, ma non dammi niente topi; Non ho bisogno di niente, accidenti.

«Ma, Jim, devi averli... ce l'hanno tutti. Quindi non fare più storie al riguardo. I prigionieri non sono mai senza topi. Non c'è nessun esempio di questo. E li addestrano, e li accarezzano, e imparano loro i trucchi, e arrivano ad essere socievoli come mosche. Ma devi suonare la musica per loro. Hai qualcosa su cui suonare?"

«Non ho che un pettine da coase e un pezzo di carta, e un'arpa da succo; ma credo che non darei nulla a un'arpa da succo."

"Sì, lo farebbero. *A loro* non importa che tipo di musica sia. Un'arpa ebraica è abbastanza buona per un topo. A tutti gli animali piace la musica, in prigione la adorano. Specialmente, musica dolorosa; E non si può ottenere nessun altro tipo da un'arpa per ebrei. Li interessa sempre; Vengono a vedere che cosa ti succede. Sì, stai bene; Sei sistemato molto bene. Vuoi metterti a letto la sera prima di andare a dormire, e la mattina presto, e suonare la tua arpa ebraica; suona 'L'ultimo anello è rotto': questa è la cosa che raccoglierà un topo più velocemente di qualsiasi altra cosa; E quando avrai giocato circa due minuti, vedrai tutti i topi, e i serpenti, e i ragni, e le cose cominceranno a preoccuparsi per te, e arriveranno. E loro sciameranno su di te, e si divertiranno nobilmente."

«Sì, *lo* farà, immagino, Mars Tom, ma che tempo sta passando *Jim*? Beato se i parenti vedono de pinta. Ma lo farò se dovrò farlo. Credo che sia meglio che gli animali siano soddisfatti, e non avere problemi in casa."

Tom aspettò a pensarci bene, e a vedere se non c'era nient'altro; e ben presto dice:

«Oh, c'è una cosa che ho dimenticato. Potresti far crescere un fiore qui, secondo te?"

"Lo so, ma forse potrei, Mars Tom; ma è buio tollerabile in heah, e non ho bisogno di nessun fiore, in nessun modo, e lei sarebbe un bel po' di guai."

«Beh, ci provi tu, comunque. Alcuni altri prigionieri lo hanno fatto".

«Uno di quei grossi steli di mullen dall'aspetto di coda di gatto crescerebbero in heah, Mars Tom, immagino, ma non avrebbe la metà dei guai che avrebbe causato.»

"Non ci credi. Te ne andremo a prendere un piccolo e tu lo pianterai in un angolo laggiù, e lo alleveremo. E non chiamatelo mullen, chiamatelo Pitchiola: è il suo nome corretto quando è in prigione. E tu vuoi innaffiarlo con le tue lacrime".

«Perché, ho molta acqua di sorgente, Mars Tom».

"Non vuoi l'acqua di sorgente; Vuoi innaffiarlo con le tue lacrime. È il modo in cui fanno sempre".

«Perché, Mars Tom, io sono parente a sollevare uno dei gambi di mullen con l'acqua di sorgente, mentre un altro uomo è in lacrime».

«Non è questa l'idea. Devi farlo con le lacrime".

"Morirà nelle mie mani, Marte Tom, lo vuole santo; Kase non piango mai."

Così Tom era perplesso. Ma lo studiò a ripensamento, e poi disse che Jim avrebbe dovuto preoccuparsi meglio che poteva con una cipolla. Promise che sarebbe andato nelle capanne dei negri e ne avrebbe lasciata una nella caffettiera di Jim al mattino. Jim disse che avrebbe "presto avuto un tobacker nel suo caffè"; e trovò così tanti difetti in esso, e con il lavoro e la fatica di allevare il mullen, e gli ebrei che arringavano i topi, e accarezzavano e lusingavano i serpenti e i ragni e cose del genere, oltre a tutto il resto del lavoro che doveva fare sulle penne, e iscrizioni, e diari, e cose del genere, che rendevano l'essere prigioniero più fastidioso, preoccupato e responsabile di qualsiasi altra cosa avesse mai intrapreso, che Tom perse quasi ogni pazienza con lui; e diceva che era solo carico di più possibilità di quelle che un prigioniero avesse mai avuto al mondo di farsi un nome, eppure non ne sapeva abbastanza per apprezzarle, e che erano quasi sprecate per lui. Allora Jim si dispiacque, e disse che non si sarebbe più comportato così, e poi io e Tom ci spingemmo a letto.

CAPITOLO XXXIX.

La mattina andammo al villaggio e comprammo una trappola per topi di filo metallico e la tirammo giù, e aprimmo la migliore tana per topi, e in circa un'ora ne avevamo quindici delle più prepotenti; e poi lo prendemmo e lo mettemmo in un posto sicuro sotto il letto di zia Sally. Ma mentre eravamo in cerca di ragni, il piccolo Thomas Franklin, Benjamin Jefferson, Elexander Phelps lo trovò lì, e ne aprì la porta per vedere se i topi sarebbero usciti, e lo fecero; e zia Sally entrò, e quando tornammo era in piedi sopra il letto a sollevare Cain, e i topi facevano quello che potevano per tenerla lontana dai momenti noiosi. Così ci prese e ci spolverò entrambi con l'hickry, e ci vollero fino a due ore per prenderne altre quindici o sedici, drat quel cucciolo impiccione, e non ci avvertirono minimamente, pazzo, perché il primo bottino era il piccone del gregge. Non ho mai visto un numero di ratti più probabile di quello che è stato quel primo pescato.

Abbiamo una splendida scorta di ragni selezionati, e insetti, e rane, e bruchi, e una cosa o l'altra; E ci piace avere un vespaio d'acqua, ma non l'abbiamo fatto. La famiglia era a casa. Non ci siamo arresi subito, ma siamo rimasti con loro il più a lungo possibile; Perché noi lo permettevamo, li avremmo stancati o loro avrebbero dovuto stancarci, e lo hanno fatto. Poi abbiamo preso l'allecumpain e ci siamo strofinati sui posti, ed eravamo di nuovo abbastanza a posto, ma non riuscivamo a sederci comodamente. E così andammo a prendere i serpenti, e prendemmo un paio di dozzine di giarrettiere e serpenti domestici, e li mettemmo in una borsa, e la mettemmo nella nostra stanza, e a quell'ora era l'ora di cena, e una buona giornata di lavoro onesto: e affamati? E non c'era un serpente benedetto lassù quando tornammo indietro: non legammo a metà il sacco, e in qualche modo ci riuscirono, e se ne andarono. Ma non importava molto, perché erano ancora nei locali da qualche parte. Così abbiamo pensato che potevamo prenderne di nuovo alcuni. No, non c'è una vera e propria scarsità di serpenti in casa per un periodo considerevole. Li vedevi gocciolare dalle travi e dai posti di tanto in tanto; E sono atterrati generosamente nel tuo piatto, o lungo la nuca, e la maggior parte delle volte dove non li volevi. Ebbene, erano belli e a righe, e non c'era nulla di male in un milione di loro; ma questo non fece mai alcuna differenza per zia Sally; disprezzava i serpenti, per quanto fossero razzati, e non li sopportava, non c'era modo di aggiustarli; E ogni volta che uno di loro si accasciava su di lei, non faceva differenza quello che stava facendo, si limitava a posare quel lavoro e a spegnersi. Non ho mai visto una donna così. E si sentiva il suo urlo a Jericho. Non riuscivi a convincerla a prendere una di loro con le pinze. E se si girava e ne trovava uno nel letto, si arrampicava fuori e lanciava un ululato che ti faceva pensare che la casa fosse in fiamme. Disturbò il vecchio in modo che lui dicesse che avrebbe potuto desiderare che non fossero mai stati creati serpenti. Ebbene, dopo che fino all'ultimo serpente era uscito di casa per almeno una settimana, zia Sally non aveva ancora avvertito di farlo; non lo avvertì da vicino; Quando si sedeva pensando a qualcosa, potevi toccarla sulla nuca con una piuma e lei saltava fuori dalle calze. È stato molto curioso. Ma Tom ha detto che tutte le donne sono proprio così. Ha detto che sono stati fatti in quel modo per un motivo o per l'altro.

Ci prendevamo una leccata ogni volta che uno dei nostri serpenti si metteva sulla sua strada, e lei permetteva a queste leccate di non avvertire nulla di ciò che avrebbe fatto se avessimo mai caricato di nuovo il posto con loro. Non mi importava delle leccate, perché non portavano a nulla; ma mi dispiaceva il problema che dovevamo mettere in un altro lotto. Ma li abbiamo messi dentro, e tutte le altre cose; e non si vede mai una cabina così allegra come quella di Jim, quando tutti sciamavano in cerca di musica e andavano da lui. A Jim non piacevano i ragni, e ai ragni non piaceva Jim; e così si sdraiavano per lui, e lo facevano scaldare potentemente per lui. E disse che tra i topi e i serpenti e la mola non c'era posto per lui nel letto, senza dubbio; E quando c'era, un corpo non riusciva a dormire, era così vivace, ed era sempre vivace, disse, perché non dormivano mai tutti insieme, ma si alternavano, così quando i serpenti dormivano, i topi erano sul ponte, e quando i topi si voltavano, i serpenti venivano di guardia, così aveva sempre una banda sotto di sé, sulla sua strada, e l'altra banda che aveva un circo sopra di lui, e se si alzava per cacciare un nuovo posto, i ragni lo avrebbero preso in giro mentre attraversava. Ha detto che se mai fosse uscito questa volta non sarebbe mai più stato un prigioniero, non per uno stipendio.

Beh, alla fine delle tre settimane tutto era in buona forma. La camicia veniva spedita in anticipo, in una torta, e ogni volta che un topo mordeva Jim si alzava e scriveva un po' nel suo diario mentre l'inchiostro era fresco; le penne sono state fatte, le iscrizioni e così via sono state tutte scolpite sulla mola; La gamba del letto era segata in due, e noi avevamo sollevato la segatura, e ci dava un mal di stomaco incredibile. Pensavamo che saremmo morti tutti, ma non è stato così. Era la segatura più indigesta che avessi mai visto; e Tom disse lo stesso.

Ma, come dicevo, ora avevamo fatto tutto il lavoro, finalmente; ed eravamo tutti abbastanza stanchi, ma soprattutto Jim. Il vecchio aveva scritto un paio di volte alla piantagione sotto Orléans per venire a prendere il loro negro fuggiasco, ma non aveva avuto risposta, perché non c'era nessuna piantagione del genere; così permise che avrebbe fatto pubblicità a Jim sui giornali di St. Louis e New Orleans; e quando menzionò quelli di St. Louis mi diede i brividi di freddo, e capii che non avevamo tempo da perdere. Così disse Tom, ora le lettere anonime.

"Che cosa sono?" Dico io.

"Avvertimenti alla gente che qualcosa non va. A volte è fatto in un modo, a volte in un altro. Ma c'è sempre qualcuno che spia in giro e che avvisa il governatore del castello. Quando Luigi XVI stava per uscire dalle Tooleries, lo fece una serva. È un ottimo modo, e lo sono anche le lettere anonime. Li useremo entrambi. Ed è normale che la madre del prigioniero si cambi d'abito con lui, e lei rimane dentro, e lui scivola fuori con i suoi vestiti. Lo faremo anche noi".

«Ma senti, Tom, perché vogliamo avvertire qualcuno che c'è qualcosa che non va? Lasciate che lo scoprano da soli: è la loro vedetta».

«Sì, lo so; Ma non puoi fare affidamento su di loro. È il modo in cui hanno agito fin dall'inizio: ci hanno lasciato fare *tutto*. Sono così fiduciosi e con la testa di triglia che non si accorgono di nulla. Così, se non *li avvisiamo, non ci sarà né nessuno né nulla che ci interferisca, e così, dopo tutto il nostro duro lavoro e le nostre difficoltà, questa fuga si concluderà perfettamente; non sarà nulla, non sarà nulla in* confronto.

«Beh, quanto a me, Tom, è così che vorrei».

"Schifo!" dice, e sembra disgustato. Così dico:

"Ma non ho intenzione di lamentarmi. Qualsiasi modo ti vada bene. Che cosa hai intenzione di fare con la serva?»

"Sarai lei. Ti infili dentro, nel cuore della notte, e agganci l'abito di quella ragazza più giovane".

«Perché, Tom, questo creerà guai il mattino dopo; perché, naturalmente, probabilmente non ne ha altri che quello».

"Lo so; ma non vuoi che quindici minuti, per portare la lettera anonima e infilarla sotto la porta d'ingresso.

«Va bene, allora, lo farò; ma potrei portarlo altrettanto a portata di mano nelle mie toga".

«Allora non sembreresti una serva, vero?»

«No, ma non ci sarà nessuno a vedere il mio aspetto, *comunque*».

"Questo non ha nulla a che fare con questo. La cosa che dobbiamo fare è solo fare il nostro *dovere*, e non preoccuparci se qualcuno ci *vede* farlo o no. Non hai alcun principio?"

«Va bene, non sto dicendo niente; Sono la serva. Chi è la madre di Jim?»

"Sono sua madre. Prenderò un abito da sera di zia Sally».

«Bene, allora, dovrai rimanere nella cabina quando io e Jim partiremo».

"Non molto. Imbottirò i vestiti di paglia di Jim e li metterò sul suo letto per rappresentare sua madre travestita, e Jim mi toglierà di dosso l'abito da donna negra e lo indosserà, e fuggiremo tutti insieme. Quando un prigioniero dello stile fugge si chiama evasione. Si chiama sempre così quando un re scappa, per esempio. E lo stesso con il figlio di un re; Non fa differenza se è naturale o innaturale".

Così Tom scrisse la lettera anonima, e quella sera io baciai l'abito della ragazza più giovane, e lo indossai, e lo infilai sotto la porta d'ingresso, come Tom mi aveva detto di fare. Ha detto:

Fare attenzione. I guai si stanno preparando.
Stai all'erta. AMICO SCONOSCIUTO.

La sera dopo attaccammo sulla porta d'ingresso un quadro, che Tom disegnò con il sangue, di un teschio e delle ossa incrociate; e la notte successiva un'altra di una bara sulla porta sul retro. Non ho mai visto una famiglia così sudata. Non avrebbero potuto essere più spaventati se il posto fosse stato pieno di fantasmi che giacevano per loro dietro tutto e sotto i letti e tremavano nell'aria. Se una porta sbatteva, zia Sally sobbalzava e diceva "ahi!" se cadeva qualcosa, saltava e diceva "ahi!" se ti capitava di toccarla, quando avvertiva senza accorgersene, faceva lo stesso; Non poteva affrontare in nessun modo ed essere soddisfatta, perché ammetteva che ogni volta c'era qualcosa dietro di lei, così girava sempre su se stessa all'improvviso e diceva "ahi", e prima che ne avesse avuti due terzi indietro, tornava indietro e lo diceva di nuovo; e aveva paura di andare a letto, ma non osava prepararsi. Quindi la cosa funzionava molto bene, disse Tom; Ha detto che non ha mai visto una cosa funzionare in modo più soddisfacente. Ha detto che ha dimostrato che è stato fatto bene.

Così disse, ora per il grande rigonfiamento! Così il mattino seguente, alle prime luci dell'alba, preparammo un'altra lettera e ci chiedevamo che cosa fosse meglio farne, perché li sentimmo dire a cena che avrebbero avuto un negro di guardia alle due porte per tutta la notte. Tom scese dal parafulmine per spiare in giro; e il negro alla porta sul retro dormiva, e se lo ficcò dietro la nuca e tornò indietro. Questa lettera diceva:

> Non tradirmi, desidero essere tuo amico. C'è
> una banda di disprezzati tagliagole provenienti
> da tutto il territorio indiano che stanotte stanno
> per rubare il tuo negro fuggiasco, e hanno
> cercato di spaventarti in modo che tu rimanga
> in casa e non li disturbi. Io sono uno della

banda, ma ho la fiducia e desidero smetterla e condurre di nuovo una vita onesta, e tradirò il disegno dell'elica. Sgattaioleranno giù dai quartieri settentrionali, lungo la recinzione, a mezzanotte esatta, con una chiave falsa, e andranno nella capanna del negro a prenderlo. Devo andarmene fuori di testa e suonare un corno di latta se vedo qualche pericolo; ma invece di ciò farò BA come una pecora non appena entreranno e non soffieranno affatto; Poi, mentre stanno sciogliendo le sue catene, tu scivoli lì e li chiudi dentro, e puoi ucciderli a tuo piacimento. Non fare nulla se non proprio come ti sto dicendo, se lo fai sospetteranno qualcosa e solleveranno un whoop-jamboreehoo. Non desidero alcuna ricompensa se non sapere di aver fatto la cosa giusta.

AMICO SCONOSCIUTO

CAPITOLO XL.

Ci sentivamo abbastanza bene dopo colazione, e abbiamo preso la mia canoa e siamo andati a pescare sul fiume, con un pranzo, e ci siamo divertiti, e abbiamo dato un'occhiata alla zattera e l'abbiamo trovata a posto, e siamo tornati a casa tardi per cena, e li abbiamo trovati così sudati e preoccupati che non sapevano da che parte stavano, e ci fece andare subito a letto nel momento in cui avevamo finito di cenare, e non volle dirci quale fosse il problema, e non ci disse mai una parola sulla nuova lettera, ma non ce n'era bisogno, perché ne sapevamo tanto quanto chiunque altro, e non appena fummo a metà delle scale e lei le diede le spalle, scivolammo verso l'armadio della cantina e caricammo un buon pranzo e lo prendemmo salì nella nostra stanza e andò a letto, e si alzò verso le undici e mezzo, e Tom indossò il vestito di zia Sally che aveva rubato e stava per cominciare con il pranzo, ma disse:

"Dov'è il burro?"

«Ne ho steso un pezzo», dissi, «su un pezzo di corn-pone».

«Beh, allora l'hai *lasciato* in piano... non è qui».

"Possiamo farne a meno", dico.

"Anche noi possiamo andare d'accordo ", dice; "Basta scivolare giù per la cantina e prenderlo. E poi scendi dal parafulmine e vieni avanti. Andrò a infilare la paglia nei vestiti di Jim per rappresentare sua madre sotto mentite spoglie, e sarò pronto a *fare il becco* come una pecora e a spingermi non appena sarai arrivato.

Così lui se ne andò, e io andai in cantina. Il pezzo di burro, grande come il pugno di una persona, era dove l'avevo lasciato, così presi la lastra di granturco con addosso, spensi la luce, e cominciai a salire le scale molto furtivamente, e salii al piano principale, ma ecco che arriva zia Sally con una candela, e io appoggiai il camion nel mio cappello, e mi ha battuto il cappello in testa, e un attimo dopo mi ha visto; E lei dice:

"Sei stato in cantina?"

"Sì."

«Che cosa hai fatto laggiù?»

«Niente.»

«*Niente!*

"No."

«Ebbene, allora, che cosa ti ha spinto a scendere laggiù a quest'ora della notte?»

«Non lo so.»

"Non *lo sai?* Non rispondermi in questo modo. Tom, voglio sapere cosa hai *fatto* laggiù."

«Non ho fatto una sola cosa, zia Sally, spero di essere gentile se l'ho fatto».

Pensavo che mi avrebbe lasciato andare ora, e in genere lo avrebbe fatto; ma immagino che succedessero così tante cose strane che lei era semplicemente sudata per ogni piccola cosa che non metteva in guardia dritto il metro di misura; Così dice, molto decisa:

«Entra in quella stanza e resta lì finché non arrivo io. Hai combinato qualcosa che non ti interessa, e io immagino che scoprirò di cosa si tratta prima *di* aver finito con te.

Così se ne andò quando aprii la porta ed entrai nella stanza del set. Accidenti, ma c'era una folla lì! Quindici contadini, e ognuno di loro aveva una pistola. Ero molto malato, mi sono accasciato su una sedia e mi sono seduto. Stavano seduti intorno, alcuni di loro parlavano un po', a bassa voce, e tutti irrequieti e inquieti, ma cercavano di dare l'impressione di non avvertire; ma sapevo che lo erano, perché si toglievano sempre il cappello, e li mettevano, e si grattavano la testa, e cambiavano sedile, e armeggiavano con i bottoni. Avverto anch'io non è facile, ma non mi sono tolto il cappello, lo stesso.

Avrei voluto che zia Sally venisse, e finisse con me, e mi leccasse, se voleva, e mi lasciasse andare via e raccontasse a Tom quanto avevamo esagerato con questa cosa, e in quale tumultuoso vespaio ci eravamo cacciati, così potevamo smettere di scherzare subito, e svuotare con Jim prima che questi strappi perdessero la pazienza e venissero a prenderci.

Alla fine venne e cominciò a farmi domande, ma io *non riuscivo* a rispondere direttamente, non sapevo da che parte mi fossi andato; perché quegli uomini erano così agitati che alcuni volevano partire subito e andare a cercare quei disperati, e dicendo che mancavano pochi minuti alla mezzanotte, e altri cercavano di convincerli a trattenersi e ad aspettare il segnale delle pecore; e qui era La zia che si accarezzava le domande, e io che tremavo dappertutto e stavo per sprofondare nelle mie tracce, ero così spaventato; e il posto diventava sempre più caldo, e il burro cominciava a sciogliersi e a colarmi lungo il collo e dietro le orecchie; e ben presto, quando uno di loro dice: "*Voglio* andare a entrare nella cabina *per primo* e subito, e prenderli quando arrivano", quasi caddi a terra; e una striscia di burro mi scese sulla fronte, e zia Sally lo vide, e diventa bianca come un lenzuolo, e dice:

«Per l'amor del paese, che *cosa c'*è che non va con il bambino? Ha la febbre del cervello come te che sei nato, e stanno trasudando!"

E tutti corrono a vedere, e lei mi strappa il cappello, e ne esce il pane e quello che era rimasto del burro, e lei mi afferra, e mi abbraccia, e dice:

«Oh, che turno mi hai dato! e come sono felice e grato non è peggio; perché la fortuna è contro di noi, e non piove mai ma piove a dirotto, e quando ho visto quel camion ho pensato che ti avessimo perso, perché lo sapevo dal colore e tutto il resto era proprio come sarebbe stato il tuo cervello se... Caro, caro, perché non *mi hai detto* che era per quello che eri stato laggiù, non *me* ne sarebbe importato. Adesso vai a letto, e non farmi più vedere di te fino al mattino!"

In un secondo salii le scale, e in un altro scesi il parafulmine, e brillai nell'oscurità per la tettoia. Non riuscivo a malapena a pronunciare le mie parole, ero così ansiosa; ma dissi a Tom più in fretta che potei che dovevamo saltare subito, e non perdere un minuto: la casa piena di uomini, laggiù, con i fucili!

I suoi occhi brillavano; E dice:

«No!... è così? *Non è* un bullo! Perché, Huck, se dovesse ricominciare da capo, scommetto che potrei prenderne duecento! Se potessimo rimandare a tutto il resto...»

"Sbrigati! *affrettarsi!*" Dico io. " Dov'è Jim?»

"Proprio al tuo gomito; Se allunghi il braccio puoi toccarlo. Si è vestito ed è tutto pronto. Ora scivoleremo fuori e daremo il segnale delle pecore".

Ma poi sentimmo il calpestio degli uomini che venivano alla porta, e li sentimmo cominciare ad armeggiare con il lucchetto, e udimmo un uomo dire:

«Ti avevo *detto* che saremmo arrivati troppo presto; Non sono venuti, la porta è chiusa a chiave. Ecco, io chiuderò alcuni di voi nella capanna, e voi vi sdraiate per loro al buio e uccideteli quando arrivano; e gli altri si sparpagliano intorno a un pezzo, e ascoltate se riuscite a sentirli arrivare.

Così sono entrati, ma non riuscivano a vederci al buio, e la maggior parte ci ha calpestato mentre ci affrettavamo a metterci sotto il letto. Ma ci mettemmo sotto e uscimmo dal buco, veloci ma morbidi: Jim per primo, io dopo e Tom per ultimo, il che avvenne secondo gli ordini di Tom. Ora eravamo nella tettoia e sentimmo dei passi lì vicino fuori. Così strisciammo verso la porta, e Tom ci fermò lì e mise l'occhio sulla fessura, ma non riusciva a distinguere nulla, era così buio; e sussurrò e disse che avrebbe ascoltato i passi per andare avanti, e quando ci avesse dato una gomitata, Jim doveva scivolare via per primo, e lui per ultimo. Così appoggiò l'orecchio alla fessura e ascoltò, e ascoltò, e ascoltò, e i passi raschiavano là fuori tutto il tempo; e alla fine ci diede una gomitata, e noi scivolammo fuori, e ci chinammo, senza respirare e senza fare il minimo rumore, e scivolammo furtivamente verso il recinto in fila indiana, e ci arrivammo bene, e io e Jim ci scavalcammo; ma le brache di Tom si impigliarono in una scheggia sulla ringhiera superiore, e allora sentì arrivare i passi, così dovette staccarsi, il che spezzò la scheggia e fece rumore; E mentre si lasciava andare sulle nostre tracce e iniziava, qualcuno cantava:

"Chi è? Rispondi, o sparo!"

Ma non rispondemmo, aprimmo i tacchi e spingemmo. Poi ci fu una corsa, e un *botto, botto, botto!* e i proiettili fischiavano intorno a noi! Li sentimmo cantare:

"Eccoli! Hanno rotto per il fiume! Dietro a loro, ragazzi, e lasciate liberi i cani!"

Ed eccoli qui, a tutto gas. Potevamo sentirli perché indossavano stivali e urlavano, ma noi non indossavamo stivali e non urlavamo. Eravamo sulla strada per il mulino; e quando ci sono arrivati abbastanza vicini, ci siamo infilati nella boscaglia e li abbiamo lasciati passare, e poi ci siamo buttati dietro di loro. Avevano fatto rinchiudere tutti i cani, per non spaventare i ladri; ma nel frattempo qualcuno li aveva lasciati liberi, ed eccoli arrivare, facendo un powwow sufficiente per un milione; ma erano i nostri cani; così ci fermammo finché non ci raggiunsero; e quando videro che non avvertiva nessuno tranne noi, e non c'era alcuna eccitazione da offrire loro, dissero semplicemente ciao, e si precipitarono verso le grida e il rumore; e poi riprendemmo il vapore, e sfrecciammo dietro di loro finché fummo quasi al mulino, e poi ci lanciammo attraverso la boscaglia fino al punto in cui era legata la mia canoa, e saltammo dentro e tirammo per salvarmi la vita verso il centro del fiume, ma non fecero più rumore di quanto ci fosse permesso. Poi partimmo, facili e comodi, per l'isola dove si trovava la mia zattera; e potevamo sentirli urlare e abbaiare l'uno contro l'altro su e giù per la riva, finché fummo così lontani che i suoni si affievolirono e si spensero. E quando siamo saliti sulla zattera ho detto:

«*Ora*, vecchio Jim, sei *di nuovo* un uomo libero, e scommetto che non sarai mai più uno schiavo».

«È stato anche un ottimo lavoro, Huck. Era stato progettato bello, e lo aveva *fatto* bene; e non c'è *nessuno* che sappia mettere su un piano che si è mescolato e si è fatto uno splendido per quello che si era.

Eravamo tutti contenti come potevamo esserlo, ma Tom era il più felice di tutti perché aveva una pallottola nel polpaccio della gamba.

Quando io e Jim l'abbiamo sentito, non ci siamo sentiti così sfacciati come prima. Gli faceva molto male e sanguinava; Così lo deponemmo nel wigwam e strappammo una delle camicie del duca per bendarlo, ma lui disse:

"Dammi gli stracci; Posso farlo da solo. Non fermarti ora; Non scherzare qui, e l'evasione rimbomba così bella; uomo spazza, e liberala! Ragazzi, l'abbiamo fatto in modo elegante! Vorrei che *avessimo* avuto il trattamento di Luigi XVI, che non ci fosse stato un "Figlio di San Luigi, ascendi al cielo!" scritto nella *sua* biografia; no, signore, l'avremmo buttato oltre il *confine* - ecco cosa avremmo fatto con *lui* - e l'avremmo fatto in modo altrettanto lucido che nullo. L'uomo spazza, l'uomo spazza!»

Ma io e Jim ci consultavamo e pensavamo. E dopo averci pensato un attimo, dico:

«Dillo, Jim.»

Così dice:

«Beh, den, è così che mi sembra, Huck. Se fosse *stato lui* a essere libero, e uno dei ragazzi avrebbe dovuto sparare, avrebbe detto: "Vai avanti a salvarmi, nemmine sta per un dottore per salvarne uno?" È come Marte Tom Sawyer? Avrebbe detto dat? *Scommetti che* non lo farebbe! *Beh*, den, è *Jim* gywne a dirlo? No, sah... mi sposto di un passo e non metto il posto di un *dottore;* Non se sono quarant'anni!"

Sapevo che dentro era bianco, e pensavo che avrebbe detto quello che aveva detto... così era tutto a posto, e dissi a Tom che stavo andando a cercare un dottore. Ha sollevato un bel po' di polemiche al riguardo, ma io e Jim ci siamo attenuti e non ci siamo mossi; così era per strisciare fuori e liberare lui stesso la zattera; Ma non glielo abbiamo permesso. Poi ci ha dato un pezzo della sua mente, ma non è servito a nulla.

Così, quando mi vede preparare la canoa, dice:

«Ebbene, allora, se sei obbligato ad andare, ti dirò la strada da fare quando arriverai al villaggio. Chiudi la porta e benda forte e forte il dottore, e fallo giurare di tacere come la tomba, e mettigli in mano una borsa piena d'oro, e poi prendilo e conducilo in giro per i vicoli e dappertutto nel buio, e poi prendilo qui in canoa, in una via tortuosa tra le isole, e perquisirlo e portargli via il gesso, e non restituirglielo finché non lo avrai riportato al villaggio, altrimenti getterà questa zattera con il gesso in modo da poterla ritrovare. È il modo in cui lo fanno tutti".

Così dissi che l'avrei fatto, e me ne andai, e Jim doveva nascondersi nel bosco quando avesse visto arrivare il dottore finché non se ne fosse andato di nuovo.

CAPITOLO XLI.

Il dottore era un vecchio; un vecchio molto simpatico e dall'aspetto gentile quando l'ho tirato su. Gli ho detto che io e mio fratello eravamo a caccia sull'isola spagnola ieri pomeriggio, e ci siamo accampati su un pezzo di una zattera che abbiamo trovato, e verso mezzanotte deve aver preso a calci il fucile nei suoi sogni, perché è esploso e gli ha sparato a una gamba, e volevamo che andasse lì a ripararlo e non dicesse nulla al riguardo. Né farlo sapere a nessuno, perché volevamo tornare a casa stasera e sorprendere la gente.

"Chi sono i tuoi?", dice.

«I Phelps, laggiù.»

"Oh", dice. E dopo un minuto, dice:

«Come hai fatto a dire che gli hanno sparato?»

"Ha fatto un sogno", dico, "e gli ha sparato".

"Sogno singolare", dice.

Così accese la lanterna, prese le bisacce e partimmo. Ma quando vide la canoa non gli piacque il suo aspetto, disse che era abbastanza grande per una donna, ma non sembrava abbastanza sicura per due. I ha detto:

«Oh, non c'è bisogno di aver paura, signore, ci ha portato tutti e tre abbastanza facilmente».

"Quali tre?"

«Ebbene, io e Sid, e... e... e *le pistole;* è quello che intendo".

"Oh", dice.

Ma lui mise il piede sul fucile e la cullò, scosse la testa e disse che pensava che si sarebbe guardato intorno per cercarne uno più grande. Ma erano tutti chiusi e incatenati; così prese la mia canoa e mi disse di aspettare che tornasse, o che potessi andare a caccia più avanti, o forse che avrei fatto meglio a scendere a casa e prepararli per la sorpresa, se volevo. Ma io dissi che non lo facevo; così gli ho detto come trovare la zattera, e poi è partito.

Mi è venuta un'idea molto presto. Mi dico, forse non può aggiustare quella zampa in tre colpi di coda di pecora, come si suol dire? Forse gli ci vogliono tre o quattro giorni? Che cosa faremo?... restare lì finché non farà uscire il gatto dal sacco? No signore; So cosa *farò*. Aspetterò, e quando tornerà, se dirà che deve andare ancora, scenderò anche io, se nuoto; e noi lo prenderemo e lo legheremo, e lo terremo, e lo spingeremo giù per il fiume; e quando Tom avrà finito con lui, gli daremo quello che vale, o tutto quello che abbiamo, e poi lo lasceremo scendere a terra.

Così poi mi infilai in una catasta di legname per dormire un po'; e la prossima volta che mi sono svegliato il sole era lontano sopra la mia testa! Uscii di corsa e andai a casa del dottore, ma mi dissero che se n'era andato di notte una volta o l'altra, e che non era ancora tornato. Beh, penso, sembra proprio un brutto per Tom, e mi scaverò subito per l'isola. Così mi spinsi via, girai l'angolo e per poco non sbattei la testa nello stomaco di zio Silas! Egli dice:

«Perché, *Tom!* Dove sei stato tutto questo tempo, mascalzone?»

«Non *sono* stato da nessuna parte», dico, «solo a caccia del negro fuggiasco, io e Sid».

"Perché, dove sei mai andato?", dice. «Tua zia si è sentita molto a disagio».

«Non ne aveva bisogno», dico, «perché stavamo bene. Seguimmo gli uomini e i cani, ma essi ci superarono e li perdemmo; ma pensavamo di averli sentiti sull'acqua, così prendemmo una canoa e li inseguimmo e li attraversammo, ma non riuscimmo a trovarne nulla; così abbiamo navigato lungo la costa finché non ci siamo stancati e sconfitti; e legò la canoa e andò a dormire, e non si svegliò mai fino a circa un'ora fa; poi siamo andati qui a remare per sentire le notizie, e Sid è all'ufficio postale per vedere cosa riesce a sentire, e io sto andando a prendere qualcosa da mangiare per noi, e poi torniamo a casa.

Allora siamo andati all'ufficio postale a prendere "Sid"; ma proprio come sospettavo, non mi avvertì; così il vecchio tirò fuori una lettera dall'ufficio, e aspettammo ancora un po', ma Sid non venne; così il vecchio disse: "Vieni, lascia che Sid torni a casa a piedi, o in canoa, quando avrà finito di scherzare... ma noi avremmo cavalcato". Non sono riuscito a convincerlo a lasciarmi restare ad aspettare Sid; e lui ha detto che non c'era niente da fare, e che dovevo venire con me, e far vedere a zia Sally che stavamo bene.

Quando arrivammo a casa, zia Sally era così contenta di vedermi, rise e pianse entrambi, e mi abbracciò, e mi diede una di quelle leccate che non equivalgono a sgusci, e disse che avrebbe servito lo stesso a Sid quando fosse venuto.

E il posto era pieno di contadini e mogli di contadini, a cena; e un altro schiocco del genere non lo si udì mai. La vecchia signora Hotchkiss era la peggiore; la sua lingua era in movimento tutto il tempo. Lei dice:

«Ebbene, sorella Phelps, ho saccheggiato quella cabina d'aria, e credo che il negro fosse pazzo. Dico a sorella Damrell... non è vero, sorella Damrell?... s'Io, è pazzo, s'Io... sono proprio queste le parole che ho detto. Mi avete tutti rimproverato: è pazzo, s'I; tutto lo dimostra, s'I. Guarda quella mola d'aria, s'I; Vuoi *dirmi che* non c'è nessun cretur sano di mente che sta per infilare tutte quelle cose folli su una mola, s'I? Qui sich 'n' sich una persona si è spezzata il cuore; E qui così e così ancorato per trentasette anni, e tutto il resto... figlio di Louis qualcuno, e non c'è niente di male. È pazzo a piombo, s'I; è quello che dico al primo posto, è quello che dico nel mezzo, ed è quello che dico l'ultima volta e tutto il tempo... il negro è pazzo... il pazzo è Nebokoodneezer, s'I.

«E guarda quella scala d'aria fatta di stracci, sorella Hotchkiss», dice la vecchia signora Damrell; «Che cosa in nome della bontà *potrebbe* mai desiderare di...»

«Le stesse parole che dicevo non più tardi fa a sorella Utterback, e lei stessa te lo dirà. , guarda quella scala di stracci d'aria,; Io, sì, *guardalo*, io... che cosa *potrebbe* volere da esso, io. , sorella Hotchkiss,...»

«Ma come diavolo hanno fatto a metterci dentro quella mola , comunque? 'E chi ha scavato quel buco d'aria? 'E chi...»

«Le mie stesse *parole*, Brer Penrod! Stavo dicendo... passa quell'aria sasser o'm'lasses, non è vero?... Stavo dicendo alla sorella Dunlap, in questo momento, come *hanno fatto* a mettere quella mola lì dentro, s'I. Senza *aiuto*, badate bene... "quell'*aiuto! Che* cosa c'è. Non *dirlo a me*, s'I; c'era aiuto, s'I; E c'era anche un *grande* aiuto, s'I; ce ne sono una *dozzina che* aiutano quel negro, e io giaco che scuoierei fino all'ultimo negro di questo posto, ma *scoprirei* chi è stato, s'I; e per di più, s...»

«Una *dozzina* dice tu!... *quaranta* non potrebbero fare tutto ciò che è stato fatto. Guardate quelle seghe a coltello e cose del genere, come sono state fatte noiose; guarda quella gamba del letto segata con la 'm, una settimana di lavoro per sei uomini; guarda quel negro fatto di paglia sul letto; e guarda...»

«Puoi *ben* dirlo, Brer Hightower! È un po' come dicevo a Brer Phelps, a se stesso. S'e, che ne pensi, sorella Hotchkiss, s'e? Pensa a cosa, Brer Phelps, s'I? Pensi che quella gamba del letto l'abbia segata in un certo modo, eh? *pensaci*, s'I? L'ho deposto senza mai segarsi *da solo*, io... qualcuno l'*ha segato*, io; questa è la mia opinione, prendere o lasciare, può non essere un conto, io, ma come non c'è, è la mia opinione, s'io, e se qualcuno può iniziarne uno migliore, s'io, lascateglielo *fare*, s'io, ecco tutto. Dico alla sorella Dunlap, s'I...»

«Perché, cane miei gatti, devono avere una casa piena di negri lì dentro ogni notte per quattro settimane per fare tutto quel lavoro, sorella Phelps. Guardate quella camicia: ogni centimetro è ricoperto di segreti scritti africani fatti con il sangue! Deve essere una zattera uv 'm a questo punto, tutto il tempo, quasi. Ebbene, darei due dollari per farmelo leggere; E per quanto riguarda i negri che l'hanno scritta, io prenderei e frusterei in quel modo...»

"Gente che *lo aiuti*, fratello Marples! Beh, immagino che lo pensereste se foste stati in questa casa per un po' di tempo fa. Hanno rubato tutto ciò su cui potevano mettere le mani... e noi stiamo a guardare tutto il tempo, badate bene. Hanno rubato quella maglietta proprio dalla linea! e quanto a quel lenzuolo con cui hanno fatto la scala di stracci, non si sa quante volte non l'*abbiano* rubata; e la farina, e le candele, e i candelieri, e i cucchiai, e la vecchia scaldavivande, e la maggior parte delle mille cose che ora non ricordo, e il mio nuovo vestito di calicò; e io e Silas e il mio Sid e Tom nel giorno di guardia costante *e* notte, come vi dicevo, e nessuno di noi riusciva a prenderne la pelle né i capelli, né la vista né il suono; E qui all'ultimo minuto, guarda un po', ci scivolano proprio sotto il naso e ci ingannano, e non solo ingannano *noi*, ma anche i ladri del territorio indiano, e in realtà se *la cavano* con quel negro sano e salvo, e questo con sedici uomini e ventidue cani proprio alle calcagna proprio in quel momento! Ti dico, sbatte tutto ciò di cui ho mai *sentito* parlare. Ebbene, *gli spiriti* non potevano essere fatti meglio e non erano più intelligenti. E credo che siano *stati* degli sperits... perché, *voi* conoscete i nostri cani, e non c'è niente di meglio; beh, quei cani non sono mai finiti *sulle tracce* di me nemmeno una volta! Me lo spieghi tu, se puoi!... *chiunque* di voi!»

«Beh, batte...»

«Leggi vive, io mai...»

«Allora aiutami, non vorrei essere...»

«Ladri di case e...»

«Per carità, avrei paura di *vivere* in sich a...»

«'Voglia di *vivere!*Ebbene, avevo così tanta paura che non osavo quasi mai andare a letto, o alzarmi, o sdraiarmi, o *sedere*, sorella Ridgeway. Ebbene, avrebbero rubato il molto... perché, per l'amor del cielo, potete immaginare in che razza di agitazione *mi trovassi* quando è arrivata la mezzanotte di ieri sera. Spero di essere gentile se non ho paura che rubino qualcuno della famiglia! Ero solo a quel punto che non avevo più facoltà di ragionamento. Sembra abbastanza sciocco *ora*, di giorno, ma mi dico, ci sono i miei due poveri ragazzi che dormono, su per le scale in quella stanza solitaria, e dichiaro con Dio che ero così inquieto da non strisciare lassù e chiuderli dentro! L'ho *fatto*. E chiunque lo farebbe. Perché, sai, quando ti spaventi in quel modo, e continua a correre, e peggiora sempre di più, e il tuo ingegno arriva a confondersi, e arrivi a fare ogni sorta di cose selvagge, e di lì a poco pensi tra te e te, perché ero un ragazzo, ed ero lassù via, e la porta non è chiusa a chiave, E tu...» Si fermò, con aria un po' stupita, poi girò lentamente la testa, e quando il suo occhio si posò su di me... mi alzai e feci una passeggiata.

Mi dico, posso spiegare meglio come siamo arrivati a non essere in quella stanza stamattina se esco da un lato e ci studio un po' sopra. Così l'ho fatto. Ma non ho osato andare a fare la pelliccia, altrimenti mi avrebbe mandato a chiamare. E quando fu tardi la gente se ne andò, e allora entrai e le dissi che il rumore e gli spari avevano svegliato me e "Sid", e la porta era chiusa a chiave, e volevamo vedere il divertimento, così scendemmo dal parafulmine, e tutti e due ci facemmo un po' male, e non volevamo più *provarci*. E poi proseguii e le raccontai tutto ciò che avevo detto prima allo zio Silas; e poi disse che ci avrebbe perdonato, e che forse andava bene lo stesso, e che cosa ci si poteva aspettare dai ragazzi, perché tutti i ragazzi erano un bel mucchio di pelliccia come lei poteva vedere; E così, finché non ne fosse venuto fuori nulla di male, giudicò che sarebbe stato meglio dedicare il suo tempo a essere grata che fossimo vivi e vegeti e che ci avesse ancora, invece di preoccuparsi per ciò che era passato e fatto. Allora mi baciò, mi diede una pacca sulla testa e si lasciò cadere in una specie di studio marrone; e ben presto salta in piedi, e dice:

«Perché, lawsamercy, è quasi notte, e Sid non è ancora venuto! Che ne è stato di quel ragazzo?»

Vedo la mia occasione; così salto su e dico:

«Corro subito in città a prenderlo», dico.

"No, non lo farai", dice. «Resterai dove sei; *ne basta* uno per perdersi alla volta. Se non è qui a cena, tuo zio ci andrà."

Ebbene, ha avvertito di non essere lì a cena; Così, subito dopo cena, lo zio andò.

Tornò verso le dieci un po' a disagio, non aveva incrociato la pista di Tom. Zia Sally era molto a disagio, ma zio Silas, disse, non c'era motivo di venire... i ragazzi saranno ragazzi, disse, e vedrete questo arrivare domattina tutto sano e giusto. Quindi doveva essere soddisfatta. Ma lei disse che si era preparata per lui per un po' comunque, e che aveva tenuto una luce accesa in modo che lui potesse vederla.

E poi, quando sono andato a letto, lei è venuta con me e ha preso la sua candela, e mi ha rimboccato le coperte, e mi ha fatto da madre così bene che mi sentivo cattiva, e come se non riuscissi a guardarla in faccia; e si sedette sul letto e parlò a lungo con me, e disse che Sid era un ragazzo splendido, e sembrava non voler mai smettere di parlare di lui; e continuava a chiedermi di tanto in tanto se pensavo che potesse essersi perso, o ferito, o forse annegato, e potesse giacere in quel momento da qualche parte sofferente o morto, e lei non accanto a lui per aiutarlo, e così le lacrime scendevano silenziose, e io le dicevo che Sid stava bene, e sarebbe tornato a casa la mattina, certo; E lei mi stringeva la mano, o forse mi baciava, e mi diceva di dirlo di nuovo, e continuava a dirlo, perché le faceva bene, ed era in tanti guai. E quando se ne stava andando, mi guardò negli occhi così fermi e gentili, e disse:

«La porta non sarà chiusa a chiave, Tom, e c'è la finestra e l'asta; ma sarai bravo, *vero*? E tu non andrai? Per *il mio* bene".

Laws sa che volevo andare abbastanza male da vedere di Tom, e che tutti avevano intenzione di andare, ma dopo di ciò non ci sono andato, non per i regni.

Ma lei era nella mia mente e Tom era nella mia mente, quindi dormivo molto irrequieta. E due volte sono sceso dalla canna nella notte, e sono scivolato davanti, e l'ho vista seduta lì accanto alla sua candela alla finestra con gli occhi rivolti verso la strada e le lacrime in essi; e avrei voluto fare qualcosa per lei, ma non ci riuscivo, solo per giurare che non avrei mai più fatto nulla per affliggerla. E la terza volta mi svegliai all'alba, e scivolai giù, e lei era ancora lì, e la sua candela era quasi spenta, e la sua vecchia testa grigia era appoggiata sulla sua mano, e dormiva.

CAPITOLO XLII.

Il vecchio era di nuovo in città prima di colazione, ma non riusciva a trovare traccia di Tom; e tutti e due sedettero a tavola pensando, e senza dire nulla, e con aria triste, e il loro caffè si raffreddava, e non mangiavano nulla. E di lì a poco il vecchio dice:

«Ti ho dato la lettera?»

«Quale lettera?»

«Quella che ho preso ieri dall'ufficio postale».

«No, non mi hai dato nessuna lettera».

«Beh, devo averlo dimenticato.»

Così frugò nelle tasche, poi andò da qualche parte dove l'aveva posata, la prese e gliela diede. Lei dice:

«Beh, è di San Pietroburgo, è di Sis».

Lasciai che un'altra passeggiata mi avrebbe fatto bene, ma non riuscivo a muovermi. Ma prima che potesse aprirlo, lo lasciò cadere e corse via, perché vide qualcosa. E anche io. Era Tom Sawyer su un materasso; e quel vecchio dottore; e Jim, nel *suo* vestito di calicò, con le mani legate dietro la schiena; e un sacco di gente. Ho nascosto la lettera dietro la prima cosa che mi è capitata a portata di mano e mi sono precipitato. Si gettò su Tom, piangendo, e disse:

"Oh, è morto, è morto, lo so che è morto!"

E Tom girò un po' la testa, e borbottò una cosa o l'altra, il che dimostrava che non avvertiva sano di mente; Poi alzò le mani e disse:

"È vivo, grazie a Dio! E questo basta!" e gli strappò un bacio, e volò verso la casa per preparare il letto, e spargendo ordini a destra e a sinistra ai negri e a tutti gli altri, più in fretta che la sua lingua poteva, ad ogni salto del cammino.

Seguii gli uomini per vedere che cosa avrebbero fatto di Jim; e il vecchio dottore e lo zio Silas seguirono Tom in casa. Gli uomini erano molto arrabbiati, e alcuni di loro volevano impiccare Jim come esempio a tutti gli altri negri lì intorno, così non avrebbero cercato di scappare come aveva fatto Jim, e di creare una tale serie di guai, e di tenere un'intera famiglia spaventata a morte per giorni e notti. Ma gli altri dicevano: non fatelo, non risponderebbe affatto; Non è il nostro negro, e il suo padrone si presenterebbe e ce la farebbe pagare, certo. Questo li ha un po' raffreddati, perché le persone che sono sempre le più ansiose di impiccare un negro che non ha fatto bene sono sempre quelle che non sono le più ansiose di pagare per lui quando hanno ottenuto la loro soddisfazione da lui.

Insultavano molto Jim, però, e di tanto in tanto gli davano una manetta o due sulla testa, ma Jim non diceva mai nulla, e non mi lasciava mai conoscere, e lo portavano nella stessa capanna, e gli mettevano addosso i suoi vestiti, e lo incatenavano di nuovo, e questa volta non a nessuna gamba di letto. ma a un grosso graffette si conficcò nel tronco inferiore, e gli incatenò anche le mani, e entrambe le gambe, e disse che non avrebbe avuto altro che pane e acqua da mangiare dopo questo fino a quando non fosse arrivato il suo padrone, o sarebbe stato venduto all'asta perché non era venuto entro un certo periodo di tempo, e riempì il nostro buco, e ha detto che un paio di contadini con le pistole devono stare di guardia intorno alla capanna ogni notte, e un bulldog legato alla porta durante il giorno; E in quel momento avevano finito il lavoro e si stavano assottigliando con una specie di imprecazione d'addio, e poi il vecchio dottore venne a dare un'occhiata, e disse:

«Non essere più rude con lui di quanto ti sia dovuto, perché non è un negro cattivo. Quando sono arrivato dove ho trovato il ragazzo, ho visto che non potevo tagliare il proiettile senza un aiuto, e lui non mi ha avvertito in nessuna condizione di andarmene per andare a cercare aiuto; e lui peggiorò un po' di più, e dopo un bel po' di tempo andò fuori di testa, e non mi permise più di avvicinarmi a lui, e disse che se avessi gesso la sua zattera mi avrebbe ucciso, e non c'era fine a sciocchezze selvagge come quelle, e capisco che non potevo fare nulla con lui; così io dico, devo avere *aiuto* in qualche modo; e nel momento in cui lo dico strisciando fuori da qualche parte questo negro e dice che mi aiuterà, e l'ha fatto anche lui, e l'ha fatto molto bene. Naturalmente ho pensato che dovesse essere un negro fuggiasco, ed eccomi lì! e lì dovetti rimanere dritto per tutto il resto del giorno e tutta la notte. Era una soluzione, vi dico! Ho avuto un paio di pazienti con i brividi, e naturalmente mi sarebbe piaciuto correre in città a vederli, ma non ho osato, perché il negro potrebbe scappare, e allora la colpa sarebbe mia; eppure mai una barca si è avvicinata abbastanza da farmi salutare. Così ho dovuto attaccare a piombo fino all'alba di questa mattina; e non ho mai visto un negro che fosse un nuss o un più fedele, eppure stava rischiando la sua libertà per farlo, ed era anche tutto stanco, e vedo abbastanza chiaramente che ultimamente aveva lavorato molto duramente. Mi piaceva il negro per questo; Vi dico, signori, che un negro come lui vale mille dollari... e anche un trattamento gentile. Avevo tutto ciò di cui avevo bisogno, e il ragazzo stava bene come avrebbe fatto a casa, meglio, forse, perché era così tranquillo; ma ero lì, con tutti e due in mano, e ho dovuto resistere fino all'alba di questa mattina; poi sono passati alcuni uomini su una scialuppa e, per fortuna, il negro se ne stava seduto vicino al giaciglio con la testa appoggiata sulle ginocchia profondamente addormentato; così ho fatto loro cenno in silenzio, e gli scivolarono addosso e lo afferrarono e lo legarono prima che si rendesse conto di cosa si trattasse, e non avemmo mai problemi. Ed essendo anche il ragazzo in una specie di sonno volubile, attutimmo i remi e agganciammo la zattera, e la rimorchiammo molto bene e tranquillamente, e il negro non fece mai la minima fila né disse una parola fin dall'inizio. Non è un negro cattivo, signori; questo è quello che penso di lui".

Qualcuno dice:

«Beh, suona molto bene, dottore, ho il dovere di dirlo».

Poi anche gli altri si addolcirono un po', e io fui molto grato a quel vecchio dottore per aver fatto quel buon lavoro a Jim; e fui contento che fosse anche secondo il mio giudizio su di lui; perché ho pensato che avesse un buon cuore in sé e che fosse un brav'uomo la prima volta che l'ho visto. Allora furono tutti d'accordo che Jim si era comportato molto bene, e che meritava di essere preso in considerazione, e ricompensato. Così ognuno di loro promise, senza mezzi termini e di cuore, che non lo avrebbero più maledetto.

Poi sono usciti e lo hanno rinchiuso. Speravo che gli avrebbero detto che avrebbe potuto togliere una o due delle catene, perché erano marce e pesanti, o che avrebbe potuto mangiare carne e verdure con il suo pane e la sua acqua; ma non ci pensarono, e pensai che non fosse la cosa migliore per me immischiarmi, ma pensai che avrei portato la storia del dottore a zia Sally, in un modo o nell'altro, non appena avessi superato i frangenti che si trovavano proprio davanti a me... spiegazioni, intendo, di come mi fossi dimenticato di dire che Sid era stato ucciso quando stavo raccontando come lui ed io abbiamo passato quella notte sconsolata a remare in giro per la caccia il negro fuggiasco.

Ma avevo un sacco di tempo. Zia Sally rimaneva nella stanza dell'infermeria tutto il giorno e tutta la notte, e ogni volta che vedevo lo zio Silas che si aggirava in giro lo schivavo.

La mattina dopo sentii che Tom stava molto meglio, e dissero che zia Sally era andata a fare un pisolino. Così scivolai nella stanza del malato, e se lo trovai sveglio pensai che avremmo potuto mettere su un filo per la famiglia che avrebbe lavato. Ma dormiva, e dormiva anche molto tranquillo; e pallido, non con la faccia di fuoco come quando arrivò. Così mi sono seduto e mi sono sdraiato perché si svegliasse. Dopo circa mezz'ora arriva zia Sally, ed eccomi lì, di nuovo su un ceppo! Mi fece cenno di stare ferma, e si sedette accanto a me, e cominciò a bisbigliare, e disse che ora potevamo essere tutti gioiosi, perché tutti i sintomi erano di prim'ordine, e lui aveva dormito così per tanto tempo, e sembrava sempre meglio e più tranquillo, e dieci a uno si sarebbe svegliato sano di mente.

Così ci sedemmo lì a guardare, e di lì a poco lui si mosse un po', e aprì gli occhi con molta naturalezza, e diede un'occhiata, e disse:

«Salve!... perché, sono a *casa!* Come sarebbe? Dov'è la zattera?"

"Va tutto bene", dico.

«E *Jim?*"

"Lo stesso", dico, ma non saprei dirlo in modo piuttosto sfacciato. Ma lui non se ne accorse mai, ma disse:

"Bene! Splendido! *Ora* siamo a posto e al sicuro! L'hai detto alla zia?"

Stavo per dire di sì; ma lei intervenne e disse: «Di cosa, Sid?»

«Perché, sul modo in cui è stata fatta tutta la faccenda.»

«Che cosa?»

«Perché, *tutta la* faccenda. Non ce n'è che uno; come abbiamo liberato il negro fuggiasco, io e Tom».

"Buona terra! Imposta la corsa: di cosa *sta* parlando il bambino! Caro, caro, di nuovo fuori di testa!"

"*No*, non sono fuori di testa; So tutto di cosa sto parlando. L'abbiamo *liberato*, io e Tom. Ci siamo predisposti per farlo, e l'abbiamo *fatto*. E lo abbiamo fatto anche in modo elegante". Aveva avuto un inizio, e lei non lo controllò mai, si limitò a sedersi e a fissare, e lo lasciò andare avanti, e capii che non era inutile che *io* mi mettessi dentro. «Perché, zia, ci è costato un sacco di lavoro, settimane, ore e ore, ogni notte, mentre tu dormivi tutta. E abbiamo dovuto rubare le candele, e il lenzuolo, e la camicia, e il tuo vestito, e i cucchiai, e i piatti di latta, e i coltelli da custodia, e lo scaldavivande, e la mola, e la farina, e un'infinità di cose, e non riesci a pensare a quale lavoro sia stato fare le seghe, e le penne, e le iscrizioni, e una cosa o l'altra, E non puoi pensare *alla metà* del divertimento che è stato. E abbiamo dovuto fare le immagini delle bare e cose del genere, e le lettere anonime dei ladri, e salire e scendere dal parafulmine, e scavare la buca nella capanna, e fare la scala di corda e mandarla dentro cotta in una torta, e mandare i cucchiai e le cose da lavorare nella tasca del grembiule...»

"Per carità!"

«... e caricare la capanna di topi e serpenti e così via, per compagnia a Jim; e poi hai tenuto Tom qui così a lungo con il burro nel cappello che sei arrivato quasi a rovinare tutta la faccenda, perché gli uomini sono venuti prima che fossimo usciti dalla cabina, e abbiamo dovuto correre, e ci hanno sentito e ci hanno lasciato andare, e io ho avuto la mia parte, e abbiamo schivato il sentiero e li abbiamo lasciati passare, e quando arrivano i cani ci avvertono che non si interessano di noi, ma vanno a fare il più rumore, e noi prendiamo la nostra canoa, e ci dirigiamo verso la zattera, ed eravamo tutti salvi, e Jim era un uomo libero, e abbiamo fatto tutto da soli, e *non è stato* un prepotente, zia!

«Beh, non ho mai sentito una cosa del genere in tutti i miei giorni di nascita! Quindi siete stati *voi*, voi piccoli scalogni, a creare tutti questi guai, a rimettere a soqquadro l'ingegno di tutti e a spaventarci a morte. Ho l'idea più buona che mai ho avuto in vita mia di tirarla fuori in questo preciso momento. E pensare, sono stato qui, notte dopo notte, un... *tu guarisci* solo una volta, giovane furfante, e io giaccio che abbronzerò il vecchio Harry di tutti e due!»

Ma Tom, era così orgoglioso e gioioso, che *non riusciva* proprio a trattenersi, e la sua lingua *si limitava a farlo* : lei si intrometteva e sputava fuoco per tutto il tempo, e tutti e due lo facevano contemporaneamente, come una convention di gatti; e lei dice:

«*Beh*, ora ne trai tutto il piacere che puoi, perché bada bene che ti dico se ti sorprendo a immischiarti di nuovo con lui...»

"Immischiarsi con *chi?*" dice Tom, lasciando cadere il sorriso e sembrando sorpreso.

"Con *chi?* Beh, il negro fuggiasco, naturalmente. Chi hai calcolato?"

Tom mi guarda molto serio, e dice:

«Tom, non mi hai appena detto che stava bene? Non è scappato?»

"*Lui?*" dice zia Sally; " Il negro in fuga? «Non ha fatto un fatto. L'hanno ripreso sano e salvo, ed è di nuovo in quella capanna, a pane e acqua, e caricato di catene, finché non sarà reclamato o venduto!»

Tom si alzò a letto, con gli occhi caldi e le narici che si aprivano e si chiudevano come branchie, e mi cantò:

«Non hanno il *diritto* di farlo tacere! *Spingere!*Æ non perdere un minuto. Lascialo libero! non è uno schiavo; È libero come qualsiasi cretur che cammina su questa terra!"

"Che cosa *significa* il bambino?"

«Intendo dire ogni parola che *dico*, zia Sally, e se qualcuno non se ne va, me *ne vado anch'io*. Lo conosco da tutta la vita, e anche Tom, lì. La vecchia signorina Watson è morta due mesi fa, e si vergognava di averlo venduto lungo il fiume, e *lo ha detto*, e lo ha liberato nel suo testamento.

«Allora per che cosa diavolo volevate liberarlo, visto che era già libero?»

«Ebbene, questa *è* una domanda, devo dire; e *proprio* come le donne! Ebbene, volevo l'*avventura* di quell'avventura, e mi sarei bagnata nel sangue fino al collo per... Dio vivo, zia Polly!»

Se non se ne sta lì, appena dentro la porta, con l'aria dolce e soddisfatta come un angelo mezzo pieno di torta, vorrei non farlo mai!

Zia Sally saltò per lei, e la maggior parte le abbracciò la testa e pianse su di lei, e io trovai un posto abbastanza buono per me sotto il letto, perché stava diventando piuttosto afoso per *noi*, mi sembrò. E sbirciai fuori, e dopo un po' la zia di Tom, Polly, si scosse e rimase lì a guardare Tom sopra gli occhiali... come se lo schiacciasse a terra, sai. E poi dice:

«Sì, faresti *meglio a* girare la testa dall'altra parte... lo farei se fossi in te, Tom».

«Oh, mio Dio!» disse zia Sally; "*È* cambiato così? Perché, quello non è *Tom*, è Sid; Tom's... Tom's... perché, dov'è Tom? Era qui un minuto fa".

«Vuoi dire dov'è Huck *Finn*... è proprio quello che vuoi dire! Credo di non aver mai allevato un furfante come il mio Tom in tutti questi anni per non riconoscerlo quando lo vedo. *Sarebbe* un bel saluto. Esci da sotto quel letto, Huck Finn."

Così l'ho fatto. Ma non mi sento sfacciato.

Zia Sally era una delle persone dall'aspetto più confuso che avessi mai visto, tranne una, ed era lo zio Silas, quando entrò e gli raccontarono tutto. Lo fece ubriacare, come si può dire, e non seppe nulla per il resto della giornata, e quella sera predicò un sermone di preghiera che gli diede un tremolio sferragliante, perché l'uomo più vecchio del mondo non riusciva a capirlo. Così la zia di Tom, Polly, raccontò tutto su chi ero, e cosa; e dovetti alzarmi e dire che mi trovavo in una situazione così stretta che quando la signora Phelps mi prese per Tom Sawyer - intervenne e disse: «Oh, continua a chiamarmi zia Sally, ormai ci sono abituata, e non c'è bisogno di cambiarmi - che quando zia Sally mi ha scambiata per Tom Sawyer ho dovuto sopportarlo - non c'era altro modo, e sapevo che non gli sarebbe dispiaciuto, perché sarebbe stato folle per lui, essendo un mistero, e ne avrebbe fatto un'avventura, e ne sarebbe stato perfettamente soddisfatto. E così è andata, e lui ha lasciato passare per Sid, e ha reso le cose il più morbide possibile per me.

E sua zia Polly, disse che Tom aveva ragione sul fatto che la vecchia signorina Watson aveva liberato Jim nel suo testamento; e così, come previsto, Tom Sawyer se n'era andato e si era preso tutta quella briga e quella briga di liberare un negro libero! e non ero mai riuscito a capire prima, fino a quel momento e a quel discorso, come *potesse* aiutare un cadavere a liberare un negro con la sua educazione.

Ebbene, zia Polly ha detto che quando zia Sally le ha scritto che Tom e *Sid* erano arrivati sani e salvi, dice a se stessa:

«Guardate questo, adesso! Me lo sarei aspettato, lasciandolo andare via in quel modo senza nessuno che lo guardasse. Così ora devo andare a fare una trappola lungo il fiume, millecinquecento miglia, e scoprire che cosa sta combinando quel creetur *questa* volta, finché non riesco a ottenere da te alcuna risposta al riguardo.

«Beh, non ho mai avuto tue notizie», dice zia Sally.

«Beh, me lo chiedo! Ebbene, ti ho scritto due volte per chiederti che cosa intendi dire con la presenza di Sid qui.

«Beh, non li ho mai presi, sorella.»

Zia Polly si gira lenta e severa, e dice:

«Tu, Tom!»

«Beh... *cosa?*», dice, un po' meschino.

«Non fare quello che *mi* faccio, impudente... distribuisci quelle lettere».

«Quali lettere?»

«*Quelle* lettere. Sarò vincolato, se dovrò prendermi cura di te, io...»

"Sono nel bagagliaio. Ecco, ora. E sono proprio gli stessi di quando li ho tirati fuori dall'ufficio. Non li ho guardati dentro, non li ho toccati. Ma sapevo che avrebbero creato problemi, e ho pensato che se non mi avvertissi senza fretta, io...»

"Beh, hai *bisogno* di scuoiare, non c'è da sbagliarsi. E ne ho scritto un altro per dirti che stavo arrivando; e io suppongo che...»

«No, è arrivato ieri; Non l'ho ancora letto, ma *va* bene, ho quello".

Volevo offrirle di scommettere due dollari che lei non aveva, ma ho pensato che forse era altrettanto sicuro non farlo. Quindi non ho mai detto nulla.

CAPITOLO L'ULTIMO

La prima volta che ho sorpreso Tom in privato, gli ho chiesto quale fosse la sua idea, il momento dell'evasione... che cosa aveva intenzione di fare se l'evasione avesse funzionato bene e fosse riuscito a liberare un negro che prima era già libero? E lui disse, quello che aveva pianificato nella sua testa fin dall'inizio, se avessimo tirato fuori Jim sano e salvo, era che lo avremmo fatto correre giù per il fiume sulla zattera, e avremmo avuto avventure a piombo fino alla foce del fiume, e poi gli avremmo detto che era libero, e lo avremmo riportato a casa su un battello a vapore, in grande stile, e pagarlo per il suo tempo perduto, e scrivere parola in anticipo e far uscire tutti i negri intorno, e fargli ballare il valzer in città con una fiaccolata e una banda di ottoni, e allora sarebbe diventato un eroe, e lo saremmo anche noi. Ma ho pensato che le cose andassero bene così.

Riuscimmo a liberare Jim dalle catene in un attimo, e quando zia Polly, zio Silas e zia Sally scoprirono quanto fosse bravo ad aiutare il dottore a infermiere Tom, fecero un mucchio di storie su di lui, e lo sistemarono in prima persona, e gli diedero tutto quello che voleva da mangiare, e un buon tempo, e niente da fare. E lo portammo nella stanza dell'inferme, e facemmo un bel discorso; e Tom dà a Jim quaranta dollari per essere stato prigioniero per noi così paziente, e per averlo fatto così bene, e Jim fu contentissimo da morire, e se ne andò, e disse:

«*Dah*, ora, Huck, che cosa ti dico?... che cosa ti dico su sull'isola di Jackson? Ti tollero *che* ho un sedere peloso, e che segno c'è di buono; e ti tollero che io sia ricco, e che io sia ricco di nuovo*;* En si è avverato; En heah lei *lo è! Dah*, ora! parlami... i segni sono *segni*, i miei te lo dico; e sapevo bene che saresti diventato ricco come se fossi un po' stanco!

E poi Tom parlò e parlò, e disse, tutti e tre usciremo di qui una di queste sere e prenderemo un vestito, e andremo a vivere avventure ululanti tra gli

Injuns, nel Territorio, per un paio di settimane o due; e io dico, va bene, mi va bene, ma non ho soldi per comprare il vestito, e credo che non potrei averne nessuno da casa, perché probabilmente papà è tornato prima d'ora, e ha portato via tutto dal giudice Thatcher e l'ha bevuto.

«No, non l'ha fatto», dice Tom; «È ancora tutto lì: seimila dollari e più; E da allora il tuo papà non è più tornato. Non l'avevo quando sono andato via, comunque.»

Jim dice, in tono un po' solenne:

«Non tornerà, non c'è niente da fare, Huck.»

I ha detto:

«Perché, Jim?»

«Nemmine perché, Huck... ma non tornerà indietro, no mo.»

Ma io continuai a stargli addosso; Così alla fine dice:

«Tu sei un membro della casa che galleggiava lungo il fiume, e lui era un uomo in dah, vestito in kiver, e io sono entrato e l'ho sganciato e non ti ho lasciato entrare? Beh, den, tu sai che hai i tuoi soldi quando li vuoi, ma era lui.

Tom sta molto bene ora, e ha la sua pallottola al collo su una guardia per un orologio, e vede sempre che ore sono, e quindi non c'è più niente di cui scrivere, e ne sono molto contento, perché se avessi saputo quanto fosse difficile fare un libro non l'avrei affrontato, e non lo farò più. Ma credo di dover partire per il Territorio prima degli altri, perché zia Sally mi adotterà e mi sivilizzerà, e io non posso sopportarlo. Ci sono già stato.

LA FINE.

IL SOTTOSCRITTO,

HUCK FINN.